How I met your ex

Mhairi McFarlane

How I met your ex

ROMAN

Traduit de l'anglais (Royaume-Uni) par
LAURIANE CRETTENAND

Titre original :
MAD ABOUT YOU

Publié avec l'aimable autorisation de HarperCollins Publishers, Limited, UK

HARPERCOLLINS FRANCE
83-85, boulevard Vincent-Auriol, 75646 PARIS CEDEX 13.

www.harlequin.fr

ISBN 978-2-2804-7783-3 — ISSN 2271-0256

Pour Shelley Summers et Jennifer Lee,
âmes sœurs.

Tous les jours qu'on vous accorde sont grands.
Self Esteem.

Prologue

— Bonjour, vous êtes le témoin ? Sam, c'est ça ? Je suis Harriet, la photographe, dit-elle en soulevant inutilement son Nikon D850 pendu à son cou. Le marié est dans le coin ?

Le témoin la regarda avec un air désespéré. Il était couvert d'une pellicule de sueur pâteuse, comme si on l'avait enduit de jaune d'œuf et mis dans un four à cent quatre-vingts degrés pour qu'il forme une croûte dorée.

Une pause très gênante s'ensuivit, au point que Harriet se demanda s'il pouvait parler.

— Il est parti, finit-il par lâcher d'une voix rauque, les yeux hagards.

Des mots prononcés avec l'accablement et la gravité que l'on réserve habituellement à l'expression « Il a passé l'arme à gauche ».

— Qui est parti ?

— Le marié !

Le témoin désigna l'espace vide à côté de lui. Harriet consulta sa montre. Il restait dix minutes avant le début de la cérémonie.

— Allez le chercher, et vite, sinon il risque de ne pas être là quand elle arrivera, murmura-t-elle en catastrophe.

— C'est l'idée, répondit Sam, qui semblait être en train de se faire amputer du pied sans anesthésie sur un bateau hanté en pleine tempête.

— Il est *parti*-parti. Pour de bon.

— Quoi ? C'est-à-dire…

— C'est-à-dire qu'il a quitté les lieux et ne veut pas se marier, dit Sam dans un souffle, les yeux exorbités.

— C'est pas vrai ! siffla Harriet. Il a… expliqué pourquoi ?

— Je lui ai dit qu'il n'était pas obligé de le faire s'il n'était pas sûr, sur le ton de la PLAISANTERIE, et il a dit « Sérieux, tu le penses ? » et j'ai dit « Pourquoi ? ». Il a dit « Parce que je ne veux pas le faire » et j'ai dit « Le trac ? » et il a dit « Non. Est-ce que tu le pensais quand tu as dit que je n'étais pas obligé de le faire ? » et j'ai dû dire « Bah, ouais, j'imagine… » et il a dit « OK, alors je m'en vais, tu diras que je suis désolé ».

Sam avait débité tout cela dans un seul souffle et dut faire une pause pour respirer, une main plaquée sur la poitrine. Quand il la retira, il laissa sur le coton de sa chemise d'un blanc immaculé une trace de main transpirante presque tragi-comique.

— Je vais devoir annoncer à Kit qu'il l'a larguée. Putain de vie de merde !

— Il ne reviendra pas, c'est sûr ?

Les yeux fermés, regrettant certainement de ne pas pouvoir se téléporter ailleurs que dans cette église néo-gothique aux abords de Leeds, Sam dit :

— Nan.

Harriet n'avait aucun protocole pour ce genre de situation. On l'engageait pour prendre des photos, depuis les préparatifs jusqu'à la première danse. Cela ne se passait pas toujours comme prévu – parfois, les témoins étaient tellement bourrés qu'ils mangeaient leurs mots pendant le discours, les DJ passaient des versions non censurées de chansons explicites et, un jour, une fontaine de chocolat dysfonctionnelle s'était mise à déverser une mixture entre pâtée pour chien et eaux usées. Mais les mariés se disaient toujours oui. En matière de crise, la fugue d'un futur mari était inédite pour elle.

— A-t-il prévenu le pasteur ? demanda Harriet à voix basse – en souriant, les dents serrées, au cas où on les observerait.

— Oui. Au moins, il a mis le pasteur au courant, dit Sam.

— Où est le pasteur, là, tout de suite ?

— Derrière, en train de fumer.

— *Quoi* ? Les hommes d'Église ont-ils seulement le droit de fumer ?

— Je ne sais pas mais, vu les circonstances, je ne me sentais pas de m'y opposer.

Harriet hocha la tête. Dieu était seul juge.

— Est-ce que tout est ma faute ? Il a renoncé parce que j'ai été assez stupide pour suggérer qu'il n'était pas obligé de se marier ?

Il semblait être au bord des larmes.

— Non, affirma Harriet à voix basse. Ce n'est pas une décision qu'on prend sur une simple suggestion.

— Je devrais aller à la rencontre de la mariée, non ? demanda Sam. Ce sera pire si elle entre ?

— Oh mon Dieu… évidemment.

L'humiliation publique serait insoutenable, si tout le monde la voyait dans sa belle robe. S'ils comprenaient en même temps qu'elle. La Kristina qui avait engagé Harriet ne semblait pas du genre à bien gérer la déception, encore moins la catastrophe. C'était une petite poupée aux cheveux noir de jais et pleine d'aplomb, limite hautaine. Le futur marié avait été trop occupé pour rencontrer Harriet pendant les préparatifs, et celle-ci se demandait à présent si ce détail était révélateur.

— On est sûr et certain qu'il ne reviendra pas ?

— Il ne reviendra pas, confirma Sam, dont le visage trahissait la panique et l'angoisse.

— Je n'arrive pas à croire qu'il vous ait fait ça. Et surtout, à elle, ajouta Harriet, consciente que son commentaire était étrange, puisqu'elle ne connaissait même pas ce pauvre type.

Je n'en reviens pas que [un parfait inconnu] puisse faire ça !

Elle coula un regard vers les invités, qui attendaient derrière eux dans une clameur patiente et bon enfant. Elle était effondrée pour eux.

— Je vous accompagne, dit-elle, et Sam hocha la tête pour la remercier.

Têtes baissées, ils traversèrent l'église d'un pas décidé et, dans le cimetière, descendirent le sentier cheminant entre les tombes couvertes de mousse. Alors qu'ils approchaient de la route, une Rolls-Royce blanche toute décorée de rubans se gara le long du trottoir. Harriet se sentit mal. Pauvre Kristina.

Et pauvre Sam. Il gonfla les joues, soupira un bon coup, et voulut passer les doigts dans sa tignasse de cheveux bouclés avant de se rappeler qu'ils étaient plaqués avec force gel.

— Ce n'est pas votre faute, l'encouragea Harriet.

Sam se contenta de hocher la tête, incapable de parler. Puis il s'écarta d'elle et finit par dire, d'une voix étranglée :

— Souhaitez-moi bonne chance.

— Bonne chance, souffla-t-elle, même si, une fois suspendus dans les airs, ces mots lui semblèrent de bien mauvais goût.

Elle fut incapable de regarder la scène, refusant de voir le moment où la mariée s'effondrerait. Il devenait clair que sa contribution à cette journée était révolue, se dit Harriet. Elle partit dans la direction opposée d'un bon pas, les yeux rivés sur ses Doc Martens rouge cerise qui foulaient les fleurs de cerisiers tombées au sol, comptant ses pas en silence pour s'occuper l'esprit, *un, deux, trois, quatre, cinq, si…*

Un cri déchira le silence, et Harriet s'arrêta net, le cœur battant.

Elle se retourna : une femme d'un mètre soixante dans une magnifique robe sirène en satin ivoire mettait un coup de poing à Sam, en pleine figure.

Il tituba, les deux mains sur son nez sanguinolent. Le père de la mariée sortit de la voiture, tel un gorille s'échappant d'un parc animalier, et se mit à vociférer.

1

Un mois plus tard

— Relis-moi le menu, tu veux ? J'ai complètement oublié ce qu'il y a en plat principal, dit Jonathan.

Il prit un virage serré à toute vitesse avec sa rutilante Mercedes argentée, passant dangereusement près d'un mur en pierres sèches. La conduite de Jon était en tel décalage avec tous les autres aspects de sa personnalité que cela la surprenait toujours. Au volant, son doux et prudent compagnon devenait déraisonnable, suffisant, même.

Harriet déverrouilla son téléphone, fit défiler les pages jusqu'à trouver la bonne, et lut à voix haute :

— « Gibier vieilli du Yorkshire… carottes violettes… ail des ours… sauce crémeuse cajou-miso. »

— C'est quoi exactement, l'ail des ours ? Et je ne connais pas bien les propriétés de la sauce cajou-miso, en fait.

— Et dire que tu travailles dans l'industrie alimentaire.

— Pas dans le domaine des sauces cajou-miso.

Harriet tapota sur son téléphone pour faire une recherche Google, plaquant sa main libre contre la portière de la voiture pour contrer le mal des transports.

— L'ail des ours est une « plante vivace bulbeuse à fleur de a famille des amaryllis ». Tout comme l'ail, donc.

— Super. Et on les a prévenus pour ma pathologie ?

« Allergique à la salade. » Parfois, Harriet se disait que cela résumait bien Jon. Qui est allergique à la salade ? Imaginez la honte pendant l'enquête. *Cause de la mort : trévise.*

— Ta mère a dit qu'elle le ferait.

Et si elle décide tout à coup de me contredire, j'ai les SMS pour le prouver.

Harriet gérait les interactions avec sa belle-famille comme le cabinet de guerre de Churchill. On ne dormait que d'un œil quand Jacqueline Barraclough était dans les parages.

Elle remit son téléphone dans son sac à main et monta le son de la radio, qui passait *Missing*, du groupe Everything But The Girl.

— Est-ce qu'on peut baisser, Hats, s'il te plaît ? Je sens venir une de mes migraines, dit Jon.

— Avec plaisir, sors donc sur une aire.

— Quoi ?

— Baisser, baiser… Oublie.

Jon lui lança un regard décontenancé. Il faisait partie de ces gens qui étaient persuadés d'avoir un excellent sens de l'humour. Mais celui-ci était comme une alarme antivol : il pouvait fonctionner uniquement si Jon pensait à l'allumer, ce qu'il oubliait souvent de faire.

— John F. Kennedy était obligé de baiser plusieurs fois par jour pour lutter contre ses migraines, tu sais, déclara Harriet.

— Pas très pratique, vu sa charge de travail. L'ibuprofène n'était pas assez efficace ? demanda Jon.

— Non, il fallait que ce soit Marilyn Monroe.

— Ah.

Harriet sentit qu'elle l'agaçait. C'était le genre de bêtises qu'elle ne pouvait pas dire devant les parents coincés de Jon, et ils s'apprêtaient à entrer dans leur orbite. Déjà sur ses gardes, il voulait que Harriet se comporte en conséquence. Comme un acteur qui rentre dans son rôle avant qu'on crie « action » sur le plateau de tournage.

— Je suppose qu'ils ont prévu des nuggets de poulet et des frites pour Joffrey Baratheon ? dit Harriet.

Jon la regarda en coin en faisant un « tss » désapprobateur.

— Oh ! n'exagère pas. Il a bientôt douze ans, il entre dans l'âge adulte ! On a tous droit à une mauvaise passe quand on est gamin.

Harriet ne dit rien ; la mère de Jon, Jackie, son père, Martin Senior, son frère aîné, Martin Junior, sa femme Melissa, et leur fils de onze ans, Barty (ou Bartholomew quand on lui passait un savon, chose que Harriet trouvait trop rare) traversaient tous une bonne grosse mauvaise passe.

Jon se murait dans un drôle d'état d'esprit quand il était question de sa famille. Jamais il ne niait qu'ils se comportaient comme de vrais crétins – difficile de prétendre le contraire. Mais il n'allait jamais non plus jusqu'à leur attribuer une quelconque malveillance, ce qui était selon elle un lourd défaut d'appréciation.

Ils « pensaient bien faire », toujours.

Cette déclaration optimiste de Jon était basée sur [source insuffisante]. Si l'on se fiait à son analyse, leurs véritables personnalités devaient souffrir du syndrome d'enfermement, vu leur incapacité tragique à manifester leur inhérente bonté.

— On y est presque, dit Jon en regardant l'heure sur le tableau de bord. On aura environ une heure pour se doucher et se changer, puis on ira prendre un gin-tonic au bar.

— Ça me paraît bien, répondit Harriet, pacificatrice, et il sourit.

Aussi généreux qu'à son habitude, Jon avait réservé le dîner et la nuitée pour toute la famille dans un relais de campagne au cœur des Yorkshire Dales à l'occasion du quarantième anniversaire de mariage de ses parents.

Harriet avec accepté, sans se départir de sa crainte habituelle – mais bon, il était impossible de choisir la famille de son petit ami. Tout comme il était impossible d'empêcher Jon de dépenser son salaire considérable de manière si dispendieuse.

« On n'emporte rien dans la tombe, Hats », avait-il l'habitude de dire en lui ébouriffant les cheveux.

Directeur de secteur dans une chaîne de supermarchés, il développait des plats préparés haut de gamme. Les meilleures amies de Harriet, Lorna et Roxy, l'appelaient Capitaine-jus-de-viande, surnom qui ne le faisait pas rire.

« Je ne suis pas uniquement responsable du jus de viande – mais de toutes les sauces et des condiments sous vide ! » fulminait-il, dérouté de les voir rire de plus belle.

Jamais Harriet n'avait connu le genre d'aisance financière dont jouissait Jon. L'argent tombait tous les mois sur son compte comme de grosses chutes de neige, et il pouvait s'entasser et bloquer la voirie si Jon ne prenait pas les mesures qui s'imposaient, en se lâchant sur des meubles Parker Knoll, des repas coûteux et des week-ends d'excursions cinq étoiles.

En dépit des protestations de Jon, Harriet lui avait toujours versé un loyer depuis qu'elle avait emménagé dans sa demeure de Roundhay. Elle avait conservé une hygiène de vie basique et refusait de le laisser tout payer – elle avait son propre salaire, un mode de vie qu'elle était capable de s'offrir et qui était conforme à ses valeurs ; mais face à la débauche financière de Jon, c'était comme partager une baignoire en essayant de séparer l'eau chaude de l'eau froide.

Depuis deux ans qu'elle était avec lui, elle avait appris ce qu'était la belle vie. Si l'argent ne faisait pas le bonheur, c'était une substance addictive qui vous changeait la vie, et l'humeur. Elle avait découvert qu'avec de l'argent on pouvait non seulement acheter le plaisir, mais aussi la tranquillité, la patience, et le confort. Une perspective radieuse et une existence dénuée de toute friction, dans laquelle votre chemin face à l'adversité pouvait être facilité par son utilisation libérale.

Quand ils avaient choisi le lieu initialement prévu pour cette célébration, par exemple, Martin et Mel s'étaient plaints de la localisation peu commode, et le père de Jon avait pesté contre la cuisine tendance mettant les plantes en avant. (« Sur les photos, on aurait dit les machins qu'on jette aux singes au zoo de Chester ! ») Jon s'était contenté de réserver un autre hôtel, sans même vérifier ce que cela lui coûterait. Il fallait que tout le monde soit content, c'était la religion de Jon, et dans la mesure où il pouvait faciliter ce contentement, il le faisait.

Jon était, comme Harriet le répétait sans cesse aux autres et à elle-même, un mec d'une gentillesse incroyable, presque ridicule. Alors qu'est-ce que cela faisait d'elle, qui doutait de plus en plus de ses sentiments à son égard ?

2

Ils passèrent entre deux piliers sur lesquels étaient perchés des hiboux, puis suivirent une allée légèrement sinueuse pour aller se garer devant l'immense hôtel en pierre. Dans l'air frais du crépuscule, des fenêtres à vitraux déversaient une lumière jaune chaleureuse sur une pelouse impeccable, parsemée de tables de pique-nique à auvents blancs.

La mère de Jon sortit du bâtiment et vint à leur rencontre. Harriet poussa un soupir intérieur : évidemment qu'ils étaient arrivés les premiers. Le père de Jon était du genre à prendre la route dès l'aube quand qu'il partait en voyage.

Portant un chemisier rayé rose bonbon au col remonté, un collier de perles et un jean blanc, Jacqueline écarta son brushing rebondissant de son visage avec ses ongles fraîchement manucurés, brillant comme des scarabées corail. Elle était toujours tirée à quatre épingles, et la mèche blanche dans ses cheveux argentés lui donnait une allure de méchante de Disney tout à fait appropriée, aux yeux de Harriet. De son côté, la mère de Jon masquait à peine sa consternation devant le « curieux style garçon manqué » (© Jacqueline) de Harriet.

Juste après sa première rencontre avec ses beaux-parents, Harriet était assise à côté de Jonathan quand il avait reçu un SMS de sa mère. C'était du Jon tout craché de n'avoir ni la sournoiserie ni le bon sens de ne pas l'ouvrir dans son champ de vision.

Nous avons trouvé Harriet charmante, JJ. Avec un visage extrêmement joli, comme cette fille qui accompagne l'autre minable au bec-de-lièvre dans la série policière. Mais pourquoi porte-t-elle ces affreuses lunettes ? ! On n'en a pas vu de pareilles depuis Eric Morecambe[1] ! Quel dommage. Il serait si facile de mettre des lentilles, on croirait que c'est un genre vindicatif de revendication féministe.

— Non mais… ! s'était exclamée Harriet en mettant sa main devant sa bouche pour s'empêcher de recracher ses Bugles goût barbecue. Qu'est-ce qu'elles ont mes lunettes, et pourquoi elle dit un truc pareil ?

— Elle te trouve belle ! avait dit Jon en rougissant.

Sur le coup, Harriet avait pris ça pour de l'embarras avant de réaliser, plus tard, qu'il s'agissait d'admiration face à ce qu'il avait pris comme un compliment de la part de sa mère.

— Elle dit ça seulement pour mettre le paquet sur l'angle « fémininazie mal fagotée aux culs de bouteille », Jon. C'est l'équivalent de « payer vingt pence pour utiliser les toilettes ».

— Tu ne sais pas accepter un compliment, hein ? avait dit Jon avec une tendresse absurde.

Harriet avait renoncé à lui traduire les intentions de sa mère. C'était comme essayer de réveiller un somnambule.

— Enfin ! s'écria Jacqueline lorsqu'ils sortirent de la voiture en étirant leurs membres raidis, un sourire gêné aux lèvres. On s'apprêtait à envoyer une équipe de recherches !

Ils n'étaient pas en retard.

— On a eu quelques bouchons sur la B6130, dit Jon. Bonjour, maman, comment sont les piaules ? Acceptables ?

1. Comédien britannique. *(Toutes les notes sont de la traductrice.)*

— Correctes, même si ton frère a dû leur demander de changer les oreillers de sa chambre, ils étaient durs comme la pierre.

Évidemment. Martin Junior, petit homme-pigeon au torse bombé et sans humour, commençait toujours par se plaindre, pour bien faire comprendre qu'il était supérieur à ce qui l'entourait. Harriet suspectait qu'il appréciait que Jon se charge de la note, même si cela devait le complexer.

— Harriet, comment allez-vous ? roucoula Jackie, avec cette intonation étrangement sarcastique qui passait pour de bonnes manières chez les prétentieux.

— Très bien, merci. Et vous ?

— Oh ! comme toujours. On ne peut pas se plaindre.

Et pourtant, vous ne faites que ça.

Harriet avait sincèrement essayé de nouer des liens avec Jackie, au début. Un jour, après avoir bu trop de vin, elle lui avait confié comme à une copine qu'elle avait des règles irrégulières. La semaine suivante, Jackie avait appelé Jon pour lui conseiller vivement d'envoyer Harriet faire un test de fertilité.

— On file s'enregistrer, on monte se changer, et on vous retrouve au bar à 18 heures ? dit Jon.

— J'espère bien que vous allez vous changer ! répondit Jacqueline sur un ton faussement enjoué en considérant la tenue standard de Harriet – T-shirt et Doc Martens – d'un air affligé. Dites-moi que vous avez apporté une tenue chic !

— Je suis toujours décontract-chic, maman ! lança Jon.

À ses yeux, ce n'étaient que des chichis de mère et non une pique pourtant flagrante envers Harriet, que Jacqueline masquait à peine en faisant mine de s'adresser à eux deux.

Harriet avait beau savoir que la famille de Jon était une épreuve, bizarrement, leurs innombrables bassesses ne manquaient jamais de la stupéfier le moment venu. Une bonne rasade de Bombay Sapphire ne serait pas de trop.

Leur « Chambre domaniale » faisait plus banlieue de Londres que pleine vie champêtre, à mi-chemin entre ville et campagne – avec sa couette William Morris motif « *Strawberry Thief* » et les ampoules Edison qui pendaient au bout d'un amas de fils pour faire lustre moderne. Près de la cheminée en marbre se trouvaient une immense baignoire en cuivre sur pieds et sa jarre assortie, reconstitution fantasque du dénuement du siècle précédent. Les murs étaient peints dans une teinte gris cendré dramatique de chez Farrow & Ball sous des corniches blanc dentifrice.

Harriet s'y connaissait en hôtels de luxe, grâce à son travail, mais celui-ci se démarquait tout de même comme étant exceptionnellement haut de gamme. Le genre de lieu qu'on est presque obligé de poster sur Instagram avec un filtre d'ambiance et #désopasdéso ou #bureaudujour. (Harriet était une dissidente d'Instagram. « J'ai l'impression d'être au travail ! » disait-elle à ses meilleures amies Lorna et Roxy quand elles l'exhortaient à s'inscrire.)

— Punaise, Jon, ça a dû coûter une fortune, lâcha Harriet.

Puis elle regretta ses mots, qui semblaient plus rustres et cupides que reconnaissants. Mais ça avait dû coûter une fortune.

— C'est plus cher que sur Travelodge, mais bon, ce n'est pas tous les jours qu'on fête ses quarante ans de mariage !

Harriet se crispa face à l'espèce de TOC de Jon – dès qu'il voyait des mouchoirs sur la table de chevet, il se sentait aussitôt obligé d'en prendre un pour se moucher à plein volume : on aurait dit qu'il essayait d'expulser de la matière cérébrale par les narines. Elle sentit son estomac baratter, comme s'il tentait de faire un granité avec du ciment congelé.

— Je suis tellement content que tu sois là, souffla-t-il en la serrant dans ses bras.

Elle lui rendit son étreinte en marmonnant :

— Merci de m'avoir invitée.

— Enfin, bien sûr que je t'ai invitée ! À t'entendre, on croirait que tu es une pièce rapportée facultative. Tu fais partie de la famille. Tu es davantage ma famille qu'ils ne le sont.

— Ha, j'espère pas, protesta Harriet en se dégageant de l'étreinte de pieuvre de Jon. Ce serait de l'inceste. Je vais prendre une douche, OK ?

— Fais-toi plaisir ! répondit Jon, acceptant son refus subtil de ce moment qu'il voulait partager avec elle.

Il pressa les boutons de la télécommande. Pourquoi fallait-il que, dès leur arrivée dans une chambre d'hôtel, tous les hommes allument CNN avec le son un peu trop fort et s'allongent sur le lit en chaussettes ? Harriet s'était si souvent retrouvée à se brosser les dents dans une suite magnifique en entendant à travers la porte un présentateur télé tonner : « La violence et les pillages se sont poursuivis toute la nuit malgré les appels au calme des dirigeants locaux ».

Elle ouvrit sa valise pour se mettre à la recherche de sa tenue de soirée et de sous-vêtements propres, bien qu'elle ait envie de faire sa tête de mule pour emmerder Jackie et de réapparaître dans le même T-shirt. Ou encore mieux, dans un T-shirt avec le slogan PAS D'QUARTIER et une paire de Crocs aux couleurs du drapeau anglais.

Dans la salle de bains recouverte de carrelage métro, comme un sanatorium sexy, Harriet se planta sous la pomme de douche large comme une assiette, déversant un flot d'eau agréablement brûlant. Ses cheveux étaient noués en chignon lâche. Elle avait une crinière blond vénitien d'une épaisseur incroyable, que certains pourraient considérer comme une bénédiction ; en réalité, ses cheveux étaient ingérables si elle les coiffait autrement qu'en faisant sa longue tresse signature, haute et un peu lâche. Elle avait essayé de les couper court quand elle était ado, mais ils se dressaient sur sa tête comme du buis. En cours de SVT, ils avaient un jour examiné au microscope des mèches de leurs propres cheveux : les siens ressemblaient à des épis de blé.

Une fois sèche et en sous-vêtements, elle prit sa robe sur le petit fauteuil placé dans un coin, tapissé de tissu à motif chinois. Une salle de bains avec un fauteuil : follement chic.

Il était rare que Harriet achète des robes, mais celle-ci l'avait appelée depuis la vitrine de la boutique, quelques mois plus tôt, dans un petit village pittoresque. Elle avait une heure à tuer avant qu'Andy et Annette se disent oui, et elle était entrée pour tâter le tissu. Naturellement, une vendeuse mourant d'ennui lui avait fondu dessus en clamant qu'elle serait « à tomber » dans cette robe – et voilà.

C'était une qipao vert émeraude boutonnée très haut dans le cou, et si serrée au niveau des mollets que Harriet était forcée de faire de tout petits pas. Ce n'était pas vraiment son intention de porter une tenue si tapageuse pour le dîner de ce soir, mais elle n'avait pas beaucoup de choix dans sa garde-robe, et celle-là lui avait coûté presque deux cents livres.

Elle dut aussi admettre que ses lunettes chéries, à monture noire, n'allaient pas très bien avec. Elle serait donc obligée de faire plaisir à Jacqueline, bien que cela la fasse rager, et de mettre des lentilles. Elle appliqua délicatement du mascara sur ses yeux et enroula d'énormes poignées de cheveux en chignon, qu'elle fixa avec des pinces plates. Elle tourna la tête d'un côté puis de l'autre pour examiner son œuvre. On aurait dit qu'elle avait un énorme roulé à la cannelle sur la tête, mais ça ferait l'affaire. Elle laissa tomber entre ses seins la petite clé du collier qu'elle ne quittait jamais.

Quand elle sortit de la salle de bains, elle trouva Jon nu debout dans la baignoire en cuivre, renversant la jarre sur sa tête en crachotant l'eau qui lui rentrait dans la bouche. Ne s'attendant pas à se retrouver face à un pénis si tôt dans la soirée, Harriet laissa échapper un petit cri en se couvrant les yeux.

— Et bonsoir à vous aussi ! dit-elle.

— Tu l'as déjà vu ! protesta Jon avec enjouement, avant de

se frictionner énergiquement la tête avec une serviette pour se sécher les cheveux ; ainsi, son visage était caché alors que son membre s'agitait devant elle, telle une manche à air dans une petite brise.

Jon était l'incarnation du bon parti – solvable, fiable. Il était beau comme un mannequin de catalogue, grand aux cheveux bruns coupés court, l'air rassurant et bien lisse, et il avait une carrure fine mais agréable. Et son pénis était de taille parfaitement adéquate. Comme Lorna ne cessait de le répéter : avec les très gros, c'était la cystite permanente.

Il faudrait être un monstre pour ne pas se satisfaire d'un homme comme Jonathan Barraclough.

— Waouh ! s'écria Jonathan, ayant – ouf – enroulé la serviette autour de sa taille, après s'être suffisamment essuyé les yeux pour qu'elle lui apparaisse nettement. Ma chérie la top model !

— Hmm. Merci, dit Harriet en enfilant ses escarpins en velours noir, qu'elle ne portait d'ordinaire qu'aux enterrements.

Elle n'avait jamais compris en quoi les chaussures plates et confortables étaient irrespectueuses envers les défunts.

— Ça ne fait pas trop ?

Jon, qui garda les yeux rivés sur elle tout en entreprenant de sortir de la baignoire – ce qui n'était pas une mince affaire, puisqu'elle faisait la taille de Gibraltar –, répondit :

— Pas du tout, sérieux, tu es sublime. Vraiment. *Waouh*. Je ne sais pas pourquoi tu ne te pomponnes pas plus souvent, tu es tellement canon.

— Ce n'est pas vraiment moi.

— C'est toi, c'est juste que tu ne te vois pas comme les autres te voient. Redresse-toi, je veux te regarder comme il faut.

Harriet se leva, gênée, sous les sifflets de Jon qui agitait un cigare imaginaire, à la Groucho Marx.

— Je suis l'homme le plus chanceux au monde !

3

— … Et je vous le dis : jamais je n'irai vivre à Bristol, même si on me payait. Un vivier de fauteurs de troubles et de sales vitupérateurs.

Le père de Jonathan, Martin Senior, était déjà en train de pérorer de toute son énergie lorsque Jon et Harriet les retrouvèrent dans la salle à manger privée, avec ses rideaux en soie à motif écossais et sa tête de cerf au mur.

— Bonsoir ! lança Jon. Papa s'énerve déjà ?

— Ton cousin déménage à Temple Mea… Oh mon Dieu ! Harriet, est-ce bien vous ? s'étrangla Jacqueline en portant une main à sa poitrine dans un mouvement de recul, comme si elle faisait une crise cardiaque.

— Ma parole ! On croit rêver ! renchérit le père de Jon.

Quand Jacqueline se leva prestement pour venir réajuster le tissu au niveau de ses hanches, Harriet se raidit face à cette intrusion physique.

— Là ! Parfait ! Ça fait *tellement* plaisir de vous voir en robe pour une fois, ajouta Jackie.

Le triomphalisme qui perçait dans son ton – « vous voyez les louanges que vous obtenez quand vous faites un effort » – fit regretter à Harriet de ne pas avoir mis un pantalon large en guise de revendication féministe. On ne négocie pas avec les terroristes.

— Merci. Joyeux anniversaire de mariage, fit-elle en souriant à Jacqueline, puis à Martin Senior, qui l'ignora totalement.

C'était un mari et un mafieux, avec le teint rougeaud « Chambre des lords » d'un homme qui avait bien mangé et bien bu pendant des années. Son rôle principal au sein du mariage ? Descendre des bouteilles d'alcool haut de gamme et marmonner « tu as raison, Jackie, un comportement parfaitement lamentable » pour ponctuer les anecdotes de son épouse sur tout le mal qu'on leur avait fait.

Le frère de Jonathan, Martin Junior, et sa femme, Mel, arrivèrent juste derrière eux, un Barty maigre et renfrogné en chemise et cravate sur les talons. Leur fils fréquentait une école privée, et ses parents l'habillaient avec tant d'élégance qu'il ressemblait à un gamin d'une autre époque, susceptible d'aller s'acheter des douceurs avec ses shillings et de jouer au Conkers[1].

— Dieu du ciel, Harriet ? ! Je ne t'ai pas reconnue ! Je pensais que Jon avait une nouvelle amie ! dit Martin Junior en marquant un temps d'arrêt.

— C'est extraordinaire, n'est-ce pas ! intervint Jacqueline.

— Te voir en robe est si peu courant, c'est comme si… comme si tu étais *travestie*, ajouta Martin Junior en pouffant.

Harriet resta un instant interdite face à tant d'impolitesse alors que tout le monde se mettait à se bidonner.

— Oui, n'est-elle pas incroyable ? dit Jon, qui adoptait une fois encore une écoute sélective.

Pourquoi se sentait-elle si peu soutenue par Jon ? *Je me fiche de leur approbation.*

— Pourquoi tata Harriet est-elle déguisée ? demanda Barty en levant la tête vers sa mère.

Son trait d'esprit précoce fit hurler tout le monde de rire. Le

1. Jeu d'enfant datant du XIXe siècle, populaire au Royaume-Uni, qui se joue avec des marrons.

mode opératoire de Barty était de poser à ses parents des questions limite blessantes sur les personnes de leur entourage, en leur présence. Au Noël précédent, il avait demandé « Pourquoi tonton Jon et tata Harriet n'ont pas d'enfants ? » soi-disant innocemment, autour des cocktails de crevettes servis à l'apéritif.

« Parce qu'ils ne sont pas mariés », avait répondu sournoisement la grand-mère de Barty. Cela avait démangé Harriet de rectifier. Elle n'avait aucune objection morale au mariage ; seulement, cela ne l'intéressait pas. Se marier uniquement pour faire plaisir à quelqu'un d'autre, et pour se plier aux attentes de la société, lui semblait inconvenant. Elle avait été claire avec Jon depuis le début, avant même qu'il ait l'occasion d'y faire allusion. Et dès que le sujet revenait sur la table, elle réaffirmait sa position : *non, très peu pour moi.* Ni maintenant. Ni jamais. Ce n'était pas contre Jon, c'était personnel.

Ils prirent place à table, et les serveurs déposèrent devant eux des terrines de jambonneau persillé – sans la feuille de laitue décorative dans l'assiette de Jon, qui dit à sa mère :

— Harriet m'a dit que tu les avais avertis pour le péril vert.

— Oh ! donc c'est la faute de maman si jamais ils oublient ton allergie, c'est ça ? dit Jacqueline, faisant mine de plaisanter mais foudroyant Harriet du regard.

— Jon m'a demandé si je les avais prévenus, j'ai répondu que vous l'aviez fait, indiqua Harriet.

— Je plaisante, grand Dieu ! s'écria Jacqueline en agitant la main alors que le serveur remplissait son verre.

Une critique qu'elle faisait passer pour de l'humour ? Harriet cataloguée comme trop susceptible si elle se défendait ? La grille du bingo Jacqueline Barraclough serait entièrement tamponnée ce soir !

— Je crois qu'un toast s'impose ! dit Jon en levant son verre de malbec une fois que tout le monde fut servi, pendant que Barty aspirait bruyamment son Coca avec une paille. À nos parents exceptionnels et à leur exploit : quarante ans d'un mariage heureux. Vos noces d'émeraude ! Puissions-nous tous avoir cette chance. Et cette patience, ha, ha, ha !

Ils levèrent leurs verres, et Harriet remarqua le visage congestionné de Martin Junior comme son frère monopolisait l'attention.

— Peut-être que *papa* veut dire quelques mots ? dit-il avec insistance.

Leur père, en train de faire tourner le vin dans son verre, suspendit son geste pour répondre :

— Ma femme parle pour moi, c'est comme ça qu'on a tenu quarante ans.

Ce qui fit échouer la tactique de Martin Junior.

— Merci d'avoir organisé tout ça. Mes fils sont tellement merveilleux ! s'écria Jacqueline.

— Je dirais que c'est l'heure d'offrir notre cadeau ? dit Martin fils, avant de faire un signe de tête à Barty. À toi de jouer !

Barty en resta comme deux ronds de flan, jusqu'à ce que Melissa se penche vers lui pour lui chuchoter à l'oreille. Il glissa alors de sa chaise pour aller récupérer au fond de la salle un paquet rectangulaire emballé dans du papier brillant. À grands renforts de roucoulements familiaux, il le tendit sans un mot à sa grand-mère.

— Pour moi ? ! dit Jackie.

— Qu'est-ce qu'on dit, Barty ? pépia Melissa depuis l'autre bout de la table.

— Joyeux anniversaire de mariage, grand-mère, marmonna le gamin d'un ton maussade, avant de regagner son siège d'un pas lourd.

Jackie déchira le papier pour révéler une photo encadrée du jour de leur mariage. Un Martin et une Jacqueline jeunes se tenaient sur les marches de la mairie, Martin arborant une tignasse de cheveux alors brun foncé, Jacqueline en robe de mariée années 1980 en satin moka pâle, étonnamment simple et jolie, avec un long voile fixé par un serre-tête.

— Oh Marty ! Melly ! Et Barty, bien sûr. Vous n'auriez pas dû !

Barty semblait être d'accord.

— Regardez, regardez ce qu'ils nous ont offert, dit Jacqueline en tournant la photo vers Jon et Harriet, comme s'ils n'avaient pas assisté en direct à l'ouverture du cadeau.

— Vous êtes sublime ! Cette robe vous allait à la perfection, commenta Harriet, contente de pouvoir être à la fois honnête et positive.

— Vous auriez dû voir ma tenue pour le départ en lune de miel, Melissa. J'avais un superbe petit manteau style patineuse, dit Jacqueline, faisant bien comprendre qu'une seule de ses belles-filles avait du style.

— Oui, maman était époustouflante pour son grand jour, n'est-ce pas ? dit Jon.

Il posa la main sur celle de Harriet avec un regard d'adoration possessive.

Harriet eut alors un étrange pressentiment, un trouble psychique, qu'elle choisit d'ignorer pour se resservir du vin.

4

Ils parvinrent sans remous jusqu'à la marquise au chocolat accompagnée de son coulis de fruits rouges et de sa quenelle de glace à la fève de tonka. Martin Junior demanda :

— Comment se passe la *photographie de mariage*, Harriet ?

Son ton laissait entendre qu'il s'agissait d'une couverture peu plausible pour de l'escort. Peut-être à cause de tout ce bon vin rouge, Harriet sentait son sens de la diplomatie décroître peu à peu ; souvent, quand elle pensait être arrivée au bout de ses peines avec sa belle-famille, elle se rendait compte qu'elle n'en était en fait qu'à la moitié.

Deux ans à s'échiner à être polie avec eux, et pour quoi ? Elle restait l'intruse mal-aimée. Quel que soit le code pour déverrouiller le coffre-fort des Barraclough et être acceptée, les numéros magiques s'obstinaient à lui échapper.

— Bien, merci, répondit Harriet.

— Tu es très occupée ? Tu as beaucoup de réservations ? Les affaires marchent ?

— Ouaip. Les gens restent déterminés à se marier. La flambée du taux de divorces ne rebute jamais personne.

— C'est une observation plutôt cynique, dit Martin, bondissant sur sa proie.

Nous y voilà, pensa Harriet.

— Je plaisantais. Je trouve ça romantique que ça ne rebute personne.

— Tu n'as jamais semblé portée sur le mariage, c'est étonnant que tu en aies fait ta carrière.

— Tu ne le serais pas non plus si tu assistais à deux cérémonies par semaine.

Il fit tourner le vin dans son verre, tenant le pied entre ses doigts, comme s'il était en dégustation dans un vignoble et examinait le cépage.

— Pourquoi le faire, si ça ne te passionne pas ?

— Je crois que ce n'est pas tout à fait l'état d'esprit de Harriet, intervint mollement Jon, qui fut ignoré.

— Ce qui me passionne, c'est de faire du bon boulot pour le couple. (Harriet marqua une pause.) Toi, tu es dans l'immobilier, ce n'est pas pour autant que tu veux déménager tous les mois.

— Parle-leur du mariage du mois dernier, Hats, dit Jon de manière un peu désespérée. Le marié qui a pris ses jambes à son cou.

Il regarda tout le monde autour de la table et insista :

— Sérieusement. Tout le monde est dans l'église, la mariée arrive dans sa Rolls, et on lui apprend qu'il a disparu, à la Lord Lucan[1]. Le meurtre de la nounou en moins. Affreux ! Vous imaginez ?

Melissa poussa un cri de surprise. Harriet n'était pas à l'aise de faire du malheur d'une autre une anecdote excitante pour se sortir d'un trou d'impopularité.

— Je n'en sais pas plus, dit-elle avec prudence. Une fois à l'église, il a changé d'avis, et il est parti. On l'a annoncé à la mariée quand elle est arrivée. J'ignore pourquoi il est parti.

— Quelle espèce de *monstre*, dit Jon (il ne jurait jamais devant ses parents). Briser la vie d'une jeune femme de la sorte.

1. Pair britannique soupçonné de meurtre et qui a disparu sans jamais avoir été retrouvé.

— Ils ont dû y perdre pas mal d'argent, aussi, déclara le père de Jon. Je doute qu'on soit remboursé quand on annule le jour même.

Tout le monde hocha la tête d'un air triste, murmurant :

— Affreux.

— Qu'est-ce qui pourrait faire changer quelqu'un d'avis à ce moment-là ? s'interrogea Melissa. C'est tellement…

Harriet pensait qu'elle cherchait le mot juste pour exprimer un genre de discernement.

— … *arbitraire* ?

C'était tout sauf arbitraire. C'était une décision tout à fait intentionnelle et consciente. Raison pour laquelle c'était si blessant. Harriet ne pouvait s'empêcher de penser qu'il fallait être sans pitié, *sans cœur*, pour abandonner comme ça une personne qu'on était censé aimer. Pour la faire tomber de si haut.

— C'était peut-être comme dans le film, dit Jacqueline. Comment s'appelle-t-il, vous savez, ce vieux film, avec Dustin Hoffman ?

— *Rain Man* ? proposa Martin Junior.

— Non, celui où il fait irruption pour empêcher la fille de se marier… *Le Lauréat*, voilà !

— Je n'ai vu personne d'autre, dit Harriet.

Enfin, peut-être que l'autre personne n'était pas là physiquement, mais que le marié n'arrêtait pas de penser à elle ? Ou à lui ? Non, pas question d'embellir un incident affreux en prêtant à cet homme une motivation simpliste de comédie romantique.

Kristina avait-elle rituellement brûlé sa robe de mariée, l'avait-elle regardée s'élever tel un drapeau blanc dans le jardin ? Il fallait clôturer une telle expérience de manière forte pour pouvoir la dépasser. Se l'approprier comme une cicatrice de pirate.

Quand les assiettes à dessert furent débarrassées, Harriet surprit Jonathan en train de faire d'étranges grimaces à quelqu'un à l'entrée de la salle à manger. Il ne lui avait pas parlé d'un quelconque gâteau, et elle se demanda si son frère et lui allaient continuer à s'affronter à grands coups de démonstrations de dévotion. À ce rythme, on allait bientôt les conduire à l'extérieur pour regarder passer un biplan avec une bannière.

Le silence se fit dans la pièce alors qu'un serveur s'avançait. Harriet le vit déposer devant elle, avec grande cérémonie, une assiette recouverte d'une cloche. Harriet regarda autour d'elle. Personne d'autre n'en avait ?

Le serveur retira le couvercle d'un geste vif. Sur la grande assiette blanche se trouvait une petite boîte carrée en velours bleu roi.

Harriet fronça les sourcils. Leva les yeux. Non seulement personne d'autre n'avait d'assiette-bizarre-avec-une-petite-boîte-en-velours, mais tous l'observaient avec une expression laissant penser qu'ils n'étaient pas aussi perplexes qu'elle.

— Qu'est-ce que c'est ? demanda-t-elle.

— Ouvre-la ! dit Jon, vibrant presque d'une excitation jubilatoire, qui la rendit vaseuse.

Non… Impossible que Jon soit si inconscient, si maladroit, si FOU. *Je vous en prie, non, mon Dieu*. Que se passait-il ?

Elle prit la boîte et pressa le couvercle, qui s'ouvrit d'un coup sec. Une bague en diamant reposait sur une doublure en satin blanc – une pierre carrée entourée de deux plus petites, montées sur un anneau en platine.

Il y eut un moment de silence, un abîme béant dans lequel Harriet aurait pu se laisser dégringoler.

— C'est une bague ? dit-elle parce qu'elle n'avait pas d'autres mots, et l'assemblée qui retenait son souffle explosa d'un rire hystérique.

— On ne peut rien lui cacher ! plaisanta Martin Junior.

— C'est une bague, confirma Jon, qui sondait son visage pour trouver un indice rassurant dans son expression. Faisons cela comme il faut.

Il prit la boîte des mains moites et inertes de Harriet et écarta sa chaise pour avoir la place de mettre un genou à terre.

— Oh ! JJ ! gémit Jackie, folle de joie de voir son benjamin jouer les Darcy.

Scrutant l'expression fervente de Jon, Harriet espéra presque être malade. Imaginez. Imaginez répondre à une demande en mariage par un vomi. *Tu peux aller te rhabiller, mari fugueur.*

La tête lui tournait et son cœur battait à tout rompre, mais pas pour les bonnes raisons.

— Harriet Hatley, tu fais déjà de moi l'homme le plus heureux du monde. Veux-tu me rendre heureux jusqu'à la fin de mes jours en acceptant de m'épouser ?

Les deux secondes de silence qui suivirent la question donnèrent l'impression que toute une époque culturelle était révolue. Harriet évalua désespérément ce qu'il valait mieux, ce qu'elle *devrait* faire, sans avoir le temps d'y réfléchir.

— Oui, finit-elle par couiner, d'une toute petite voix déconfite. Oui bien sûr.

Les instants qui suivirent furent flous : tumulte des applaudissements, baisers maladroits de Jon, à moitié sur la bouche à moitié sur la joue, Martin Junior qui beugla « Champagne ! » et agita une clochette en laiton – un son qui résonna en Harriet comme une alarme – pour appeler des sous-fifres afin de faire étalage de sa générosité en mettant des bouteilles de Moët sur la note de Jon.

Jon attrapa sa main gauche et fit glisser la bague à son annulaire, en bredouillant :

— Elle te plaît ? Elle appartenait à ma grand-mère. Ma grand-mère maternelle. Maman l'a trouvée par hasard au grenier il y a deux mois, et l'a fait restaurer. C'est maman que tu dois remercier de m'avoir donné l'idée de m'en servir, d'ailleurs !

Oh ! j'imagine bien.

— Vous avez surmonté votre aversion pour le mariage là, hein ! exulta son futur beau-père en montrant la bague.

Jon répondit avant que Harriet puisse le faire.

— C'est différent quand c'est son propre mariage. Pas vrai, Hats ?

Harriet était-elle devenue une potiche sans voix d'un temps passé ?

Elle se tourna vers sa future belle-mère, qui lui souriait comme un chat de race venant de croquer un corbeau.

— Oui, elle est magnifique. Merci, Jacqueline.

— Bienvenue dans la famille, Harriet.

5

Pendant l'heure qui suivit, Harriet se cramponna à la phrase « Il y a tant de choses à penser ! » comme à un radeau de sauvetage. Comme à un tonneau tombant dans les chutes du Niagara.

— Où allez-vous chercher votre robe ? demanda Jacqueline.

Aucune idée, il y a tant de choses à penser !

— Vous préférez une réception à la ville, ou à la campagne ? demanda le père de Jon.

Oh ! je ne sais pas, tant de choses à penser !

C'était le cas, il y avait tant de choses à penser. Par exemple : et si elle avait dit non ? Elle se réprimanda intérieurement pour sa lâcheté. Cependant, quand bien même elle aurait été prête à assumer un refus et à gérer les répercussions, elle savait à présent avec certitude que cela ne représentait que la moitié de la conversation que Jon et elle devaient avoir de toute façon.

Elle n'eut d'autre choix que de se parjurer pendant l'heure et demie qui suivit, à répétition et à l'excès. De convenir qu'elle était à présent une femme privilégiée avec un budget illimité pour planifier ses noces mondaines, et le geste de Jon ce soir n'était-il pas merveilleux.

— J'avais deviné qu'il allait faire sa demande, dit Martin Junior. Je veux dire, tu as *trente-quatre ans*, n'est-ce pas ? Trente-cinq, c'est le moment charnière.

Il se tapota le bout du nez en zieutant son ventre, et Harriet eut franchement envie de lui jeter son champagne au visage.

Au moins, elle pouvait dire en toute honnêteté qu'elle ne se doutait pas le moins du monde que Jon profiterait de cette soirée pour la demander en mariage. Elle écarta le fait que, si elle ne l'avait pas anticipé, c'est parce qu'il était pour elle impensable que Jon soit assez à côté de ses pompes pour penser que faire sa demande devant ses parents, son frère, sa belle-sœur et son neveu était un tant soit peu juste, romantique ou approprié.

— C'est si beau de se dire que votre anniversaire de mariage est aussi notre date de fiançailles, fit Jonathan à sa mère, en minaudant presque, et Harriet se demanda si ce qu'elle avait pris pour de la bienveillance dévouée n'était pas, en réalité, du consternant léchage de cul.

Elle venait de se prendre un tel coup qu'elle ne savait plus discerner analyse et colère pure.

Quand enfin tout le monde se mit à bâiller et à se dire *sacrée soirée mais il est peut-être temps d'aller se coucher*, Harriet ne savait plus quoi ressentir. Ce qui venait de se passer était suffocant ; ce qui allait se produire ensuite serait certainement pire.

— Chaque fois que j'aperçois la bague à ton doigt, mon cœur explose, lui dit Jon en prenant sa main dans la sienne tandis qu'ils montaient les marches recouvertes d'une lourde moquette pour regagner leur chambre.

La perspective de ce qu'elle se préparait à faire la faisait frémir – ce serait d'une atrocité sans nom, mais il ne lui avait pas laissé le choix. Harriet n'avait même pas le réconfort de ressentir une émotion prédominante – colère et pitié envers Jonathan se livraient une guerre sans merci en elle. Il avait beau mériter ce qui allait suivre, il ne méritait pas ce qui allait suivre.

Harriet avait peur qu'il n'essaie de l'embrasser, et qu'elle soit obligée de le repousser ; elle laissa donc retomber sa main, inséra la carte-clé dans la serrure et passa la porte avec assurance. Elle traversa prestement la chambre, retira la bague de son doigt et la posa sur une commode, puis elle se retourna et croisa les bras. Jon demeura imperturbable.

— Tu as peur de la perdre ? dit-il. Elle vaut une petite somme, mais je l'ai déjà fait figurer dans l'assurance habitation, ce qui veut dire que nous serions couverts ici aussi en cas de perte ou de dommages. Alors remets-la et viens ici, ma superbe *fiancée*.

On aurait dit un gosse à Chessington World of Adventures à qui on avait appris que tous les manèges étaient gratuits.

— Jon, dit Harriet d'une voix si grave et sinistre qui ne ressemblait pas à la sienne. Qu'est-ce qui t'a pris, bordel ?

L'expression de Jon changea brutalement, sans qu'il bouge d'un pouce pour autant, flairant le danger comme un mulot sent un prédateur dans les broussailles.

— … Je n'aurais pas dû confirmer que ma mère pouvait assister aux essayages de la robe ? Je la refrénerai si tu trouves que ça fait trop, ne t'inquiète pas. Je sais que tu n'aimes pas faire de chichis.

— Non ! s'écria Harriet, et Jon se ratatina sur lui-même.

Elle n'en revenait pas qu'il n'ait toujours pas saisi ce qu'il avait fait, mais elle comprit aussi qu'elle devait maîtriser ses émotions un minimum au cas où on les entendrait.

— Je veux dire, pourquoi m'as-tu demandé de t'épouser ? Devant toute ta famille ? !

— Ce doit être parce que j'ai très envie de t'épouser, dit-il en s'accoudant à la cheminée, retrouvant le sourire.

Elle voyait bien qu'il était assez pompette, et si euphorique, si émerveillé à l'idée d'avoir en face de lui la future Mme Barraclough (Junior) qu'il ressentait assez de bonheur pour deux. Les protestations de Harriet ne résisteraient pas à la force destructrice qu'était la joie de Jonathan. Elle allait bien se laisser gagner par sa certitude béate de leur bonheur, non ? Comme si être amoureux était une maladie contagieuse.

— J'ai toujours dit que jamais je ne voudrais me marier. Tu le sais. Je n'ai jamais fait planer le moindre doute sur la question.

— Euuuh... Alors... pourquoi tu as dit oui ? demanda Jon.

Même si Harriet s'était attendue à cette question, elle dut planter ses ongles dans la paume de ses mains pour se retenir de crier.

— Sérieusement ? Avais-je vraiment le choix ? Devant tes PARENTS ? Te rends-tu seulement compte du supplice que j'ai enduré ?

Jon se redressa, assimilant ses propos. Mais Harriet vit qu'il était aussi en train de réfléchir frénétiquement (cerveau-en-mode-boulot pour résolution de conflit) : OK, elle est vraiment énervée, comment faire pour m'excuser d'avoir mal jugé la manière de faire ma demande et l'apaiser, lui donner la sensation d'être entendue ? Pour qu'on puisse se réconcilier, se lover dans le lit, et peut-être même en rire ? *Non mais franchement !*

— Oh ! bon sang, désolé, Hats. Tu as totalement raison. Je n'avais pas pensé à ça. J'étais tout excité que ma mère ait trouvé la bague, et quand elle a dit qu'elle me la donnerait *ici*, j'étais impatient, et on a commencé à planifier tout ça. Ma mère, bénie soit-elle, a soutenu qu'on ne leur volerait pas la vedette.

C'était du Jon tout craché d'avoir l'imprudence de louer ainsi sa mère pour son rôle clé dans ce merdier. Jackie n'était pas aussi candide que son fils, elle devait bien savoir que cela revenait à se mêler de ce qui ne la regardait pas, à s'approprier ce qui devrait être un événement privé. Elle avait sans doute fomenté ce projet dès qu'elle avait trouvé la bague, et ce n'était pas difficile de manipuler son fils. Si Barty était Joffrey dans leur *Game of Thrones*, Jacqueline était Lady Olenna Tyrell. *Dis-le à Harriet. Je veux qu'elle sache que c'était moi.*

— Ça m'a un peu échappé. Je vois à présent que tu as l'impression d'avoir été mise sur la sellette.

— Ce n'est pas une impression, *j'ai été* mise sur la sellette. Je ne veux pas me marier ! Tu le sais. On a eu plusieurs discussions sans équivoque sur le sujet !

— Oui mais…, commença-t-il en levant les bras avant de les laisser retomber dans un geste d'inanité déconcertée. Les gens disent toutes sortes de choses à longueur de temps, non ? Je dis chaque été que je vais laisser tomber mon job pour devenir moniteur de kayak. Je pensais que c'était un trait d'esprit irrévérencieux ! Que tu étais un peu blasée à cause de ton travail. Je pensais que si tu pouvais faire un mariage *à ta façon*, que…

— À ma façon ? Tu veux dire que, une fois que tu aurais proposé de me payer mon mariage, j'aurais sauté sur l'occasion ? Mes convictions sont-elles si creuses ?

— Non !

Si, il pensait que sa fortune balayait tout. Que s'il était prêt à dérouler le tapis rouge, il pourrait obtenir ce qu'il voulait en retour. Jon n'était pas un cynique, mais c'était bel et bien sa manière de penser.

— Tu pensais qu'une fois que j'aurais le droit d'organiser une fête, toutes mes petites objections féminines débiles s'envoleraient comme par magie ? Que c'était une de ces petites idées de bonne femme qui ne comptent pas réellement dans la vraie vie ?

— Enfin, Hats, jamais je ne penserais que ton avis ne compte pas, tu le sais. Tu fais un peu la canaille, là, dit Jon, et Harriet se retint de hurler. J'ai dû croire que… Aussi ridicule que cela paraisse, je me suis dit *ça ne fait pas de mal de poser la question.* « Qui ne tente rien n'a rien. » Que tu pouvais dire non.

— Sauf que si tu le fais devant témoins, ce n'est pas tout à fait la même chose, Jon, si ?

Des témoins hostiles, qui plus est.

Cette remarque, plus que tout autre chose, sembla faire éclater sa bulle de satisfaction, et il fit un pas vers elle, mains en l'air, suppliant.

— Non, non. Oh ! bordel de merde. Je m'y suis vraiment mal pris.

Harriet ne dit rien. À ses yeux, cela ne ressemblait toujours pas à de vrais remords. Elle doutait même qu'il la croie. Harriet lui avait opposé un obstacle qu'il devrait surmonter, voilà tout. S'ils en restaient là, le lendemain, le fantasme du mariage se serait réaffirmé, tant il était puissant. Jon sifflerait gaiement et réfléchirait en secret à intégrer une version épurée de leur échange de ce soir dans son discours. *Non mais franchement !*

— Du coup… tu veux rompre officiellement les fiançailles, ou mettre simplement cette idée en suspens, dire qu'on opte pour des fiançailles longues ? Mais *pitié*, garde la bague. Elle te va à merveille. On pourra dire que c'est un symbole d'engagement, ou quelque chose dans le genre.

La bague. Après tout ce qu'elle venait de dire, il se tracassait pour un bijou. Harriet sentit un frisson électrique lui parcourir l'échine, et pour la deuxième fois de la journée, son estomac se souleva, comme dans la descente d'un grand-huit. *Comment en était-elle arrivée là ? Non mais franchement !* Et soudain elle sut, sans doute possible. Cette chose que ses entrailles lui disaient depuis un moment. Elle avait laissé ces messages s'accumuler comme des factures impayées, et voilà que l'huissier de justice frappait à la porte.

Elle prit une profonde inspiration.

— Je ne veux plus être avec toi. C'est fini, Jon.

6

Il la regarda, les yeux comme des soucoupes, sa peau virant au blanc-vert, pâlotte, comme les murs de la chambre. C'était son âme qui mourait, en direct.

Il finit par dire :

— Tu n'es pas sérieuse… ? Tu me quittes ?

— Oui.

— Parce que j'ai foiré ma demande en mariage ? ! Harriet, c'est ridicule. Ta colère est légitime, mais n'en faisons pas tout un drame. Je n'ai pas besoin d'être davantage puni pour comprendre que tu es très contrariée.

Elle avala péniblement sa salive alors que les larmes lui montaient aux yeux.

— Jamais je ne dirais une telle chose sans la penser, juste pour te punir. Ce serait odieux.

— Alors pourquoi le dire maintenant ?

Harriet répondit, la gorge nouée :

— Tu as un peu imposé le sujet ce soir.

— Alors tu n'étais pas heureuse avant que je te demande en mariage ?

Respire. Dis-le.

— Non.

— Vraiment ? demanda Jon d'une voix brisée.

Harriet en eut le cœur serré.

— Oui.

— Tu ne m'aimes pas ?

Harriet ferma les yeux.

— Pas comme il le faudrait.

— Qu'est-ce que ça veut dire, ça, bordel ?

— Juste… ce que j'ai dit.

Elle rouvrit les yeux. C'était comme si Jon se ratatinait dans ses vêtements. Elle s'en voulait tellement.

— Comment m'aimes-tu, alors ? Comme un hamster ?

— J'ai l'impression qu'on est arrivés au bout de notre histoire.

— Oh ! tous les clichés sont de sortie ce soir ! Tu vas dire quoi ensuite, que tu m'aimes mais que tu n'es pas *amoureuse* de moi ?

Harriet ne répondit pas.

Elle se rendit compte qu'elle avait su, quelque part, que cette conversation serait aussi traumatisante pour elle que pour lui. C'était une des raisons pour lesquelles elle l'avait toujours fuie. Elle n'était pas douée pour l'affrontement.

Pourtant, c'était encore pire qu'elle ne l'avait imaginé. Dans ses projections, l'air n'était pas aussi suffocant autour d'eux, comme si la pièce avait été vidée de son oxygène.

Jon traversa la chambre et s'assit sur le lit, la tête entre les mains. Quand il la releva, il avait les yeux rouges.

— Il y a quelques minutes, j'allais épouser l'amour de ma vie. Ce n'est pas en train d'arriver.

— Tu n'allais pas te marier, dit doucement Harriet en se passant une main sur les yeux.

Face à la douleur de Jon, elle aurait peur de passer pour une manipulatrice si elle se mettait à pleurer ; elle réprima donc ses larmes au plus profond d'elle-même.

— Non. Non, visiblement. Putain de merde.

Il tendit les mains devant lui, l'air exaspéré.

— Je ne comprends pas, on était heureux. Tu avais l'air heureuse ? Sérieux, Harriet ?

— J'étais heureuse ! J'étais super heureuse. Je ne regrette pas le temps qu'on a passé ensemble.

Ce n'était pas entièrement vrai, mais mentir par compassion lui semblait bienvenu.

— Mais nous sommes très différents, Jon. Cette soirée l'a prouvé.

— Que puis-je faire, que puis-je dire pour te convaincre de ne pas faire ça ?

Respire : dis-le.

— Rien, dit Harriet avec tendresse, même s'il était clair que cela n'avait rien de tendre. Je vais faire ma valise et rentrer en Uber, s'il y en a un pas trop loin.

Jon releva brusquement la tête.

— À cette heure-là ? Ne sois pas ridicule ! Je peux dormir par terre si tu veux.

Harriet ne savait pas s'il insistait pour passer pour un gentleman ou un martyr – quoi qu'il en soit, elle serra les dents.

— Je n'ai aucune envie de voir ta famille demain, dit-elle.

Jon marqua une pause, prenant manifestement conscience qu'il allait lui aussi devoir leur faire face et, en dépit de leur douleur partagée, Harriet sentit qu'il comprenait enfin sa folie de les avoir impliqués.

— On pourrait partir très tôt demain matin, proposa-t-il.

Harriet réfléchit. C'était plus sensé que d'essayer de s'enfuir de ce trou paumé au beau milieu de la nuit. Mais le plan de Jon présentait un problème majeur : il impliquait de passer encore des heures en sa compagnie. Il mettrait ce temps à profit pour essayer de la faire changer d'avis et, même s'il ne le faisait pas, partager un espace contigu pendant des heures avec l'homme dont elle avait brisé les rêves de mariage – et qu'elle avait possiblement brisé tout court – était une perspective éprouvante. Néanmoins, il serait pire encore de ne pas trouver de taxi pour venir la chercher. D'autant que fuir la scène de crime était une illusion : elle ne ferait que rentrer chez lui pour dormir dans la chambre d'amis. La proximité avec Jon ne pouvait être évitée, pour l'instant.

— D'accord, finit-elle par dire piteusement. Mais c'est moi qui dors par terre.

— Ne sois pas stupide, fit Jon, et elle sut que sa galanterie l'empêcherait de céder.

Il ressortit de l'examen du couchage qu'il n'y avait aucun moyen logique de le séparer en deux couches distinctes, mais le lit en lui-même était large, et ils finirent par décider de le partager. Il ressortit aussi, non sans une certaine gêne, que Jonathan avait chargé un employé d'y répandre des pétales de rose. Ils se relayèrent dans la salle de bains pour se changer, puis ils s'allongèrent avec raideur dans le noir, séparés par des traversins et s'efforçant de respirer sans un bruit, la chambre comble de la cacophonie de leurs pensées.

Ce fut la chasse d'eau qui la réveilla à l'aurore, une faible lumière grise s'infiltrant à la commissure des rideaux de brocart. L'épouvantable script de leur rupture l'avait tenue éveillée, elle s'était rejoué les détails les plus affreux, et elle avait encore la chair de poule au lendemain des faits. Elle se redressa sur les coudes alors que Jon sortait de la salle de bains. Elle remarqua seulement alors sur une table d'appoint la bouteille de champagne, qui avait certainement été livrée pendant qu'ils dînaient et demeurait intacte dans son seau en étain rempli de glaçons fondus, avec deux flûtes toutes propres.

— Harriet. Je t'en prie, ne me quitte pas.

Dans la demi-obscurité, elle se concentra sur le visage de Jon, qui luisait de larmes.

— Je t'en prie. Je t'en supplie. Ça me brise le cœur. Je ne peux pas imaginer la vie sans toi, Harriet. S'il te plaît. Reste.

— Je ne peux pas, répondit-elle d'une voix rauque. Je suis désolée.

— On pourrait se dire qu'on prend un peu de temps chacun de son côté, qu'on fait un break ?

— Ça ne changerait rien.

— Il y a quelqu'un d'autre ?

— À cent pour cent, non.

Jon ravala un sanglot.

— Tu sais, je préférerais presque qu'il y ait quelqu'un d'autre. Parce que, au moins, il y aurait une raison. Une personne avec qui rivaliser…

— Jon, souffla Harriet avec autant de douceur que possible, une larme chaude roulant sur sa propre joue. Tu n'as rien fait de mal. À part la demande en mariage.

— À part ne pas être celui que tu veux.

Il posa une main sur son visage et se mit à pleurer, le corps secoué de sanglots. Elle ne pouvait pas le prendre dans ses bras ; ce contact serait déplacé. Pour la première fois depuis que la porte s'était refermée derrière eux la veille au soir, elle laissa couler ses propres larmes, se séchant grossièrement les joues avec la manche de son pyjama.

C'était éprouvant de choisir de briser quelqu'un ainsi. Ce n'était pas un choix, se dit-elle – sauf que c'en était un, car elle avait le pouvoir de ne pas le quitter. Elle pleura en silence, retenant ses larmes, car elle ne voulait pas lui donner un faux espoir, l'illusion qu'elle regrettait sa décision – qu'elle convenait que c'était peut-être une erreur.

Elle avait peur de sa décision – peur de laisser filer un homme qui tenait tant à elle, peur de la solitude du célibat, de devoir se remettre à sortir avec des hommes, d'être célibataire à trente-quatre ans et de tout ce que cela pouvait impliquer. Mais même dans les crocs de cette peur, elle savait qu'elle n'avait pas de doutes. Le seul avantage d'avoir passé si longtemps dans des limbes émotionnels était la valeur qu'elle pouvait désormais accorder à sa certitude. Si terrible que soit sa décision, il aurait été pire de savoir ce qu'elle devait faire mais de ne pas le faire par lâcheté.

— Depuis quand n'es-tu pas heureuse ? demanda Jon quand il retrouva la parole.

Harriet avait honte de la vérité, du premier signe indubitable. *En rentrant de nos premières vacances ensemble à Barcelone, quand tu as plaisanté en disant qu'on y retournerait dans vingt ans et que j'ai dû réprimer un frisson d'effroi à cette idée. Arrête d'être aussi phobique de l'engagement*, avait-elle pensé. Le bonheur n'est pas une constante, c'est une chose insaisissable, nébuleuse, fluctuante. Elle s'était dit qu'elle ne pouvait pas le mesurer avec précision. On ne quitte pas quelqu'un dès qu'on a un doute, ou qu'on s'ennuie. Ou peut-être que si, si on est Warren Beatty dans les années 1970.

— Je ne sais pas. Quelques mois ?

— Mois ? ! Pourquoi ne pas me l'avoir dit avant ? Ne pas m'avoir dit que tu avais des doutes ?

— Je devais d'abord être sûre que mes doutes étaient réels.

— Quand m'en aurais-tu parlé, si je ne t'avais pas demandé en mariage hier soir ?

Elle détourna le regard.

— Je ne sais pas.

— Tu savais que tu allais mettre un terme à notre histoire, *me briser le cœur*, et pourtant tu continuais de venir aux événements familiaux, comme ce week-end ?

— Je ne savais pas quoi dire ni quand le dire. C'est quand, le meilleur moment pour briser le cœur de quelqu'un ?

Jon secoua la tête, incrédule. Il lui donna une réponse à la fois typique de Jon le directeur et, elle en avait bien peur, infiniment sage :

— Le plus tôt possible.

7

On a le service pour lequel on paie, et dans l'hôtel que Jon avait réservé, le couple tout juste (dé)fiancé qui se faisait la malle eut droit à un stoïcisme discret et prétendument incurieux – Harriet était certaine que le personnel les reconnaissait, vu les nombreuses dispositions demandées par Jonathan.

Les employés auraient pu prendre cela pour un élan d'impulsivité amoureuse, comme si Jon et elle filaient tout droit à Gretna Green[1], à ceci près qu'au moment de se présenter à la réception ils étaient aussi nerveux que deux cambrioleurs en train d'attendre que le banquier vide la caisse.

Mais que s'est-il passé ? se demanderait le personnel dès que la Merco de Jon aurait disparu dans un crissement de pneus et un jet de gravier.

Alors qu'ils passaient devant la salle à manger en tirant leurs valises, Jon dit :

— C'est tout compris, alors si nous sommes rapides comme l'éclair…

— Tu n'es pas sérieusement en train de suggérer qu'on prenne le petit déjeuner ? siffla Harriet. Il est déjà 7 heures !

Chaque minute qu'il avait passée sous la douche ce matin lui était apparue comme du foutage de gueule. Le départ « très

1. Village écossais connu pour offrir la possibilité de se marier rapidement (et sans autorisation parentale, pour les mineurs).

tôt » promis par Jon était à présent en train de largement chevaucher « l'heure à laquelle les soixantenaires se lèvent et lisent tranquillement le *Telegraph* devant un déca » sur le diagramme de Venn.

Harriet se sentait malade à l'idée de voir Jacqueline apparaître au détour d'un couloir, enveloppée de *Pear & Freesia* de Jo Malone et de *Schadenfreude*[1].

— Il faut que j'avale *quelque chose* sinon je vais avoir la migraine, siffla Jonathan. Je vais envelopper un croissant dans une serviette.

Harriet réprima sa colère.

— S'il le faut.

Par « migraine » il voulait dire « un peu mal à la tête » – des maux de tête qui apparaissaient toujours comme par hasard et de manière passive-agressive quand quelque chose n'allait pas comme il voulait. Son esprit tatillon sur ses besoins en matière de santé l'avait toujours dégoûtée. Un jour, elle l'avait entendu dire à un serveur au Wolseley : « Pas de jus d'orange frais pour moi, merci, c'est le carnage gastrique assuré. Une vraie chandelle romaine. Une histoire d'acidité, je crois. »

Harriet n'avait pas tellement envie d'accompagner Jon au buffet, mais elle avait encore moins envie de prendre le risque de croiser qui que ce soit de la famille en restant plantée seule ici ; elle le suivit.

Ils s'arrêtèrent net sur le pas de la porte : Barty était tranquillement en train de se servir au buffet du petit déjeuner anglais gargantuesque : trois grosses saucisses, des toasts de pain aux graines et de la salade de fruits.

— Qu'est-ce que tu fais là ? ! lâcha Jon.

— Qu'est-ce que *vous* faites là ? rétorqua Barty, et pour une fois Harriet dut concéder que sa réponse insolente était justifiée.

Bien qu'horrifiée d'être prise sur le fait, Harriet s'accorda un

1. Mot allemand désignant la joie malsaine ressentie face au malheur d'autrui.

instant pour admirer le culot de Barty. Il était certain que plus tard, il comparaîtrait devant la justice dans des affaires telles que « Complots pour escroquerie » et « Usurpation d'identité d'un cheikh ».

Dans le tumulte de la veille et l'angoisse de ce matin, ni Jon ni elle n'avaient établi de stratégie au cas où ils croiseraient la famille de Jon, pour parer leurs questions sur où ils allaient et pourquoi ils partaient.

— Je me suis réveillé et j'avais faim, dit mollement Barty en considérant le festin que contenait son assiette, qui comprenait aussi deux pains au chocolat.

Il y eut un silence bref mais pénible.

— Pareil ! On avait envie d'un petit déjeuner anticipé, dit Jon en se penchant pour ébouriffer les cheveux de Barty, qui eut un mouvement de recul.

— Avec vos bagages ? contra Barty, sceptique.

— Oh ! euh… y'a pas de mal à être organisé, dit Jon d'une voix tremblante.

Ils se regardèrent tous tour à tour, comme dans une impasse mexicaine où des mensonges éhontés remplaçaient les pistolets.

— J'ai onze ans, je suis pas débile, dit Barty, donnant confirmation – un peu tardivement – à Harriet que le simplet qui demandait à ses parents de tout expliquer était en réalité un personnage pernicieux. Vous essayez d'éviter mes parents et mes grands-parents ? ajouta-t-il.

Visiblement, cela lui plaisait d'arracher son masque pour révéler Barty le Futé. Barty Poirot.

Harriet, impatiente de déguerpir, répondit :

— Oui, on se fait la malle.

— Pourquoi ?

— Jon et moi avons rompu parce que je ne veux pas me marier.

— Tu avais bien dit que tu n'aimais pas les mariages, répliqua Barty avec insouciance.

Enfin, un Barraclough qui l'écoutait !

— Tout à fait. Alors, au revoir, dit Harriet.

Jon semblait au bord de la crise cardiaque. Harriet lui donna un coup de coude en montrant les croissants.

À peine la portière de la voiture claquée, Jon lui tomba dessus.

— Tu ne crois pas que j'ai le droit de l'annoncer à mes parents avant que ce petit couillon le fasse ? !

Il devait être vraiment en rogne, pour calomnier ainsi son neveu.

— Jon, je sais, mais on a été pris la main dans le sac.

— On aurait pu se débarrasser de lui !

— Comment ? Je n'ai trouvé aucune explication valable à notre départ à cette heure-ci. Tu en avais une, toi ?

— Peut-être, si tu m'en avais laissé l'occasion avant de lâcher : oh, je l'ai quitté, j'ai quitté ce pauvre raté, il se morfond tout seul dans son trou à Larguéville.

Harriet ne dit rien. Elle avait oublié que Jon qui essayait de parler « ghetto » était encore pire que Jon qui déballait son transit intestinal au restaurant.

— Je suis désolée. J'avais bien dit qu'il fallait éviter la salle à manger.

— Ils vont m'appeler dans dix minutes maintenant ! Pour exiger des explications ! Et devine quoi, je n'en ai pas ! Il s'avère que Harriet ne m'aime pas et que, pour elle, l'idée de m'épouser c'est la MORT PRÉMATURÉE !

— Tu veux que je leur parle ?

— NON, JE VEUX PAS QUE TU LEUR PARLES, PUTAIN ! CE SERAIT SUPER BIZARRE.

Il avait viré au cramoisi, devenait hystérique, et Harriet ne savait pas ce qu'elle pouvait faire à part rester calme. Et puis, elle n'était pas assurée pour conduire la Mercedes. Il fallait absolument que Jon tienne parole, ou elle se retrouverait à attendre un Uber tapie dans un fossé. Elle s'imagina en train de partager sa position, cachée dans un buisson au bord de la route.

Finalement, à bout de souffle, Jon fourra haineusement la clé dans le contact et quitta le parc de l'hôtel en faisant rugir le moteur comme s'il était au Grand Prix. Intérieurement, Harriet poussa un lourd soupir.

Étrangement, alors qu'ils filaient à toute vitesse sur les routes de campagne arborées et envahies de cerfeuil sauvage, elle se demanda si Jon regrettait d'avoir accepté leur départ (en partie) réussi. Après tout, sans compter son nouveau pote, Barty le mangeur de saucisses, ils laissaient derrière eux les quatre personnes qui seraient atterrées par le mauvais traitement dont Jon était victime, par l'arrogance et l'idiotie inconcevables de ce rejet. Jon s'était toujours efforcé de protéger et de promouvoir la réputation de Harriet auprès de ses proches ; cette habitude venait-elle soudainement d'expirer, comme un contrat d'assurance ? Elle avait résilié son engagement et arrêté de payer les cotisations.

Le trajet jusqu'à Leeds se fit dans un silence menaçant et ininterrompu. Au début, Harriet avait eu l'impression de devoir dire quelque chose mais, le temps avançant, elle se ravisa : respecter le refus de discussion de Jon était plus sage.

— Tu peux rester autant que tu veux, le temps de trouver un autre logement, finit-il par dire avec une galanterie blessée, alors qu'ils passaient le portail électrique de sa maison.

Visiblement, Jon commençait à redevenir lui-même.

— Si tu es vraiment décidée à faire ça.

— Merci, dit-elle, ignorant la deuxième partie de sa phrase.

Quand ils sortirent de la voiture, Harriet remarqua la viennoserie écrasée dans le vide-poche de la portière conducteur. Dans l'entrée, Jon consulta son téléphone, fronça les sourcils, puis, sans rien dire, il sortit passer des appels dans le jardin.

8

Dans le crépuscule atmosphérique, lumières tamisées, de la salle à manger déserte du restaurant de Headingley, Lorna se leva d'un bond, faisant racler bruyamment sa chaise sur le sol, et porta les mains à ses clavicules dans un geste dramatique.

— Oh OUI PUTAIN ! Je croyais que tu allais m'annoncer que tu allais ÉPOUSER CE CLOWN. OH PUNAISE, QUEL SOULAGEMENT ! Je tremble là, je tremble, regarde !

Lorna tendit les mains pour les montrer à Harriet, qui cligna des yeux, abasourdie.

Elle avait dit à son amie qu'elle avait quelque chose à lui annoncer, et Lorna, prudente, avait répondu : « Okay, est-ce que notre rencard du mardi soir au resto, ça te va ? » Elles se retrouvaient très souvent en semaine pour boire des coups dans le restaurant de Lorna après la fermeture, puisque le métier de Harriet bloquait la plupart de ses vendredis et samedis soir.

Lorna avait semblé sur ses gardes à son arrivée, puis Harriet eut l'impression de la *voir* se préparer à l'annonce. Cependant, quand elle avait dit « J'ai quitté Jon », Lorna avait explosé comme une parade avec pluie de confettis. *« Ce clown » ?*

— Tu… n'appréciais pas John ?

Harriet fit tourner cette idée dans sa tête, essayant de déterminer ce qu'elle en pensait. Elle ne croyait pas s'être bercée d'illusions sur le sujet – elle avait estimé les sentiments de Lorna envers Jon proche du mépris affable. Mais ce niveau de jubilation la sidéra.

Harriet détermina qu'elle était aux trois quarts intriguée, le quart restant étant à mettre sur le compte de son attitude protectrice envers Jon, essentiellement par culpabilité.

Lorna se rassit.

— Enfin, bon, mes condoléances, ou je ne sais pas ce que je suis censée dire – cela fit rire Harriet –, mais c'est la bonne décision, à cent pour cent. Tu le sais ?

Harriet hocha la tête, un peu triste.

— Je me sens super mal de l'avoir autant blessé, cela dit. J'aurais dû le faire il y a longtemps, ne pas laisser les choses dégénérer au point qu'il puisse imaginer qu'on allait se marier.

Évidemment, avoir des enfants demeurait, aussi, une attente vague, nébuleuse. Contrairement au mariage, Harriet n'avait à cet égard aucune objection, même s'ils n'en avaient jamais parlé. Elle se doutait que la famille de Jon n'aurait pas vu une grossesse hors mariage d'un bon œil, et qu'il voulait remédier au problème A pour passer tranquillement au B. C'était incroyable qu'on puisse mutuellement ignorer des icebergs de cette taille.

— Si j'*appréciais* John… ? poursuivit Lorna. Ce n'est pas que je le détestais, mais… je sentais qu'il avait sur toi un effet néfaste et qu'il n'était pas celui qu'il te fallait. Plus votre relation durait, moins j'avais de temps pour lui. Oui, d'accord, c'est suffisant pour dire que je ne l'appréciais pas. Tu pourrais certainement te faire une minijupe avec le tissu de mon aversion.

— Alors, si je t'avais annoncé que j'allais me marier avec Jon, j'aurais passé le reste de ma vie sans savoir que ma meilleure amie déteste mon époux ?

— Oh non, pouffa Lorna. Je te l'aurais dit. J'aurais pris le risque. Je pensais y être obligée ce soir, c'est pour ça que je me faisais dessus.

Ah, voilà. L'adrénaline qui avait alimenté la joie de Lorna s'expliquait par le fait qu'elle échappait à la dispute potentiellement traumatique qu'elle avait anticipée.

— Ça vaut un bon vin et de la meilleure musique, dit Lorna.

Elle se releva d'un bond pour lancer depuis son téléphone un morceau de George Michael, diffusé sur son enceinte Bluetooth bleue Roberts Beacon (tout était d'un kitch hipster dernier cri, ici), avant d'aller fouiller avec autorité dans les réfrigérateurs illuminés derrière le bar.

Dans une autre vie, Lorna avait travaillé pour une compagnie de téléphonie mobile et détesté ça. Peu avant ses trente ans, elle avait obtenu une grosse compensation financière quand elle s'était cassé la jambe en tombant dans une bouche d'égout. (« Ils n'avaient pas besoin de savoir que j'avais un gros pack de Desperados à la main et que j'étais en train de faire la danse de *Pulp Fiction* avec Gethin du service informatique pour essayer de le séduire. Il va sans dire que je n'ai jamais pris mon pied avec lui à cause de ma jambe en l'air, il ne m'a même jamais rappelée. »)

Elle avait mis cette période de récupération et l'argent reçu à profit pour refaire sa vie en tant que propriétaire du Divertimento, un bar-bistro servant des plats méditerranéens. Le Dive, comme elle l'appelait, était son bébé : « Comme une maman, je passe tout mon temps à m'inquiéter pour lui et il m'épuise, mais je l'aime toujours autant. »

Lorna posa une bouteille de vin orange entre elles deux et, alors qu'elle le servait, Harriet décrivit la scène méli-mélo-dramatique de l'écrin-sur-un-plateau.

Lorna en fut bouche bée.

— T'appelles ça une erreur de jugement, mais tu sais comment j'appelle ça, moi ? Du pur égoïsme. Seul un mec qui ne s'intéresse pas aux *vraies caractéristiques de la personne qu'il demande en mariage* ferait un truc aussi tordu. Il t'a traitée comme un porc de concours. Il t'a donné des glands à manger et t'a fait parader.

— Il n'est pas si horrible ! Ce n'est pas quelqu'un de cruel. Il ne verrait pas les choses comme ça.

— Même s'il te traite comme un trophée creux sans le faire *exprès*, Harriet, ça ne change pas le problème : il le fait quand même.

— Hmmm.

Elle n'avait jamais pensé à Jon en ces termes philosophiques auparavant. Si vous partez du principe que tout devrait se passer comme vous l'entendez, est-ce si différent du fait de vous arranger pour que ça se passe comme ça ? S'il avait oublié de tenir compte des sentiments d'Harriet, n'était-ce pas simplement de l'indifférence envers ce qu'elle ressentait ?

Elle avait repensé depuis au fait qu'il avait dû totalement occulter les vœux de Harriet de ses comptes. Le processus mental avait dû être : J'aime Harriet + J'aime ma famille + J'aime l'idée de l'épouser = bingo, c'est que de l'amour. Sans pour autant remarquer que c'était le « je » qui précédait chaque aspect.

— Et l'argent me posait problème, reprit Lorna. Je n'ai jamais rien dit parce que je sais que tu n'es pas matérialiste. Il t'a achetée, et qui plus est, il savait parfaitement ce qu'il faisait.

Il était clair que Lorna respirait enfin, qu'elle se mettait à l'aise après deux ans à porter un corset constrictif. (Et Lorna portait peut-être littéralement un corset ; ce soir, elle avait une robe de bal en mousseline de soie jaune banane et des Birkenstock rose fluo. Divertimento était connu pour la mode délirante de sa propriétaire blonde peroxydée. Jon avait dit un jour en parlant des fringues de Lorna qu'elle semblait toujours avoir perdu un pari, ce qui n'était pas un compliment et décrivait pourtant parfaitement le brillant de son style. Sauf que le pari était toujours gagné, aux yeux de Harriet.)

— Du coup… ça veut dire que j'étais à vendre, et que c'est ma faute ? demanda Harriet.

— Non. C'était plus sournois que ça. Dès que tu avais un moment calme où tu risquais de retrouver tes esprits, il lâchait un

« Ça te dit un week-end à Reykjavík ? » ou « Allons à York goûter le menu dégustation de ce resto incroyable » ou « Invite tes amis à dîner dans mon palais et je leur servirai toute ma cave à vin ».

Aïe, Harriet avait oublié ça. Un soir, Jon avait servi une bouteille valant mille livres alors qu'ils avaient déjà tous un coup dans le nez. En théorie, c'était super, mais cela avait mis tout le monde sur les nerfs de devoir passer subitement de la décontraction post-repas aux remerciements polis comme Jon leur vantait pompeusement le « nez de cerise et de cassis » du vin. Ils s'étaient disputés ensuite ; Jon ne comprenait pas que sa générosité puisse être mal perçue.

— S'il avait travaillé chez Specsavers, l'arnaque Barraclough aurait duré moins longtemps, conclut Lorna.

— Je ne vois pas en quoi ce n'est pas ma faute, cela dit, puisque d'après toi je ne serais pas restée avec lui s'il était fauché.

— Ce n'était pas que tu voulais qu'il dépense de l'argent pour toi, mais… Il créait un sentiment de gratitude chez toi. En permanence. Tu étais reconnaissante qu'il soit si obsédé par toi et qu'il te gâte pour le montrer, et cette gratitude t'a fait croire que tu lui devais cette relation. Il s'est servi de ses dépenses pour te *soumettre* et tout contrôler. Ce n'était pas de la générosité, c'était une dynamique de pouvoir foireuse.

Harriet grimaça. Elle devrait y réfléchir, mais elle avait du mal à se considérer comme innocente dans cette histoire. Même si, il est vrai, elle se souvenait des nombreuses fois où ses tentatives de partager la note avec Jon avaient causé des bras de fer si tendus qu'elle avait fini par abandonner. Avec le recul, elle se rendait bien compte que cela la privait de tout pouvoir dans la relation.

— Et il n'a pas réussi mon test du troisième-jour-à-Glastonbury, dit Lorna. Qui est infaillible, selon moi.

— C'est quoi, déjà ?

— C'est le troisième jour du Festival. C'est une année pluvieuse, boueuse, une personne du camion qui vide les toilettes mobiles a appuyé sur le mauvais bouton et a pulvérisé des litres d'excréments humains direct sur la piste de danse, vous recouvrant tous les deux. Vous ne bouffez que des nouilles dans des barquettes aluminium qui contiennent trois tranches d'oignons pleines d'huile, tous les deux assommés par une sale gueule de bois. La tête d'affiche du dimanche est Toploader. Mais. Est-ce que vous le prenez à la rigolade ?

— C'est un test sévère, Lorna.

— Né d'une grande expérience. Si votre relation est solide, l'adversité la plus terrible renforce l'alchimie. C'est là qu'on découvre si c'est du bonheur réel que l'on ressent en compagnie de l'autre : les pires moments peuvent se transformer en bons moments, ou révéler si votre relation ne repose que sur des privilèges.

— Je ne rencontrerai jamais personne qui me fera penser que ne pas être recouverte d'excréments est un « privilège ».

Elles se dévisagèrent et s'écroulèrent de rire. Harriet sentit une pointe de culpabilité en pensant au dégoût de Jon s'il les voyait.

— Désolée, je sais que je fais du pur Lorna ce soir. Je suis si heureuse que tu aies vu la lumière. Et puis, dit-elle plus urgemment, tu voulais un mec gentil, et je sais pourquoi. Et il avait tout l'air de l'être.

Leurs regards se croisèrent, et Harriet eut la gorge nouée. Elles parlaient rarement de l'avant-Jon, mais c'était toujours là, comme un démon cauchemardesque tapi dans les ombres de la chambre.

Lorna reprit, sur un ton plus léger :

— Je commençais à m'inquiéter sérieusement. Je vous avais donné dix-huit mois max. C'est pour ça que, si tu m'avais annoncé que tu avais dit oui ce week-end, j'aurais été obligée de mettre notre amitié en péril pour dire « hors de question, putain ». Les femmes bien ne sont pas un système de récompense pour les hommes stupides.

Harriet confirma d'un « ouhou-ouhou ».

— Elle n'aurait pas été en péril.

— Mais tu m'aurais éliminée comme demoiselle d'honneur, non ? dit Lorna. Et alors, c'est comment, vivre dans la chambre d'amis de Jon ? C'était difficile d'en choisir une ?

— C'est… moche, fit Harriet. Mais seulement parce que je culpabilise. Jon est gentil et me laisse de l'espace. Et il y en a, comme tu le sais.

— Grand seigneur, le Jon. Il faut qu'on te sorte vite de là, alors. Rox aura bien un truc à te proposer.

Leur amie Roxanne travaillait dans une agence immobilière, qui gérait des locations aussi bien que des ventes. Elle complétait habituellement ce que Lorna appelait leur « triade d'enfer », mais elle avait un événement professionnel immanquable ce soir-là, si boire du vin blanc chaud et acide avec des teufeurs gueulards en chemise Hackett était considéré comme immanquable.

— Je suis soulagée aussi que tu n'aies pas retrouvé tes esprits après avoir épousé Jon, acheté une maison avec lui, et eu des enfants, dit Lorna. C'était peut-être un partenaire adorable, mais je pense que ce serait un ex vindicatif si vous deviez vous partager quoi que ce soit.

— Jon ? ! Non, protesta Harriet en riant, satisfaite de pouvoir être absolument sûre d'elle pour la première fois dans cette conversation. Il n'y a pas plus prévenant ni plus respectueux que lui. J'ai même été surprise qu'il jure quand j'ai mis fin à notre relation.

— Harriet, tu ne connais que Jon le Petit Ami, pas Jon l'Homme d'affaires. Je doute que le Capitaine Jus de Viande soit devenu directeur général en distribuant des câlins.

Harriet rit encore, puis secoua la tête.

— Il est en train de bosser sur un plat de mac and cheese au kale en ce moment, ce n'est pas Tony Soprano.

— Comme je l'ai dit, vous n'avez pas d'attaches, donc on ne le saura jamais.

Une heure et demie plus tard, se sentant bien plus stable

grâce au soutien de Lorna qu'elle ne l'avait été depuis des jours, Harriet rentra chez Jon et trouva une note épinglée sur le frigo :

> *H (seulement si tu veux bien !) les pots étiquetés 1, 2 et 3 contiennent une recette de baba ganoush qu'on est en train de tester, tu me diras celui que tu préfères ? Je suis quasi sûr que c'est du jus de chaussette dans le 2, sans vouloir influencer les résultats.*
>
> *J x*

Lorna avait souvent raison, mais elle se trompait sur Jon.

9

Jon avait été le dernier rencard d'une série d'une dizaine de rencontres affligeantes, opérées via une application pour trouver l'âme sœur. L'appli claironnait qu'elle était « faite pour être supprimée ». Le temps passant, Harriet était bien d'accord avec cette description.

À trente-deux ans, elle aurait dû ignorer le danger purement imaginaire d'être toujours célibataire après l'âge de trente ans.

Harriet savait que Jon représentait la fin de ce cheminement avant même de le rencontrer. Elle avait eu des doutes le jour même, se sentant incapable d'affronter un rencard raté de plus. Elle avait décidé de quitter la table de poker, et avait donc essayé d'annuler le rendez-vous.

Elle se disait que l'échange délicat du *ce n'est pas toi, c'est moi (et comment ce pourrait être toi, je ne t'ai même pas encore rencontré)* méritait le respect et la subtilité d'un coup de téléphone, aussi gênant soit-il. Mais quand elle appela, elle tomba sur la tonalité morte d'un téléphone éteint. Un message WhatsApp envoyé en test resta en « non lu ».

Elle découvrit plus tard que Jon était alors dans les entrailles d'une usine en train de tester une pâte brisée pour une tarte fromage-ananas (« mal conçue », dirait-il plus tard). Harriet ne lui avait jamais avoué pourquoi elle avait essayé de l'appeler.

Peut-être que leurs étoiles contraires étaient là depuis le début. Ils étaient la tarte fromage-ananas.

Puisque sa conscience refusait qu'elle lui pose un lapin, Harriet avait enfilé ce qui s'apparentait le plus à une tenue de soirée dans son dressing, une très jolie robe en laine grise, avec du rouge à lèvres rouge qu'elle essuya dans le taxi, de peur que ce soit trop aguicheur. Se préparant à une nouvelle soirée passée à se demander combien de verres il était poli de boire – sans que cela soit pris à tort pour un signe encourageant –, elle s'installa dans son bien-aimé Alfred Bar.

Harriet n'était pas douée pour les rencontres en ligne. Vraiment pas. Elle ne se vendait pas bien, choisissait mal ses *targets*. À l'inverse, Lorna et Roxy étaient des expertes ; elles voyaient toujours régulièrement un type ou un autre pour des aventures sans prise de tête, faisaient défiler les flirts comme des tubes dans une playlist. Au début, Harriet croyait à leurs encouragements : c'était juste qu'elle n'avait pas assez confiance en elle, elle ferait sensation une fois qu'elle aurait trouvé son rythme. *Nope.*

Harriet finit par se dire qu'elle devait être trop timide, ou paraître trop désespérée, vu le dégoût et l'indignation que suscitaient ses rejets polis post-rendez-vous. Elle ne s'était pas attendue à la rafale de comportements passifs-agressifs que le simple « exercice de son droit à choisir ses partenaires sexuels » pouvait susciter.

> Oh ! allez, Harriet ! ! Tu n'essaies même pas. Et si on retentait la semaine prochaine ?
>
> Oui je sais que j'ai dit que je voulais un deuxième rendez-vous, mais quand j'y ai repensé, je me suis rendu compte que je n'avais pas tellement envie en fait. Faut aller de l'avant hein, bonne continuation.
>
> C'est quoi au juste, une « étincelle » et est-ce que tu t'attends vraiment à la trouver au bout d'une heure et demie ?

C'est dommage, j'ai trouvé qu'on avait passé un bon moment. Je commence à en avoir ma claque que les nanas disent qu'elles cherchent un mec gentil et qu'elles nous jettent sans raison.

Dave est en train d'écrire…

Dave est en train d'écrire…

Dave est en train d'écrire…

Dave est en train d'écrire…

Dave est en train d'écrire…

OK, peu importe.

— Je vois d'où vient le problème, dit Lorna. Tu ne fais pas dans les histoires sans lendemain. Toute rencontre finit par compter pour toi. Ce que Dave-est-en-train-d'écrire a pensé de moi ne m'occuperait l'esprit qu'une microseconde. Ce que les gens pensent de toi t'a toujours importé, et c'est super, mais c'est parfois à ton détriment.

Roxy, généralement plus prudente que Lorna – même si, il fallait bien le dire, « être plus prudente que Lorna » était aussi facile que « sentir moins fort qu'une chèvre » –, était d'accord :

— Bloque-les et passe à autre chose.

Lorna avait donné une description parfaitement exacte de son état psychologique, songea Harriet, sauf que c'était un petit ami qu'elle voulait, pas un déclic thérapeutique.

En fait, l'application l'avait poussée à se demander si elle voulait *vraiment* un petit ami.

Le célibat avait du bon, même si le loyer de son appartement en ville était plutôt rédhibitoire. Elle était fauchée, mais entière. *Merci, application.* Assise au bar, elle appuya longuement sur l'icône présente sur l'écran du téléphone, et elle cliqua sur la croix pour s'en débarrasser. Elle n'avait plus qu'à souffrir la formalité de ce

« Jonathan Barraclough » injoignable par téléphone. Plus qu'un, et elle serait libre.

Voilà ce que Harriet faisait là, sous les lustres dépareillés de l'Alfred Bar, balançant les pieds en sirotant un verre de vin rouge, pour un dernier boulot avant de prendre sa retraite. Jonathan avait vingt minutes de retard et, bien qu'elle ne le connaisse pas, quelque chose dans sa correspondance d'une politesse et d'une grammaire impeccables lui fit penser que cela ne lui ressemblait pas.

Un type qui était le sosie d'un joueur de tennis connu entra dans le bar en trombe et rugit « AURIEZ-VOUS UN SEAU À GLACE OU UN RÉCEPTACLE DE LA SORTE ! ! ! ? » à l'attention des barmen terrifiés, qui lui donnèrent une bassine, dans laquelle l'homme se mit à vomir sous les yeux de la clientèle sidérée.

Un des serveurs lui tendit une serviette, et l'homme se tamponna la bouche.

— Intoxication alimentaire, dit-il à l'assemblée quand il eut retrouvé l'usage des muscles de son cou. Les risques du métier. Je suis désolé. Ne mangez jamais un *Scotch egg*[1] préparé par un fan de Chelsea ! conclut-il d'une voix forte.

Quelques applaudissements retentirent dans la salle, et il salua. Puis il se précipita dans les toilettes pour nettoyer la bassine.

— Non, non, insista-t-il auprès des barmen, vous ne pouvez pas vous en occuper, vous n'êtes pas assez payés pour ça !

Harriet se demanda ce qui s'était passé ; au moins, ce serait son rendez-vous le plus court. Elle finit son vin et se prépara à partir. Quel était le protocole ? est-ce qu'il préférerait qu'elle disparaisse purement et simplement, comme si elle ne l'avait pas vu dégobiller ?

1. Plat britannique composé d'un œuf dur enveloppé de chair à saucisse, pané et frit.

Elle décida de rester pour lui dire au revoir et lui souhaiter un bon rétablissement – même si elle ne lui en aurait pas voulu s'il décidait de se terrer dans les toilettes jusqu'à ce qu'elle s'en aille.

À sa grande surprise, un homme tout à fait frais reparut à ses côtés.

— Je crois que c'est la pire première impression que je pouvais faire. Comme Tony Blair en 1997, au moins je peux dire que les choses ne peuvent pas être pires !

Ils rirent. Harriet était agréablement surprise.

— Mon travail est d'expérimenter des recettes, ce qui veut dire que j'ai toujours une brosse à dents, du dentifrice et du bain de bouche sur moi, expliqua-t-il en sortant de sa poche une trousse en toile qu'il déroula sur la table à titre de preuve, comme Crocodile Dundee montrant ses couteaux à une donzelle. Je suis toujours partant si tu l'es.

— Tu ne te sens pas trop mal ? ! demanda Harriet, médusée.

— Oh ! non. J'ai l'habitude dans mon métier, une fois fini c'est reparti.

Il marqua une pause, se rendant manifestement compte que se vanter de son talent de régurgitateur n'était pas très sexy.

— Non pas que cela arrive souvent ! Mais même en prenant toutes les précautions sanitaires, avec le nombre d'usines que je visite, on finit tôt ou tard par tomber sur un truc qui fouette un peu. La tragédie, en l'occurrence, c'est que c'était seulement un pot au bureau pour récolter de l'argent pour les chiens d'aveugles. Qu'est-ce que tu bois ?

Jonathan alla chercher une tournée – comme il était devenu un genre de célébrité dans le bar, elle fut offerte –, et Harriet fut forcée d'admirer son sang-froid.

Bien que ce rendez-vous soit sans espoir dès le départ – et avant même que le type rende son déjeuner –, il offrait un avantage inattendu : il n'était grevé d'aucune attente. Peu importe comment la soirée se passerait. Harriet s'amusa pour de vrai, ressentant ce plaisir plus-plus qu'on éprouve quand on ne s'y attend pas.

Elle se prit de sympathie pour lui. Ce n'était pas quelqu'un qu'elle aurait fréquenté autrement, et cela commençait à devenir séduisant en soi.

Elle appréciait qu'il n'ait aucune gêne à reconnaître ses sensibilités, qu'il l'écoute avec attention quand elle parlait, riant de bon cœur quand elle essayait d'être drôle. Elle n'en revenait pas du nombre d'hommes qui n'offraient en réponse qu'un petit sourire tendu, à peine tolérant, signifiant : « Je vois ce que tu essaies de faire, et si j'avais le temps, je te ferais des commentaires sur ton travail. »

Jonathan avait été tellement malmené dans l'école privée pour garçons qu'il avait fréquentée qu'il avait demandé à être transféré dans un établissement public, où il était devenu populaire et heureux.

— Je me suis réinventé, en quelque sorte. Ça m'a appris des tas de compétences de vie, des mécanismes de défense qui m'ont bien servi. Ça m'a peut-être rendu plus timide avec le sexe opposé.

Elle voyait à présent comment sa personnalité avait été façonnée : ses manières irréprochables, sa façon de se tenir si droit, comme s'il était plus vieux que son âge, son désir de plaire. Harriet se surprit même à ressentir un certain instinct protecteur à son égard.

Fatalement, Jon posa la question :

— Et tes parents ?

— Ils sont morts.

— Mince, je suis désolé. Est-ce que je peux te demander ce qu'il s'est passé ?

— Ils sont tous les deux morts d'un cancer à moins d'un an d'écart, quand j'avais six ans.

— C'est affreux !

— Je ne m'en souviens pas vraiment, bien sûr. Ce sont mes

grands-parents qui m'ont élevée. Les parents de ma mère. À Huddersfield.

— Dur. Je suis vraiment désolé, dit Jon.

— Hé, ce n'est pas si horrible, Huddersfield ! plaisanta Harriet, mais l'expression de Jon resta maussade.

— Tes grands-parents sont toujours de ce monde ?

— Non, ils sont morts avant mes vingt-cinq ans.

— Oh non.

— C'était très triste, mais ce n'était pas une surprise, ils étaient vieux. C'étaient des grands-parents.

— Tu es donc toute seule ?

— J'ai de bons amis. J'ai des oncles et tantes et des cousins, tout plein du côté de mon père en Irlande. Je ne me sens pas seule.

Jon secoua la tête.

— Ma pauvre, souffla-t-il.

— Merci, mais je ne suis pas à plaindre, dit Harriet dans un rare moment de franchise – elle s'était enfilé pas mal de vin, le ventre vide. Ne prends pas cet air contrit, comme si j'étais une héroïne de Thomas Hardy. Mon enfance était certes différente, mais elle n'était pas triste. Ce fut même une très belle enfance. Avoir pitié de moi, c'est un peu comme porter un jugement de valeur sur ma vie, même si je sais que ce n'est pas l'intention.

— Pas faux, dit Jon, l'air plutôt surpris. Ce n'est certainement pas de la pitié que j'ai ressenti ce soir.

Après une longue pause, il ajouta :

— Je pourrais m'enfiler un curry, pas toi ?

Harriet éclata de rire.

— Si, absolument.

Ils passèrent au dîner et, à la fin de la soirée, quand il la mit dans un taxi sans avoir rien tenté, Jon dit :

— J'aimerais beaucoup te revoir, si tu veux bien ?

Harriet répondit oui sans hésiter.

À partir de là, elle décrirait ses soirées avec Jon comme faciles.

Cela aurait pu irriter les prétendants qu'elle avait rejetés de savoir qu'elle s'était finalement dispensée de « l'étincelle » comme critère. Jon avait passé au moins trente-cinq minutes à expliquer pourquoi *White Ladder* de David Gray était son album préféré, et il s'était moqué de son goût à elle pour les « trucs tendance bizarres » (le groupe Tindersticks n'était pas si bizarre, si ?). Il n'y avait pas eu d'étincelle. Mais les étincelles provoquaient des incendies.

Il y eut quatre autres rendez-vous avant que Jon propose un *dîner chez lui.*

Il n'avait jamais mentionné qu'il était riche comme Crésus. Harriet était impressionnée qu'il ait gardé le secret si longtemps. La maison de Jon donnait sur des courts de tennis, avait un portail électrique, un réfrigérateur rien que pour le vin, et – sur un tout autre sujet – il n'arrêtait pas de lui demander ce qu'elle voudrait qu'il lui fasse dans son lit à mémoire de forme haut de gamme super-kingsize. (*Il faut peut-être que t'arrêtes de poser la question*, répondait Harriet dans sa tête.)

Il était comme un guide touristique pour une autre vie, prêt à tout donner de sa personne pour avoir ses cinq étoiles d'avis clients. Et bon sang, il en pinçait pour elle. Elle le surprenait parfois en train de la regarder, une expression mièvre sur le visage, vénérant le simple fait qu'elle existait.

Harriet ne se définissait pas comme narcissique mais, durant ces premiers jours, il avait été difficile de ne pas se laisser troubler par son adoration pour elle. Et elle n'était pas assez narcissique pour croire qu'elle serait de nouveau idolâtrée de la sorte un jour.

10

Le samedi, Harriet fut réveillée tôt par le son inopportun de la pluie qui martelait le Velux de la chambre d'amis de Jonathan. Quand elle se retrouva sur la M62, essuie-glaces au maximum, c'était devenu un puissant déluge qui rinçait la chaussée. C'était une de ces pluies qui tombent d'un ciel gris ardoise, bien installée pour la journée, et qui réfléchirait *peut-être* à se calmer dans la soirée, si vous étiez sage. Il lui fallut plus de temps que d'habitude pour arriver au Radisson Blu, à Manchester, et elle espérait que les mariés, Rhian et Al, prendraient ce désagrément à la rigolade.

Ses espoirs d'une telle adaptabilité furent anéantis quand on la conduisit jusqu'à l'immense suite nuptiale. Rhian était en pleurs sur son lit, allongée sur le ventre, en étoile, encore en pyjama tartan. Sa mère tenait fébrilement ses cheveux en arrière pour qu'elle n'abîme pas ses belles boucles brillantes, faites par un professionnel. La maquilleuse était en train de déballer cérémonieusement son kit pour la deuxième fois, résignée à devoir tout refaire.

— C'est une tempête à déterrer les lépreux, dit Pat, la grand-mère de Rhian.

Ce qui, il fallait bien le dire, n'aidait pas.

Nana Pat semblait du genre à pouvoir tout encaisser.

— *Bon sang, maman !* lui souffla furieusement Lynn, la mère de Rhian, en lui faisant signe de fermer son clapet.

Nana Pat haussa les épaules et se remit à siroter son sherry Harvey's Bristol Cream, servi dans une tasse à thé.

— On dirait… la pluie de l'application de méditation, la pluie de l'application pour dormir, dit Rhian en levant brièvement la tête du matelas avant de se remettre à hurler.

Harriet se retint de souligner l'ironie et s'affaira à prendre en photo la robe de mariée sur son cintre, vaporeuse et scintillante. Quand ce fut fait, Lynn suggéra discrètement qu'on la laisse seule avec Rhian pour qu'elle puisse lui parler.

— Si elle ne se ressaisit pas bientôt, c'est trente-cinq mille dollars à la poubelle.

Harriet ne le disait jamais, évidemment, mais nombre de mariages s'accompagnaient de l'espoir vertigineux d'être un « JourParfait », à tel point qu'il était inévitable qu'ils se terminent dans la querelle et le malheur. Non seulement être une Mme Untel ne l'intéressait pas, mais elle refusait de s'infliger ce stress. Harriet avait un jour vu un couple s'engueuler à propos de la forme ronde ou carrée de leurs sous-verres personnalisés. Quand on se mettait à hurler ON DIRAIT QUE LE CARRÉ VIENT D'UN PUB GREENE KING, ESPÈCE D'ABRUTI ! à son fiancé enragé, on était un peu loin du but premier.

Harriet se retrouva dehors avec les trois demoiselles d'honneur, sous l'immense porche en pierre de la réception de l'hôtel, à manger un roulé à la pomme de terre enveloppé dans une serviette en papier. Elles observaient la mousson au sec, à deux pas du déluge, comme sous une cascade.

Hollie, Katie et Jo avaient des bigoudis en mousse sur la tête et un fort accent du Yorkshire. Elles fumaient des Marlboro Lights qu'elles tenaient en l'air entre leurs doigts manucurés. Elles portaient les robes de chambre de l'hôtel qu'elles avaient passées par-dessus des fonds de robe couleur chair, base neutre à leurs tenues du jour, et des chaussons en moumoute aux pieds. Harriet avait toujours aimé le processus de transformation des préparatifs, de chenille en papillon, et le trio accepta volontiers qu'elle les prenne en photo sous l'arche, avec le torrent en fond, comme si elles étaient en essai costumes sur le plateau d'un clip musical sensationnel. Harriet n'avait peut-être pas envie d'un mariage, mais elle aimait prendre en photo les gens qui aimaient ça.

— Elle enrage que sa voyante lui ait dit de choisir cette date, fit Holly en faisant tomber sa cendre sur le sol. Mais on est à Manchester ! Y'a une chance sur un million qu'il ne pleuve pas, non ? Si la pluie te dérange, pars à l'étranger !

Harriet trouva qu'elle n'avait pas tort, et que Rhian n'avait pas de bol d'être tombée sur une voyante peu fiable. Toujours s'assurer que sa voyante est une professionnelle accréditée et de qualité avant de suivre ses conseils. Sinon, vous pouvez facilement vous retrouver avec une vieille arnaqueuse munie d'un paquet de cartes et d'un turban en soie acheté sur eBay, qui invente des trucs pour se faire de la thune. Elle nota mentalement de raconter la blague à Lorna, et se rendit compte qu'elle ne prenait jamais de notes mentales pour rapporter des anecdotes marrantes à Jon. Il serait passé totalement à côté, il aurait lentement cligné des yeux et dit : « Existe-t-il *vraiment* des voyantes homologuées ? »

— Elle a regardé pour Chypre, mais sa grand-mère refusait d'aller plus loin que Manchester, elle ne voulait même pas venir à Harrogate parce qu'elle n'aime pas leur bouffe, dit Jo.

Tiens. Nana Pat en architecte de ce chaos, cela semblait tout à fait exact. Et puis, c'était la première fois que Harriet entendait parler d'une cuisine spécifique à Harrogate.

— Il faut juste aller de l'avant, hein ? dit Katie. Le jour de son mariage, ma cousine a fait une crise d'urticaire si atroce qu'elle a dû porter un boléro par-dessus sa robe bustier Marchesa, alors qu'elle venait de se faire refaire les seins exprès. Tout ça pour rien.

— Pas totalement. Les nichons sont allés en lune de miel, dit Jo en écrasant sa clope.

Harriet était tellement fascinée par leur sororité qu'elle regrettait presque de ne pas être fumeuse. Imaginez, si elle avait épousé Jon. Hôtel de charme à la campagne. Lorna l'air résigné mais déprimée dans sa robe de demoiselle d'honneur, Roxy qui faisait la belle dans la sienne. Jon, en lavallière et dans son élément. Ce n'était pas bien d'accepter d'épouser quelqu'un dont on n'était pas amoureux, même si refuser ressemblait à de la cruauté gratuite.

— Tu es mariée, Harriet ? demanda Hollie.

— Non, et j'ai rompu avec mon petit ami le week-end dernier. Je vis dans sa chambre d'amis.

— Oh ! l'enfer, désolée, dit Hollie. Il y a huit placeurs à la cérémonie aujourd'hui, donc il y a de quoi faire, hahahaha.

Oh ! punaise. Harriet avait oublié qu'Al était un marié excentrique, elle devrait certainement faire une photo de la « parade des placeurs » avec leurs bouteilles de Peroni. Le calme et l'ordre des introvertis impopulaires avaient leurs avantages.

— Ne t'approche pas de Bruce, surtout, la prévint Jo. Horrible au lit, on se croirait sur un taureau mécanique.

— Il est si canon qu'il croit qu'il n'a pas besoin de faire d'efforts, c'est pour ça, indiqua Hollie. Évite aussi Chris de Batley.

— Pourquoi l'appelle-t-on Chris de Batley ?

— L'autre Chris ne vient pas de Batley, expliqua Jo.

— Pas de Bruce, ni de Chris originaire de Batley, confirma Harriet.

— Bon, on considère qu'elle s'est reprise ? demanda Katie. Prenons une bouteille de champ' au bar au passage. Faut lui dire que ce n'est pas grave s'il pleut comme vache qui pisse, l'esprit humain est plus fort !

— Oui ! dit Hollie. On va faire un cercle de prière précérémonie. Il est temps qu'elle trouve sa Sasha Fierce.

— On se retrouve là-haut ! fit Harriet.

Ces trois-là étaient-elles toujours aussi rigolotes ? Elle aimerait les engager pour les enterrements.

Harriet craignait le pire dans la suite nuptiale et y retourna avec l'appareil photo baissé, mais Lynn lui ouvrit la porte en grand avec un sourire tout en dents et croisa discrètement les doigts devant elle.

À l'intérieur, une Rhian calmée en peignoir était en train de boire une vodka tonic à la paille tandis que la maquilleuse s'occupait de son visage remis en état avec un tout petit pinceau, sur les basses motivantes de *We Found Love* en fond.

Un FaceTime encourageant avec le marié, un bon petit remontant et Rihanna, ça faisait des merveilles, lui expliqua la mère de la mariée à voix basse.

— Toc toc, fit Katie depuis le couloir, puis elle, Jo et Katie entrèrent à la queue leu leu en dansant, sous les cris de joie de la mariée. Monte le son ! *We found love* DANS UNE VILLE OÙ IL PLEUT !

Lynn se joignit courageusement à la farandole et Harriet essaya de faire quelques photos, même si elle doutait qu'elles lui vaudraient le moindre prix.

— Venez, Nana Pat ! cria Katie en la tirant par les bras pour la mettre debout tant bien que mal. Et toi aussi, Harriet ! Pose l'appareil photo !

Harriet consentit à rejoindre la chenille, qui fit maladroitement deux tours du lit avant d'aller dans la salle de bains, où les filles se rendirent compte qu'elles ne pouvaient pas faire demi-tour et sortirent à reculons, Hollie criant d'une voix robotique :

— CE VÉHICULE FAIT MARCHE ARRIÈRE.

Alors que la troupe se dissolvait, Nana Pat dit :

— S'il y en a une qui tombe, on tombe toutes comme des quilles. C'est ce qui a tué le mari de mon amie Oonagh, Roy Plomley.

— Une queue leu leu ? demanda Harriet.

— Une chute !

— Maman, tu peux essayer de rester positive, s'il te plaît ? siffla Lynn, et Pat répondit :

— Il n'y a rien de positif dans sa mort, ils ont retiré la sonde d'alimentation.

Nana Pat exceptée, l'humeur semblait s'être largement améliorée.

— Merci de nous supporter, souffla Lynn à Harriet. Désolée pour tout ce foin. Vous devez en voir des vertes et des pas mûres, non ?

— Chaque mariage est unique, répondit Harriet en souriant. Celui-ci est plus unique que la plupart.

Le plus étrange dans son boulot, c'est qu'elle avait un pass qui lui donnait un accès illimité au monde d'étrangers, au cœur d'un moment crucial, un instantané intime de vies en train de s'écrire. C'était d'une intensité folle – puis elle ne les revoyait plus jamais.

C'était doux-amer, en un sens.

Elle se passerait volontiers d'autres Nana Pat, cela dit.

Pendant la deuxième – et, malheureusement, pas la dernière – chenille de la journée, Harriet vit son téléphone s'allumer : appel entrant de Roxy. Elle s'excusa et sortit dans le couloir, à l'écart des décibels de *Umbrella* de Rihanna, pour y répondre. Les demoiselles d'honneur étaient déjà bien pompettes.

— Je t'ai dégoté une maison !

— Sérieux ?

— Une nouvelle annonce, tombée aujourd'hui. Une superbe maison mitoyenne à Meanwood, dans une rue calme, une de mes préférées. Le loyer est très raisonnable parce que le type veut louer rapidement, et *attends de voir* ta chambre avec salle de bains et le jardin.

— *Ma* chambre… ?

— Mais appelle-le maintenant, vraiment TOUT DE SUITE, pour caler une visite ! Elle va partir en moins de deux quand je la mettrai en ligne dans une heure.

Harriet sentit son cœur se serrer. Elle avait dit à Roxy qu'elle voulait habiter seule, même si elle savait qu'elle douillerait financièrement. L'enfer, c'est les autres. Fidèle à elle-même, Roxy avait écouté, écarté cette information trop emmerdante, et poursuivi selon ses propres critères.

— *Le type ?* L'autre locataire est un homme ?

— On est au XXIe siècle. Les hommes ont le droit d'exister. Et puis, tu as une salle de bains attenante. Tu ne la partageras pas. C'est la clé de l'harmonie entre colocataires, si tu veux mon avis professionnel.

— Pourquoi veut-il louer la chambre rapidement ?

— Apparemment, il y avait des problèmes avec l'ancien locataire, alors il l'a viré et il cherche quelqu'un au plus vite. La chambre ne peut pas rester vide parce qu'il en chie avec son emprunt, j'imagine.

— L'autre occupant est aussi le propriétaire ?

— Oui, la maison est à lui.

— Pourquoi a-t-il acheté une maison trop grande pour lui ?

— Harriet, je suis agente immobilière, pas sa biographe officielle.

Vivre avec son propriétaire ? Y avait-il plus séduisant ? Il piquerait des crises de colère à chaque trace de tasse à café.

Harriet remercia Roxy pour sa trouvaille, pensant que ce serait plus facile de lui dire non par message, et raccrocha. Elle reçut des photos sur WhatsApp. Elle s'appuya contre le mur du couloir et les parcourut pendant que des cris enchampagnés fusaient dans la suite nuptiale.

OK, la maison était effectivement charmante. Harriet ne cherchait pas nécessairement un bel endroit, et elle n'avait aucune attente là-dessus, aussi fut-elle surprise d'être si emballée.

La maison se trouvait au bout d'une allée, jolie boîte en pierres grises du Yorkshire, couverte de vigne vierge. La porte était orange vif. L'intérieur était un modèle de vanité discrète – couleurs murales fortes mais passées, appareils électroménagers chics et plantes en pots. Lorna approuverait.

Harriet ne voulait pas faire dans le cliché mais, si c'était un hétéro, il devait bosser dans le design. Elle n'avait jamais rencontré un mec hétéro qui choisirait un frigo Smeg rouge Coca-Cola, le lustre étoile de l'entrée ou le lit bateau de la chambre principale.

Le jardin foisonnait de roses et on apercevait une balançoire au fond. Sur le côté était installée une longue table de pique-nique, au-dessus de laquelle pendaient des guirlandes lumineuses. Ce décor ne demandait qu'à être habité. Il disait « Insérez votre vie ici ». Même si Harriet n'avait pas vraiment de vie.

Foutue Roxy. Elle avait trouvé un plan qui n'avait rien à voir avec sa demande mais qui, bizarrement, était tout ce que Harriet voulait.

Une autre alerte. Le contact d'un « Cal Clarke » et un message :

Sérieux H, appelle-le parce que je pense vraiment que ça va partir en un rien de temps. Regarde la salle de bains de la chambre principale. Moi aussi je veux une baignoire en cuivre, un lustre, et cette peinture bleu-noir ☺

À vrai dire, c'était un détail de la déco qui l'avait un peu fait tiquer. C'était chic, certes, mais ça faisait aussi un peu lupanar. Cela dit, elle n'utiliserait pas son espace privé. Du moment qu'il n'était pas trop bruyant quand il faisait ses affaires…

Et puis merde : elle allait appeler ce M. Cal Clarke, apprendre qu'il avait déjà sept visites de prévues pour lundi et que cela ne valait pas la peine d'être la huitième, et ça s'arrêterait là. Elle ne voulait pas bouder la trouvaille de Roxy, qui pouvait être aussi irascible qu'impétueuse – elle pourrait mal le prendre si Harriet ne donnait pas suite.

Un homme à la voix jeune et pleine d'assurance décrocha après deux sonneries.

— Allô, ici Cal.

— Bonjour, Harriet Hatley à l'appareil. Je suis intéressée par la chambre que vous louez et je me demandais si je pouvais venir la visiter en début de semaine prochaine ?

Y avait-il pire que de démarcher un inconnu ?

— Oh ! bonjour. C'était rapide ! L'annonce n'est même pas encore en ligne, si ?

Harriet se tortilla et fit des « hum, hum » et des « ah » évasifs. Elle n'avait pas le même culot que Roxy.

— Je ne suis pas disponible lundi et mardi, à vrai dire. Et j'ai aussi quelque chose de prévu mercredi. J'aurais peut-être dû y penser quand j'ai rédigé l'annonce, n'est-ce pas ?

— Ah, d'accord. Alors jeudi peut-être ?

— Jeudi, c'est… et puis zut, vous savez quoi, je vais être honnête avec vous, je déteste tout ce cirque. Le dernier mec a passé une heure à parler assis sur mon canapé, il s'est enfilé deux tasses de thé et un *flapjack*, et je n'ai même pas vu que c'était un imbécile. On pourrait s'entretenir par téléphone, maintenant ?

— D'accord… mais sans que je visite la maison ?

— Vous avez reçu les photos ?

— Oui.

— C'est tout ce qu'il y a à voir. Entièrement meublée. Il n'y a pas de remontées d'humidité ni de voitures sur des parpaings qu'on aurait coupées sur les photos, c'est une jolie maison en bon état. Vous avez la deuxième chambre, avec salle de bains attenante, et je travaille tard et ne me battrai pas avec vous pour réquisitionner la cuisine. Le loyer comprend les charges et la femme de ménage.

Ouh. Financièrement, c'était tout bénef. C'est vrai que ce serait sympa de pouvoir mettre un peu de côté…

— C'est très correct, dit-elle. Que faites-vous dans la vie ?

— Je suis journaliste politique pour le *Yorkshire Post*.

— Oh !

Grâce à cette information, l'appréhension rudimentaire qu'elle avait ressentie du fait de ne pouvoir rencontrer ce Cal s'évanouit Non seulement elle mettait les hommes ayant une belle déco intérieure dans la case « gays », mais, apparemment, elle mettait les hommes exerçant des métiers respectables de col blanc dans la case « non-meurtriers ». Comme s'il y avait des antécédents sur lesquels baser ces a priori. C'était quoi, au juste, un boulot de meurtrier ?

Une pause.

— C'est quoi, ce bruit ? demanda Cal alors que les demoiselles d'honneur passaient devant la porte de la chambre en chantant à tue-tête, en chœur avec Calvin Harris.

— Oh ! je suis photographe.

Harriet se décala un peu dans le couloir. Elle ignorait pourquoi elle avait omis spontanément la précision « de mariage ». C'était une coquetterie qu'elle avait eue au début de sa carrière – « Je ne veux pas être cataloguée ! » – et dont elle s'était débarrassée depuis longtemps. Peut-être parce que Cal s'exprimait bien, et qu'elle se sentait aussi vulgaire que son accent du Yorkshire.

— D'accord. Ce doit être… amusant ?

— Ça dépend des moments, dit Harriet, se doutant qu'il entendait en fond sonore les cris lascifs des filles sur *November Rain* des Guns N' Roses.

Cette certitude se renforça quand il demanda :

— Quel âge avez-vous, si ce n'est pas indiscret ? C'est juste que je me dis que si vous avez vingt-quatre ans, votre intérêt pour les soirées est certainement plus élevé que le mien à trente-deux ans et qu'il vaut mieux qu'on le sache dès le départ.

— Je suis une vioque de trente-quatre ans et anti-sociale à mort, pour être honnête.

— Excellente nouvelle. Donc, pour résumer, vous n'êtes pas un mec, ce qui est un bon début. Vous êtes une solitaire de trente-quatre ans. Est-ce que vous avez pour habitude de vous balader à poil et de regarder des vidéos de « SNL[1] » à fond sur votre ordinateur portable ? Et même pas les meilleures. Les bizarres, où des gens du public font des crises cardiaques à force

1. « Saturday Night Live » : émission télé de divertissement hebdomadaire.

de rire et que vous êtes trop anglais pour comprendre ce qu'il y a de si drôle.

Harriet sourit.

— Ça ne me ressemble pas du tout.

— Et dernière question, pardon d'être indiscret mais j'ai des traumatismes à régler. Est-ce que vous avez pour habitude d'utiliser les toilettes du rez-de-chaussée la porte ouverte ?

Harriet éclata de rire.

— Non. Oh mon Dieu. Il y en a vraiment qui font ça dans une maison en colocation ?

— Il se trouve que oui. Alors qu'il avait sa propre salle de bains, l'animal.

Harriet rit de plus belle.

— Donc, à moins que vous n'ayez d'autres questions, la chambre est à vous si vous la voulez, conclut Cal.

Harriet se sentit prise de court. Non seulement elle ne voyait aucune raison de refuser, mais surtout elle ne voyait pas ce qu'elle pourrait dire. « Je vais y réfléchir » ferait prétentieux et, d'après ce qu'elle avait saisi de la personnalité de Cal Clarke et des termes de cette offre impromptue, elle aurait en retour un adieu poli mais ferme.

— Oui, merci. Je la prends.

Ils se mirent d'accord sur l'envoi et la signature d'un contrat de six mois et un emménagement le week-end suivant. Harriet raccrocha sans savoir si elle devait être excitée d'avoir pris une décision si vite ou un peu bête d'y avoir été poussée – et se décida pour les deux.

11

Quand Harriet rentra chez Jon, elle était épuisée. Elle s'imprégnait de l'humeur des mariages par osmose et, même sobre, elle se sentait parfaitement lessivée.

Jon sortit du salon, un grand verre de vin rouge à la main, avec du Sting en fond sonore. Il portait une chemise à rayures – que Harriet avait dit aimer un jour – avec deux boutons défaits, et elle eut l'impression déroutante qu'il essayait de lui plaire.

— Tu te joins à moi ? demanda-t-il en levant son verre.

— Oh ! merci, mais non. J'ai juste envie de me doucher et de me coucher. La journée a été longue.

— Très bien. Si tu changes d'avis, j'ai fait une souris d'agneau avec de la purée. Il en reste plein dans la cocotte.

Oui, il essayait bel et bien de créer une ambiance romantique.

— Merci, dit Harriet puis, en tournant dans le couloir, elle lança : Oh ! Jon. J'ai trouvé une location à Meanwood, je déménage samedi prochain.

Elle s'attendait à ce qu'il soit un peu désemparé, mais il en fut carrément abasourdi.

— Quoi ? ! Ça ne fera que deux semaines ?

— Roxy m'a aidée, dit Harriet.

— Génial. Ta hâte est indécente. Tu ne supportes vraiment

pas d'être près de moi, c'est ça ? dit Jon, l'atmosphère jazzy disparaissant en un nuage de fumée.

Harriet était trop fatiguée pour être diplomate.

— Tu crois que ça veut dire quoi, se séparer ?

— Je ne pensais pas que ça voulait dire se tailler d'ici si vite qu'il y aurait des traces de pneus dans mon allée.

— Étais-je censée rester dans ta chambre d'amis pendant des mois ?

— … Est-ce que tu es déjà sur des sites de rencontre ? demanda Jon après une certaine hésitation.

— *Pardon ?* T'es sérieux ?

— Oui.

Harriet marqua un temps d'arrêt.

— Oui, Jon. Je suis déjà inscrite sur cinq sites et je dis aux mecs de ne pas venir chez moi, c'est-à-dire chez toi.

Il renifla.

— Je vérifie, c'est tout.

— Sérieux ? Pourquoi je sortirais avec des mecs quelques jours à peine après notre rupture ?

— Comment suis-je censé comprendre tout ça, Harriet ? Tu sembles penser qu'il y a des règles. Si c'est le cas j'aimerais bien les connaître, parce que je suis paumé là.

Elle fronça les sourcils.

Plus tôt dans la semaine, Jon était allé jouer au squash et, manifestement, se confier à son ami Gavin. Harriet tenait Gav à distance ; elle le trouvait plutôt amical, mais il empestait le machisme et le snobisme. Elle savait que Gavin la tenait pour une moins-que-rien du bas peuple qui avait eu un coup de bol de serrer Jon. Il aurait savouré tout ça, et certainement encouragé Jon à coups de *Il y a forcément Quelqu'un d'Autre, mon ami, désolé de te le dire, les femmes sont comme ça.*

— Je t'ai dit qu'il n'y avait personne d'autre.

— Décidément, j'en apprends beaucoup sur ton compte,

dit Jon après une pause – ce qui était un commentaire débile, puisqu'il n'avait rien appris.

Puis il regagna le salon d'un pas raide.

Quelle ironie : en s'en prenant à elle parce qu'elle partait, Jon n'avait fait que lui confirmer qu'elle avait pris la bonne décision. « Des sites de rencontre » ? On ne marque pas des points en accusant quelqu'un d'un truc ridicule, pensa-t-elle. On ne fait que se ridiculiser. Jon devenait parano.

Harriet savait pourquoi il voulait qu'elle reste plus longtemps : il pensait pouvoir lui prouver qu'elle s'était trompée. Pour qu'elle revienne à leur idylle domestique peuplée de souris d'agneau, d'onéreuses bouteilles de bordeaux et de *Fields of Gold*, et qu'elle pense avoir été prise d'une folie passagère à l'hôtel dans les Dales. Était-il fondamentalement incapable de la prendre au sérieux ? Harriet alla dans sa chambre, où elle retira ses chaussures et s'allongea sur le lit.

Alors qu'elle contemplait le plafond, un message des plus étranges arriva sur son téléphone.

Jacqueline Barraclough

Bon, je sais, Jon a dit que vous optiez pour des longues fiançailles, mais il n'y a pas de mal à être préparée. Cette boutique est absolument divine et il y a des rendez-vous disponibles dans deux semaines…

Harriet se redressa d'un coup et relut le message trois fois, puis une quatrième, en essayant en vain de se l'expliquer. Qu'est-ce que… ? Elle vérifia la date et l'heure, au cas où il serait resté coincé dans le système depuis des lustres. Ce n'était pas le cas, et l'expression « longues fiançailles » était assurément bizarre. N'était-ce pas ce que Jon lui avait proposé pendant leur scène de rupture ?

Elle se leva d'un bond et courut jusqu'au salon, où Jon était installé sur le canapé, les yeux dans le vide plutôt que rivés sur la télévision, son verre de vin rempli à ras bord. Des bougies scintillaient dans sa tour à bougies décorative.

— Jon, dit Harriet, sentant l'adrénaline du conflit naissant faire trembler ses membres. Pourquoi ai-je reçu un SMS de ta mère me proposant d'aller faire des essayages de robes de mariée ?

Elle tenait le téléphone en l'air, comme s'il avait besoin qu'on lui rappelle ce qu'était un téléphone.

— Oh. Je ne leur ai pas encore dit.

Que Jon ne ressente pas la moindre honte lui indiqua qu'il pétait vraiment les plombs.

— Euh, *pourquoi ?*

— J'ai décidé de ne pas leur dire avant de me sentir prêt à en parler. J'ai le droit avec ma famille, non ? Ou bien ai-je perdu *tous* mes droits ici ?

L'évidente méchanceté dans son ton la crispa, et elle ressentit une peur familière. Elle s'efforça de feindre l'assurance.

— Tu n'as pas le droit de me mentir, non, ni de ne pas me prévenir. Je reçois des messages de ta mère à propos d'un mariage qui n'aura pas lieu : je suis censée faire quoi, bordel ?

— Ignore-la. Envoie-la bouler. Tu y arrivais bien quand ça t'arrangeait, dit Jon avant de prendre une grande goulée de vin.

— Qu'est-ce que tu veux dire par là ? !

Jon l'ignora.

— Tu agis comme si je n'avais pas le droit de faire un choix, insista Harriet.

Elle n'en revenait pas qu'il se montre si déraisonnable. La raison était censée être l'une des qualités maîtresses de Jon.

— Oh ! tu avais le choix. Tu l'as fait. La mauvaise nouvelle, c'est que moi aussi, je peux faire des choix.

Harriet plaqua une main sur son front, frustrée.

— Tu peux arrêter de parler en énigmes comme un genre d'Obi-Wan représentant les hommes bafoués et en discuter comme un véritable être humain ? Tu trouves ça normal de me mettre dans une position qui me force à mentir ? J'imagine que tu ne veux pas que je réponde à ta mère : « Désolée, Jackie, il ne vous a pas dit qu'on s'est séparés ? »

Harriet agita son téléphone pour illustrer son propos, mais aussi pour faire planer une menace.

— Je les vois la semaine prochaine au barbecue. Je leur dirai à ce moment-là, dit Jon d'un ton maussade – la menace implicite avait fait le job. Ignore son message.

Argh. Le barbecue annuel des Barraclough, dans leur immense manoir d'Ilkley, elle avait oublié cette échéance calendaire. Jackie préparait des pichets de Pimm's, et Martin Senior gérait un four extérieur haut de gamme qui s'appelait Broil King (le roi de la grillade). Une fois, Harriet lui avait timidement demandé de faire cuire une saucisse à moitié crue quelques minutes de plus, et Martin Senior avait réagi comme si elle s'était moquée de son membre viril.

— Foutaises, c'est la bonne texture ! avait-il dit en inspectant les entrailles rose Barbie de la saucisse. Ce ne sont pas des saucisses de carnaval, vous savez, avait-il ajouté pour lui faire comprendre qu'elle était trop médiocre pour apprécier un produit carné artisanal.

Ne plus jamais avoir à supporter ses parents était un gros bonus de sa rupture, cela ne faisait aucun doute.

Pour autant, Harriet ne comprenait pas la réticence de Jon à le leur annoncer. À quoi jouait-il, au juste ?

— Tu leur as dit quoi pour expliquer notre départ anticipé ? Je croyais que Barty était au courant de toute façon, non ?

— Je leur ai dit que tu avais mal au ventre et qu'on s'était payé la tête de Barty. Ça m'a fait plaisir de discréditer ce petit con, pour être honnête. Je suis fichu s'il devient le crieur public de mes affaires privées.

Et lui qui disait que Barty avait droit à sa mauvaise passe…

Jon avait dû faire dans l'esbroufe mielleuse pour dissiper leurs doutes, une fois que Barty avait lâché sa bombe exclusive pour expliquer l'absence de l'heureux couple.

— Avoir « mal au ventre » le lendemain d'une soirée arrosée ne peut être interprété que comme avoir « la tête dans le cul », non ? demanda Harriet, renfrognée.

— Non, je ne crois pas qu'ils aient pensé ça, répondit Jon, élusif, ce qui voulait dire : *Je ne me suis pas demandé une seule seconde s'ils ont pensé ça.*

— C'est dingue. Quand tu leur diras la vérité, ils vont se rendre compte que tu as inventé que j'étais malade.

— C'est moi que ça regarde, non ?

Pas seulement. En remontant l'escalier, ayant conclu qu'elle ne parviendrait pas à raisonner Jon, elle sentit la disgrâce déplorable de la situation l'entacher. C'était déjà assez affreux qu'elle ait largué le fils chéri de la famille Barraclough mais, quand ils découvriraient qu'on les avait baratinés – et que Barty avait raison, le pauvre petit ! –, ils crieraient au scandale.

Elle ne doutait pas une seconde qu'ils prendraient ce mensonge désespéré de Jon, qui ne lui ressemblait pas, comme la preuve de son profond désarroi, et cela ne ferait qu'accroître leur aversion envers elle.

Ma foi. À part si elle les croisait par hasard au supermarché, où ils lui lanceraient des regards qui tuent, elle n'aurait jamais plus à les affronter.

S'il y avait une chose dont elle était certaine, c'était que les Barraclough n'étaient pas du genre à lui souhaiter « bonne continuation » en lui tapant dans le dos. En quittant Jonathan, elle s'était transformée en Méchante. C'était l'une de ces familles auxquelles il était difficile de s'unir, mais dont il était plus difficile encore de se séparer.

De retour dans la chambre d'amis, Harriet s'émerveilla de la stupidité de Jon à proférer des mensonges si court-termistes, si vains et contre-productifs. Il serait désormais obligé de leur faire des aveux honteux autour d'un épi de maïs rôti dans le Broil King, probablement à portée de voix de la haute société mugissante d'Ilkley.

Puis elle comprit pourquoi il avait agi ainsi, et le mal de ventre fantôme sembla prendre vie.

En partant, elle faisait capoter le plan secret de Jon.

Il avait parié que, d'ici là, il l'aurait convaincue de rester.

12

Le lendemain matin, quand elle entra dans la cuisine, Harriet y trouva une vision idéale de vie domestique : une assiette remplie de viennoiseries sur l'îlot central, un bouquet de lilas dans un vase, l'odeur du café, et Radio 4 passant en fond.

— C'est une offre de paix, dit Jon depuis son poste d'observation, caché derrière un journal à l'autre bout de la cuisine. Il reste du café dans la cafetière.

— Merci, fit-elle d'un ton neutre, puis elle alla se servir.

Cette mise en scène fit résonner les paroles de Lorna dans sa tête. « Il t'a achetée, et il savait ce qu'il faisait. »

— Tu veux de l'aide pour le déménagement ? Deux voitures, c'est mieux qu'une.

— C'est bon, je vais m'en sortir, répondit-elle. Mais merci.

Elle se hissa sur un tabouret haut et choisit un petit pain qui portait comme un toupet de fromage râpé. Il lui semblait malpoli d'ignorer les victuailles de Jon, et tout aussi malpoli de prendre une viennoiserie pour partir avec ; elle se retrouvait donc coincée à grignoter son pain dans l'atmosphère tendue, en affichant l'air faussement insouciant d'une ado rentrée largement après son couvre-feu la veille et qui refusait d'en parler la première si ses parents ne disaient rien. Mâchonnant discrètement, elle songea que c'était peut-être le but de cette profusion de nourriture : la forcer à prendre le petit déjeuner avec lui. Cela partait peut-être d'une bonne intention, mais ces manipulations lui donnaient d'autant plus envie d'être libre.

— Ça vient de chez Roundhay Bakehouse ? demanda-t-elle. Trop bon.

Elle faillit ajouter que Roundhay lui manquerait, mais craignit que cela ne passe pour un sarcasme, une allusion au fait que Jon, lui, ne lui manquerait pas. Jon lui manquerait. Mais pas assez.

— Harriet, dit Jon au bout d'une minute.

Elle se crispa ; elle avait senti que quelque chose se préparait.

— Je peux dire quelque chose ?

Elle opina tout en mâchant, en pensant : *voilà le prix des viennoiseries.*

— Je ne suis pas fier de mon comportement avec ma famille. De ne pas leur avoir dit tout de suite, j'entends. Je ne suis pas fier non plus de mon comportement d'hier soir. Notre rupture m'a un peu traumatisé, mais ce n'est pas une excuse.

Une pause.

— Je ne veux pas que, sur mon lit de mort, tout ceci figure dans la vidéo des moments marquants de ma vie. J'ai pris un peu de recul pour mieux m'analyser.

Il sourit pour indiquer « blague », et Harriet lui rendit un sourire pincé. Elle sentait un bon gros « mais » arriver. Elle le sentait venir dans l'air, comme le chantait Phil Collins[1], le héros de Jon, bien que ce ne soit pas le soir.

— Je suis resté éveillé presque toute la nuit à penser à nous, au moment où ça a déraillé.

— OK…

Pourvu que ce ne soit pas encore une tentative pour me faire changer d'avis. Elle comprenait la souffrance de Jon, mais elle n'avait aucun moyen de la soulager.

1. Référence aux paroles de la chanson *In the Air Tonight*, de Phil Collins.

— Le truc, c'est que – et ce n'est pas méchant, dois-je m'empresser d'ajouter – tu me trouves un peu stupide, un peu auto-parodique. Ou auto-inconscient, du moins, dit Jon.

Harriet déglutit et ouvrit la bouche pour se défendre, mais il lui fit signe d'arrêter.

— Laisse-moi aller au bout. Je sais que c'est ce que tu penses, beaucoup de gens le pensent. C'est en partie ma faute, parce que je donne cette impression. Je crois que c'est une couche de protection que j'ai développée. Comme si j'étais un Alan Partridge[1] débutant. Mais il faut se méfier de qui l'on prétend être, car on est qui l'on prétend être, n'est-ce pas ?

Il s'éclaircit la gorge.

— Ce que je veux dire, c'est que je sais que je peux paraître... guindé, voire benêt, mais je ne le suis pas.

Harriet hocha la tête, sans trop savoir que faire de ce discours, ni de quel coup il s'agissait dans ce jeu de touché-coulé de la rupture.

— Comme je ne suis pas stupide, je sais qu'il y a une part de toi qui refuse de me laisser m'approcher. Je ne sais pas ce que c'est. Je ne sais pas si c'est lié à la mort de tes parents, ni pourquoi tu restes si vague sur toute une partie de ta vie entre vingt-cinq et trente ans. Ni si c'est lié à cette boîte à bijoux que tu ne quittes jamais des yeux.

Harriet demeura raide et impassible, mais elle sentit sa peau s'engourdir.

— Mais je crois que tu ne te rends pas compte que le fait de me le cacher m'a condamné à l'échec depuis le début avec toi. J'aurais aimé que tu t'ouvres davantage. Si tu m'avais laissé t'aider, j'aurais fait tout ce que je pouvais pour te soutenir. Pour une raison que j'ignore, tu ne pouvais pas ou ne voulais pas me

1. Personnage de comédie incarné par Steve Coogan, parodiant des personnalités télé à l'ego surdimensionné.

laisser essayer. Je pense que c'est une énorme perte pour nous deux. Si tu changes d'avis un jour et que tu veux en parler, même s'il n'y a pas de retour en arrière possible pour nous deux, je serai là pour toi. Même si…

Jon inspira profondément, fébrile.

— Même si c'est à un moment, dans un futur que j'ai du mal à concevoir à présent, où l'un de nous sera en couple avec une autre personne.

Une pause.

— Voilà. C'est tout ce que j'avais à dire.

Harriet ne dit rien. Elle était trop sidérée, et elle n'avait aucune idée de ce qu'elle pouvait répondre.

— J'imagine que tu veux passer cette semaine sans trop d'histoires ou de discours, alors, à part celui-ci, je respecterai ton souhait, dit Jon dans le silence qui suivit.

— Merci, finit par répondre Harriet, d'une voix rauque, regrettant de se retrouver bêtement coite dans ces moments-là.

Elle aurait pu contredire Jon. Il méritait mieux que ses mensonges.

Sur leurs deux ans ensemble, Harriet avait habité un an avec Jon, et elle s'était parfois sentie comme une épouse soumise du fait de ne pas avoir pu apposer sa personnalité dans son logement. Tout était si haut de gamme, si brillant, qu'il n'y avait aucune raison ni aucun espace pour rajouter un meuble ou un appareil électro-ménager de son cru (et de préférence chromé, pour aller avec le style de la maison). Ils n'avaient aucun goût en commun : une fois, Harriet avait tenté de suspendre des guirlandes lumineuses bleues, et Jon avait dit que ça ressemblait à du « luminol pour détecter les projections de sang », et Harriet les avait décrochées. Elles lui avaient aussi donné *une de ses migraines*, évidemment.

Le jour de son départ, alors qu'elle fourrait un autre sac noir rempli de vêtements dans sa voiture, Harriet fut finalement bien contente d'avoir pu profiter d'une cuisine intégrée, de placards intégrés, de la stérilité de la garçonnière tout-équipée-de-chez-Heal's.

C'était tellement plus simple de ne pas se casser la tête à mettre un canapé ou un lit dans un box de garde-meubles, ni à faire rentrer une fougère d'un mètre cinquante dans sa Golf. C'était franchement pathétique, mais le fait que presque rien ici ne soit à elle semblait confirmer qu'elle avait raison de partir. Ou peut-être que cela mettait en lumière son immobilisme.

Harriet se demandait si son subconscient n'avait pas un coup d'avance sur elle – il savait, bien avant qu'elle l'accepte enfin, qu'elle ne résiderait pas à Roundhay sur le long terme. *Attends avant d'acheter des babioles sur Etsy*, lui avait-il murmuré.

Elle aurait préféré que Jon se fasse discret aujourd'hui, mais bien sûr que non : il rôdait nerveusement, dans l'attente de leurs adieux finaux. L'homme qui demandait sans cesse ce qu'elle voulait sans jamais penser à ce qu'elle voulait.

Quand Harriet referma enfin le coffre sur son bazar, Jon sortit de la maison en sweat de l'université de Pennsylvanie et chaussons mocassins, les mains dans les poches. Ce n'était pas la faute de Jon s'il devenait si vite une créature qui lui était complètement étrangère, c'était la sienne pour avoir fricoté avec un garçon des beaux quartiers. Quelle idée ridicule.

— Alors voilà, c'est fini ?

— Je crois bien, oui, dit Harriet en regardant sa voiture, feignant de croire qu'il parlait de ses affaires.

Cela n'avait pas été facile avec son équipement photo mais, en baissant les sièges, elle avait réussi à tout faire rentrer. Elle écarta des cheveux de son visage et les coinça derrière ses oreilles, avant de resserrer l'élastique de sa tresse.

— Tu me donneras ton adresse pour que je fasse suivre ton courrier ?

— Bien sûr. C'est plus facile si je te l'envoie par SMS, répondit Harriet.

Jon se protégea les yeux du soleil de juin.

— On devrait avoir des mots appropriés à l'occasion, n'est-ce pas. Pas juste « à plus ».

Harriet eut l'impression d'avoir un bloc de ciment sur la poitrine. Avant cet instant précis, elle n'avait pas pensé à ce qu'elle devrait dire lorsqu'ils se sépareraient. Être adulte était si étrange. Vous partagiez la vie et le lit de quelqu'un pendant deux ans, puis vous vous trouviez soudain incapable de vous retrouver ne serait-ce que pour un café.

— On se reverra, dit Harriet.

— Quand ?

— Au procès de Barty, plaisanta-t-elle, et cela le fit à peine sourire.

— Est-ce qu'on devrait se serrer la main ?

Jon semblait être au bord des larmes ; Harriet priait pour qu'il les retienne.

Elle fit un pas en avant et le prit dans ses bras en bredouillant :

— Prends soin de toi, Jon.

Il la serra fort contre lui et se cramponna à elle, enfouissant le visage dans son épaule. Quand ils s'écartèrent l'un de l'autre, Harriet prit soin de ne pas croiser son regard. C'était lâche, certes, mais rendre cette séparation plus insoutenable encore n'aiderait personne, surtout pas Jon.

— Au revoir, Harriet.

— Au revoir.

La gorge serrée, elle quitta l'allée au volant de sa Golf en évitant soigneusement de regarder la silhouette immobile de Jon dans le rétroviseur. *Au revoir, Jon. Désolée de t'avoir fait du mal. Désolée que nos deux années ensemble n'aient fait que retarder de deux ans ta recherche d'une future épouse et mère de tes enfants.* Elle le pensait sans aucune méchanceté : c'était ce qu'il voulait, et c'était ce qu'elle lui souhaitait.

Sur le chemin jusqu'à Meanwood, le code postal saisi dans

le GPS, Harriet se souvint d'avoir dit à Jon, lors de leur premier rendez-vous chez Alfred, qu'elle ne se sentait pas seule.

Était-ce vrai aujourd'hui ? Était-ce vrai à l'époque ? Les réponses étaient : non, et probablement pas. Harriet avait confondu le sentiment de ne pas se sentir seule avec son refus d'admettre sa solitude.

De qui se moquait-elle ? Elle était en route pour une maison dans laquelle elle n'avait jamais mis les pieds, au volant d'une berline contenant tous ses biens matériels, l'âme en transit. Elle serra le volant, enfonçant les ongles dans le plastique pour mieux contenir ses larmes.

Peut-être était-elle condamnée à ne jamais trouver sa place. « Orpheline » : un mot étrange auréolé de tragédie qui appartenait aux vieux romans, un épithète par lequel Harriet refusait fermement de se définir. Et pourtant, en quittant la maison d'un homme pour s'installer chez un inconnu, elle se sentit orpheline. Elle s'autorisa à le dire dans sa tête : chez mes parents. Imaginez, avoir un *papa et une maman* chez qui pouvoir se réfugier. Elle ne pouvait pas. Cette phrase lui semblait étrangère ; c'était une phrase qu'elle avait rarement eu l'occasion de prononcer à voix haute. Elle se souvenait de lettres du tribunal la citant comme « mineure privée des tuteurs légaux habituels ».

Harriet se secoua pour sortir de cet apitoiement stérile. C'était ce qu'on appelait un redémarrage difficile, voilà tout, et les redémarrages difficiles étaient difficiles. Elle devait se débarrasser de sa grippe contractée lors de sa semaine d'intégration existentielle. S'endurcir.

Peut-être que son passage dans la maison de Cal Clarke, parfaite pour recevoir et où il ne recevait jamais, la transformerait. Peut-être que le sens même de sa vie se trouvait derrière cette porte orange de Meanwood. Elle se contenterait d'une machine à laver fonctionnelle et d'un bac séparé pour le recyclage.

13

Il y avait de la place dans l'allée de la maison pour que Harriet se gare, mais elle ne voulut pas paraître présomptueuse et se rangea le long du trottoir. Elle nota mentalement de négocier avec Cal les termes de son accès à la maison. Elle se rappela un peu tard que, quand on vivait en coloc, il fallait que chacun accepte les tics et les tocs de l'autre. Elle n'avait pas été dans cette situation depuis ses vingt ans ; sa coloc d'alors piquait des crises de colère si les boîtes de céréales n'étaient pas mises dans le « bon sens » dans le placard et gardait une cage de transport remplie de nounours dans sa chambre.

Harriet vérifia son reflet dans la vitre de sa voiture : pâle, les yeux exorbités, l'air fatigué. Certaines personnes faisaient plus vieilles quand elles étaient fatiguées ; Harriet, elle, avait peur de ressembler à un bébé binoclard énervé, comme un mème sur Internet.

C'était un jour d'été humide où flottait l'odeur du charbon de bois crépitant et des saucisses grésillant, la chaleur pesante lui donnant envie de boire une boisson bien fraîche dans un verre couvert de condensation.

Voulant faire une bonne première impression sans passer pour une clocharde avec ses sacs-poubelle, elle décida de se présenter avant de décharger. D'autant que la maison couverte de feuillage était encore plus charmante en vrai : imaginez posséder un endroit pareil. Elle se demanda, un peu tard, comment un journaliste pouvait s'offrir une maison pareille. Elle appuya sur la sonnette à l'ancienne en laiton, et la porte s'ouvrit sur un jeune homme en T-shirt blanc, jean gris délavé et Converse bleu marine. Il faisait plus jeune que trente-deux ans, ce n'était peut-être pas le propriétaire. Il ressemblait à un mec qu'on contacterait sur TaskRabbit pour fixer une étagère et qui arriverait en skate-board. (Lorna avait couché avec un bricoleur de TaskRabbit qui correspondait précisément à cette description. « J'avais besoin d'aide pour une tâche, et on était comme des lapins. »)

— Harriet ? Bonjour, dit-il en tendant la main pour qu'elle la serre.

— Cal ? demanda-t-elle, hésitante, et il hocha la tête.

Elle resta interdite. Ce n'était pas le Cal Clarke qu'elle avait imaginé, et dont elle ignorait l'existence avant cet instant.

La vraie version de Cal Clarke était de taille et de carrure moyennes, avait des cheveux courts blond foncé, avec plus de volume au sommet du crâne, qui se dressait comme s'il songeait à devenir une banane, et une barbe nette, un peu plus foncée que ses cheveux. Ses yeux vert pâle étaient vifs et intenses, et il était d'une beauté incontestable, dans le genre « acteur de film policier jouant la jeune recrue de Quantico qui apprendrait bientôt ce qu'était *vraiment* ce job ». Harriet était un peu dépitée. Elle n'avait nul besoin de la tension bizarre induite par un roi du bal de promo qui se pavanait en s'imaginant faire des émules. Ni d'un psychodrame sexuel avec un propriétaire sur site, merci bien. De la même façon qu'on ne veut pas d'un toubib canon pour un frottis.

— Tu es venue en voiture ? demanda Cal en tendant le cou pour regarder derrière elle.

— Oui.

— N'hésite pas à te garer devant la maison, je n'ai pas de voiture.

— Oh ! merci !

Il la fit entrer. La maison sentait les produits d'entretien aux fruits rouges, il avait dû faire un effort ; puis elle se rappela qu'il avait une femme de ménage.

— Tes quartiers sont au bout du palier à l'étage, mais tu veux peut-être faire un tour de la maison d'abord ? dit-il en lui faisant signe de passer dans le salon.

— Avec plaisir. Merci.

Le style était entre-tradition-et-modernité : des éléments d'époque préservés et autres abat-jour cuivrés côtoyaient des meubles aux couleurs vives devant une vieille cheminée carrelée. Au sol, un tapis immaculé couleur perle disait « nous n'avons ni enfants ni animaux de compagnie ».

— Tu as très bon goût, dit Harriet en contemplant le miroir doré au-dessus du manteau de cheminée et le canapé en velours couleur grenade.

C'était agréable d'être dans un endroit où tout n'était pas en forme de boîte, lumineux, et dans les tons caillou ou boue.

— Ah, le mérite ne me revient pas, c'est l'œuvre de mon ex, dit Cal.

Tiens donc.

— Ça fait longtemps que tu es là ?

— Deux ans et demi. Tu viens d'où ? demanda Cal. Aujourd'hui, je veux dire.

— Roundhay.

— Oh là là, fit-il en souriant.

— Oh là non, dit Harriet en lui rendant son sourire. Rupture amoureuse. Ce n'était pas chez moi.

— Ah. Désolé.

Il y eut un silence gênant, et Harriet pensa qu'ils avaient peut-être été un peu imprudents de ne pas se rencontrer avant. C'était beaucoup de pression maintenant qu'ils s'étaient engagés.

On sonna à la porte ; Cal alla ouvrir, et Harriet ne fut pas mécontente de cette interruption.

Elle entendit retentir une voix masculine joviale. L'homme semblait connaître Cal assez bien pour ne pas s'encombrer d'un bonjour.

— Bordel, débarrasse-toi de cette barbe de fin du monde. Ça te donne l'air coupable.

— Comment une barbe peut avoir l'air coupable ?

— Je ne sais pas mais t'as réussi. Ça te donne un côté « arrêté à la frontière pour avoir déclaré ton intention de rallier la rébellion ».

Harriet rit discrètement.

— Viens rencontrer ma nouvelle locataire, dit Cal, principalement pour prévenir son ami qu'ils n'étaient pas seuls, pensa-t-elle.

Un homme grand avec une masse de cheveux bouclés rebondissants entra. Harriet eut un moment de *oh, il ressemble à s'y méprendre à… une seconde – est-ce que c'est lui ?*

— Sam ? !

Il s'arrêta net, bouche entrouverte.

— Une seconde… c'est pas vrai ! Harriet ? dit-il, tout aussi surpris.

— Oui !

Harriet était touchée que le témoin du mariage-qui-n'avait-pas-eu-lieu se souvienne d'elle. Ils se sourirent mutuellement. Bien que leur rencontre ait été brève, elle avait été mémorable.

Derrière eux, Cal demanda :

— Vous vous connaissez ?

— On s'est rencontrés à un mariage. Sam était le témoin, dit-elle gaiement.

Quelques instants plus tôt, elle s'était sentie à la dérive dans le vaste monde, et voilà qu'elle trouvait un point d'ancrage instantané. Elle s'était bien entendue avec Sam.

— Une sacrée expérience, ce mariage, ajouta-t-elle.

La curiosité qu'elle attendait de la part de Cal tardait à venir. Ils se regardèrent les uns les autres tour à tour, dans un silence de mort. Sam inspecta attentivement ses chaussettes ornées de toboggans. Cal regarda Harriet comme s'il l'avait vue noyer un chaton dans un pot de peinture.

— Hum, Cal était là aussi, dit Sam. Mais *pas longtemps…*

— Oh ! tu étais… ?

Harriet se tut. Elle croisa le regard de Cal sous ses sourcils froncés. Oh. Putain. Non. *Quoi ? QUOI ?*

C'était *lui*, le salaud des mythes et légendes ? C'était CAL, le mari fugueur ? !

14

— Que… faisais-tu là ? demanda Cal d'une voix étranglée suggérant qu'il avait peiné à trouver les bons mots pour formuler ce qui devait être une question banale.

— J'étais la photographe.

— Tu es photographe de mariage ?

— Oui.

— Tu m'as dit que tu étais photographe, dit Cal.

— Je le suis. Je fais beaucoup de mariages.

— Tu ne savais pas que c'était la Harriet de ton… du mariage ? demanda Sam, surpris.

Cal le regarda d'un air congestionné, comme s'il réprimait un cri.

— Non. On ne s'est jamais rencontrés, dit Cal, non sans difficulté. On a seulement discuté par téléphone, la semaine dernière, à propos de la location.

S'ensuivit un gouffre conversationnel, durant lequel aucun d'entre eux ne put trouver quoi que ce soit à dire pour rendre le silence plus supportable. Un chien aboya au loin et un camion de glace tinta dans la rue, dans une journée d'été par ailleurs normale.

D'ordinaire, les coïncidences étaient des broutilles que l'on remarquait en passant, pas des malaises cataclysmiques. Harriet et Cal évitaient de se regarder en hurlant tous les deux intérieurement : PUTAIN MAIS C'EST IMPROBABLE ! ! !

Cependant, Cal était seul responsable de ce foutoir, se dit Harriet, peu importait son « tu as dit que tu étais photographe ». Harriet devait avoir le prénom de Cal sur un foutu planning quelque part dans son ordinateur, mais seul celui de Kristina lui avait semblé pertinent. Une mariée qui prenait beaucoup de place dans le mariage pouvait parfois faire de l'ombre au marié. Une fois la mission annulée, Harriet n'avait eu aucune raison de revenir sur ses notes. La nature précipitée de leur accord, sans parler du départ précipité de Cal Clarke de son propre mariage : il en était responsable à cent pour cent.

— Eh bien. Je crois que c'est un sujet qu'on ne devrait plus jamais aborder ! finit par dire Sam.

Harriet eut un sourire forcé, mais Cal en fut même incapable tant il était soucieux, et visiblement mal à l'aise.

Pendant que Cal, monosyllabique, lui faisait faire le tour du propriétaire, Harriet sentait son cerveau vrombir. Son premier instinct était ce que Jon aurait appelé une « opération de triage d'urgence » ; elle dirait que c'était une erreur regrettable, ne prendrait pas la peine de rentrer ses affaires, c'était la vie, avec une expression terriblement peinée. Si elle avait été plus douée pour les discussions difficiles, comme Lorna, par exemple, c'était exactement ce qu'elle aurait fait.

Harriet ne voulait pas trahir son sexe en versant un loyer au Marié carapaté du folklore – s'il pouvait traiter sa fiancée ainsi, quelles chances avaient les autres ? Et puis, elle était persuadée qu'il ne voulait pas qu'un rappel de cette journée habite sous son toit, le juge de son silence misandre tandis qu'ils prépareraient leurs pâtes au pesto le soir.

Néanmoins, alors qu'elle formulait dans sa tête ce divorce-à-l'amiable-sans contestation-entre-eux, elle se rendit compte qu'elle avait envie de crever à l'idée de retourner se garer dans l'allée de Jon, en le suppliant de lui pardonner pendant qu'elle cherchait une autre location pendant encore quelques semaines.

Jon en ferait tout un plat, et Lorna et Roxy n'avaient toutes les deux qu'un canapé à lui proposer. Harriet avait trente-quatre ans, et une Volkswagen Golf pleine à ras bords avec ses affaires. Elle ne pouvait pas se résoudre à crécher à droite à gauche comme une étudiante avec son barda.

À moins que Cal ne lui dise de déguerpir – bien qu'il paraisse profondément affecté par la tournure des événements, il semblait peu probable qu'il aille jusque-là –, la meilleure approche était d'emménager et de ne pas tarder à trouver une alternative. Elle pressentait que Cal romprait volontiers le contrat.

— On te donne un coup de main pour tes affaires ? demanda Sam à la fin de la visite.

Harriet se sentit obligée d'accepter en le remerciant, même si elle avait un peu honte de la maigreur de ses possessions et du fait qu'elles ressemblaient à des détritus.

À eux trois, il ne leur fallut pas longtemps pour décharger. En faisant des allers-retours dans l'escalier moquetté, Harriet et Sam échangèrent à un moment donné un regard complice disant *Pas croyable !*. Elle était contente que Sam ait l'air sain d'esprit et gentil. Il aurait peut-être l'occasion un jour de lui expliquer ce qui s'était passé, au mariage. D'ailleurs, il était intéressant que leur amitié ait survécu – Sam devait être un mec incroyablement indulgent. Même si Harriet n'était pas certaine de vouloir connaître la version interdite aux moins de dix-huit ans. Elle avait saisi l'essentiel.

— On va prendre une bière au jardin, tu veux te joindre à nous ? proposa Cal avec savoir-vivre, puisque ce devait être la dernière chose qu'il souhaitait.

Harriet afficha un sourire forcé.

— Merci, mais je vais plutôt commencer à déballer mes affaires.

Cal hocha sèchement la tête, avec dans le regard ce que Harriet prit pour un mélange de soulagement et de ressentiment.

Elle ferma la porte de sa grande chambre, et s'affaissa. Il y avait une clé et elle la tourna, se sentant rassurée par le clic de la serrure qui se verrouillait sans vraiment savoir pourquoi. Peu de chances que Cal cherche sa compagnie.

La chambre possédait un parquet vernis couleur miel, des murs peints dans une teinte dont Harriet connaissait le nom, « eau de Nil », grâce aux mariages, et un grand abat-jour en papier nid-d'abeilles. Il était clair que les surfaces avaient été vigoureusement désinfectées en vue de son arrivée. Harriet ressentit le dépaysement qu'on éprouve, enfant, dans un environnement dont on ne connaît pas l'odeur. Elle sortit la boîte à bijoux de son sac à main et la posa près du lit.

Elle fouilla dans ses bagages pour trouver deux photos encadrées, qu'elle plaça sur le rebord de la fenêtre. L'une était de son grand-père en robe de chambre, en train d'arroser des pigeons avec un pistolet à eau lumineux depuis le toit de sa maison, et l'autre représentait Lorna et elle, jeunes ados dopées au sucre faisant des grimaces à l'objectif en perruques et rouge à lèvres bon marché. Aucune des deux photos n'avait été autorisée chez Jon ; il les avait discrètement déplacées, à l'abri des regards. Quand elle avait exigé de savoir pourquoi, il avait répondu :

— Je suis sûr qu'elles ont une valeur sentimentale, Hats, mais mises bien en évidence, elles nous donnent l'air un peu cinglés, tu ne trouves pas ?

Harriet adorait ces photos, elles la transportaient instantanément aux moments où elles avaient été prises. Elle entendait son grand-père glousser gaiement quand il atteignait sa cible, sentait le soda à la cerise que Lorna et elle buvaient à l'époque. Roxy était arrivée plus tard, au lycée, où le WKD Blue avait remplacé le Cherryade.

Elle retira ses Doc Martens et s'allongea sur le lit double, sous la fenêtre. De la chambre d'amis de Jon à celle de Cal. (Callum ? Calomnie ? Calamité ?)

Le matelas était extrêmement confortable, les oreillers comme des nuages : l'ex de Cal n'avait fait aucune fausse note. Bon sang... son ex, alias Kristina. Harriet revit la toute petite femme avec ses cheveux noirs lissés en arrière en train de valser dans la suite nuptiale, brandissant une coupe de Pol Roger, sans se douter de ce qui l'attendait. Et elle avait dû quitter cette magnifique maison ? Cal l'avait-il chassée à l'aide d'une pique tenue par un avocat ?

Harriet eut l'impression d'être une traîtresse. Imaginez, si Kristina la voyait là. Ce serait comme si elle s'était servie de l'échec de son mariage pour réseauter.

— Putain, qu'est-ce qui vient de se passer ? ! entendit-elle Cal Clarke dire à voix basse mais parfaitement audible, dehors. Dis-moi que ce n'est pas arrivé.

— Il n'y a qu'à toi que ça peut arriver, un truc pareil, répondit Sam. C'est comme si tu avais décidé de faire de ta vie une sitcom.

— Une sitcom ? Un film d'horreur, oui.

Harriet se redressa, tremblant de gêne. Il était évident qu'elle n'était pas censée entendre cette conversation. Elle perçut des rires hilares qui ne venaient clairement pas de Cal.

— Ce n'est pas drôle ! C'est l'enfer.

— Comment t'es-tu débrouillé pour te retrouver à loger la photographe de ton mariage sans savoir que c'était elle ? !

— Je ne l'avais jamais rencontrée. C'est Kit qui l'a engagée.

— D'accord, mais comment se fait-il qu'elle ne savait pas qui tu étais ?

— Comme je l'ai dit, on ne s'était jamais rencontrés avant aujourd'hui. J'étais tellement traumatisé par Ned le Tout-Nu que j'ai pensé : et puis merde, autant piocher un nom au hasard. Elle m'a appelé dès que j'ai envoyé l'annonce de location, et je me suis dit : bon, Ned m'a prouvé que je ne sais pas détecter les fous dingos avec des Prince Albert et les fesses tatouées. Autant tenter le coup.

Un bref instant, Harriet se demanda si, au contraire, elle n'était pas *censée* entendre cette conversation ; était-ce une technique brutale d'intimidation pour la forcer à partir ? Mais il y avait une explication bien plus probable : Cal n'avait jamais dormi dans sa propre chambre d'amis, et il avait fait le mauvais calcul de se dire qu'elle était à l'étage et à l'intérieur et lui dehors et au rez-de-chaussée. En réalité, seules quelques dizaines de centimètres et une fenêtre simple vitrage les séparaient l'un de l'autre.

— Elle a l'air sympa. D'ailleurs, elle avait été adorable avec moi, elle m'avait aidé à me calmer et accompagné jusqu'à la voiture, raconta Sam.

— OH SUPER, siffla Cal avec sarcasme.

— Quoi ?

— Elle sera encore plus dans la team Kit, forcément.

— Tous ceux qui étaient là ce jour-là se sont rangés du côté de Kit. Il n'y a pas deux équipes. C'est comme dire : j'espère qu'elle ne sera pas de ceux qui sont ressortis de *Star Wars* avec une mauvaise opinion de Dark Vador.

— Ça m'arrangerait que tout ça ne t'amuse pas autant !

— Mec, je me suis pris un coup de poing dans la tronche pour toi. Je vois encore son père m'appeler « Connard de Tahiti Bob » dans mes cauchemars. Je compte apprécier la situation autant que je veux. (Une pause.) Harriet est sympa, et plutôt… mettable, non ?

— Non ! Absolument pas ! dit Cal.

Harriet grimaça et choisit d'interpréter cela comme un refus franc du droit de Sam à l'apprécier. Elle imagina un instant apparaître à la fenêtre, telle une Catherine des *Hauts de Hurlevent* inversée, pour leur faire une frayeur.

— N'essaie pas de m'agacer encore plus, dit Cal.

— Tu sais que le côté bibliothécaire mignonne, c'est mon terrain.

— Je t'interdis de tenter une approche ! La seule chose – la *seule* chose qui pourrait rendre cette situation encore pire serait d'avoir à t'entendre pendant que tu t'envoies en l'air. Et puis tu t'installerais avec elle, pour la faire rester dans ma vie et m'emmerder.

— Si ça te dérange tellement, pourquoi ne pas lui demander de partir ?

— Je ne peux pas, le contrat stipule six mois. Putain. Je vais sentir passer chaque seconde.

Cal baissa la voix, à peine un murmure, mais un murmure que Harriet pouvait encore entendre.

— Et puis, pourquoi a-t-elle aussi peu d'affaires ? Ce n'est pas bizarre ? Elle a trente-quatre ans.

— Il y a une règle sur le nombre de choses qu'on devrait posséder à trente-quatre ans ?

— Non mais… trente-quatre ans. On n'est plus des enfants. À cet âge-là, ma mère m'avait déjà et elle était enceinte d'Erin.

— Tu veux dire que les femmes trentenaires sans mari ni enfants sont une aberration ?

— Bien sûr que non, je dis que ce n'est pas commun de n'avoir à son nom que quatre sacs-poubelle de vêtements, un tas impressionnant d'équipements photo et une boîte à chaussures. Ça donne l'impression qu'elle fuit quelque chose. Ou quelqu'un.

Harriet sursauta, comme si on l'avait giflée. Elle ne leur avait pas demandé de porter ses sacs, et voilà qu'ils se moquaient d'elle et la jugeaient. Et c'était un jugement terriblement hâtif, et perspicace. C'était pour *ça* qu'elle avait eu si peu d'affaires chez Jon. Il était plus facile de fuir. Bien sûr.

Les deux amis furent distraits par quelque chose sur le téléphone de Sam, d'après ce que comprit Harriet, et la conversation passa à autre chose.

Elle retira ses lunettes, plia une serviette pour protéger la taie d'oreiller de son mascara et y enfouit son visage pour pleurer en silence.

Plus tard, alors qu'elle essuyait ses larmes, ses yeux se posèrent sur le bout de mur juste en face d'elle, où quatre petits mots écrits au crayon à papier devinrent lisibles.

Je déteste Cal Clarke.

Elle fut tentée de cosigner.

15

Harriet ne fut pas surprise de constater que la révélation de l'identité de son propriétaire ne faisait ni chaud ni froid à Roxanne. Lorna poussa un sifflement, mais Roxy, entremetteuse involontaire de ce rendez-vous de l'enfer, s'en fichait royalement.

— Est-ce que tu as fait quelque chose de mal au mariage ? demanda-t-elle en faisant tourner sa cuillère dans un bocal de glace tellement rempli de corn flakes, de fraises et de chamallows qu'on aurait dit un terrarium comestible.

Elles avaient décidé de passer leur dimanche après-midi à regarder l'archétype du film de réconfort post-gueule de bois : *Top Gun*, au Everyman Cinema. C'était exactement le genre consolation dont Harriet avait besoin – sororité, calme et sièges en velours, avec en prime du prosecco servi sur leurs petites tablettes. C'était comme être en première classe dans un avion, mais sans jet-lag ni la peur de s'écraser sur une chaîne de montagnes.

— Je n'ai rien fait d'autre qu'être là.

Roxy lécha l'arrière de sa cuillère.

— Alors c'est à lui de se sentir mal, non ? Profite de ta suite parentale.

— Oui, j'imagine, soupira Harriet.

Qu'on ne veuille pas d'elle en tant que locataire lui conférait malgré tout un sentiment de culpabilité.

— Est-ce que tu recommences à te sentir responsable des sentiments des autres ? demanda Lorna.

Harriet vit alors apparaître un message de Jon sur l'écran de son téléphone et elle l'ouvrit.

Tu peux me donner ton adresse ?

Elle ne se souvenait pas du code postal par cœur.

— J'ai surpris une conversation avec son meilleur ami qui faisait clairement comprendre qu'il m'en voulait pour ça, de manière irrationnelle, dit-elle en triturant son téléphone pour s'assurer qu'il était en silencieux. Et puis, il a dit que j'étais une clocharde suspecte parce que je ne possédais pas beaucoup d'affaires pour mon grand âge.

— Demande-lui pourquoi il n'est pas marié à son âge, dit Lorna.

— La maison est bien ? demanda Roxy.

— La maison est bien, confirma Harriet. Je suis très contente de ce point de vue-là.

Elle ne voulait pas paraître ingrate, bien qu'elle le soit.

Une chose était certaine : si elle déménageait, Harriet n'impliquerait pas Roxy dans ses recherches et lui annoncerait la nouvelle avec tact.

Harriet avait très peu vu Cal le reste du week-end, après avoir surpris sa conversation houleuse avec Sam dans le jardin. Il avait fait un commentaire sur son appareil à sandwichs Breville, disant qu'il n'en avait pas vu de pareil depuis son enfance, l'air de sous-entendre qu'elle était la vieille ringarde du quartier. « J'en fais un dément au Nutella », avait-elle répondu, et il avait eu l'air révolté. À part ça, leurs échanges avaient été courtois et lapidaires, pour savoir si l'autre voulait une tasse de thé ou de café qu'on venait de faire (la réponse était toujours non).

Chaque fois qu'elle le regardait, Harriet entendait le ton sur lequel il avait parlé d'elle. « Je vais sentir passer chaque seconde ». Et elle frissonnait de plus belle.

Alors que les lumières se tamisaient, un homme s'approcha de leurs sièges en faisant la marche rapide du crabe, appréciée des *roadies* essayant de retirer un objet indésirable de la scène pendant un concert. L'approche « si je me penche, personne ne me voit ».

— Lorna ? Lorna Everett ! Je savais que c'était toi ! dit-il.

Il s'agenouilla devant elle. Il avait la trentaine et était séduisant, dans le genre nonchalant : cheveux châtains mi-longs repoussés en arrière, barbe de trois jours, jean à ourlet déchiré.

— ... *Gethin ?* fit Lorna en posant brusquement son verre. Oh mon Dieu ! Comment tu vas ?

— Bien, merci ! Je ne t'ai pas revue depuis l'accident !

— Celui où je suis tombée dans une bouche d'égout ? Quand je me suis cassé la jambe à trois endroits et éclaté la rotule ?

— Oui ! Ouille. J'espère que tout est guéri ?

— Ça a mis fin à ma carrière au Royal Ballet, mais oui, je peux marcher.

— Putain, quel enfer. Je me sens coupable, comme on était tous les deux en train de faire les cons, dit Gethin.

— Tellement coupable que tu ne m'as jamais rendu visite à l'hôpital, rétorqua Lorna.

Hmm. Cela avait vraiment dû la contrarier, car elle n'était pas du genre rancunier, d'habitude.

— Je suis venu te voir, dit Gethin en fronçant les sourcils.

— ... Pardon ?

— Je suis venu te voir à l'hôpital !

— Mon cul ! Tu es venu... ?

Harriet et Roxy sirotaient leur prosecco avec les yeux grand ouverts.

Gethin baissa la voix par respect pour les pubs qui commençaient.

— Tu étais complètement à l'ouest. On t'avait injecté pas mal de morphine. Tu m'as dit que tu étais Catherine d'Aragon, la première femme d'Henri VIII. Tu m'as accusé d'être amoureux d'Anne Boleyn et de comploter pour te couper la tête. Puis tu as crié à l'infirmière que tu voulais encore du « sirop magique » et tu m'as dit de dégager.

Harriet et Roxy se retinrent de rire et Lorna parut momentanément sans voix – ce qui ne lui ressemblait pas du tout.

— Ah, souffla-t-elle après une longue pause. Je sais que je ne suis pas une reine Tudor, mais si j'avais été Catherine et toi Henri, tout aurait été correct.

— On était à l'hôpital de Leeds, mais oui, tu maîtrisais parfaitement l'histoire anglaise du XVIe siècle. J'ai aussi essayé de t'envoyer des messages, mais ton téléphone s'est brisé dans la chute, et je me suis dit que tu avais dû changer de numéro. Ou que tu m'avais bloqué. Parce que j'avais assassiné ma femme.

Oh là là. Il semblait que Gethin du service informatique – qui, selon la légende, avait honteusement fait courir Lorna puis refusé de lui prodiguer des soins pastoraux – avait été victime d'une mauvaise représentation. Il fallait écrire une histoire revue et corrigée.

— Oh… bah merde, dit Lorna d'une toute petite voix.

— Tu tiens un resto, il paraît ? Je t'ai traquée sur Twitter, j'avoue.

Ouuuh, pensa Harriet.

C'était difficile à dire dans cette lumière, mais est-ce que Lorna… rougissait ?

— Oui. Divertimento, sur Otley Road, à Headingley.

— C'est trop cool. Il t'appartient ? C'est toi la proprio ?

— La proprio criblée de dettes, mais oui, il m'appartient.

— Waouh ! Moi, je fais toujours des petits boulots informatiques de merde. Alors que tu vis ton rêve pour de vrai.

— Viens ! Avec femme et enfants.

— Je n'ai ni femme ni enfants. Juste moi et mon petit pote, Bulles Hussein.

— C'est le petit nom que tu as donné à ton pénis ?

Harriet et Roxy se cramponnaient à leurs accoudoirs désormais.

— C'est le *chihuahua* que j'ai adopté, merci bien. Moitié petit chien à sa mémère, moitié redoutable dictateur.

— Eh bien, Bulles Hussein et toi êtes les bienvenus.

— Dans ce cas je viens bientôt ! Ça fait plaisir de te revoir.

— Toi aussi, dit Lorna.

Il regagna discrètement son siège.

Un silence légèrement tendu s'installa entre les trois amies, et pas à cause de la bande-annonce retentissante pour le « thriller psychologique de l'année qui va vous faire froid dans le dos ».

— C'était sympa de sa part de venir dire bonjour, vu ce qui s'est réellement passé, chuchota Harriet.

— Non, répondit Lorna dans un murmure rauque. C'était un acte d'accusation passif-agressif déguisé en « salut comment ça va ».

Harriet sourit. Lorna n'en pensait pas un mot.

— Putain, je savais que je planais complet, mais avoir eu des visites dont je ne me souviens pas ? ! poursuivit Lorna. Tu parles d'un service de santé ! Ça mérite un licenciement.

— Tu planais complètement, dès le début, dit Roxy. Tu n'arrêtais pas de nous demander s'ils avaient pu sauver ta jambe et, quand on te montrait l'attelle, tu disais « où est l'autre ? ».

— Pas croyable, souffla Lorna.

Harriet sentit que son amie traitait frénétiquement cette version alternative de Gethin.

— Heureusement que j'ai fait refaire mes racines. Et que je suis, naturellement, à tomber, lui murmura-t-elle – Roxy était assise de l'autre côté de Harriet, et il aurait fallu que Lorna projette davantage sa voix pour qu'elle l'entende, à ce stade. Mais je ne suis pas certaine de ma mise.

C'était comme ça que Lorna avouait ses sentiments pour les hommes, seulement par insinuations.

— J'adore cette tenue, c'est une de mes préférées, dit Harriet.

Lorna portait une robe noire à col montant, des collants à

rayures noires et blanches et des chaussures rouges, en référence à la méchante sorcière du *Magicien d'Oz*.

— « C'est le petit nom que tu as donné à ton pénis », répéta Harriet, qui ne put s'empêcher de rire. Pauvre Gethin.

— Je savais que je devais baisser le niveau d'au moins vingt-six pour cent, mais j'ai été surprise, dit Lorna.

Harriet se sentit excitée pour son amie. Cela faisait bien longtemps qu'elle ne l'avait pas vue aussi perturbée par une personne du sexe opposé et, d'après ce qu'elle avait vu, Gethin était un valeureux adversaire.

Alors que le film commençait, Harriet vit un autre message WhatsApp de Jon s'afficher avec un ding sonore sur son écran de téléphone.

Message lu, mais pas de réponse. T'as une raison de vouloir m'éviter ?

Harriet fronça les sourcils et, dans un élan d'agacement, éteignit complètement son téléphone. C'était quoi, ce ton mauvais et aigri ?

Elle n'était plus sûre de comprendre Jon. Peut-être ne l'avait-elle jamais compris.

16

— Tu me prends pour un imbécile ? !

— Je ne te prends pour rien du tout, mon pote, puisque je ne te connais pas.

— Je suis pas ton pote.

— Sans dec' !

Quand son taxi la déposa chez Cal, Harriet entendit des éclats de voix qui semblaient affreusement familières. En approchant de la maison, elle vit que la porte d'entrée était ouverte et que l'altercation avait lieu dans le hall. Elle avança vers le seuil : Jon bloquait l'accès, Cal derrière lui.

— Jon ? !

Il se tourna vers elle.

— Oh ! Dieu merci, dit Cal en la voyant.

— Jon, qu'est-ce que tu fais là ?

— Chérie, je suis rentré ! dit-il d'une voix chantante.

Il avait l'air chancelant ; même de loin, Harriet voyait qu'il était ivre.

— Quand est-ce que tu comptais me dire que tu avais emménagé avec l'autre mec dont tu ne m'as pas parlé ? Ou, *laisse-moi deviner*, tu ne comptais pas me le dire.

— C'est mon proprio ! s'écria Harriet. Je paie un loyer à Cal !

— Oui, et le reste.

Cal écarquilla les yeux de dégoût, et Harriet fut mortifiée.

Jon était si atteint qu'il ne se rappellerait certainement de rien le lendemain matin, mais elle n'avait pas ce luxe. Et puis, cela se jouait devant le réprobateur Cal Clarke. Putain de bordel. Elle n'avait d'autre choix que de prendre les choses en main et d'essayer de récupérer un minimum de dignité.

— Je vois bien que tu es bourré, mais là c'est TROP. Sors de cette maison.

— Votre nid d'amour, dit Jon avec un sourire méfiant.

Harriet sentit le respect qui lui restait pour son ex se flétrir et mourir.

— Écoute, tu l'as entendue. On ne couche pas ensemble, dit Cal.

Puis il ajouta, à voix basse, mais pas assez :

— Taré d'ex.

Jon pivota sur ses talons, arma son poing et l'écrasa sur le visage de Cal. Cal poussa un glapissement de surprise et vacilla en arrière, tombant sur les fesses dans l'escalier dans un grand bruit sourd. Harriet laissa échapper un cri, choquée et incrédule. Heureusement, Cal semblait seulement sidéré, mais pas agressif, ni susceptible de rendre son coup à Jon.

— Putain, Jon, ça va pas la tête ! hurla Harriet, l'incrédulité prenant le pas sur sa peur d'aggraver la situation. Qu'est-ce qui t'a pris ?

Cal, hébété, porta une main à son visage. Du sang coula derrière sa paume.

— Ça va ? lui demanda-t-elle, et Cal, de son œil visible, lui adressa un regard disant « qu'est-ce que tu crois ? ».

Jon se retourna vers elle, avec le regard triomphant, vitreux et légèrement flou d'un homme victime de folie passagère ou complètement torché.

— Je t'ai dit que je me battrais pour toi.

Harriet se jeta sur Jon et l'attrapa par le col, le sortant de la maison. Il empestait l'alcool, mais elle se dit qu'il ne lèverait pas la main sur elle, même dans cet état.

— Tu es conscient que tu viens de commettre une agression ? Et qu'être bourré n'est pas une excuse ?

— Si tu ne couches pas avec lui, pourquoi me cacher où tu habites ? demanda Jon.

Harriet grimaça face à son accusation brutale, et devant Cal. Sans parler des voisins qui devaient bien se marrer en cette calme soirée d'été.

Elle n'eut aucun mal à imaginer comment ils en étaient arrivés là : Jon, aidé par sa cave à vin, avait passé une heure ou deux à changer ses soupçons jaloux en certitudes, et il avait fini par décider de venir les trouver, elle (et Cal), pour les confronter et obtenir des preuves. Pour les prendre la main dans le sac. Mais comment avait-il eu son adresse ?

— Je ne cachais rien du tout ; ça fait deux jours que je suis partie. Tu as complètement perdu la boule.

— Tu ne m'as pas dit que tu emménageais avec un homme ! dit Jon.

— Qu'est-ce que ça change ?

— Une femme n'emménage pas avec un homme qu'elle ne connaît pas, si ?

— C'est pourtant ce que j'ai fait.

— Tu devais avoir vraiment envie d'être débarrassée de moi, dit Jon.

— On se demande pourquoi, marmonna Cal derrière eux, et Jon pivota brusquement.

— *Qu'est-ce que t'as dit ?*

Avant qu'il puisse tenter une nouvelle attaque, Harriet tira la porte d'entrée.

— Rentre chez toi décuver.

Elle hésita.

— Tu as ton téléphone ?

Jon tapota la poche de son pantalon d'un air absent et répondit :

— Oui.

— Bien. Marche un peu puis appelle un Uber.

— Harriet.

— Quoi ?

— Je t'aime.

— Bordel de merde !

Jon porta les doigts à son front en guise de salut, qui se transforma en doigt d'honneur quand son regard se porta au-dessus de l'épaule de Harriet, vers Cal. Puis il se retourna et s'éloigna, sur des jambes qui semblaient en partie mécaniques.

Quand Harriet rentra dans la maison, Cal était dans la cuisine, en train de tamponner sa blessure avec un bout d'essuie-tout. Il s'était rasé de près depuis leur première rencontre ; les commentaires de Sam avaient dû faire mouche.

— Putain, je suis tellement, *tellement* désolée. Ça va ? lui demanda-t-elle.

— J'ai connu mieux, répondit-il brusquement, faisant clairement comprendre que son empathie n'était pas vraiment la bienvenue.

Harriet grimaça. *Jon, espèce d'enfoiré complètement taré.*

Comment avait-elle pu se tromper à ce point sur lui ? Comment avait-elle pu se tromper à ce point, encore une fois ? Qu'est-ce qui clochait chez elle ? Elle repoussa ces pensées : elle savait d'expérience qu'il y aurait tout le temps pour ça. Le dégoût de soi.

— Ça m'aurait bien aidé que tu m'expliques ta situation au lieu de me laisser lui ouvrir la porte. Il frappait comme s'il était poursuivi par un ours et, si j'avais su qu'il existait cette menace qui planait dans ta vie, j'aurais su que je ne devais pas ouvrir.

— Honnêtement, je suis aussi surprise que toi, dit Harriet.

— Sans vouloir t'offenser, j'en doute. Le terme « rupture amoureuse » n'était pas tout à fait suffisant. Une *vilaine* rupture, ça m'aurait au moins donné un indice.

— Ce n'était pas une vilaine rupture, c'est pour ça que ça ne tient pas debout, répondit-elle.

— J'ai du mal à le croire.

Il fallut quelques secondes à Harriet pour se rendre compte qu'elle s'était mise à trembler de manière incontrôlable. Cal s'en aperçut en même temps. Il l'observa, les yeux plissés. Puis, manifestement irrité de devoir poser la question, il demanda :

— Tu vas bien ?

Harriet hocha la tête et s'attrapa les coudes entre les mains. C'était son instinct de lutte ou de fuite qui se manifestait, voilà tout, elle savait d'expérience qu'elle devait simplement le muscler. En claquant des dents.

Elle vit une expression passer sur le visage de Cal et put presque lire un bandeau d'infos déroulantes. *Oh mon Dieu tu l'as attaquée verbalement ELLE pour son comportement à LUI ! C'est TOI le monstre !*

— Bordel, Harriet. J'ai dit ça sans réfléchir. Évidemment que ce n'est pas ta faute. Loin de là.

Harriet hocha la tête, sentant les tremblements s'atténuer un peu. Jon avait déclenché une réaction panique chez elle, réveillé des sentiments qu'elle n'avait pas ressentis depuis longtemps.

Cal posa le morceau d'essuie-tout et mit une main sur son épaule.

— Tout va bien. Il est parti.

Après un moment d'hésitation, il la serra dans ses bras, et Harriet se laissa faire. Sa vie était devenue surréaliste. Cal était très chaud, transpirant sans doute à cause du choc. Elle apprécia le geste mais, étrangement, être étreinte par culpabilité par l'homme qui ne voulait pas d'elle chez lui n'était pas d'un grand réconfort. Ni elle ni Cal ne voulaient que l'autre le console.

— N'aie pas peur. On va l'envoyer direct à la case prison.

— Je n'ai pas peur de lui, dit Harriet avec un petit rire alors qu'ils s'écartaient l'un de l'autre.

Cal haussa les sourcils.

— Tu devrais peut-être, dit-il en pointant un doigt sur son front.

Harriet le trouvait plutôt calme, franchement, pour un type qui venait de s'en prendre une.

— J'imagine que c'est pour ça que tu as déguerpi sans rien emporter et que tu m'as appelé à la seconde où j'ai publié l'annonce ? ajouta Cal.

Harriet retrouva le plein usage de la parole alors que son rythme cardiaque se calmait.

— Non ! Jon avait une maison de luxe et des idées très arrêtées sur la déco, donc je n'avais aucune raison d'acheter des affaires. Il n'est pas colérique, il ne jure même pas quand un autre conducteur lui fait une queue de poisson. Depuis que je l'ai quitté il y a quelques semaines, il déraille. En deux ans de vie commune, je ne l'ai jamais vu aussi en colère. Ça ne lui ressemble pas du tout.

— Oh ! dit Cal en fronçant les sourcils. On peut dire que j'ai de la chance, alors.

— Tu as du désinfectant pour ça ? demanda Harriet en regardant l'éraflure sur son front.

— Oui, je crois.

Cal fouilla dans les placards et en sortit un tube de Savlon.

— Ce genre de truc ? (Harriet hocha la tête.) Il fait quoi dans la vie ? demanda-t-il en appliquant la pommade sur son front, grimaçant quand elle entra en contact avec sa blessure.

Harriet expliqua que Jon était Capitaine Jus de Viande, un cadre supérieur bien payé.

— Bien, dans ce cas, il voudra éviter de se faire virer. Tu lui diras que, s'il s'approche encore de cette maison, j'appelle la police *et* son employeur. Je vais laisser couler pour ce qui vient de se passer, pour mon bien et le tien, pas pour lui.

— Je lui dirai. Merci, fit Harriet, ressentant une vague de gratitude. Sérieux, il va être transi de honte pendant sa gueule de bois demain.

Cal eut l'air d'en douter. Il devait commencer à se demander si Harriet le couvrait.

— Tu es sûre que ce n'est pas une tendance ? Il n'a jamais levé la main sur toi ? Ou sur d'autres mecs ?

— Il n'a jamais été un tant soit peu intimidant de sa vie. Il ne se plaindrait même pas si on ne lui apportait pas ce qu'il a commandé dans un restaurant étoilé.

— D'accord. Waouh.

Harriet était dans une impasse : plus elle insistait sur le fait que c'était un acte isolé, plus elle semblait sous-entendre que Cal ne devrait pas s'agacer d'en avoir fait les frais. *Bonne nouvelle, il n'y a pas d'autre victime !*

— Comment s'appelle-t-il déjà ?

— Jon.

— Jon de Fer. Jon de Fer à repasser.

Harriet pouffa.

— Un verre, ça te dit ? proposa Cal.

Harriet hésita. Elle ne voyait pas pourquoi Cal voudrait sociabiliser avec elle, vu le feu de l'enfer qu'elle avait fait entrer chez lui, sans parler de sa présence à son presque-mariage. Pourtant, l'expression dans ses yeux était sincère.

— Il n'y a pas d'entourloupe, ajouta-t-il avec un petit sourire.

Elle poussa un soupir.

— Alors mille fois oui, merci.

17

Sur la suggestion de Cal, ils s'installèrent avec une bouteille de blanc à la table de jardin. L'atmosphère humide de la fin de soirée d'été était étrangement puissante et les sens de Harriet étaient en éveil après le supplice de la demi-heure qui venait de s'écouler.

Cal était habillé comme Tom Hiddleston dans *The Night Manager* (elle avait entendu cette raillerie de la bouche de Sam – « Jamais je ne te laisserai diriger ma nuit » – et avait aimé) : chemise en lin bleu pâle avec les manches relevées et lunettes de soleil. Et maintenant qu'il semblait avoir été malmené par un costaud de film d'espionnage, cela ne faisait que renforcer la ressemblance.

Harriet s'assit, s'imprégnant de l'environnement : les abeilles bourdonnant paresseusement dans les fleurs, la lumière déclinante, l'odeur du chèvrefeuille, l'air moite et étouffant, les guirlandes brillant d'une lueur ambrée comme des lucioles, alimentées par l'énergie solaire emmagasinée pendant la journée. Elle appréciait son verre de chenin blanc tout juste sorti du frigo plus qu'aucun autre vin dont elle avait le souvenir. Cal avait vidé un paquet de chips dans un bol, et Harriet fut frappée par l'idée attendrissante qu'il avait inconsciemment copié une habitude parentale.

— Après m'être fait casser la gueule, j'aime méditer avec un verre de vin et des chips Waitrose, dit Cal en poussant le bol vers elle. Une raclée et un amuse-gueule. Un dimanche comme on les aime.

Harriet sourit dans son verre. Il parlait comme quelqu'un qui lisait et écrivait beaucoup.

— Est-ce le bon accord de saveurs ? demanda Harriet. Je suis spécialiste en accords chips et vins. Par exemple, des chips puissantes au bœuf se dégustent avec un rouge corsé.

— Chips salées et… (Il consulta l'étiquette de la bouteille :) « arômes floraux, notes puissantes de pomme et de poire. » Idéal.

Harriet prit une chips et dit à Cal, en montrant son visage tuméfié :

— Tu sembles avoir encaissé sans sourciller.

— On ne m'a pas frappé comme ça depuis l'école, et il s'avère que mon mécanisme de survie est resté le même : espérer que mes agresseurs ne recommenceront pas.

Cal avait une forme de confiance en lui très sophistiquée, de celles qui pouvaient se cacher sous des qualités comme l'autodérision ou la vulnérabilité. Il fallait être assez sûr de soi pour être capable de traverser la demi-heure qu'ils venaient de vivre sans montrer la moindre peur, combativité, gêne, ni bravade.

— Est-ce que je peux te donner un conseil que tu n'as pas demandé ? reprit Cal après une pause.

— Je ne peux pas vraiment dire non, en regardant ton visage amoché, dit Harriet en piochant de nouveau dans le bol.

Elle adorait les chips.

— Il n'y a aucune chance pour que Jon et toi vous remettiez ensemble, n'est-ce pas ?

Harriet croqua, et frissonna.

— Euh, non. Et c'était déjà le cas avant ce soir, précisa-t-elle, avant de sortir une phrase à la Lorna : Je préférerais encore manger du gravier pour aquarium.

Cal se mit à rire, puis il s'essuya le visage, redevenant sérieux.

— Dis-le-lui, une bonne fois pour toutes. Peut-être pas la partie sur le gravier. C'est sympa de t'assurer qu'il a son téléphone sur lui pour rentrer. Mais crois-moi, quand on est dans cet état-là, on s'accroche à tout, dans l'espoir qu'il y a encore un moyen de renouer les liens. Coupe les ponts. N'entretiens rien de plus, pas même par politesse.

Harriet fronça les sourcils.

— Mais j'ai déménagé. Il doit bien se rendre compte que c'est fini.

— Il affirme qu'il se bat pour toi, donc non, je ne crois pas qu'il se rende compte.

— Le problème, c'est que je me sens comme une merde de lui avoir fait tant de mal.

— Oui, et j'ai bien peur qu'il le sache. Cette culpabilité, c'est la faiblesse qu'il va exploiter. Mais t'affirmer ne te rend pas cruelle.

Harriet opina, un peu mal à l'aise. Elle avait du mal à imaginer un conseiller en relations plus improbable que Cal. (Et c'était certainement le moment où il devrait lui dire de partir – il ne voulait pas d'elle ici depuis la révélation de Sam, et voilà qu'elle lui donnait une bonne raison de la mettre à la porte. Elle se demanda s'il se sentait trop coupable pour le faire, maintenant qu'il avait aperçu celui qu'elle avait quitté.)

Quoi qu'il en soit, Cal le Cruel semblait avoir mis le doigt sur le problème, et elle ne put s'empêcher d'apprécier la nouvelle perspective qu'il lui offrait. Il avait tenu tête à Jon, sans s'abaisser à son niveau, ni s'énerver contre lui. Peut-être que Harriet pourrait lui emprunter cette stratégie, et son attitude, cela ne lui ferait pas de mal.

— Tout cela me laisse perplexe. Depuis que je l'ai quitté, tout ce côté de lui que je ne soupçonnais pas a surgi. Je me sens très bête et un peu flippée de ne pas l'avoir vu avant.

Harriet se rappela ce que Lorna avait dit, que Jon serait un ex vindicatif. Plus elle y pensait, plus l'étendue de la prescience de Lorna l'effrayait. Elle la connaissait depuis des années, et les instincts de son amie ne la trompaient jamais. Une autre attitude dont Harriet ferait bien de s'inspirer.

Cal grimaça.

— Certaines personnes ne te laissent pas partir facilement, je le crains. Ils n'acceptent pas les fins faciles.

Harriet hocha la tête. Ils échangèrent un regard entendu – ils ne parleraient pas de ses noces annulées. À cet instant, Harriet était incapable d'associer cet épisode avec ce qu'elle avait vu de Cal jusque-là. Non conflictuel, capable de plaisanter sous pression, et fâcheusement… charmant. Cela dit, quel genre d'attitude attendait-elle d'un largueur de mariée ? Vu les antécédents de Harriet dans la compréhension du comportement masculin, et le fait que cela ne la regardait pas, il valait mieux ne pas essayer.

— Est-ce que c'était destiné à un autre mec ? demanda Cal en baissant ses lunettes pour pointer son front du doigt.

Harriet grimaça.

— Oh ! mon Dieu – non ! C'est comme si Jon voulait qu'il y ait quelqu'un d'autre, pour que je devienne une catin et qu'il puisse se battre en duel.

Harriet savait que cette jalousie ne venait pas complètement de nulle part. Simplement, elle n'avait jamais eu besoin d'y prêter attention auparavant. Par exemple, quand elle sortait sans lui, il était fréquent que Jon lui demande en plaisantant : *Cui bono ?* (à qui ça profite ?) en voyant sa tenue. Harriet répondait toujours : « Seulement à Zara », ou quelque chose dans le genre. Mais avec le recul, l'idée que le moindre de ses efforts était forcément destiné à un admirateur secret était tarabiscotée. Elle avait trop excusé son comportement par son côté désuet et vieillot hérité de son école de garçons. Ce n'était pas l'école, c'était Jon.

— Alors tu es sûre que Jon ne fréquente personne d'autre et que tout ça n'est pas du transfert ? dit Cal en étudiant son verre.

— J'en doute sincèrement. Ça ne fait pas longtemps qu'on est séparés et Jon n'est pas du genre coureur de jupons.

— Hmmm. J'ai découvert que, contre toute logique, paranoïa

et adultère vont souvent de pair. Les gens te jugent selon leurs propres critères.

Cela sonnait vrai ; Harriet avait vu par le passé que ce réflexe d'accuser quelqu'un de sa propre mauvaise conduite existait bel et bien. Pourtant, elle avait du mal à imaginer Jon faire une chose pareille, même s'il n'avait pas été amoureux d'elle. C'était une personne d'une grande éthique qui avait un sens très développé de ce qui « ne se faisait pas ». Sur le plan pratique, il était à peine sur les réseaux sociaux et ne passait pas tout son temps sur son téléphone, donc à moins de le faire au boulot, sur le fourneau de la cuisine, ses occasions de rencontrer d'autres femmes étaient rares.

— Je crois que c'est plutôt qu'il ne l'a pas vu venir, il n'a pas vraiment compris mes raisons pour commencer à la base.

Harriet poussa un soupir triste, pensant que c'était autant sa faute, parce qu'elle n'avait pas suffisamment essayé de les lui faire comprendre.

— Au lieu d'essayer de cogiter dessus en faisant de l'introspection, il a réagi comme il pense qu'un ex au cœur brisé réagirait dans un film, poursuivit-elle. Il croit que je vais me rendre compte qu'il doit vraiment m'aimer pour aller aussi loin. Je me sens mal pour lui, mais…

Harriet marqua une pause ; c'était plutôt indélicat, alors que Jon avait cogné Cal. La façon qu'avait Cal de la regarder était pire encore, il la considérait comme un genre de curiosité pitoyable.

— Et aussi, ajouta-t-elle sur un ton « je me réaffirme », la semaine prochaine, je vais chercher un autre endroit où m'installer. D'abord la coïncidence du mariage, puis ça. Je crois qu'on n'est pas faits pour cohabiter.

Cal eut l'air surpris.

— Euh…

Il hésita comme le font les gens quand on leur offre précisément ce qu'ils veulent mais que l'accepter semble incorrect.

— Tu es sûre ?

Il n'en fallait pas plus à Harriet.

— Oui, absolument, dit-elle. Sans rancune. On ne pouvait pas savoir que Leeds était aussi petit.

— Il n'y a pas d'urgence, dit Cal. Je ne remettrai pas d'annonce pour la chambre avant que tu sois prête à partir.

— Merci.

Harriet sentit qu'il essayait de trouver quelque chose pour amortir le fait qu'elle avait dit « je vais partir » et qu'il avait répondu *oh oui ! avec plaisir.*

— Hmmm… jusqu'à présent dans ma carrière de propriétaire, je me suis heurté à la nudité et à la violence. Que reste-t-il sur la liste des trucs interdits aux moins de dix-huit ans ? dit-il après une pause.

— Gros plan sur la blessure, dit Harriet en pointant le visage de Cal.

Il grimaça.

— Scènes de nature sexuelle avec le ou la prochaine ? Bon sang.

Ils sourirent, plus détendus.

Sa promesse de partir avait levé la malédiction du malaise, mais, dans les secondes qui suivirent, elle se souvint du cri de Kristina et elle se durcit de nouveau. Cela aurait été tellement mieux pour eux deux si elle n'en avait jamais rien su. Tant pis.

Une chauve-souris voleta au-dessus d'eux dans le crépuscule bleu.

— « Cal » est le diminutif de quoi, au fait ? Callum ? Je me rends compte que je ne sais même pas, dit Harriet alors qu'ils rentraient dans la maison.

— Calvin, dit-il en retirant ses lunettes, levant les yeux au ciel. Tu veux savoir pourquoi ? C'est la honte.

— Je t'écoute… ?

— Maman adore *Retour vers le futur*, surtout le passage où Marty se fait appeler Calvin parce qu'il porte un caleçon Calvin Klein.

Cela la fit sourire.

— C'est génial.

— Vraiment ? dit Cal. C'est aussi un film dans lequel la mère tombe amoureuse de son fils. *Gé-nial.*

— Calvin. J'aime bien.

— Excuse-moi si je n'ai pas confiance en tes goûts, dit Cal avec un sourire.

Son dédain manifeste pour sa vie sordide la fit frissonner.

La couette remontée jusqu'au menton, Harriet ouvrit la discussion des SACÀPUTES sur WhatsApp et tapa :

Jon s'est pointé chez moi en prétendant que je lui cachais où j'étais et il a FRAPPÉ mon coloc / proprio, Cal, nous accusant d'avoir une liaison. UN CHOUETTE DIMANCHE.

Lorna
QUOI

Roxy
? ? ? ! ! ! Tu plaisantes ?

Harriet
Malheureusement, non. Heureusement, Cal ne porte pas plainte. Jon avait perdu la tête, il hurlait qu'on couchait ensemble, il avait clairement bu.

Lorna
La vache

Roxy
Oh putain

Harriet

Ce que je ne comprends pas, c'est comment Jon a découvert où j'habite ?

Roxy
Hum... désolée, c'est ma faute. Après le film. Il a fait comme si ça n'avait aucune importance 😑

Harriet
Comment a-t-il justifié le fait qu'il te posait la question à toi et pas à moi ? ?

Roxy
Tu connais Jon, c'était oups mince alors, Harriet a dit qu'elle me donnerait son adresse et elle n'arrête pas d'oublier, ça te dérange de me la donner ? Je ne pensais pas qu'il frapperait quelqu'un ! Je ne pensais même pas que ça te dérangerait qu'il l'ait sinon je ne lui aurais pas donnée 😬

Harriet
Tu ne pouvais pas savoir. J'espère vraiment qu'il reviendra à la raison tellement il aura honte demain

Lorna
Imagine si tu l'avais VRAIMENT quitté pour un autre. Je pense qu'on serait en train de l'arrêter pour meurtre et de relever ses empreintes digitales

Harriet
Qu'est-ce qui lui a pris ? ! Deux ans ensemble sans signe de tout ça, vraiment aucun ?

Lorna
Tu dis ça mais il avait un truc avec les films sur la Seconde Guerre mondiale. Il m'a dit un jour que tous les hommes de sa génération se sentent coupables de ne jamais avoir eu à affronter un nazi

Roxy
Il doit être tellement fou amoureux de toi qu'il a perdu la boule

Lorna
Ne transforme pas ça en conneries de crime passionnel genre « gentil garçon qui a craqué », Rox. Si c'était une femme on aurait aucun mal à dire que c'est une tarée vindicative

Roxy
Ce n'était pas mon intention ! 😒

Lorna
J'avoue que j'ai du mal à imaginer Mark Corrigan de la série *Peep Show* se transformer en Punisher, tu pourras nous rejouer la scène la prochaine fois qu'on se voit, H ?

Harriet
C'EST PAS DRÔLE

18

Harriet avait affirmé que Jon serait profondément contrit après avoir attaqué Cal, et elle avait à moitié raison. Disons qu'elle avait presque raison. Lorna aurait dit qu'elle avait « tort ».

Jon apparut avec des cernes sous les yeux – manifestement, il avait suffisamment bu pour que sa gueule de bois dure jusqu'à la réunion que Harriet convoqua au Laynes, le bar à expresso, le mardi matin. Il avait posé une semaine de congés, et Harriet ne savait pas si c'était prévu de longue date ou en urgence pour se remettre ; de toute façon, elle doutait qu'il lui dise la vérité si elle posait la question. Il était abattu, très silencieux à son arrivée, mais pas sans une attitude de défi latente. Les clés de sa Mercedes étaient posées à côté de son *flat white* comme un symbole désinvolte de son statut, et Harriet fut de nouveau frappée d'avoir été en couple avec un homme qui refusait de prendre les transports en commun même quand c'était bien plus pratique que la voiture.

— Je suis horrifié par ce que j'ai fait, ce n'était pas moi, dit Jon avec une fluidité qui semblait travaillée.

Il n'avait pas l'air assez horrifié au goût de Harriet. Était-il secrètement fier de son incartade macho ? Les mecs comme Gavin, son partenaire de squash, l'applaudiraient des deux mains. (La photo de profil de Gav sur Facebook était Joaquin Phoenix en Joker en train de danser dans le célèbre escalier.)

— Je ne me souviens pas de grand-chose, poursuivit Jon, à part d'un échange de cris énervés, puis d'avoir cogné ce type prétentieux quand il m'a insulté.

— « Prétentieux » ? ! Tu as débarqué *chez lui* et tu l'as menacé, l'accusant à tort de se taper ton ex, dit Harriet. Je crois qu'il avait le droit d'être *un peu en colère* ? Je crois qu'on peut l'excuser d'avoir été *un peu insolent* ?

— J'ai dépassé les bornes, c'est sûr, dit Jon. Mais ne vois-tu pas de quoi ça avait l'air ? Tu ne me dis pas où tu habites, et quand je me pointe, c'est un mec qui ouvre la porte ?

— Je me fiche de quoi ça avait *l'air*. Je n'ai pas à faire en sorte que ça *ait l'air* de quoi que ce soit.

Bon sang, la mentalité de la famille Barraclough.

— Tout ce que je dis, c'est que si on m'avait prévenu que tu étais en colocation avec un homme, ça aurait aidé.

— Si tu n'avais pas soutiré mon adresse à mon amie et si tu ne t'étais pas pointé sans prévenir, ça aurait aidé aussi.

Harriet modérait sa voix, en partie pour ne pas ébruiter la scène, en partie pour ne pas effrayer le jeune couple séduisant à la table d'à côté, qu'elle soupçonnait d'écouter tout de même leur conversation avec fascination.

— Tu n'as pas tort. Je me suis comporté comme un con.

Harriet eut une bouffée d'agacement quand un serveur déposa un plat de boudin noir et œufs au plat devant Jon.

— C'est une nécessité médicale, Hats. Que la guérison commence !

Ils avaient parlé d'un café, pas d'un brunch. Il n'avait vraiment aucune honte. Il ne devait pas être si torturé pour s'attaquer comme ça à ses deux œufs au plat. Elle lui adressa un regard menaçant.

— S'il porte plainte, j'espère que tes patrons se montreront compréhensifs et qu'ils t'accorderont un jour de congé pour le procès.

Jon, qui était en train de poivrer son plat avec le moulin, suspendit son geste.

— Il va porter plainte ?

— Probablement. Pourquoi ne le ferait-il pas ? dit Harriet.

Jon avait besoin d'une bonne frayeur et elle n'hésiterait pas à mentir pour ça.

— Oh… eh bien… je veux dire, franchement. C'était complètement con de ma part et je suis prêt à m'excuser ventre à terre, mais est-ce qu'on a vraiment besoin de perdre une journée au tribunal pour un crochet du droit ? (Il marqua une pause.) Tu serais entraînée dans cette affaire, toi aussi, en tant que témoin.

Oh ! donc l'effet que cela aurait sur elle lui traversait soudain l'esprit, quand ça pouvait lui rendre service, comme par hasard ? Étrangement, c'était ce qu'elle avait besoin d'entendre, pour se prouver que son ex au cœur brisé pouvait être manipulateur et égoïste. Elle s'était sentie coupable, mais il était temps de s'endurcir. Un peu tard, elle percuta qu'être mise à la porte par Cal aurait été, sinon l'intention, du moins un bonus pour Jon. *Je suis tellement désolé, Hats, gîte et couvert offerts chez moi jusqu'à ce que tu trouves autre chose, c'est le moins que je puisse faire.*

— Je vais parler à Cal des poursuites, voir si je peux le persuader de ne pas aller plus loin. Mais que ce soit clair : tu n'as aucune raison de débarquer chez moi et tu n'as aucun droit sur moi. Même si j'avais une liaison avec Cal, cela ne regarderait que moi.

Jon suspendit de nouveau son geste, la fourchette en l'air.

— Est-ce que c'est le cas ?

— Bon sang, NON. Je te demande, dit-elle en articulant de manière exagérée, d'accepter que nous sommes séparés, et de te comporter en conséquence. Ne te pointe plus chez moi. Ne me contacte pas. Respecte ma décision que c'est fini… et que ça ne va pas changer.

La rudesse de devoir le lui dire clairement lui avait donné une suée, mais il était vital de clarifier les choses.

Sans rien dire, Jon posa ses couverts comme s'il avait tout à coup perdu l'appétit.

— Ça ne « regarderait que toi » si tu sortais avec quelqu'un à peine quelques jours après m'avoir rendu une bague de fiançailles ? Je n'aurais pas le droit d'être contrarié, de me demander depuis combien de temps ça dure ?

Harriet prit une profonde inspiration et se rappela le conseil de Cal. Ne pas tergiverser ni s'emmêler dans des « et si ».

— Tout à fait. Tu n'as pas le droit de continuer à exiger quoi que ce soit de moi et à fixer des règles. Tu ne sembles pas comprendre que le fait de te dire où j'habite était ma décision. Je n'ai aucune obligation envers toi.

— Ce n'est pas que tu as des obligations envers moi… C'est juste que rien de tout ça ne semble te tracasser, Harriet. *Du tout.* Ce soir-là à l'hôtel, tu t'es contentée de dire que tu suivais une nouvelle voie, et tu as mis les voiles sans moi. Du coup, je me demande ce que c'était tout ça, et si tu m'as jamais aimé. Je ne sais pas qui tu es.

— C'est marrant que tu dises ça, vu que, dans l'immédiat, je ne sais pas vraiment qui tu es, toi.

— Oh ! allons, ne sois pas si hypocrite. Je ne me suis pas couvert de gloire, mais je me bats. Je suis en morceaux, j'ai le cœur brisé. Alors que non seulement ton cœur est manifestement intact, mais cela n'a pas semblé t'affecter que nous ne soyons plus ensemble.

Elle en fut bouche bée. Elle refusait de mettre son âme à nu après ce qu'il avait fait. Il voulait qu'elle décrive son sentiment de deuil, qu'elle prouve que ça la touchait ?

— Si, ça m'a affectée. Désolée. Je ne vois pas le rapport avec ce que tu as fait.

L'idée était qu'elle ne lui laisse aucun espoir de retour en arrière. Comment avait-il réussi à la forcer à s'excuser ?

Jon la dévisagea intensément.

— Non. Manifestement. Tu es *désolée*. On dirait que tu as

éraflé la peinture de ma voiture ou renversé ma poubelle. Tu t'es servie de moi, hein ?

— Servie de toi pour quoi ?

— Tu t'es servie de moi pour oublier quelque chose. Ou quelqu'un.

Elle se rendit compte que Jon disait exactement ce qu'elle avait entendu Cal dire à Sam dans le jardin, que son absence de possessions laissait entendre qu'elle fuyait. Harriet ne faisait jamais allusion à cette ombre dans son histoire, et pourtant ils devinaient tous sa présence. Sous la table, à l'abri des regards, elle serra le poing, les doigts tremblants.

— D. H. Lawrence a dit « Les femmes sont par nature comme des géantes, ajouta Jon. Elles passent à travers tous les obstacles et continuent d'avancer. » Je n'avais jamais compris ce qu'il voulait dire jusqu'à présent.

Harriet leva les yeux au ciel. Au moins, il semblait être redevenu lui-même.

— Il a dit ça. Ça a l'air un peu sexiste. Je ne suis pas venue pour me disputer, Jon.

— OK, compris, dit-il en dressant le menton. Tu es un électron libre, et moi aussi. Message reçu cinq sur cinq, Harriet. Rappelle-toi que c'est ce que tu as dit.

— Comment fais-tu pour transformer ça en menace ?

— Je ne fais que rappeler que les mêmes règles s'appliquent pour tout le monde. Tu entends une menace seulement si tu penses que nous ne sommes pas égaux.

— Nous sommes égaux.

Harriet se leva pour partir, laissant un billet de cinq livres pour son café, et un pourboire.

— Tu as dit à tes parents qu'on était séparés ? demanda-t-elle.

Elle n'avait pas reçu d'autres messages de Jacqueline, et malgré la position impossible dans laquelle Jon l'avait mise, elle n'avait pas aimé ressentir cette impolitesse de ne pas répondre. Elle se demanda si Jacqueline avait abordé le sujet avec Jon, et ce qui avait été dit, le cas échéant.

— Non, pas encore, mais seulement parce que ça grouillait de monde au barbecue. Je crois que je vais leur dire cet après-midi, tiens.

— D'accord. Bon brunch.

Jon eut l'air méprisant. Cela le rendait manifestement grincheux que Harriet n'ait pas les bonnes manières de rester jusqu'à ce qu'il ait fini de manger le plat qu'il lui avait caché avoir commandé, et de l'écouter l'accuser de frigidité émotionnelle. Harriet dit « au revoir » à un visage de pierre.

Alors qu'elle rentrait à pied par le centre-ville, elle vit qu'elle avait un appel manqué de Lorna, qu'elle rappela aussitôt.

— Écoute ça. Gethin a réservé une table au Dive samedi. Sympa, non ?

— Ouaip.

— FAUX, il vient avec deux amis. Deux !

— C'est moins sympa ?

— Un ami est un allié, c'est attendu. Deux, ça fait trois mecs au total, c'est-à-dire un gang. Ça dit « ne te fais pas d'idées ».

— Laisse-moi te poser une question : si Gethin avait un restaurant et t'avait invitée, tu ne nous inviterais pas, la première fois que tu irais ? Pour protéger tes arrières ?

— Si, mais…

— Quoi ?

— Tu peux prouver n'importe quoi avec ce genre de logique à la con, Hatley ! J'ai pas besoin de ça ; j'ai besoin de ton aide. Roxy et toi devez venir ce soir-là. Dis-moi que tu n'as pas de mariage ce jour-là.

— Tu as de la chance, cette semaine c'est un vendredi chic à la mairie, avec réception chez Issho's.

— Ouiiiii ! Roxy et toi avez une table, aussi vers 20 h 30, 21 heures, et si tout se passe bien, on reste tous les six après la fermeture. Comme ça, s'ils prévoient de m'agresser, je n'aurais pas fait comme si j'avais la moindre attente.

— Il m'a tout l'air de vouloir dîner, et toi tu te prépares pour *West Side Story*. Ce n'est pas un peu flagrant si tu nous fais venir au même moment que lui et ses potes ?

— Ça l'aurait été si je n'avais pas eu des réflexes de ninja. Dès qu'il a dit qu'il venait avec des amis, j'ai glissé « Oh ! quelle coïncidence, ce sera sympa, mes copines viennent aussi ce soir-là ». Gethin n'a pas affaire à une amatrice.

— Haha. T'as de la chance que je sois dispo, alors.

— Non, mais sérieux, ça fait tout remonter. La drague et les signaux, puis soudain un gros clairon de « non ».

— Le gros clairon, c'était pas plutôt toi qui tombes dans une bouche d'égout et qui penses qu'il t'a ghostée, alors que c'était toi qui le ghostais ?

— Je savais que tu me jetterais ce « alors que » au visage.

Harriet mit Lorna au courant de son rendez-vous avec Jon, et précisa qu'il s'était mis à citer des grands auteurs sur la perfidie des femmes.

— Incroyable. C'est un connard possessif en jean bas de gamme qui ne t'a jamais vraiment respectée. C'est de Jane Austen, ça.

— Je sais. Je veux dire, je comprends qu'il soit blessé et qu'il n'ait pas vu venir notre rupture…

— Arrête de lui trouver des excuses. Il n'a pas le droit de frapper ton propriétaire. Il n'a pas le droit de t'accuser d'infidélité sans fondement. Il n'a pas le droit de te demander en mariage pour te piéger. C'est un désaxé.

Harriet n'avait rien à redire à cela.

— Tu dois arrêter de te préparer au Jon que tu croyais avoir et affronter le Jon que tu as. Et qui semble être un vrai danger.

Ça ne servait à rien – accuser Jon menait toujours Harriet au même endroit.

— Lorna…

— Oui.

— Est-ce la preuve formelle que je suis la pire juge en matière d'hommes ?

— Non. C'est la preuve que tu accordes ta confiance, et qu'on en a abusé. Tu n'es pas responsable pour les hommes.

19

Ce ne pouvait pas être la petite citadine de Jacqueline Barraclough qui se garait dans l'allée ce soir-là, bloquant sa Golf, si ? Que viendrait-elle faire ici ? Comment pouvait-elle être ici ?

Harriet eut la nausée quand une tête argentée émergea de la voiture. Harriet n'eut pas le temps de s'enfuir : elle était visible à travers la baie vitrée du salon.

La sonnette retentit et une Harriet à l'estomac noué ouvrit la porte à une Jacqueline au visage impérieux. Ses lunettes de soleil aux branches ornées de strass étaient relevées sur ses cheveux, et elle portait un pull en soie rose pastel par-dessus une chemise blanche amidonnée au col dressé. Elle arborait un pendentif en or rose qui contenait, comme elle l'avait un jour montré à Harriet, des photos de Jon et Martin Junior bébés (« mes petits, toujours près de mon cœur »).

Harriet sentit que Jackie n'était pas là pour lui demander si elle était bien installée.

— Bonjour, Harriet.

— Bonjour.

— Vous ne m'invitez pas à entrer ? demanda Jacqueline d'un ton agressif, suggérant qu'il serait préférable qu'elle lui passe son savon en privé.

Harriet s'écarta pour la laisser passer – venait-elle bêtement d'inviter le vampire à entrer chez elle alors qu'elle aurait pu lui claquer la porte au nez ? Pourquoi ne se sentait-on pas plus puissant quand on était parfaitement innocent ? C'était une embuscade et Harriet n'était pas préparée.

Jacqueline regarda autour d'elle, considérant le mobilier, faisant bien comprendre qu'elle jugeait Harriet.

— Jon dit que vous louez une chambre que vous avez trouvée sur Internet.

— Oui, tout à fait, dit Harriet.

Jacqueline reporta son regard sur elle en secouant triomphalement sa queue-de-cheval, comme si les meubles de la pièce prouvaient quelque chose.

— Vous avez quitté Jon pour *crécher* dans la chambre d'amis d'une inconnue. J'espère qu'elle apprécie votre présence ici.

Harriet se demanda un instant pourquoi Jon n'avait pas ajouté « et elle habite avec un HOMME » à la liste des chefs d'accusation, puis se dit, *certainement parce qu'il aurait été obligé d'avouer qu'il l'avait frappé.*

— Comment avez-vous eu mon adresse ? demanda Harriet comme si elle ne connaissait pas déjà la réponse.

— Jon me l'a donnée. Pour éviter que vous vous en preniez à lui pour ça, il est encore si protecteur envers vous qu'il ne me l'aurait pas donnée si je lui avais dit la vérité. Il pense que je suis ici pour tenter de vous faire changer d'avis, vous persuader de lui donner une autre chance. Je crois que nous savons toutes les deux que cela n'arrivera jamais. Je suis ici pour un peu d'honnêteté entre femmes.

Oh ! quel HÉROS, putain. Il avait lâché sa mère sur elle, au cas où cela pourrait lui obtenir ce qu'il voulait. Et Jacqueline pensait sincèrement que cela lui conférait une certaine noblesse ? !

Jon n'ignorait pas les vices de sa famille, Harriet avait été terriblement naïve à cet égard. Il laissait couler, certain qu'ils feraient de même pour lui – tous dans le même bateau, acolytes. Quelque part, il y avait un blason des Barraclough avec une devise en latin qui se traduisait par « Dans Votre Gueule les Ratés ». Il savait parfaitement que sa mère était une tête nucléaire en robe Hobbs d'occasion, mais que jamais elle ne raserait *son* village à lui.

Harriet accepta, enfin, la vérité de tout ce que Lorna avait dit le soir où Harriet lui avait parlé de la demande en mariage. C'était de la cruauté. De la cruauté en chino prenant une voix de téléphone.

Il s'accordait une zone de confort psychologique d'ignorance intentionnelle. Quand on le mettait au pied du mur, pour le forcer à assumer ses responsabilités, il vous glissait entre les mains comme du savon. *Il ne pensait pas à mal !* Seulement, il n'avait pas pris une seconde pour considérer, ou s'inquiéter du fait, qu'il ferait du mal, ce qui revenait au même.

Hors champ, Harriet entendit la porte d'entrée s'ouvrir et se fermer et souhaita, ardemment, que Cal Clarke ne soit pas rentré à l'instant du *Yorkshire Post*, au risque qu'il entende leur conversation. Jacqueline avait le genre de voix qui portait.

— Je vais aller droit au but, reprit-elle. Je ne voulais pas m'embêter avec vous, puis je me suis dit que, quand même, il fallait que quelqu'un vous force à vous rendre compte de ce que vous avez fait. Et hors de question que cette tâche incombe à votre victime, mon fils loyal et bouleversé.

Il était loyal, ça oui : loyal à ses propres intérêts.

— Vous n'êtes pas mère, Harriet. Si vous l'étiez, vous auriez peut-être une idée de ce que c'était de voir mon plus jeune fils brisé, en sanglots, demandant « pourquoi elle ne m'aime pas, maman ? Qu'est-ce que j'ai fait de mal, maman ? ». La honte qu'il a ressentie en avouant VOTRE comportement était dévastatrice. Vous l'avez humilié et brisé.

— Je suis désolée si Jon est blessé, mais…

— Je n'ai pas fini, merci ! aboya Jacqueline avec tant de véhémence que Harriet se tut, sonnée. J'ai toujours pensé que vous ne l'estimiez pas, et c'était pénible à voir. Je le voyais faire des efforts, tellement d'efforts, pour que vous l'aimiez comme il vous aimait. Et vous ne rendiez pas la pareille. Vous lui donniez l'impression de ne pas vous mériter, comme s'il ne vous *suffisait pas*. C'était l'inverse, en réalité, mais, bien sûr, un homme entiché est aveugle. Néanmoins, même moi, je n'ai pas anticipé la *méchanceté pure* qu'il vous a fallu pour lui jeter cette bague au visage, le soir même où vous aviez accepté sa demande en mariage devant toute sa famille.

Harriet aurait aimé ne pas rougir comme une nectarine.

— C'est Jon qui a choisi cette situation. Aurait-ce été mieux que je refuse sur-le-champ, et que je le déçoive avec vous tous pour témoins ?

— Je crois que n'importe quoi est préférable que de dire à un homme que vous allez l'épouser avant de revenir sur votre parole une heure et demie plus tard, Harriet, oui. Faire mine d'accepter une demande en mariage est tout simplement odieux.

Harriet voyait parfaitement comment cette version ferait d'elle la catin vulgaire des clubs d'œnologie et groupes de lecture des baby-boomers d'Ilkley. C'était une de ces anecdotes que personne ne gâcherait en se posant précisément la question que Harriet s'était posée : que devait faire une fille de bonne famille ? Épouser un homme qu'elle ne voulait pas épouser, parce que c'était malpoli de dire non ?

— Désolée, mais c'est des conneries, dit Harriet avec une assurance qu'elle ne ressentait pas.

Elle vit une satisfaction amère passer sur le visage de Jacqueline. Elle aurait dû se rappeler que, dans un exercice de provocation, perdre son sang-froid était une victoire pour l'autre. C'était la preuve de qui on était vraiment.

— Mon crime est d'avoir quitté Jon, point final. Vous me détesteriez quelle que soit la manière dont notre histoire se serait terminée.

Harriet craignait de ne pas avoir entendu Cal aller à l'étage.

Bon Dieu, faites qu'il n'écoute pas. Elle ne pourrait pas le lui reprocher, s'il écoutait – Jon avait donné à Cal une raison légitime de s'intéresser à la famille Barraclough et, après tout, il était chez lui.

Harriet avait emménagé avec un homme à la vie amoureuse entachée de scandale, mais elle n'avait pas non plus fait « profil bas » dans ce domaine.

— Quel que soit le degré exact de barbarie dont vous avez fait preuve envers Jon, vous avez fait la plus grosse erreur de votre vie, je le crains. Vous étiez au sommet avec mon fils, asséna Jacqueline. Les femmes vont faire la queue dans la rue pour sortir avec JJ.

Beeerk. Se vanter des perspectives sexuelles de son fils célibataire ? Si elle était mère un jour, Harriet espérait ne jamais se comporter ainsi en pensant qu'elle était une lionne protégeant ses lionceaux. Cela lui semblait aussi être une vantardise très genrée ; Harriet avait du mal à imaginer un papa dire de sa fille larguée : « elle ira bien parce qu'elle va se faire tringler à tout-va ».

— Il est beau, il est accompli, et il n'existe pas homme plus gentil et plus dévoué que lui. Il ne le voit pas encore, mais rira bien qui rira le dernier. Et il rira longtemps, bien longtemps après vous, ma chère.

Jacqueline regarda de nouveau autour d'elle d'un air critique. Puisque la maison était jolie, Harriet prit son expression comme un *mouais, rien de tout ça n'est à vous.*

— Je n'ai pas quitté Jon pour trouver mieux. Je ne remplace pas un iPhone. Dans un couple, il faut être bien ensemble, se rendre heureux.

Jacqueline pouffa.

— Et il ne pouvait pas vous rendre heureuse, c'est ça ? Malgré tout ce qu'il dépensait pour vous, toute l'attention qu'il vous accordait, tous les compliments qu'il vous faisait… Non. Ça ne suffisait pas.

Elle lui adressa un sourire boudeur empoisonné, à croire qu'elle portait un manteau en peau de dalmatien, et Harriet décida qu'en réalité ça suffisait comme ça. Qu'avait dit Cal ? S'affirmer ne rend pas cruel. De la même manière, poser des limites ne rend pas grossier. La mère de Jon, en revanche, l'était, grossière, et pas qu'un peu.

— Jacqueline, il est évident que vous avez créé une figure mythique de haine à mon effigie, une croqueuse de diamants prétentieuse qui voulait faire souffrir votre fils. Elle n'est pas réelle et n'a rien à voir avec moi, mais libre à vous de la détester, elle a l'air exécrable. Dans les faits, Jon et moi sommes deux personnes qui sont arrivées au bout de leur histoire. Votre méchanceté gratuite envers moi après coup est tout à fait inutile.

Harriet était très contente de ce résumé sommaire, vu sa terreur primaire d'affronter une femme de deux fois son âge et que son conditionnement social la poussait à lui plaire à tout prix.

— Vous n'êtes pas « arrivés au bout de votre histoire », dit Jacqueline en mimant des guillemets avec ses doigts, vous étiez bien contente de profiter de vacances luxueuses jusqu'à ce qu'il veuille s'engager sérieusement. Là, vous avez dû avouer que vous avez toujours pensé pouvoir faire mieux que lui.

Harriet grimaça. Elle avait embobiné Jon, dans une certaine mesure. Ces petits séjours en Europe, où Jon ne lui laissait pas même payer un feuilleté à l'abricot au Prêt à Manger de l'aéroport, ne comptaient pas parmi ses moments les plus glorieux.

Inutile de dire que Jon avait insisté, faisant comme si la contribution financière de Harriet était un genre d'émasculation. Une autre preuve, selon Lorna – ces petits plaisirs étaient, comme Jacqueline le faisait clairement comprendre à présent, des acomptes sur un avenir ensemble. Harriet avait des impayés ; elle était sur le banc des accusés. Elle avait *obtenu des avantages pécuniaires frauduleusement*.

Pendant ce temps, l'indignation de Jacqueline montait crescendo.

— J'espère que vous avez apprécié les Antilles et les Costwolds, mademoiselle Hatley, parce que vous n'aurez plus tout cela, à l'avenir.

— Vraiment ?

Jon avait-il pris son passeport et toutes les cartes routières en otage ?

— Qui, selon vous, va s'empresser de s'engager avec une trentenaire qui ne sait pas se peigner et s'habille comme une ado revêche ? Vous pensez être une femme fatale ? Si vous aviez VU la jeune femme que Jon a emmenée à son bal de promo.

Harriet nota mentalement cette dernière phrase pour la répéter à Lorna et Roxy, pour les faire hurler.

— Si nous en sommes arrivées au stade des insultes personnelles, je crois qu'il est temps pour vous de partir, dit Harriet, satisfaite de n'entendre aucun tremblement dans sa voix. Je me contrefous de ce que vous pensez de mon apparence.

Son accent plat du Yorkshire ressortit dans la colère, et Jacqueline devait s'en délecter.

Jacqueline se hérissa.

— Une dernière chose. Vous devez rendre les bijoux que Jon vous a donnés pendant que vous étiez ensemble.

— *Pardon ?*

Jon avait l'habitude de lui acheter des bijoux étincelants de chez Berry's, qui n'étaient pas à son goût et pour lesquels elle le remerciait avec effusion. Elle les gardait bien rangés, sur leurs petits coussins en soie dans leurs boîtes, et les portait rarement. Elle n'avait jamais cherché à savoir combien ils valaient, se doutant que cela lui donnerait le vertige.

Elle était encore abasourdie par cette demande quand on frappa poliment à la porte.

— Excusez-moi, je suis désolé de vous interrompre, dit Cal en entrant dans la pièce.

Il portait une élégante chemise Oxford bleue, dont il retroussa les manches comme si on lui avait demandé de faire une présentation dans le cadre d'une réunion.

— Je suis là pour aider. Considérez-moi comme un médiateur.

Elles le dévisagèrent toutes deux, confuses.

— Qui êtes-vous ? demanda Jacqueline.

— Cal. Le propriétaire de cette maison. Poursuivez, dit-il en désignant Harriet. Elle devrait rendre les bijoux… ?

Il agita sa main. Jacqueline redressa le menton.

— Oui, elle devrait.

— C'étaient des cadeaux, dit Harriet.

— Acceptés sous des prétextes fallacieux.

— Quels prétextes fallacieux ?

— Que vous n'alliez pas le traiter comme un moins-que-rien.

Cal se tourna vers Harriet, qui secouait la tête, à deux doigts d'éclater de rire.

— Harriet, quels sont tes sentiments vis-à-vis du fait qu'on exige que tu remettes tes biens personnels sur la base d'un code de conduite semblant dater du XIXe siècle ?

— Je crois qu'elle se fout de ma gueule, dit Harriet d'un ton neutre.

— Vous vous foutez de sa gueule, Jacqueline, répéta Cal.

— Vous n'avez rien à faire dans cette histoire ! lui dit Jacqueline. Vous ne savez pas ce qu'il s'est passé entre ces deux-là. Restez en dehors de ça.

— Cela semble être une description parfaite de votre propre situation, dit Cal.

— Je sais tout ce qu'il y a à savoir, merci bien, dit Jacqueline en reposant ses yeux de serpent sur Harriet.

— Savez-vous que votre fils m'a agressé l'autre jour ? demanda Cal.

Le visage de Jacqueline se décomposa.

— Que diable voulez-vous dire ?

— Je crois que vous avez compris. Harriet, tu as dit à Jacqueline que ses opinions ne t'intéressent pas et que tu refuses de faire ce qu'elle dit. Veux-tu d'elle chez toi ?

Harriet prit son courage à deux mains pour regarder Jacqueline dans les yeux. Comme une arachnophobe s'obligeant à caresser une tarentule.

— Non.

— Bien. Jacqueline, vous l'avez entendue. Partez, s'il vous plaît.

Cal lui montra la porte, que Jacqueline passa en fulminant.

— Vous devriez avoir honte de vous, cracha-t-elle à Harriet avant de partir.

Peut-être que Harriet le devrait, quelque part, mais jamais sur ordre de Jacqueline.

Cal ferma vivement la porte derrière elle et revint près de Harriet. Ensemble, ils regardèrent Jacqueline sortir sa voiture de l'allée, le regard noir, une main sur l'appuie-tête passager tandis qu'elle faisait marche arrière.

— Merci, Cal.

Ouf. Décidément, elle se donnait en spectacle. Il organiserait certainement un grand bal pour fêter son départ quand elle serait partie.

— Désolé d'avoir débarqué comme ça : tu tenais bon, mais elle te manquait tellement de respect que j'ai fini par craquer. Jon la laissait te parler comme ça ?

Elle eut la gorge nouée.

— Elle n'était pas aussi cash d'habitude, mais plus ou moins, oui.

— Waouh.

Harriet ressentit une pointe de douleur en pensant *c'est donc ça de se sentir soutenue*. Elle le dévisagea avec attention, s'attendant à déceler une nouvelle fois cette expression de pitié. Mais, au lieu de cela, il avait l'air… amusé ?

— J'en reviens pas, quand même, dit-il en riant, la confrontation ayant libéré des endorphines. Elle vit dans quel siècle ? On aurait dit un de ces films en costumes. *Maintenant que vous avez offensé mon fils, vous n'aurez plus aucun parti avantageux !* Elle sait qu'on est dans la banlieue de Leeds et pas dans *Bridgerton*, rassure-moi ?

— C'est peut-être un truc de personne-très-riche. Ça rend vieux jeu. Jacqueline a toujours été *too much*, mais même moi, je suis scotchée par cette diatribe.

— J'ai vraiment trouvé que tu l'affrontais avec aplomb, dit Cal. Une vraie harpie.

— Oh. Bien. Merci.

Un silence. Apparemment, ni l'un ni l'autre ne savaient quoi dire.

— Écoute, je dois aller rejoindre Sam au Zucco dans pas longtemps. Tu veux te joindre à nous ? S'il y a quelqu'un qui a besoin d'un Aperol spritz gros comme une tête de bébé, c'est bien toi.

— Oh…

Elle se sentit de nouveau déstabilisée.

— Je ne vais pas m'incruster dans un moment entre Sam et toi ?

— Sam et moi, on se connaît depuis la primaire. On est ravis quand des gens se tapent l'incruste.

Sur le chemin jusqu'au restaurant, Harriet songea que l'implication de Cal aurait pour effet secondaire fortuit de renforcer les doutes de Jon. En apprenant que Cal avait joué les preux chevaliers, Jon exploserait comme la fusée de Jeff Bezos, sans aucun doute.

Cette fois-ci, elle s'en fichait, vraiment. Lâcher sa mère enragée sur elle était une preuve de réelle malveillance, et cela avait fini par éprouver sa patience et épuiser sa bonne volonté.

Ne serait-ce pas parfait si cela retombait sur Jon, et non sur elle ?

20

Sam avait quinze minutes de retard. Ils s'assirent donc dans le brouhaha de la salle à manger aux carreaux noirs et blancs avec un Aperol spritz et un negroni, sans ouvrir leurs menus. Harriet s'était attendue à ce qu'il y ait un malaise, mais le bourdonnement des voix et l'hystérie résiduelle d'avoir vaincu la méchante sorcière semblèrent les porter sans mal jusqu'à la commande et l'attente de leurs consommations.

— Je sais pas comment on peut boire ce machin. C'est de l'aspirine effervescent aromatisé au Tizer, dit Cal affablement en montrant l'Aperol spritz de Harriet.

— C'est toi qui l'as suggéré !

— Les filles adorent, répondit Cal avec suffisamment d'ironie pour s'en tirer impunément. Bon, ajouta-t-il, la vraie question, c'est : est-ce que tu as vraiment dit oui à la demande en mariage avant de changer d'avis ?

— Oh ! dit Harriet, qui prit une petite suée tout à coup, mais je n'ai pas changé d'avis.

Jusqu'à présent, elle ne s'était pas arrêtée sur l'étendue de ce que Cal venait d'apprendre. Elle lui raconta dans les grandes lignes comment elle avait été piégée dans les Yorkshire Dales.

— Infâme. Tu n'as pas eu à faire face à un « veux-tu m'épouser » sous forme de question. Mais à un homme qui pense que ton

« oui » est une simple formalité, au point qu'on ne t'accorde même pas la possibilité d'un « non ».

Cal avait tout compris.

Harriet peinait à croire qu'il lui avait fallu tout ce temps pour en faire autant : si elle avait accepté de se marier sous la contrainte, puis qu'elle s'était sentie obligée d'aller au bout – scoop – cela n'aurait pas dérangé Jon. *C'est ça l'amour !*

Harriet mourait d'envie de questionner Cal sur sa demande en mariage, mais elle n'osait pas. Pour ce qu'elle en savait, cela reviendrait à tirer un coup de feu qui romprait l'atmosphère amicale entre eux. Ça lui plaisait de se dire qu'elle était en train de devenir un genre d'amie imaginaire ou honorifique de Cal, ce soir-là. Elle eut la sensation de comprendre pourquoi il l'avait invitée, malgré ses doutes initiaux – c'était le choix le plus surprenant, le plus intéressant.

Quand on assistait à autant de mariages qu'elle, le truc marrant, c'est que cela laissait le loisir d'observer les archétypes sociaux. Et elle avait l'impression de connaître celui de Cal d'instinct : il appartenait aux Gatsbys des réseaux sociaux. S'ils ne se mariaient pas en Italie ou à Ibiza, ils se mariaient dans leur ville natale dans une brasserie, une piscine ou un cinéma reconvertis.

D'une beauté de papier glacé et d'un humour tapageur, leurs troupeaux d'amis étaient également en pleine ascension sociale et tout aussi photogéniques. Ils ne semblaient pas utiliser un système de castes cruel, ce n'étaient pas des filles et des garçons méchants, mais ils ne frayaient pas non plus avec le commun des mortels.

Leur devise était « pourquoi pas ? ». Ils déboulaient au travail fraîchement sortis de l'Eurostar après des week-ends de bacchanales, demandaient des promotions sans vergogne, prenaient des risques en toute insouciance, et passaient à autre chose sans remords. Ils avaient le don pour rendre la vie étincelante, la mettre dans un beau cadre argenté, comme le disait sa grand-mère.

Ils avaient généralement de très bons revenus, mais ils se

distinguaient de la tribu des anciens élèves d'écoles publiques qui s'habillaient comme des membres de la famille royale. Ce n'étaient pas des gosses de riches, ils avaient acquis leur notoriété grâce à leur seule personnalité – ils étaient sociables, intelligents, ambitieux.

On aurait pu croire que la parentalité les ralentirait mais, en général, ce n'était pas le cas : dans les mariages, c'était le couple rentré au chausse-pied dans des tenues haute couture ajustées, ils paraissaient encore vingt-sept ans, se faisaient une petite ligne dans les toilettes, et étaient les derniers sur la piste de danse après que la belle-famille serviable avait ramené Rafe ou Coco à l'hôtel pour eux.

Emmener sa locataire au restaurant et lui soutirer les dernières infos sur les drames de sa vie amoureuse, c'était charmant, c'était bienveillant, et ce pouvait être divertissant. *Pourquoi pas ?* La seule chose que les Gatsbys des réseaux sociaux détestaient était d'être dans la norme et ennuyeux.

Quand il arriva, Sam eut l'air réjoui de voir Harriet, qui était tout aussi ravie ; puis elle se rappela qu'il la trouvait « mettable ». Elle devrait faire attention : elle aimait bien l'agile et volubile Sam, mais elle ne voulait pas être une autre encoche sur sa colonne de lit, ni une complication indésirable pour son propriétaire pendant son bref séjour chez lui. Un petit tour dans la jungle du célibat lui allait très bien. Pas de drague.

Mais Harriet n'imaginait pas qu'elle susciterait l'intérêt très longtemps. Elle était une nana tradi du Yorkshire un peu trop vieille et un peu trop ennuyeuse pour ces deux-là. L'anniversaire de Cal approchait, et Harriet avait entendu Sam dresser une liste d'invités remplie de prénoms de filles sexy, comme Ashley et Mia.

Autour de plats de *fritto misto*, pizzetta et lasagnes, Sam eut droit à l'histoire de Jacqueline la Tornade. Même si l'intervention de Cal avait été un risque, il avait peut-être été plus finement calculé que Harriet ne l'avait initialement pensé. Si elle s'était opposée avec force à ce qu'il interfère dans sa vie privée – si cela avait touché une corde sensible – Cal aurait pu rétorquer qu'il avait fermé les yeux sur l'agression de Jon pour lui rendre service. Elle aurait parié que c'était un très bon journaliste politique. Pas impossible qu'il mène de front une deuxième carrière incroyable de conseiller en communication.

— Loin de moi l'idée d'être la mouche à merde dans les pâtes carbo, dit Sam, et Harriet entendit l'ADN commun des amis d'enfance dans sa façon de parler similaire à celle de Cal. Mais si tu as insulté sa mère, est-ce que ça n'augmente pas ses chances de te redonner un pain ?

Cal pencha la tête sur le côté, en pleine mastication, et opina d'un air pensif. C'était rafraîchissant que son intérêt personnel ne passe pas en premier.

— Je n'y avais pas songé, dit-il après avoir avalé sa bouchée. Harriet, faut-il que j'engage un garde du corps ? J'aimerais beaucoup me pointer au boulot avec un colosse d'un mètre quatre-vingts portant des lunettes de soleil qui s'appellerait Trey.

— Je pense que Jon va fulminer, mais j'ai aussi évoqué de possibles poursuites judiciaires et la perte de son emploi, la dernière fois que je l'ai vu. Donc, tout bien considéré, je ne pense pas qu'il osera se pointer à Meanwood.

Ces derniers jours avaient prouvé que, certes, Jon était capable de perdre les pédales, mais pas quand son gagne-pain était en jeu. Cela en disait long sur les limites de sa perte de contrôle.

— Si tu le dis. Je regarderai quand même par la fenêtre de devant dès qu'on sonnera à la porte, à partir de maintenant.

— Malin.

Sam et Cal étaient originaires d'un endroit sympa du nord du Yorkshire, mais ils étaient allés dans un établissement secondaire public. Cela confirmait le diagnostic de Harriet à leur égard : plus nantis qu'elle, comme l'indiquait leur absence d'accent prononcé, mais pas non plus d'un autre monde. Sam travaillait pour le conseil municipal de Leeds, dans un service gérant contentieux.

— Des mariages prévus bientôt, Harriet ? demanda-t-il.

Cal garda les yeux rivés sur les restes de beignets de courgette.

— Danny et Fergus, ce vendredi, à l'hôtel de ville de Leeds.

— Sympa. J'espère que les deux mariés resteront toute la journée, dit Sam en croisant les doigts avec un sourire aux dents serrées.

Harriet éclata de rire, sans savoir si elle pouvait se le permettre, et Cal leva les yeux au ciel.

— Oui, ha ha. On sait tous que la section « Controverse » de ma page Wikipédia sera bien remplie. Si le serveur vient pendant que je suis aux toilettes, je prendrai un expresso, merci.

Envie de pisser opportune, songea Harriet.

— Tu remarqueras que notre Calvin pense qu'il aura une page Wikipédia, dit Sam une fois Cal parti, et Harriet rit de bon cœur, cette fois-ci. Pour être honnête, je dois te dire qu'il n'est pas ce mec-là.

— Quel mec ?

— Celui qui a traumatisé une femme à vie, et en public.

— Ah.

Ne sachant pas quoi répondre, Harriet hésita.

— Mais il l'est un peu, quand même, non ?

— Techniquement, oui, il l'est. Mais il n'est pas ce *genre* de mec.

Harriet eut la sensation que ce devait être un argument avancé par les sales types dans le monde entier. *Oui, j'ai-fait-ça, mais-ça-ne-me-définit-pas-puisque-d'autres-types-ont-fait-ça-aussi.*

— Ce qui est malheureux, c'est que c'est un cas désespéré côté romantique, poursuivit Sam. Ou un romantique qui ne désespère pas, plutôt. Il tient à ses idéaux.

Mais bien sûr. Et aller au bout de son mariage n'en fait pas partie.

— Était-il un cas désespéré ou un romantique qui ne désespérait pas, ce jour-là ?

— Euh. Les deux ?

— Je ne prétends pas savoir ce qu'il s'est passé, évidemment, dit Harriet, sans aller plus loin.

Elle ne voulait pas perdre ce qui restait de son gîte et de son couvert.

— Tu n'es pas curieuse ? demanda Sam.

— Euh… si, bien sûr, mais d'un autre côté, pas vraiment. J'ai trop l'impression que ça revient à magnifier le pire jour de la vie d'une autre, pour être honnête.

— Tu es pleine de principes, dit Sam. Les ragots impliquent rarement que l'on encense meilleurs jours de la vie d'autrui.

— C'est vrai. Sauf l'histoire du type dans mon école qui s'appelait Errol et qui a été pris en flagrant délit dans un bureau vide avec une agente chargée d'aider les enfants à traverser la rue. Elle avait laissé son panneau STOP contre la porte. Haha.

— Il y a certainement une blague à faire sur son gilet fluo, mais je suis trop classe pour la faire, dit Sam.

— Je t'ai trouvé courageux ce jour-là, pour ce que ça vaut, ajouta Harriet. Je ne suis pas certaine que j'aurais été capable de le faire. Tu es un bon ami d'avoir accepté qu'on t'inflige ça.

— Il voulait rester pour le lui annoncer lui-même, à vrai dire, précisa Sam. Je savais que ce serait cent fois pire s'il le faisait. Je me le suis infligé à moi-même, quelque part.

— Ah oui ! ?

Comme toujours, la réalité se révélait un peu plus compliquée qu'elle n'en avait l'air.

— Je croyais que Cal t'avait juste dit qu'il partait ?

— Oui, une fois qu'on a convenu que j'étais le meilleur messager, dit Sam, un peu hésitant. J'ai peut-être un peu écourté les explications, sur le moment. Tu as rencontré Kit ?

— Seulement quand elle m'a engagée et pendant les photos des préparatifs ; elle était plutôt préoccupée.

Sam leva les yeux, prudent, et marmonna :

— Comme Errol, on ferait mieux de s'arrêter.

Une seconde s'écoula, puis Cal tira sa chaise.

— Pas d'expresso, et j'ai les oreilles qui sifflent. Comme je m'y attendais.

Harriet eut un petit sourire. *Tu gardes ta part d'ombres* pensa-t-elle. En fin de compte, elle était contente qu'il en soit ainsi.

21

Chaque mariage avait ses petites particularités, et celle, inédite, du mariage de Danny et Fergus était qu'ils avaient décidé de faire l'impasse sur la séquence photos d'eux en train de se préparer – ce qui était rare, puisque c'était inclus dans le prix et que le Yorkshire était connu pour son esprit économe.

— Vous êtes sûrs ? Même dans les petits mariages, c'est souvent une partie chouette du déroulement de la journée. Je ne veux pas que vous regrettiez plus tard de ne pas les avoir, avait dit Harriet quand elle les avait rencontrés pour le rendez-vous préparatoire, autour de pintes et d'une planche de charcuterie chez Friends of Ham.

— Déjà, est-ce que ce n'est pas plutôt la mariée que vous prenez en photo, d'habitude ? demanda Danny. C'est moi la mariée ici, ce qui veut dire que Fergus fera la tête.

— À vrai dire, je suis d'accord, c'est toi la mariée, dit Fergus.

— Pour moi, tout l'intérêt est d'être éblouissant à la cérémonie, poursuivit Danny. La magie est gâchée quand on sait comment on prépare la saucisse.

— J'espère que vous prenez des notes, Harriet, dit Fergus, avec son accent doux et raffiné de l'Aberdeenshire, qui rendait sa causticité plus drôle encore. C'est un mariage gay, mais la magie de la saucisse doit rester secrète.

— Bien sûr, dit Harriet. Évidemment, on ne montre jamais toutes les coulisses. Rien que des photos sexy, où vous êtes bien rasés comme dans une pub pour un after-shave, en train d'ajuster votre nœud papillon. Mais bon, le client a toujours raison. Vous savez ce que vous voulez.

— Danny sait ce qu'on veut, répondit Fergus.

Ainsi, le vendredi après-midi, Harriet arriva à l'hôtel de ville en même temps que les invités, à 15 heures, avec pour instruction de ne prendre que des photos sur le vif, de retrouvailles, d'« ambiance générale ».

L'imposant bâtiment victorien avec ses colonnades était un vieil ami, Harriet avait dû faire une vingtaine de mariages ici. Elle prit des clichés de la tour de l'horloge, pierre charbonneuse contre le ciel couvert, testant l'exposition. La météo annonçait une douce soirée, ce qui était tout aussi bien puisque le lieu de réception possédait une terrasse extérieure.

La voiture arriva et Harriet captura le moment où le couple émergeait et montait les marches escarpées sous les acclamations. Ils portaient tous les deux des costumes trois-pièces sur mesure : Fergus était en Harris Tweed, Danny en laine couleur sable, tous deux avec des succulentes en boutonnières. Plus tard, le gâteau serait un énorme chapeau pork-pie.

Elle se faufila et sautilla dans la foule pour prendre des photos des mariés en train de saluer leurs invités. C'était très utile dans sa profession de passer inaperçue. Elle se déplaçait naturellement sans se faire remarquer. Un de ses concurrents du coin, Bryn, était un Gallois charmant et très bon photographe, mais il faisait presque un mètre quatre-vingt-dix, avec une voix capable de souffler la mousse d'un café deux tables plus loin. Personnellement, elle ne voudrait pas d'un géant transformant votre mariage en match de football dans lequel il endosserait le rôle d'entraîneur, à la Brian Clough. Le photographe était là pour enregistrer l'événement, pas pour le diriger, il était un documentariste, pas un créateur de fictions. (À moins que les mariés ne demandent des photos comiques de la femme en train de tirer son époux par la cravate comme un chien en laisse, ou marquant un temps d'arrêt devant des cupcakes portant des photos de leurs visages au buffet du mariage, chose que l'on avait demandé à Harriet de faire à l'occasion. Elle devait souvent invoquer la formulation zen « le client a toujours raison » pour s'exécuter.)

— Harriet ! Je te présente ma témoin, dit Fergus en l'attrapant par le bras alors qu'elle se faufilait près de lui. Voici Isla.

Harriet serra la main d'une femme d'une cinquantaine d'années à la poitrine opulente et portant un bibi vermillon.

— Attends, je vais chercher le témoin de Danny, dit Fergus en se hissant sur la pointe des pieds pour avoir une vue aérienne sur les coiffures et chapeaux. Le voilà ! dit-il en le pointant du doigt. Voici Scott.

Harriet entendit le nom, se tourna, et croisa le regard d'un homme d'une trentaine d'années qui avait été poussé au-devant de la mêlée pour la saluer.

Le temps ralentit puis s'arrêta, comme les secondes qui s'étirent en une petite éternité juste avant un accident de voiture. La collision avait lieu dans sa conscience : quand elle entendit son nom, l'idée que ce puisse être lui eut à peine le temps de se former avant qu'elle soit percutée par la preuve visuelle que oui, c'était bien lui.

Harriet cligna des yeux, médusée.

Le risque avait toujours existé, puisqu'ils vivaient dans la même ville et qu'elle faisait ce métier, mais elle l'avait esquivé si longtemps qu'elle avait oublié de s'en préoccuper. Si *elle* ne connaissait pas le couple de mariés, alors *lui* non plus – telle était sa logique bancale, comme s'ils avaient encore une vie commune. Harriet s'était même autorisée à penser qu'il avait déménagé. Ou, mieux encore, qu'il était en prison.

Et pourtant.

— Harriet, notre photographe du jour ! s'exclamait Fergus, quelque part au bout d'un tunnel.

Scott n'avait pas l'air surpris, ce qui voulait dire qu'il l'avait aperçue de loin et avait l'avantage de savoir qu'elle était là. Scott avait une longueur d'avance sur elle, pour ne pas changer. Un mélange de mépris amusé et de défi tacite dansait sur son visage. *Même pas cap.*

Il semblait un peu plus vieux, dans la définition HD bien nette de la lumière du jour – à part les quelques traits supplémentaires comme tracés au crayon autour de ses yeux et sur son front, il demeurait inchangé – dans l'ensemble. C'était comme exhumer une vieille photo, en regrettant de ne pas avoir de briquet sous la main. Il lui rappelait une ancienne version d'elle-même, une version qu'elle détestait.

— Enchanté, Harriet, dit-il de sa voix traînante et arrogante de rock-star qui, autrefois, lui donnait la chair de poule.

C'était encore le cas, mais pour une tout autre raison.

— De même, répondit-elle, la bouche sèche.

Elle aurait aimé inclure son nom, mais elle en était incapable. Les mains tremblantes, elle leva son appareil photo, à la fois comme un masque et une arme.

— Une photo de vous quatre ? dit-elle d'un ton brusque mais aimable, pour se reprendre, étouffer la tempête qui faisait rage en elle.

— Oui ! Par ici, Daniel ! s'écria Fergus.

Le quatuor se mit en rang sur l'escalier, Harriet légèrement plus bas qu'eux, stabilisant son poids sur sa jambe arrière.

Quand elle regarda dans le viseur, elle ne vit que l'excitation malveillante qui brillait dans les yeux de Scott.

Harriet se dédit farouchement d'avoir eu un jour un faible pour les petits mariages modestes. Elle mourait d'envie que celui-ci se tienne sous un chapiteau si immense que la moitié des invités serait cachée par la courbure de la Terre. Elle aurait aimé que Danny et

Fergus connaissent tellement de gens que le mariage serait digne du casting d'un péplum hollywoodien, avec tous ses figurants.

Au lieu de cela, ils se trouvaient dans un restaurant japonais, où le son résonnait sur le sol dur et les équipements industriels, sans nulle part où se cacher, à moins de se terrer derrière un prunier en fleur. Il n'y avait que quarante-neuf personnes, hors personnel, pour la distraire de la cinquantième : son ex-petit ami, Scott Dyer.

Des barmen versaient et secouaient des cocktails, des bouteilles de saké volaient dans de grands gestes, des serveuses passaient avec des plateaux de gyozas, et les gens sortaient avec leurs verres pleins sur la terrasse pour profiter de la vue sur les toits de la ville. Danny et Fergus avaient privatisé ce lieu, qui avait une importance sentimentale pour eux, puisque c'était ici que les jeunes mariés avaient eu leur premier rendez-vous.

Leur générosité et leur style ne faisaient qu'empirer les choses – créant un contraste entre le glamour de l'événement et le supplice que vivait Harriet, comme si elle était la seule à faire l'objet d'un mauvais coup. Il n'y eut pas de première danse, mais des discours devaient se tenir dans la lueur du crépuscule, quand le soleil se coucherait.

Pendant les deux heures qui suivirent, Harriet évolua dans l'enfer accidentel d'une merveilleuse union, ne cessant de calculer le nombre de fois où elle devrait passer devant le groupe d'invités dont Scott faisait partie. Donner l'impression qu'elle l'évitait était insoutenable, faire comme si elle s'intéressait à lui était inacceptable.

Quelle ironie, qu'il soit témoin. Danny ne devait pas avoir beaucoup d'amis pour avoir choisi de lui faire cet honneur. Néanmoins, cela ne la surprenait pas que Scott soit témoin de quelqu'un qu'il ne connaissait pas du temps où ils étaient ensemble. Cela lui réussissait toujours d'être le petit nouveau ; être la dernière personne géniale que vous aviez rencontrée le faisait vibrer. Il mettait toute son énergie à séduire de nouvelles connaissances, tel un bon commercial avec un client potentiellement lucratif.

Il auditionnait pour être futur témoin dès la première poignée de main, qu'il ait le job ou non. Ce n'était qu'avec le recul qu'elle avait compris que Scott aimait s'imposer aux autres.

De temps en temps, quand la foule s'écartait et que Harriet était certaine qu'il ne la voyait pas, elle s'autorisait à l'observer. Scott discutait avec animation, charmeur, dans son costume violet à la coupe étroite. Il avait encore ce mop-top[1] savamment ébouriffé, et Harriet savait tout de l'entretien qu'exigeait ce look de guitariste négligé.

À ses côtés se trouvait une petite blonde, cheveux brillants à la coupe shag et lèvres poisseuses framboise vif. Avec ses grands yeux bleus, encadrés par des cils charbonneux, et son front haut, elle avait des airs de Titi des *Looney Tunes*.

Sa présence était une évidence, pour Harriet : Scott n'était pas du genre à ne pas avoir de partenaire. Et il avait le flair pour trouver les jolies filles.

Elle portait une robe lilas – Scott et elle s'étaient assortis – avec des empiècements en dentelle tendus sur ses hanches, autour desquelles Scott passait un bras possessif. Les talons métallisés de ses escarpins étaient si vertigineux que Harriet aurait pleuré de soulagement en les enlevant au bout de cinq minutes, mais elle ne la vit jamais ne serait-ce que basculer son poids d'une jambe sur l'autre, faire la grimace ni se plaindre.

Scott faisait la conversation et, le temps passant, sous la surveillance clandestine de Harriet, cela devint un point de fascination : quand sa compagne prendrait-elle la parole ? Un « non merci » poli de la tête au plateau de sucettes de crevettes fut tout ce que Harriet put capturer tandis que la blonde sirotait sagement son machin-truc aux fruits de la passion.

Harriet dut prendre de profondes respirations et s'armer d'un courage insoupçonné pour aller les voir à un moment stratégique.

1. Coupe de cheveux au bol des Beatles.

— Je peux prendre une petite photo de groupe ?

Tout le monde acquiesça, Scott tirant fermement sa petite amie (femme ? fiancée ? Harriet n'avait pas vu d'alliances, mais elle n'avait pas non plus laissé son regard traîner assez longtemps pour en être sûre) contre lui, dans un geste de provocation muet, ou par défi, avec un sourire en coin.

— Fantastique, merci, dit Harriet avec un sourire forcé avant de passer à un autre groupe, sentant la chaleur moite sous ses vêtements.

On finit par conduire tout le monde à l'intérieur pour le repas, et Harriet eut sa période de grâce d'une heure pour se trouver quelque chose à manger.

Elle prit l'ascenseur pour descendre et sortit dans la galerie commerciale déserte. L'ambiance y était particulière en dehors des heures d'ouverture, le carrelage monochrome en zig-zag éclaboussé par les lumières mélancoliques de vitrines illuminées : on aurait dit le *holodeck* d'un vaisseau spatial assez grand pour proposer à ses passagers des boutiques de marque aux fenêtres ondulantes.

Harriet devait se mettre en quête de nourriture, mais elle n'avait pas faim. Elle se souvint de la gentille infirmière quand son grand-père était mort, qui lui avait dit que manger quand on n'a pas faim – mais qu'on est traumatisé – était néanmoins nécessaire : « L'énergie physique et émotionnelle ne sont pas deux choses distinctes. » *Va pour un KFC.* Elle pourrait mâchouiller des ailes de poulet, perdue dans ses pensées, à imaginer Scott en train de tomber du balcon.

Alors qu'elle avançait dans la galerie, elle entendit derrière elle le cliquetis retentissant de talons sur le sol, et elle se retourna : la partenaire de Scott sortait à son tour de l'ascenseur. Ne devrait-elle pas être au repas de mariage ?

Petite Amie blonde retira ses chaussures vertigineuses, l'une après l'autre, et se massa les pieds en grimaçant. Elle resta plantée là pieds nus en fouillant dans son sac minuscule, pour en tirer une cigarette qu'elle alluma entre ses doigts tremblants. Harriet avait un jour entendu l'expression « effondrement de retenue » pour décrire les enfants qui sont sages comme des images à l'école et vilains une fois rentrés à la maison. Petite Amie Blonde semblait se détendre, faisant l'expérience de son propre effondrement de retenue. Après avoir tiré quelques bouffées fortifiantes sur sa Marlboro Light, la tête en arrière, elle se mit à consulter son iPhone blanc d'une main tout en se massant les pieds de l'autre. Harriet était presque sûre que son annulaire gauche portait un diamant tape-à-l'œil qui ne pouvait être qu'une bague de fiançailles. Elle avait sa clope coincée entre ses lèvres comme Betty Draper quand elle tirait au fusil. Harriet avait l'impression de découvrir une autre femme que celle qu'elle avait vue à l'étage.

Petite Amie blonde leva les yeux et surprit Harriet en train de la regarder. Harriet ne sut pas comment réagir pour transformer cet espionnage en une interaction acceptée socialement comme banale. Après quelques secondes à s'observer, toutes deux muettes et paralysées, Harriet se retourna et poursuivit sa route, appareil photo à l'épaule.

En picorant ses frites, elle ne put s'empêcher de décomposer, disséquer et analyser cette scène.

Puis elle s'essuya les mains sur des serviettes en papier et se dépêcha de remonter, pas parce qu'elle avait peur d'être en retard, mais parce qu'elle ne voulait pas perdre le courage qu'il lui fallait pour y retourner.

Harriet mitrailla Scott en train de faire son discours de témoin. Clac clac clac. Vrrrr, clac. Dans le silence de la salle, on aurait dit le cliquetis des obturateurs qu'on entendait dans le calme obscur des conférences de presse. *Tu en fais trop ! Appuie sur la pédale de freins, Hatley.* Il fallait qu'elle se calme avant de se trahir, comme les gens qui parlent trop en pensant dissimuler leur stress.

Scott avait le public dans sa poche. Il racontait l'enterrement de vie de garçon désastreux d'un ami mutuel à Cologne qui les avait rapprochés, Danny et lui – la moitié des invités s'étaient disputés et étaient rentrés, Scott et Danny s'étaient découvert un amour commun pour une spécialité locale qui divisait, le Mettbröchen, puis les liens s'étaient renforcés de retour au pays, quand Scott avait soutenu Danny au décès de sa mère.

Danny fondit en larmes et se leva d'un bond pour prendre Scott dans ses bras ; Scott le serra contre lui en lui frictionnant le dos, les notes de son discours serrées dans son poing.

— Ça va aller, mec. Elle est là. Elle est là, souffla Scott.

Plusieurs invités pleuraient à chaudes larmes.

Harriet prit encore quelques photos, au lieu de ressentir ce qu'elle était censée ressentir. Ouais, c'était Scott. Toujours au top pendant que vous traversiez votre crise. À exploiter toutes les occasions.

Une fois encore, Harriet se trouva perdue dans le gouffre solitaire entre la personne que Scott Dyer était censée être et qui il était vraiment ; elle était la seule à être accablée par cette dissonance, à douter d'elle-même. Elle haïssait ce mariage de la forcer à revenir à ça, contre son gré. Elle détestait tout le monde dans cette pièce.

Le ministère des Mariages parfaits pourrait prendre le discours de Scott comme l'exemple type de comment-faire-un-discours-de-témoin. Il était irréprochable. Scott était drôle, mais aussi sincère : l'hommage si judicieusement rendu par des révélations embarrassantes et autres moqueries obligées, mais chargé de louanges plus authentiques et touchantes. Il y avait le moment triste, honorant la mère décédée de Danny. Et quand le public reniflait, il le ramenait au rire et à l'apaisement, venant à leur secours émotionnel pour leur offrir la catharsis. C'était comme si Scott jouait du public comme d'un instrument de musique, sachant parfaitement quand faire monter la tension, puis relâcher la pression – une performance de virtuose.

Scott progressait vers sa synthèse, décrivant la grande joie de voir Danny trouver son égal et son équilibre en Fergus. La chance que tout le monde ici avait de partager ce moment. À quel point le couple était aimé. Avoir Harriet pour spectatrice ne semblait pas gêner Scott le moins du monde, cela ne le déstabilisait pas du tout. Bien sûr que non : pour cela, il aurait fallu que son avis lui importe.

Scott avait donné une performance de haut vol du pote parfait et témoin de rêve. Richard Curtis[1] lui-même l'engagerait sans hésiter. Toute l'assemblée semblait s'être entichée de lui. *Je vais défaillir*, il est si attentionné, si drôle, et plutôt canon, ce qui ne gâche rien ! Les trois jolies nièces adolescentes de Fergus avaient toutes du rose aux joues.

Si Harriet ne connaissait pas Scott, il ne faisait aucun doute qu'elle aurait été également sous le charme.

— Quand Marianne et moi passerons devant monsieur le maire le mois prochain – Scott marqua une pause pour serrer l'épaule de sa promise, qui leva les yeux et lui adressa un sourire pincé –, Danny me rendra la pareille en devenant à son tour mon témoin. J'ai hâte. Mais ne te venge pas en grande pompe, hein ?

Rires.

— Mesdames et messieurs, je vous demande de lever votre verre au merveilleux Danny et à son incroyable mari, Fergus !

Tonnerre d'applaudissements. Le viseur du Nikon de Harriet se focalisa sur Marianne, qui applaudissait en affichant un sourire… tendu. Si Harriet ne craignait pas de projeter ses propres sentiments, elle dirait même « angoissé ». Marianne Scott Dyer. Devenir Mme Dyer. Marianne savait-elle dans quoi elle s'embarquait ? Scott

1. Réalisateur de comédies romantiques à succès telles que *Quatre Mariages et un enterrement, Coup de foudre à Notting Hill* et *Love Actually*.

avait-il changé ? Était-ce possible ? Harriet avait-elle été une très mauvaise réaction chimique ?

La lumière déclinait, et le travail de Harriet céderait maintenant la place aux caprices des iPhones brandis dans la lueur des bougies par des amateurs passionnés que le champagne rosé Taittinger faisait loucher.

Après avoir promis à Danny et Fergus que l'album serait sensationnel et qu'elle avait tout ce qu'il lui fallait – à part le numéro d'un tueur à gages abordable et fiable –, Harriet fuit l'immeuble comme s'il était en feu.

Une fois dehors, elle prit de grandes goulées d'air frais, héla un taxi et se répéta ce mantra : *Je suis libre. C'est de l'histoire ancienne.* C'est le problème de Marianne la blonde désormais.

Il est le problème de quelqu'un d'autre.

Mais alors même que cette pensée se formait dans son esprit, elle sut que c'était précisément pour cela qu'il restait *son* problème.

22

— Qu'est-ce que tu me conseilles ? demanda Roxy en parcourant le menu, avant d'ajouter : C'est ma nouvelle accroche avec les mecs, au passage. Ils disent toujours ça dans les films hollywoodiens. C'est sophistiqué, comme si ça t'intéressait de connaître la pêche du jour et que tu n'allais pas prendre le burger comme à chaque fois.

Harriet éclata de rire et remplit leurs verres d'eau.

— Pour paraphraser Chris de Burgh[1], je ne t'ai jamais vue aussi belle que ce soir, et tu es souvent en beauté, dit-elle, enveloppée de l'arôme vert du parfum au tabac que Roxy aimait tant.

Harriet portait une robe chasuble en batiste et du rouge à lèvres rouge. Elle avait cru faire un bel effort, jusqu'à ce que Roxy arrive dans sa robe en soie à fines bretelles, les seins pointant vers le haut sans moyen de soutien apparent. Harriet eut l'impression d'être la dame de compagnie minable embauchée pour porter les sacs de Madame pendant un séjour à Monte-Carlo.

Roxy pouffa et tapota son chignon.

— Merci. Juste un canon avec son chignon qui va faire craquer les mignons. Je ne ressemble pas à la nana des Peru Two[2] ?

1. Référence aux paroles de la chanson *The Lady in Red*, de Chris de Burgh : « *I've never seen you looking so lovely as you did tonight.* »

2. Duo de femmes arrêtées à l'aéroport de Lima en possession de 11 kilos de cocaïne.

— Non ! Ha ha.

— Au fait, je ne peux pas rester pour l'*after*. J'ai deux visites demain matin et je ne veux pas reproduire la gueule de bois du vomito-dans-le-pot-de-fleurs.

Ça avait été le pire événement dans la vie Roxy l'année précédente, et le préféré de Lorna et Harriet. Roxy était arrivée en avance à une maison qu'elle faisait visiter, une demeure à 1,2 millions de livres, qui plus est. Dans un sale état suite à une soirée dans son bistro du coin, et incapable de garder son petit déjeuner, elle s'était prescrit un dégueulis curatif dans un pot vide sur la terrasse. Malheureusement, les potentiels acheteurs s'étaient pointés avec leurs enfants en bas âge alors que Roxy était à genoux, talons aiguilles en l'air, en train de vomir dans le vase en poussant des *nnnnhhhunnnnngh* bestiaux.

Sans jamais se départir de son esprit d'initiative, même quand elle était dans le pétrin, Roxy leur avait dit qu'elle était enceinte et qu'elle avait des nausées matinales, transformant d'un seul coup leur dégoût réprobateur en chaleureuse empathie. Naturellement, ils avaient acheté la maison et, pendant toute la procédure d'achat, Roxy avait dû garder le fil de l'avancement supposé de sa grossesse quand ils lui demandaient des nouvelles d'elle et du bébé.

— Si c'est un garçon : Harry Cosaucisse, avait plaisanté Lorna, et Harriet et elle avaient été incapables de parler pendant plusieurs minutes.

Ce soir, une fois n'est pas coutume, elles étaient au Dive pour manger et Harriet était déterminée à en profiter.

Ce n'était pas que Lorna n'aimait pas qu'elles viennent, mais plutôt que ce n'était pas très logique de se voir dans un contexte où Lorna était, par nécessité, absente la plupart du temps. Elle avait un chef de cuisine, mais comme elle l'avait dit : « Laisser son restaurant s'autogérer, c'est un peu comme laisser les ouvriers travailler seuls chez toi. Tu peux le faire, mais il est fort probable que tu regrettes de ne pas avoir été là pour superviser. »

Roxy et elle saluèrent la table de Gethin, que Lorna avait stratégiquement installé de l'autre côté de la salle, pour masquer le fait que leur présence conjointe était calculée.

Lorna passait de temps en temps en coup de vent, dans une robe dos-nu Pucci et des escarpins en peau de serpent, et Harriet nota mentalement de lui dire plus tard que c'était une tenue canon. Cela lui plaisait que les tenues de Lorna pour séduire les hommes soient encore plus Lorna-esques, et non choisies pour satisfaire le regard masculin.

— Prenez les tomates anciennes à la feta fouettée, dit-elle en prenant leur commande. Roxy, on a déjà parlé du fait que ce n'est pas un code pour de vieilles tomates.

Les plats étaient délicieux, comme d'habitude, les cocktails délicieux, comme d'habitude, mais, en matière de compagnie, Harriet sentait Roxy distraite.

Elle finit par se mettre à parler du boulot, et Harriet comprit vite pourquoi son amie était préoccupée : sa collègue Masha partait pour monter sa propre agence, et elle voulait que Roxy devienne son associée. L'heure de devenir indépendante semblait avoir sonné, et Roxy se retrouvait face à un dilemme : si elle partait avec Masha et que ça foirait, elle perdrait un joli salaire. Si elle restait dans sa boîte et que l'agence de Masha décollait, elle serait pétrie de regrets.

— Masha est douée ?

— Elle est vachement bonne, dit Roxy, son expression emphatique devant composer avec sa bouche pleine de rigatoni à la vodka.

— C'est toi qui es trop bonne, dit Harriet. Ça te semble être un bon pari ? Trop et Bonne INC.

— Je n'ai pas d'argent de côté, dit Roxy.

Cela ne surprendrait pas qui la connaissait très bien. Chaque année, Roxy et sa sœur passaient quinze jours à la sélecte Nikki Beach de Marbella. Quand Harriet et Lorna avaient manqué de défaillir en apprenant le prix, elle avait dit « c'est une plage privée avec ses matelas blancs iconiques et des cabines au bord de la piscine ! » et Lorna avait répondu : « Évidemment », comme si Harriet et elle savaient ce que ça voulait dire.

— Si on se plante, je ne pourrai littéralement plus rembourser mon emprunt, précisa Roxy. Je ne veux pas dire qu'il faudra que je me serre la ceinture, je veux dire que je ne pourrai plus le rembourser. Littéralement.

— Tu ne peux pas lui dire que tu la rejoins dans un an, et économiser à fond d'ici là ?

— Je pourrais mais, à vrai dire, Masha n'est pas bête. Dans un an, si elle s'en sort bien, elle ne voudra plus de moi comme associée à parts égales. Je ne peux pas lui en vouloir ; je ferais pareil.

— Compliqué. Tout ce que je peux dire, c'est que depuis que je te connais, tu vends des maisons comme si c'étaient des bières fraîches le jour le plus chaud de l'année.

— Oh ! merci, Harry.

Roxy sourit, mais elle semblait encore un peu au large, son esprit plus loin de la teneur de leur conversation que celui de Harriet.

Lorna leur indiqua par WhatsApp que Tom, le pote de Gethin, devait rentrer, mais que Ste et lui pouvaient être partants pour rester, Ste attendait juste le feu vert.

« Rox doit partir. Tu veux que je trouve une raison de m'en aller avec elle ? » demanda Harriet à Lorna par message, qui répondit depuis la cuisine :

NON NON NON. NON. NON x10. Et puis j'ai déjà dit que tu pouvais rester. C'est un vrai bourbier cette affaire.

Malheureusement, Ste dut rentrer et Harriet craignit de devoir tenir la chandelle.

— Cet endroit est incroyable, bravo, dit Gethin à Lorna une fois le service terminé.

Gethin était de bonne compagnie. Il semblait bien plus intéressé par les autres que désireux de parler de lui-même, ce qui était toujours un signe encourageant chez un homme, selon Harriet.

— Tu n'imagines pas à quel point je t'admire d'avoir franchi le pas, dit-il. Alors que je suis toujours M. Avez-vous-essayé-de-l'éteindre-et-de-le-rallumer.

— Merci, j'adore ça. Mais ce n'est pas mon plan de vie, cela dit, répondit Lorna.

— Ah bon ?

— Un jour, je voudrais acheter un presbytère en ruines avec des hectares de terrain, pour une bouchée de pain. Je vivrai dans un camping-car sur la propriété pendant que je le retaperai.

— Oh non, pas le presbytère en ruines. Elle a tant bu que ça, là ? plaisanta Harriet, et Gethin éclata de rire.

— Le rêve du presbytère en ruines est réel, sale rageuse.

— Mis à part le fait que c'est un rêve, dit Harriet.

— Jamais je ne pourrais vivre dans un camping-car, dit Gethin, et Harriet trinqua avec lui.

— Moi non plus, et, plus pertinent encore, Lorna non plus.

— Ça veut dire que tu es bricoleuse alors ? demanda-t-il à Lorna.

— Un peu. Enfin, pas vraiment. Mais ça ne doit pas être si compliqué, si ? Quelques tutos sur YouTube, et je te refais toute l'installation électrique d'un château hanté, les doigts dans le nez.

Harriet aimait voir Gethin interagir avec Lorna, impressionné mais pas intimidé le moins du monde. Il finit par annoncer son intention de rentrer chez lui « avant de s'humilier » et insista pour payer ses digestifs.

— C'est pour moi, répliqua Lorna à toutes ses objections.

— Pourquoi devrais-tu payer ? !

— Parce que je suis riche et marrante.

Harriet commençait à se sentir de trop quand Gethin ajouta :

— J'aimerais beaucoup te revoir, Lorna. Un soir où tu ne seras pas obligée de cuisiner, même si c'était super.

— Ça marche, dit Lorna.

Puis, après une pause durant laquelle Harriet retint son souffle, elle ajouta :

— Avec grand plaisir.

Lorna leur servit d'autres verres.

— Est-ce que je puais la sincérité ? demanda-t-elle dès que Gethin fut parti.

— Oui !

— Il m'a fallu un effort considérable. Je devais me répéter de ne pas faire de blagues nulles sous le coup de la nervosité s'il m'invitait à sortir. Alors c'est quoi l'entourloupe ? Il me plaît, j'ai l'air de lui plaire. J'ai hâte que Dieu nous révèle son gros canular.

— Il n'y en a pas. Tu es déjà au courant pour Bulles Hussein. Une femme et des enfants cachés ?

— J'en doute. J'ai tellement enquêté sur lui en ligne que c'était à la limite de la coloscopie.

— Scott était au mariage sur lequel j'ai bossé hier, dit Harriet en haletant, seule façon dont elle se sentait capable de faire sortir ces mots de sa bouche, qui était en feu à cause du Limoncello. C'était le témoin.

Lorna écarquilla les yeux.

— Scott, ton ex ?

— Oui.

L'atmosphère s'assombrit aussitôt, comme si elles avaient étouffé une bougie en pinçant la mèche entre le pouce et l'index. Ce n'était pas pour rien que Harriet avait gardé ça pour la toute fin, et ce n'était pas juste parce qu'elle voulait se bourrer la gueule. Ça restait un « sujet qui fâche », un sujet qu'elles évitaient d'aborder. Elles avaient d'autres conversations interdites en tant qu'amies, mais Scott était le seul à envenimer ainsi l'atmosphère.

— On s'est à peine dit bonjour, comme si on ne se connaissait pas. Il était avec sa fiancée, qui avait l'air terrorisée.

— J'imagine, souffla Lorna.

Harriet grimaça.

— Ça fait vingt-quatre heures que je réfléchis à ce que je dois faire, et je me suis décidée.

— Ce que tu dois faire ? répéta Lorna, sceptique. Il y a quelque chose à faire ?

Harriet lui exposa son plan, simple, puissant, et nécessaire. Le front de Lorna se plissa au fur et à mesure qu'elle parlait, puis elle secoua fermement la tête.

— Deux choses. De un, c'est insensé. De deux, je suis trop bourrée pour avoir les idées claires sur ce sujet. Je viens te voir demain midi pour qu'on se balade dans le parc et on parlera posément de pourquoi tu ne vas pas faire ça. D'accord ?

— D'accord, au moins pour la balade.

Harriet était peut-être ivre elle aussi mais, la veille, elle était restée éveillée jusqu'à 3 heures du matin pour y réfléchir sérieusement. Elle avait fini par se lever et avait écrit jusqu'à 5 heures du matin, comme possédée. Elle avait été si absorbée que sa copie ressemblait à un conte épique quand elle eut fini, et pourtant elle ne pouvait pas et ne voulait pas y apporter la moindre modification. Toute la vérité, rien que la vérité.

Harriet était absolument persuadée d'une chose : elle enverrait cette lettre à la fiancée de Scott.

23

Harriet était encore en train de se laver les dents quand Lorna sonna à la porte à midi moins dix le lendemain – il était rare qu'elle soit ponctuelle, et plus encore qu'elle soit en avance ; Harriet craignit que ce ne soit un signe de mauvais augure quant à l'ardeur de Lorna à remplir sa mission.

Elle entendit Cal la laisser entrer, et se dit que, puisqu'on s'occupait de Lorna, elle prendrait le temps de mettre son mascara et sa quincaille pour leur excursion.

Quand, quelques minutes plus tard, Harriet descendit, Lorna était en train de rire, et – c'était là le plus déconcertant – c'était le *vrai* rire de Lorna, franc et guttural. Harriet était tellement persuadée que Lorna verrait Cal d'un mauvais œil qu'elle n'avait même pas envisagé qu'il pourrait en être autrement. Bon sang, le charme de Cal Clarke n'avait-il donc aucune limite ? Si, bien sûr. Il suffisait pour la percevoir d'être en robe blanche, avec le curé en vue.

— Tu as une amie ! Et elle ne m'a pas frappé ! s'écria Cal, qui s'apprêtait à aller courir, ses écouteurs pendus autour de son cou, l'air aussi frais qu'une pomme coupée en deux.

— J'y songeais, pour être honnête, dit Lorna, les mains dans les poches de sa salopette, et Cal et elle se remirent à glousser d'un air conspirateur.

Pour l'amour du ciel.

— Juste pour être sûr que j'ai bien retenu : Otley Road ? La devanture verte avec les lauriers ? dit Cal.

Pourquoi l'encourageait-elle à aller dans son restaurant ?

— C'est ça. Si tu ne me vois pas en arrivant, préviens les serveurs et, si je suis en cuisine, je viendrai te saluer.

— Super. Attends-toi à ce que je vienne bientôt, avec mon bavoir perso.

— C'est bon, on y va ? dit sèchement Harriet à Lorna.

— Ravie de t'avoir rencontrée, dit Cal tandis que Harriet faisait sortir son amie de la maison.

— Ouh, il est plutôt, oserais-je dire, *correct*, non ? souffla Lorna en se cachant la bouche alors qu'elles contournaient la voiture de Harriet dans l'allée.

— Hmmm oui, il est sympathique, mais c'est aussi le connard qui s'est tiré de son mariage et qui veut que je m'en aille, tu te rappelles ?

D'ailleurs, elle n'avait rien fait pour accélérer les choses. Cela ne semblait pas le déranger mais, si elle laissait traîner plus longtemps, cela finirait par ressembler à une fausse promesse.

— Est-ce qu'il nous manque un élément qui pourrait ne pas le rendre *vraiment* coupable de s'être taillé au beau milieu de son mariage ? J'ai bien envie de lui trouver des excuses, tout à coup. Ne jugeons pas trop vite. Ce ne serait pas très chrétien.

— Le fait que je n'ai pas la moindre idée de ce que ça pourrait être semble indiquer qu'il l'est, tu ne crois pas ?

— Consternant, souffla Lorna. C'est très dur de trouver des mecs non problématiques aujourd'hui.

Harriet avait songé aux éventuelles motivations de Cal, après sa conversation avec Sam chez Zucco, et elle en était arrivée à la conclusion que : 1. Évidemment que son meilleur ami disait que c'était un mec bien, c'est la fiche de poste du meilleur ami ; 2. Si Cal avait une raison de ne pas se marier, ce ne pouvait pas être quelque chose qu'il ne savait pas déjà, quelques minutes à peine avant les vœux. Même si Kristina était un cauchemar, il avait choisi de (presque) l'épouser. Ce n'était pas comme si les futurs mariés consultaient les messages sur leurs téléphones à ce stade. Il s'était dégonflé, il avait eu les jetons, le moment venu. Derrière la façade séduisante, Calvin Clarke pouvait être d'une implacable cruauté. « Je déteste Cal Clarke. » Qui a des graffitis hostiles dans sa propre maison ?

C'était une journée clémente, et elles passèrent devant moult boulangeries artisanales et bistrots où les gens déjeunaient dehors sur des tables pliantes. Lorna soupira et Harriet se prépara pour la diatribe habituelle.

— Je comprends la culture des terrasses pavées à Paris ou Barcelone, commença-t-elle, et Harriet réprima un sourire. Même à Soho, à la limite. Pas à Leeds, sur route à grande circulation avec le boucan des poids lourds et les cendres qui tombent dans mes œufs Bénédicte.

— Dès que le Dive aura la licence pour mettre quelques tables dehors, tu le feras.

— Bien sûr, mais c'est du capitalisme, ça n'a rien à voir avec le bon goût.

Harriet avait un peu redouté ce sermon, mais ce mélange entre l'humour de Lorna, le soleil et la marche tranquille l'avait mise dans un état d'esprit étonnamment positif.

— Comment tu fais ça ? demanda Lorna, toute rouge après avoir fait deux cents mètres dans le parc, dévisageant Harriet d'un air renfrogné. Tu es fraîche comme un gardon ou comme une glace fondante à la vanille et j'ai l'air d'une prostituée qui fait un infarctus devant le tribunal.

Harriet hurla de rire et dit :

— Attends, attends… tu me passes de la pommade avant de sortir les griffes, c'est ça ?

— Tout à fait. Bien, dis-moi pourquoi tu penses qu'écrire à

la fiancée de Scott pour lui dire de ne pas l'épouser n'est pas complètement dingue ?

— C'est une obligation morale. C'est de la solidarité entre femmes. Et je ne lui dis pas de ne pas l'épouser. Je lui ouvre les yeux sur qui il est avant qu'elle le fasse.

— Mais ce n'est pas comme ça qu'elle le verra, si ? Sans même parler de ce que *lui* en pensera. Qu'est-ce que tu vas dire ?

— Je lui raconte mon histoire. Je lui dis la vérité sur ce qui s'est passé entre Scott et moi. Personne ne m'a jamais dit comment il était. Elle mérite l'avertissement que je n'ai jamais eu. Parce que je suis certaine qu'il y en a eu d'autres avant moi.

— Ce n'est pas comme si les mystères du cœur pouvaient être résolus en laissant un avis négatif sur Trustpilot. Tu crois que si tu lui écris une lettre disant « ton fiancé est un monstre » elle va te répondre direct par un « oh, merci de m'avoir prévenue ma chérie, je le largue sur-le-champ » ?

— Non. Bien sûr que non. Je pense plutôt qu'elle sera en colère et qu'elle me détestera pendant quelque temps.

Lorna fronça les sourcils.

— Contente que la réalité s'impose un peu à toi.

— Mais, une fois qu'elle aura dépassé ce stade, elle pourrait faire correspondre ma description avec ce qu'elle vit. C'est peut-être le coup de pouce dont elle a besoin. Tu aurais dû la voir à l'extérieur du mariage, Lorna. Il la tient en otage. Comme moi.

— Tu sais comment ça fonctionne, un conseil, non ? Le seul conseil que les gens acceptent, c'est celui qu'ils veulent entendre.

— Alors elle ne le suivra pas. Peut-être qu'il lui faudra un an, cinq ans, avant de se souvenir de ma lettre, et ça fera la différence. Elle lui apportera le soutien dont elle a besoin pour se fier à son propre jugement. Franchement, tu ne sais pas à quel point il te fait douter.

— Je sais pas.

Lorna regarda au loin, l'air sceptique.

— Écoute, Harriet, je ne remets pas en cause la force de ton sentiment et j'admire ta volonté de la protéger. Mais quitte à paraître cruelle, est-ce qu'une telle lettre aurait fonctionné sur toi ?

Harriet shoota dans un caillou.

— Je ne sais pas. Je pense, oui. Peut-être pas tout de suite. Mais, à la fin, certainement.

— La fin est la fin de toute façon. C'est pour ça.

Elles mirent en pause pour laisser passer un groupe d'étudiants en vêtements de sport et chaussures méduses avant de reprendre leur conversation.

— Tu ne penses quand même pas que c'est un stratagème pour les faire rompre et le récupérer ? dit Harriet, non sans mal.

Elle ne voulait pas poser cette question, mais celle-ci devait être abordée pour être écartée. Harriet ne voulait pas savoir, mais ne pouvait pas non plus rester dans l'ignorance de la position de Lorna : la pensait-elle encore accrochée à lui ? Ses années avec Scott l'avaient privée de toute crédibilité.

— Je te promets que plus jamais je n'approcherai Scott Dyer, ni dans cette vie ni dans les mille prochaines.

— Hum…

Lorna réfléchissait, et Harriet ne savait plus où se mettre, car elle avait espéré un « bien sûr que non ! » emphatique. Le problème avec les meilleures amies qui vous disent la vérité, c'est qu'elles vous disent la vérité.

— Je ne sais pas, pour être honnête. Toute cette période de ta vie était impénétrable pour moi. Tu es tombée amoureuse si vite, et si intensément. Tu étais devenue injoignable.

Lorna eut soudain les larmes aux yeux et Harriet posa la main sur son bras. Son amie essuya ses larmes.

— C'était comme les gens qui parlent de leurs proches pris dans une spirale de dépendance. Les toxicomanes passent un stade où on ne peut plus les aider, ils ne te laissent pas faire. Tout ce que tu peux faire, c'est attendre et espérer qu'ils vont décider de se sauver eux-mêmes. Cela m'a vraiment fait comprendre ce que ça voulait dire, de se sentir impuissante.

— Je suis désolée de t'avoir fait subir ça, dit Harriet, la gorge nouée.

Les larmes lui montaient aux yeux à elle aussi, et elle les réprima.

Lorna dit brusquement :

— Ne le sois pas. Ce n'est pas toi qui me le faisais subir. Il t'a fallu du cran pour t'en sortir. Bien. On en était où… ? Non. Je n'ai pas peur que tu retombes dans ses bras. C'est juste qu'il y a un énorme nid de guêpes et que tous mes instincts me disent qu'il ne faut pas donner de coups de pieds dedans sans aucun bénéfice apparent en échange. Est-ce une vengeance ? Si c'est le cas, je comprends, mais ça va te retomber dessus. Il restera Scott Dyer toute sa vie, c'est sa punition.

— Ce n'est pas une vengeance. Aider sa fiancée, maintenant que je m'en suis sortie… c'est un exorcisme pour moi.

— Ce pourrait être plutôt le complexe du sauveur.

— Le courage appelle le courage partout, dit Harriet.

— Je sais que c'est un super slogan pour un collier Tatty Devine, mais je ne suis pas sûre que ça puisse vraiment s'appliquer en pratique, dit Lorna.

— Ça vient d'un discours des suffragettes !

— Et tu te jettes dans la gueule du loup.

— Sérieusement, Lorna.

Harriet s'arrêta pour reprendre son souffle, et pour s'assurer que la famille avec les enfants en trottinettes était passée.

— Qui arrête ces types ? Comment les arrête-t-on ? Scott n'a jamais levé la main sur moi, il ne m'a jamais attaquée ni blessée physiquement, de sorte que je ne peux pas montrer la moindre cicatrice sur mon corps. Mais il m'a démolie. Si je pouvais le dénoncer à la police, je le ferais.

— Je crois que tu peux le dénoncer maintenant pour ce qu'il a fait.

— Pas cinq ans après les faits. Et pas non plus avec le métier que je fais. « Liée à un scandale », ce n'est pas ce que les gens veulent d'une photographe de mariage. Tout ce qu'on a, nous autres femmes, c'est la capacité de nous prévenir mutuellement. Qui suis-je, si je n'alerte pas cette Marianne ? En définitive, c'est autant pour moi que pour elle. Si je laisse une autre femme subir Scott Dyer parce que j'ai peur d'intervenir, alors rien n'a changé. Si je ne le fais pas, Lorna, alors j'ai encore peur de lui. C'est un fait.

Lorna poussa un lourd soupir, et une légère brise agita ses cheveux.

— Je commence à comprendre, je crois. Je vois aussi que tu as pris ta décision et que cela te rongera si tu ne le fais pas.

— Merci.

— Disons que tu envoies cette lettre et que sa fiancée le quitte. Tu crois que, si Scott sait que c'est à cause de toi, il laissera faire sans rien dire ?

— Peut-être pas, mais que peut-il faire ? Je n'ai pas de fiancé qu'il pourrait m'enlever.

— Mmm. Est-ce qu'il a des photos de toi que tu ne voudrais pas voir rendu publiques ? Ou des vidéos ?

— Oh ! non ! Tu me connais, j'aime prendre des photos, pas figurer dessus. Rien de tout ça. Heureusement, ça n'a jamais été le truc de Scott.

— Bien. Je suis surprise que tu m'en aies parlé avant, au passage. Tu es victime de ta propre honnêteté. Tu aurais pu poster la lettre et dire ensuite « devine quoi ! » pendant que je pestais dans mon coin.

Harriet éclata de rire.

— Je suis honnête et… pour l'envoyer, j'ai besoin de ton aide.

— Quoi ? Je suis pas un pigeon voyageur.

— C'est facile. Je ne vais pas pouvoir trouver des infos sur la fiancée via les réseaux sociaux, parce que je suis certaine que Scott m'a bloquée sur Facebook. Il ne t'aura pas bloquée, toi. Si tu vas sur son profil, tu peux peut-être trouver le nom de famille de la fille ?

Lorna déverrouilla son téléphone et ouvrit l'application.

— Scott Dyer… D-Y-E-R, c'est ça ? murmura-t-elle. Nous y voilà. Six amis en commun. Putain de merde. Six personnes qui ont besoin d'ouvrir les yeux… En couple avec… Marianne Wharmby.

— C'est elle !

— Elle ressemble à la fille que tu as vue ?

Lorna tendit le téléphone vers elle et Harriet inspecta la photo de profil de Scott – lui en compagnie la réplique locale de Reese Witherspoon. Ils portaient des chapeaux melons et tenaient sous leur nez des moustaches collées à des bâtons, certainement pour le photomaton d'un mariage ou d'une soirée chic.

— Oui, c'est elle.

Néanmoins, l'image loufoque fit douter Harriet. Et s'ils *étaient* heureux ? Puis elle se dit : les photos de Scott et elle en ligne étaient-elles représentatives de leur vie privée ? S'ils étaient heureux pour de bon, Scott passerait une sale soirée à avouer son passé, et ils poursuivraient leur chemin. Si rien dans sa lettre ne résonnait en Marianne, son impact serait grandement diminué.

Lorna fronça les sourcils et tapota sur son écran.

— Voyons ce que Marianne a rendu publique…

— Fais gaffe à ne rien liker par accident, dit Harriet, nerveuse.

— Je ne vais rien liker par accident, je ne suis pas une mamie… Oh ! tu as DU BOL. Ou pas de bol du tout, tout dépend de la sagesse de ton plan débile. Elle est coiffeuse chez Estilo. C'est le nouveau salon dans la petite rue à côté de Waterstones, non ?

— Je crois… Roxy saura.

— Du coup, tu prends rendez-vous pour des conseils beauté, et tu dis « oublie le dégradé, ton mec est un enfoiré » ?

Elles éclatèrent de rire, puis le visage de Lorna redevint impassible.

— Plus sérieusement, je pense toujours que c'est une folie.

— Tu sais ce qui risque de se passer ? Absolument rien.

— J'attends de ne rien voir.

24

« Tu sais ce qui risque de se passer ? Absolument rien. »

Tu crois, bébé ? Joue à la conne et tu verras, lâcha un Scott Dyer fantôme.

Harriet se cramponnait à ses propres mots, le regard perdu dans le cœur de cacao sur son cappuccino, au café Waterstones. Ils sonnaient de plus en plus creux. Après avoir fait preuve de tant de pugnacité avec Lorna, elle se mettait à douter maintenant qu'il était temps de se lancer.

Harriet se rappela une tactique de ses grands-parents quand elle les baratinait sans relâche pour obtenir ce qu'elle voulait – obtenir ce qu'elle voulait était une leçon d'humilité.

Elle avait dit à Lorna que ce n'était pas une vengeance, mais peut-être était-ce le cas. Elle détestait Scott avec plus d'intensité qu'elle s'en serait crue capable. Le plus dur à encaisser était qu'il ait nié toute responsabilité. On pouvait pardonner beaucoup si la personne vous regardait dans les yeux et s'excusait. Le refus de Scott de reconnaître ses torts, son arrogance, et surtout sa façon de reporter la faute et la honte sur elle, c'était rageant, écœurant. Tellement injuste. Cela lui donnait l'impression d'être dans un de ces cauchemars où l'on crie sans qu'aucun son ne sorte de sa bouche. Harriet n'avait jamais pu se faire entendre, métaphoriquement ou littéralement. Il avait eu le dernier mot. Il y avait plus de gens qui croyaient la version de Scott qu'il n'y en avait qui connaissaient la sienne.

Oui, elle était en colère. Elle le détestait tellement que c'était presque devenu un sport. Harriet n'était pas passée à autre chose. Sans revoir Scott, elle pouvait vivre dans la maison de transition toute rafistolée de son imagination, où il souffrait d'une manière ou d'une autre. Le voir se pavaner ainsi au grand jour l'avait à nouveau démolie.

Harriet regarda l'enveloppe dans sa main avec « Marianne » écrit dessus, et le scotch fixé n'importe comment à l'arrière – si Marianne la jetait sur une étagère en attendant la fin de sa journée de travail, Harriet ne voulait pas qu'elle s'ouvre, que les feuilles se répandent au sol et que toute l'équipe de l'Estilo s'échangent les différentes parties pendant leur pause. *« Donne-moi le bout que tu as, je crois qu'elle n'est plus avec lui dans ma partie. »*

Mais ces concepts de décence et d'intimité étaient ridicules, Harriet le savait, tout comme le médecin qui vous examine en insérant son bras en vous jusqu'au coude mais sort de la pièce le temps que vous vous rhabilliez. Harriet se mettait à la merci d'une parfaite inconnue, qui pourrait faire ce qu'elle voulait de cette information.

Bien sûr, si elle choisissait de s'en servir contre Harriet, elle pouvait aussi incriminer Scott. Harriet avait considéré la possibilité que Marianne rende la lettre publique, sur une plate-forme, et s'était dit que ce n'était pas à elle de craindre l'humiliation de son contenu. Si Marianne le faisait, qu'il en soit ainsi. Harriet assumerait.

Elle accepta qu'elle n'allait pas boire ce café désormais tiède, empocha l'enveloppe, se leva, et se dirigea, dégoulinante d'appréhension, vers Estilo. *Argh, et si Scott était venu voir sa fiancée et qu'elle tombait sur eux deux ? Alors elle serait là pour prendre rendez-vous pour une coupe. Voilà. Comment pourrait-elle savoir où travaillait Marianne, après tout ?*

Harriet poussa la lourde porte en verre portant le nom de l'enseigne en lettres cursives, et huma l'odeur du salon. Le parfum des mousses et sérums était diffusé par le vent chaud d'une demi-douzaine de sèche-cheveux, et les classiques du R'n'B passait à plein volume.

— Est-ce que Marianne travaille aujourd'hui ? demanda Harriet à la femme de l'accueil, qui arborait une tignasse de boucles bleu saphir très pop art.

— Elle est avec une cliente. Vous aviez rendez-vous ?

— Non. J'ai juste un mot à lui dire…

Harriet se tut, nerveuse de n'avoir pas su mieux l'exprimer. La femme la regarda en mâchouillant son chewing-gum.

— Elle est avec une cliente, elle fait une couleur. Elle en a pour au moins quarante-cinq minutes, indiqua-t-elle en levant les yeux vers l'horloge. Revenez à ce moment-là !

— Qu'est-ce que c'est ? demanda une voix à leur droite.

C'était bien la Marianne du mariage, le maquillage et les talons en moins. Elle faisait plus jeune et plus petite, et elle avait des pinces à cheveux attachées à la manche de son T-shirt et une brosse à la main.

Harriet resta un instant sans voix.

— Vous êtes… vous êtes la photographe du mariage de Dan et Ferg ?

— Oui, dit Harriet avec un sourire gêné, regrettant son face à face avec Marianne à l'extérieur du mariage.

Elle ne voulait pas passer pour une lâche mais, franchement, elle ne se débrouillait pas très bien.

— Je voulais vous donner cette lettre.

Elle la tendit et Marianne la prit, plissant les yeux d'un air perplexe – à juste titre – en voyant son prénom écrit au stylo à bille sur l'enveloppe.

— C'est tout, dit Harriet.

Elle tourna les talons, imaginant sans mal les regards surpris de Marianne et de Boucles bleues sur elle tandis qu'elle partait.

Sur tout le chemin jusqu'au bus, elle se rassura : là, c'est fait, fini, tu as fait ce que tu devais faire. Félicitations, tu as la conscience tranquille ! Ça n'avait pas été facile, mais c'était fini.

Malheureusement, maintenant que cela revêtait un caractère irrémédiable, elle comprenait enfin ce que Lorna voulait dire. Elle n'avait pas juste déposé une lettre, elle avait retiré la goupille d'une grenade avant de la jeter par-dessus un mur. C'était bien beau de se dire qu'elle avait eu le cran de le faire, mais elle n'avait aucune visibilité sur son acte. Elle n'avait aucun moyen d'en prédire les répercussions.

« Tu sais ce qui risque de se passer ? Absolument rien. »

Elle avait dit ça dimanche avec une assurance désinvolte, dédaigneuse, et, pour être honnête, une pointe de déception : quoi qu'il se passe, il y avait de grandes chances pour qu'elle ne sache jamais le fin mot de l'histoire, elle n'aurait droit à aucune conclusion.

25

Chère Marianne,

Pardon de te fourrer ainsi cette lettre dans les mains. C'était une décision difficile de l'écrire, et je sais que ce sera très difficile de la lire. Je suis désolée si elle te cause de la peine. Je me sentais obligée de le faire. Avec un peu de chance, à la fin, tu comprendras peut-être pourquoi.

Je vais te raconter toute l'histoire parce que, si je commence à omettre des détails, je ne saurai plus quelles parties laisser.

Je suis une ex de ton fiancé, Scott. Nous nous sommes rencontrés quand j'avais vingt-cinq ans, nous sommes restés en couple jusqu'à mes vingt-neuf ans, et nous avons habité ensemble pendant presque l'intégralité de ces quatre ans. Quand j'y repense, presque dix ans après notre rencontre, je me rends compte à quel point j'étais jeune et inexpérimentée.

Je n'étais pas encore moi-même, si tu vois ce que je veux dire : j'étais un amas d'idées et d'intentions, ni éprouvées ni testées. Mais comme la plupart des jeunes de vingt-cinq ans, je pensais tout savoir.

J'ai rencontré Scott à un dîner. Une amie d'amie aimait en donner dans le cadre d'un genre de club de réseautage.

C'était la première fois que j'y allais et j'étais intimidée. Je ne connaissais personne, seulement quelques vagues relations, et l'hôtesse, mon amie, était occupée. J'ai bu un cocktail sucré, presque d'un trait. Un peu pompette, je me suis retrouvée assise à une grande table à tréteaux en face d'un homme svelte avec un fort accent de Manchester et les cheveux en bataille d'une rock star en puissance. Il avait un sourire en coin et lançait des remarques bien senties. Il focalisait toute son attention sur moi, il me mitraillait de questions, alors que ses réponses aux miennes se limitaient à des monosyllabes. Il avait une façon de me regarder un peu par en dessous qui suggérait que j'étais la seule personne dans la pièce à émettre sur sa fréquence, et vice versa.

Le courant a tout de suite passé entre nous. Mais pas un truc banal, un truc magique. Ce truc dont parlent les films et les chansons, et dont on rêve toute son adolescence.

Je suis passée de qu'est-ce que je fous là ? *à un sentiment sûr et joyeux d'appartenance que je n'avais jamais ressenti auparavant, et il n'était pas dû au bacardi servi dans des verres à thé marocains. On a échangé nos numéros en partant : « parce que c'est toujours sympa de se faire une nouvelle amie, Harriet Hatley ».*

Je ne me rappelle pas que Scott m'ait jamais réellement invitée à sortir. Je l'intéressais, il était évident qu'il me plaisait, il me disait à quelles soirées il allait. Bientôt, on était entrelacés dans des pubs, il me présentait à ses amis en disant de cette voix traînante : « Harriet, ma nana ».

Mon nom dans sa bouche sonnait comme un miracle. Notre amour était comme un sortilège. Je ne marchais plus dans la rue, je rebondissais. Je restais éveillée pour le regarder dormir ; on a emménagé ensemble en quelques mois à peine. J'étais submergée par des substances chimiques qui me rendaient un peu folle. Je me dopais à la dopamine.

Il n'y avait qu'une ombre à ce joli tableau : mes amies n'étaient pas très enthousiastes. Elles jouaient les bonnes réactions, mais un ton en dessous. Puis ma meilleure amie, Lorna, m'a dit : « Il est imbu de lui-même, un peu ! T'es pas la seule à être amoureuse de lui. Il l'est aussi, haha. » Mon amie Roxy le trouvait super, mais : « Ce n'est pas allé un peu vite, entre vous ? »

Ça m'a surprise. Il était certes un peu arrogant, mais Scott avait bien mérité d'être un peu imbu de lui-même. Il était fascinant, créatif, si sûr de ses convictions. Du charisme à revendre. C'était le chef de sa bande, auréolé d'une aura spéciale, le genre de personnage qui traverse la vie à fond, comme un cheval sauvage.

Je me suis un jour risquée à donner une version éditée de tout ça à Lorna, qui a explosé de rire. « C'est un connard égocentrique, pas Lord Byron. »

Parfois, je regardais la réaction des autres femmes face à lui. Elles étaient visiblement charmées, avec leurs sourires faussement timides et l'étincelle dans leurs yeux pendant qu'il les taquinait. Puis elles se rappelaient ma présence et m'adressaient un regard coupable, et je répondais par un sourire confiant qui disait : oui, je sais que j'ai de la chance.

Je me suis dit : Lorna est jalouse. Peut-être même qu'il lui plaît, à elle aussi. Pareil pour Roxy. Elles le veulent pour elles, mais elles savent que c'est une trahison, alors elles libèrent la pression de leur jalousie en cherchant la petite bête. Avec le recul, je me rends compte que c'est le moment où j'ai franchi la limite entre petite amie et membre d'un culte de la person-

nalité bercé d'illusions. Tous ceux qui le critiquaient étaient forcément de mauvaise foi, ou du moins avaient mauvais goût.

Tout cela était la première phase de l'enrôlement. Pour qu'il puisse me déstabiliser, je devais être dans un état de vénération aveugle, où il représentait tous les points cardinaux de ma boussole et la seule chose que mon cœur désirait. Je devais avoir fait tapis et poussé tous mes jetons de poker sur le plateau de jeu.

Au début, c'était subtil. Ça pouvait passer pour un amour naissant un peu houleux. Je me souviens encore du choc, de la décharge, la première fois qu'il s'est énervé contre moi. Il y a une photo de nous plus tôt ce même jour, assis dans l'herbe à un concert, avec nos bobs, nos paillettes sur le visage, joyeusement ivres avec nos pintes en plastique à la main. Il a les deux bras passés autour de moi et je souris, extatique. Quand j'y repense aujourd'hui, je ne vois qu'un avertissement. Son étreinte comme une cage, revendiquant une possession. Moi pensant que lui appartenir, c'est le paradis.

On est rentrés chez nous, bronzés, vaseux à cause de la bière pas chère, et j'avais envie de commander à manger. J'ai jeté mes clés de maison sur la table basse en bâillant. « Chinois, ça te dit ? » Là, je me suis retournée et j'ai vu l'orage sur son visage.

« Pourquoi t'as dit ça à Lorna, putain ? »

Mon ventre s'est serré.

« Quoi ça ?

— Tu sais quoi, tes blagues débiles comme quoi mon job est facile, comment oses-tu me rabaisser comme ça ? »

Scott travaillait comme représentant pour une société de commerce de boissons. J'avais fait une simple remarque sur le fait qu'on n'avait pas besoin de bosser dur pour faire boire des Anglais qui avaient envie de faire la fête. Je ne parlais pas de Scott, c'était une discussion générale sur le fait qu'aucun d'entre nous ne respectait les limites de consommation recommandées.

Il s'est mis à hurler que Lorna était méprisante envers lui, que j'étais toujours d'accord avec elle, qu'il se sentait dévalorisé quand on était avec mes amies.

J'étais horrifiée qu'il se sente comme ça à cause de moi et je me suis confondue en excuses. Je ne le ferais plus jamais. Ça n'arriverait plus. Jamais plus je ne les laisserais dire des méchancetés sur lui.

Puis vint la jalousie des autres hommes. Peu importait que Scott soit lui-même un champion de la drague. C'était comme si le visage de chaque femme qu'il rencontrait était un miroir ; il avait sans cesse besoin de voir son charme reflété et réaffirmé. Et pourtant, s'il y avait un homme près de moi, il me soupçonnait aussitôt de trop attirer l'attention.

Un soir, je l'ai surpris en train de parcourir la galerie photo de mon téléphone. Il avait exigé le code d'accès lors d'une dispute, une semaine plus tôt. « C'est très suspect si tu ne veux pas que ton partenaire connaisse ton code d'accès. Si tu n'as rien à me cacher, pourquoi refuser de me le donner ? »

C'était plus facile d'obtempérer. Ce qui est fou, c'est que j'interprétais sa nature possessive comme une preuve de la passion entre nous, au début. Sur mon téléphone, il a trouvé des photos de moi dans la cabine d'essayage d'une boutique : je n'arrivais pas à me décider pour une robe et voulais y réfléchir plus tard.

« À qui tu as envoyé ça ? »

J'ai expliqué : à personne.

« Conneries, c'est pour un mec, regarde la moue que tu fais avec ce décolleté. Même si tu ne les as pas envoyées, tu comptais le faire. Comment veux-tu que je me sente alors que tu ne fais que mentir, bordel, Harriet ? Tu sais ce que ça me fait ? Est-ce que ça t'intéresse, au moins ? »

Il ne m'a pas parlé pendant vingt-quatre heures.

Le lendemain soir, après plusieurs cannettes, il a joué la version Lennon de Jealous Guy *et reconnu que des selfies ne constituaient pas nécessairement une preuve d'infidélité. Il a dit, ivre et amoureux : « Tu sais que j'ai eu une réaction excessive parce que tu m'obsèdes, n'est-ce pas ? » Je me suis jetée à son cou et je lui ai promis qu'il n'avait pas à s'inquiéter. S'il avait des doutes, je les chasserais avec ma fidélité.*

Quand on est soulagée d'avoir un sursis – accordé par la seule personne qui en a le pouvoir, la seule qui peut vous aider à vous sentir mieux –, on ne remet pas sa chance en question. J'étais avide de son approbation, c'était comme une drogue, et je ne savais jamais quand j'en serais sevrée.

Sous ce déferlement de remarques assassines sur mon comportement, sous sa surveillance vicieuse, j'ai commencé à changer. À m'adapter pour survivre. Je suis devenue renfermée, tendue, à cran. J'ai perdu dix kilos. À cause du stress, et parce qu'il avait mentionné combien il aimait les filles minces. Il disait : « Toi, tu es bien en chair cela dit, non ? Non, je ne dis pas ça méchamment. Tu aimes un peu trop manger, mais comme beaucoup de monde. »

J'ai arrêté d'aimer manger.

Il m'a raconté en riant que son ami avait dit que je ressemblais à « un écureuil de dessin animé. »

Mortifiée, je me défendais.

« Haha, mais ça me dérange pas, bien sûr ! T'es ma nana ! Il pense clairement que t'es pas assez bien pour moi, mais je ne le pense pas, moi.

— Pas assez bien ? j'ai dit, effarée.

— Oh ! bon sang, Harriet, a dit Scott en se pinçant l'arête du nez, comme épuisé. Commence pas s'il te plaît. Pas encore. Je pensais que ça te ferait rire, c'est rien du tout. »

Après ça, Scott relayait régulièrement des remarques dénigrantes de tiers, en soutenant qu'il m'avait défendue. Cela m'alarmait et m'agaçait qu'elles viennent, étonnamment, de gens avec qui je croyais bien m'entendre. Avec le recul, je me rends compte que de tels mensonges étaient un jeu de pouvoir. Te pousser à ne faire confiance à personne à part lui, c'est avoir du pouvoir.

Je refusais la plupart des invitations mondaines et, quand nous sortions, je me taisais de peur de dire une bêtise. Les amis de Scott plaisantaient avec moi et je souriais, les dents serrées, je répondais par monosyllabes, j'avais peur qu'on m'accuse de réactions inappropriées, j'avais peur de dire quelque chose qui pourrait embarrasser Scott. Il n'avait plus à le demander explicitement – j'avais appris à avancer comme en terrain miné, toujours sur mes gardes.

Scott dessinait de plus en plus petits les cercles dans lesquels je devais vivre. Plus il me faisait trimer, plus j'étais déterminée à passer le test, pour lui montrer que j'étais digne de son amour. Pour revenir à ce que nous avions vécu pendant ces premiers mois. Tout avait été parfait et, d'une façon ou d'une autre, j'avais tout gâché.

Notre vie était régie par ses humeurs. Le coureur désinvolte et vanneur que j'avais rencontré avait été remplacé par un type critique et affreux, enclin aux éruptions volcaniques et à la colère.

C'est devenu un motif récurrent, péremptoire – j'étais d'une cruauté sans gêne, je ne respectais pas ses sentiments, « un putain de taureau dans un magasin de porcelaine, voilà ce que t'es ». Il disait qu'avoir perdu mes deux parents quand j'étais jeune m'avait laissé de graves séquelles et que, puisque je n'avais pas suivi de thérapie, je passais tous mes problèmes non résolus sur lui, sans aucune pitié. « Il faut vraiment que tu te fasses suivre », disait-il toujours après m'avoir pardonné une de mes offenses.

Même en l'écrivant, j'ai encore du mal à l'accepter : il a transformé la mort de mes parents en arme dont il se servait contre moi.

Aujourd'hui, on appelle ça du harcèlement psychologique mais, à l'époque, je n'avais pas de terminologie, pas de carte pour m'y retrouver dans ce monde à l'envers dans lequel j'étais tombée et où c'était moi l'agresseur. Ma dépendance envers lui m'avait enfermée. Si quelqu'un qui m'aimait si fort et qui m'avait vue au plus bas pensait que mon âme était défigurée, hideuse, alors c'était bien moi, le problème.

De plus en plus brisée, et incertaine de ses réactions, je pleurais, flattais, suppliais et manipulais pour qu'il me montre de l'affection. Je trichais. Dans une relation sordide et malsaine, on devient sordide et malsain à son tour. Les gens qui te disent de partir, comme si c'était simple et facile, le bien et le mal, ils ne comprennent pas. Ils ne comprennent pas que tu es devenue complice en plus de victime.

Mon travail était mon seul moyen de me couper de cette atmosphère, la seule partie de ma vie qui existait indépendamment de son influence. Scott disait que je gâchais mon talent. Il m'asticotait tout le temps pour que j'arrête, sous couvert d'être de mon côté, se plaçant comme mon supporter qui voulait que je réalise mon potentiel, jusqu'à ce que mon refus de m'y conformer devienne un symbole de ma léthargie et de mon hypocrisie. Je vois aujourd'hui que j'étais censée arrêter de travailler précisément parce que cela échappait à son contrôle. Si je l'avais fait, cela aurait été une autre preuve de mon incapacité et de mon dysfonctionnement. Il voulait que je m'effondre, que je sois isolée. Pour le monde extérieur il serait celui qui m'avait sauvée et qui prenait soin de moi, alors qu'en réalité il remettait un tour de vis.

Un jour, mon amie Lorna m'a mise au pied du mur. Elle ne m'a pas donné le temps d'y échapper – elle était « dans le coin, est-ce qu'un café ça me disait ? ». J'ai proposé à Scott de venir, il était en train de jouer à GTA.

« J'ai autant envie de la voir que de me faire un trou dans le crâne. »

Lorna et moi nous sommes retrouvées, tendues, à discuter autour de cafés au lait comme deux collègues en week-end intégration.

Elle a lâché : « Comment ça se passe à la maison, tu vas bien ? Il te maltraite ? »

J'ai réagi avec indignation, piquée. « Quoi ? Que veux-tu dire ? Bien sûr que non ! Ça va pas de dire une chose pareille ? »

Lorna a décrit mon comportement nerveux et abattu, ma perte de poids saisissante, et surtout combien il était devenu difficile de me voir sans que Scott soit là. Elle a dit que je semblais passer tout mon temps avec ses amis et « faire ce qu'il veut ».

« Il est toujours avec toi, pas comme s'il t'accompagnait, mais comme s'il te suivait, te surveillait. »

J'ai rétorqué que j'aimais mon mode de vie, vraiment, et qu'elle ne devrait pas être si « pot de colle ». Je l'ai vraiment traitée de pot de colle. Puis je suis sortie en trombe du café, si vite qu'elle n'a pas pu me suivre comme elle ne pouvait pas partir sans payer.

Quand je suis rentrée, elle m'avait envoyé un SMS. Je suis restée debout dans l'entrée, l'ai ouvert, et l'ai lu avec appréhension.

Harriet, écoute. D'abord, il faut que tu saches que je t'aime…

Scott m'a vue et, sentant que quelque chose n'allait pas, il m'a arraché le téléphone des mains. Il a regardé l'écran un moment en fronçant les sourcils, puis il a fait glisser son doigt sur l'écran pour supprimer le message, non lu.

« Là, voilà, je m'en suis occupé pour toi, je l'ai supprimée et bloquée. Je te dis depuis le début que c'est un poison, cette fille. Tu aurais dû m'écouter. Mais tu as toujours raison, hein ? Il faut toujours passer par la manière forte. »

Bon, comment ça s'est terminé. J'aimerais pouvoir dire que j'ai eu une épiphanie. Au lieu de ça, c'est venu d'un truc parfaitement anodin. Cela me hante encore, de penser où j'en serais aujourd'hui si ça n'était pas arrivé. Peut-être que ce n'est pas si inhabituel. Peut-être que quand on a atteint sa limite, on ne le sait pas – on a besoin que quelque chose fasse sauter le cadenas, comme le dernier numéro pour valider la combinaison.

C'était un samedi matin et nous étions allés acheter des ampoules pour une lampe chez B&Q. Je l'avais fait tomber la veille, quand j'étais rentrée à l'heure indécente de 22 h 30 du cinéma, où j'étais allée voir un film qui n'intéressait pas Scott. J'y étais allée avec la petite amie d'un des meilleurs potes de Scott, en pensant que c'était « sans danger », et elle avait insisté pour qu'on aille boire un coup après. J'avais envoyé un message à Scott auquel il n'a pas répondu, ce qui m'avertissait clairement que je ne payais rien pour attendre. Aujourd'hui encore, si quelqu'un oublie de répondre à un message, j'ai ce sentiment glacial au creux du ventre, persuadée que la personne m'en veut à mort.

Chez B&Q, nous étions en train de parcourir ces grandes étagères ouvertes laissant entrevoir les clients de l'autre côté.

On ne trouvait pas les bonnes ampoules. J'ai senti une suée de panique familière me couvrir la peau. Pourquoi les ampoules n'étaient-elles pas là, pourquoi m'abandonnaient-elles ? Mes épaules se sont crispées alors que j'attendais son coup de gueule.

« Bon, eh bah voilà, la lampe est foutue. Bordel de merde, Harriet, t'es qu'une putain d'égoïste, pourquoi tu penses jamais aux autres avant de sortir te bourrer la gueule ? »

J'ai marmonné que j'étais désolée. Je savais que ça ne ferait qu'aggraver les choses si je faisais remarquer que je n'étais pas bourrée, que – Dieu m'en garde – c'était aussi sa faute parce qu'il avait éteint les autres lumières, que c'était une ampoule à six livres qu'on pouvait très bien commander sur Internet. Les faits n'avaient jamais rien à voir avec les sentiments de Scott.

« Ouais, ça suffit pas que tu sois désolée. Si t'en avais vraiment quelque chose à foutre, tu arrêterais de faire ce genre de trucs.

— J'en ai pas rien à foutre.

— Tu dis toujours ça, et tes actes prouvent le contraire. »

Il ne s'est pas rendu compte qu'il y avait une toute jeune femme, vingt et un, vingt-deux ans, pas plus, de l'autre côté de l'étagère, qui avait entendu chaque mot comme s'il lui était destiné.

Elle s'est raidie comme si elle avait reçu un choc électrique et l'a dévisagé avec stupéfaction, la main figée sur ce qu'elle avait voulu attraper. L'agression fielleuse. Pour une lampe. Pour rien.

Puis son regard a croisé le mien. J'ai vu dans ses yeux un mélange d'incrédulité et de pitié dont je me souviendrai jusqu'à la fin de mes jours.

Elle s'est dépêchée de partir, avant qu'on puisse polluer davantage son charmant week-end, avant qu'elle soit forcée de penser aux couples bizarres et déprimants qu'on croise chez B&Q le matin. Si Scott l'avait remarquée, il n'en a rien laissé paraître.

Là, dans l'allée « Éclairage et accessoires d'éclairage », je me suis vue. Bientôt trente ans, en couple avec un homme dont la façon de me parler alarmait et révoltait une femme plus jeune. Pour une fois, j'étais témoin d'une réaction à son comportement de la part de quelqu'un que Scott ne pouvait pas diaboliser ni révoquer, une passante sans aucun enjeu dans notre vie. Cela m'a réveillée comme une seringue d'adrénaline fait repartir un cœur à l'arrêt.

Quand on est sortis du magasin, dans l'air frais, je me suis tournée vers Scott : « C'est fini entre nous. Je ne veux pas continuer. Si tu peux déménager aujourd'hui, je paierai le loyer du mois. »

Scott a pris un moment pour encaisser, puis il a hoché la tête. « Ouais. Ton attitude me l'a fait comprendre depuis bien assez longtemps. Content que tu l'admettes enfin. »

Le plus incroyable, quand j'ai eu le déclic, quand j'ai refusé de supporter cette situation une seconde de plus, c'est que ça a été facile. Je le savais mais, étonnamment, lui aussi. Une fois que je lui ai retiré la permission de me traiter ainsi, que lui restait-il ? C'était un terroriste émotionnel mais non violent, il n'allait pas menacer ma sécurité.

Une fois rentrés, j'ai patienté dans le salon pendant qu'il faisait ses bagages. Je n'étais pas entièrement persuadée qu'il allait partir. Il a fini par sortir, puis il a hissé ses affaires sur la banquette arrière de sa voiture. Nos seules possessions communes étaient des appareils de cuisine et un lit en pin. « Je te les rachèterai », j'ai dit, mais il a ricané. « Garde ton putain de fric. »

Une fois sa voiture chargée, il est revenu dans le salon.

« Fais-toi aider, Harriet. Sérieusement. Tu en as besoin. Fais-le pour ton bien, et avant de faire subir ça à quelqu'un d'autre. »

J'ai observé son visage anguleux que je trouvais si beau autrefois et n'y vis que de la laideur. On ne peut pas aimer quelqu'un que l'on craint ; je savais que cela faisait des années que je ne l'aimais plus. Sa façon de partir, son incapacité à dire une seule chose gentille : cela confirmait ce que je savais, mais que j'avais passé des années à éviter. Ce n'était pas l'homme de ma vie, c'était un homme qui me maltraitait. Confondre les deux semblait impensable.

J'ai découvert plus tard qu'il avait dit à toutes nos connaissances qu'il m'avait quittée, il avait inventé une histoire racontant que je lui avais jeté une lampe dessus et que je l'avais cassée, qu'il cachait depuis des années que j'avais l'alcool mauvais. Je m'en foutais. Complètement. J'étais libre.

Ses amis ont tout de suite disparu, sa famille a pris son parti et a coupé les ponts avec moi. Ils connaissent Scott, mais ils ne le connaissent pas vraiment. Le truc avec les auteurs de maltraitance, c'est qu'ils ont une part de bon en eux. Si leurs amis ne voient que cette partie, ils ne voient pas l'autre versant. Si on accuse celui qui maltraite, ils ont le réflexe de le défendre, comme tout bon ami le ferait en entendant une histoire qui ne colle pas avec ce qu'ils connaissent de la personne. Non, impossible, pas Scott, c'est un mec bien !

Ils ont raison, ils connaissent la partie bien, et la partie bien est bien. Quelqu'un qui montre ses pires caractéristiques de prime abord ne séduit personne. Scott est un showman, et un arnaqueur. Ses amis ne se rendent pas compte qu'ils font partie du show, et de l'arnaque.

Je suis certaine d'avoir été effacée de l'histoire de Scott. Sa sœur a un jour fait référence à une « sale rupture » avant moi, et Scott lui a lancé un regard assassin, comme s'il avait envie de l'étrangler. Il nous efface des registres. C'est censé être un acte de dédain extrême mais, selon moi, c'est peut-être le seul signe qu'il sait qu'il a des victimes, et non des ex.

Pourquoi je t'écris pour te dire tout ça, au lieu d'espérer que Scott a changé, qu'il est différent, que tu es différente, que vous êtes heureux ? Après tout, ta vie m'est totalement inconnue. Je ne comptais pas le faire. Crois-moi, je n'avais aucune envie de m'impliquer de nouveau dans la vie de Scott Dyer.

Et puis je t'ai vue, et c'était comme voir une ancienne version de moi, me voir comme les autres ont dû me voir autrefois. Peut-être que tu es une personne réservée, je ne te connais pas. Mais quand je t'ai vue, devant le bar, c'était comme si tu sortais la tête de l'eau pour respirer.

Je connais cette sensation.

Je t'en prie, comprends que je n'essaie pas de te dire ce que tu dois faire vis-à-vis de cet homme que tu souhaites épouser.

Je veux seulement que tu saches tout ça avant de le faire. Et que si tu es une victime de Scott Dyer, tu n'es pas seule.

Je te souhaite le meilleur,

Harriet

26

Des pulsations de lumière et de musique émanaient de la maison quand Harriet se gara dans l'allée, au crépuscule. Elle se souvint, un peu tard, que c'était l'anniversaire de Cal ce soir-là. Il lui avait demandé si ça la dérangeait qu'il fasse une « petite fête », ce qui n'était pas nécessaire puisque c'était sa maison, son trente-troisième anniversaire, et que Harriet ne pouvait pas s'y opposer. Il avait aussi dit qu'elle était la bienvenue et elle avait été soulagée de dire merci, mais qu'elle bossait sur un mariage gothique steampunk à Whitby et qu'elle rentrerait tard.

Elle enfonça sa clé dans la serrure aussi discrètement que possible et espéra filer à l'étage et disparaître dans sa chambre sans être vue. Elle mettrait son casque antibruit, lirait un peu sur son Kindle et s'endormirait dans le cocon de sa couette, comme une retraitée bienheureuse. Cela faisait presque une semaine qu'elle avait transmis la lettre. Elle avait décidé, de manière totalement arbitraire, que si deux semaines s'écoulaient sans la moindre répercussion, cela voudrait dire qu'elle n'avait pas à s'inquiéter. RIP, le souvenir de Scott Dyer.

— Harriet ? Harriet ! beugla Sam depuis la cuisine, avec le brio caractéristique du mec bourré. Viens avec nous !

— Salut Sam ! dit-elle en s'arrêtant, une main sur la rampe, passant la tête sur le côté pour les voir dans la cuisine, où des visages curieux la regardaient derrière Sam. Ça ira, merci.

— Laisse-la tranquille, Sam, dit Cal, qui apparut à ses côtés, Harriet a bien mieux à faire un samedi soir.

C'était gentil, bien que manifestement faux.

— Joyeux anniversaire, Cal, dit Harriet, et il leva son verre avec un clin d'œil.

— Oh ! pas question, tu ne peux pas rester là-haut toute seule, c'est tragique ! protesta Sam en levant son verre. Une margarita, concoctée par moi ! Allez ! Juste une, après je te laisse partir !

Cal articula « Désolé » dans le dos de Sam et lui adressa son sourire de tombeur. Harriet céda.

— OK, je descends dans une seconde.

Après avoir retouché son maquillage et s'être brossé les dents, elle les retrouva, toujours à la cuisine. La porte de derrière était ouverte sur le jardin, où des jeunes femmes étaient en train de se dandiner mollement autour d'une enceinte Sonos passant les Haim. Harriet aurait pu enlever son jean pour mettre autre chose, mais tout le monde savait qu'elle revenait du boulot, alors à quoi bon.

Sam lui servit une boisson grise dans un verre givré au sel, et Harriet fit le tour des « bonjour enchantée » auprès de gens canon dont elle ne retiendrait pas les prénoms. Ils semblaient être un mélange de personnel du *Yorkshire Post*, de collègues du conseil municipal et de divers gens brillants, entre vingt-sept et trente-quatre ans.

Avec environ quatre verres de retard sur tout le monde, Harriet était libre d'observer la dynamique. Malgré les trois autres hommes présents, Cal était clairement l'objet premier de l'intérêt féminin. Quand il se tenait tout près d'elles, les femmes touchaient son T-shirt d'un air effarouché et couinaient, faussement outrées. Même si l'on attendrait du héros du jour qu'il soit au centre de l'action, on ne semblait voir que ces femmes en orbite autour de lui, se produisant pour attirer son attention. Manifestement, sa façon de traiter ses fiancées ne les dissuadait pas.

Sam était lui aussi en mode drague.

— Je viens d'une petite ville près de Richmond. Une région plus rude que celle de Cal, disait-il à Mia, qui portait un pantalon en cuir si moulant qu'on aurait dit de la peinture corporelle.

— Ton village a remporté le prix Britain in Bloom sept fois, Dr. Dre, dit Cal, et Harriet dut plaquer sa main sur sa bouche pour ne pas recracher son cocktail.

Ils formaient un bon duo comique, il fallait bien leur accorder cela.

Harriet accepta une deuxième margarita et s'émerveilla des vertus de l'alcool, capable de vous entraîner sur sa vague. On arrêtait de se sentir en décalage, incapable, et on devenait heureux de se laisser porter dans sa bouée gonflable métaphorique.

Une averse soudaine les poussa à rentrer au salon, et Sam complota avec certains pour lancer un karaoké sur la télévision.

— Oh ! bon sang, Sam, non, pas le karaoké. Tu as PROMIS, protesta Cal en s'asseyant, avant de pousser un grognement alors que les paroles de *Waterloo* dansaient sur l'écran.

Il attrapa un coussin et le pressa contre son visage dans la salle remplie d'invités chantant du ABBA à tue-tête.

Harriet, l'autre non-chanteuse-de-karaoké, observa Cal en douce.

Il n'y avait pas un trait sur lequel on pouvait s'arrêter et dire, voilà, c'est pour ça qu'il est si beau, à part peut-être ses yeux vert pâle si perçants.

Comme chez certaines femmes très sexy que Harriet avait connues, la beauté ne résidait pas dans un détail mais dans la façon dont l'ensemble s'accordait. C'était une question de proportions, d'harmonie. Harriet, elle, avait souvent l'impression d'être un conglomérat de morceaux qui n'étaient pas vraiment censés être juxtaposés. Le nez droit de Cal était clairement censé aller avec ces lèvres, qui étaient parfaitement à leur place sur cette mâchoire.

Il y avait autre chose d'attirant chez lui, quelque chose d'indéfinissable. Elle avait vaguement envie d'effacer ce sourire facile de son visage, de voir ces yeux s'assombrir en se posant sur elle. Non, elle ne pouvait pas et ne voulait pas être plus explicite sur la façon d'y parvenir. (*Enfin, Hatley, ressaisis-toi ! Un peu de tequila, et tu te prends pour une vilaine fille ?*) Mais elle parierait qu'il y avait quelques personnes ici qui savaient ce qu'elle voulait dire.

Les amateurs de karaoké passèrent à *I Want It That Way*, massacrèrent *Love Shack* des B-52's, et firent un *Say You'll Be There* des Spice Girls dans les règles de l'art.

Les tentatives répétées de forcer Cal à se lever pour chanter échouèrent lamentablement.

C'était un homme qui attirait toute l'attention qu'il voulait sans essayer, sans avoir besoin de se mettre au centre.

— Harriet, Harriet, allez ! insistait Sam après chaque chanson.

Au bout d'un moment, enhardie par la conviction de Sam qu'elle allait « déchirer », Harriet soupira et se leva.

— Je vais regarder ce qu'il y a.

— Oui ! HH est dans la place !

Après avoir parcouru les chansons sans grande conviction, elle dit :

— *Dancing In the Dark*, Bruce Sprinsteen. Je vais faire de mon mieux.

Quand la chanson commença, elle fit une grimace dubitative, et Cal lança :

— Oh ! Dieu merci, j'ai cru que tu avais dit « *Dancing In the Moonlight* ».

Puis il se toucha le front, la poitrine et les épaules en signe de prière, ce qui la fit rire, et elle se sentit plus détendue pour chanter.

Harriet était contente de ne pas avoir essayé un genre de ballade à vocalises, et la chanson était plutôt agréable à chanter pour une voix ordinaire.

Elle se sentit de plus en plus à l'aise, et quand elle se mit à brailler le refrain, elle était bien dedans. Elle comprenait ce que Bruce voulait dire.

Elle tendit la main à Sam, qui posa son verre, l'attrapa, se leva, et prit l'autre micro, sans lâcher la main de Harriet tandis qu'ils chantaient les paroles ensemble. Était-elle en train de flirter ? Elle ne savait pas, mais elle se sentit heureuse, l'espace d'un instant, et c'était assez miraculeux pour qu'elle ne se pose pas de questions.

Cal la regarda curieusement quand elle se rassit, rouge et presque triomphante.

Ouais, je sais ce qui t'inquiète – que je m'installe avec lui pour t'emmerder.

Plusieurs femmes supplièrent Cal – « Allez, juste UNE » – et il consentit à se joindre à un chœur atone sur *Get Lucky* en faisant la grimace, un doigt dans l'oreille.

Résultat, Harriet fut la seule à entendre la sonnette. Qui que ce soit, il ou elle n'était pas là pour plaisanter, à sonner ainsi pendant plusieurs secondes d'affilée, si bien que si, on se concentrait dessus, c'était comme une alarme aiguë. Oh oh. Des voisins mécontents ?

— Ce n'est pas la porte ? dit Harriet.

N'obtenant pas de réponse, elle finit par se lever pour aller voir. Quand elle ouvrit la porte, elle se trouva nez à nez avec une très jolie femme pas très grande mais sacrément revêche, avec de longs cheveux noirs tirés en arrière.

— Kristina ? lâcha Harriet, désinhibée par les margaritas.

27

— Salut. Cal est là ? Attends, tu m'as appelée par mon prénom ? On se connaît ?

— La photographe. Du mariage. Je suis la locataire de Cal.

La situation était devenue si surréaliste que Harriet n'était pas aussi gênée qu'elle l'aurait cru. Autant jouer le vaudeville à fond.

Cal sortit du vacarme du salon et eut l'air tout aussi surpris que Harriet de découvrir son ex-fiancée sur le pas de sa porte.

Kristina portait – divinement bien, d'ailleurs – une veste ou robe, Harriet ne savait pas bien. Forme portefeuille, en coton, longue, simple, elle lui arrivait à mi-mollet et était nouée par une ceinture en cuir autour de la taille. Le genre de tenue que Harriet n'avait vue que sur des célébrités, sur le tapis rouge. Kristina avait les jambes nues et portait des bottines pointues en satin noir. On aurait dit qu'elle sortait tout droit de *Mission impossible* et qu'elle pourrait à tout instant tirer de son chignon une épingle qui s'avérerait être une pique empoisonnée.

— Tu as fait emménager notre photographe de mariage chez toi ? dit Kristina à Cal comme si Harriet n'était pas là. Classe.

— Je ne savais pas que c'était elle avant qu'elle emménage.

— Tu n'étais pas vraiment *au point sur les détails* de cet événement, j'imagine, dit Kristina d'un ton glacial, et Harriet ne put déterminer si elle l'idolâtrait, la craignait, ou voulait lui ressembler.

— Que puis-je faire pour toi, Kit ? dit Cal. Je suis en pleine fête d'anniversaire.

— On peut discuter ?

Cal la conduisit au jardin, l'air sinistre.

La rumeur avait dû se répandre que l'ex était là, car la musique s'arrêta comme dans un bar voulant mettre dehors les traînards. Même si ce n'était pas censé être la fin de la soirée, seulement une pause en attendant de voir ce qui allait se passer, tout le monde semblait découragé, la confusion étant générale quant à savoir si la fête allait continuer. Quand un des invités prit l'initiative de commander un Uber qui arriva en une minute à peine, trois autres s'y engouffrèrent, et ce fut l'exode.

— Elle est vraiment pas croyable, dit Sam à Harriet en parlant de Kit. Je vais décoller, je ne veux pas me reprendre un coup. Ne le laisse pas se remettre avec elle, s'il te plaît.

— Est-ce une possibilité ? demanda-t-elle, surprise. *Elle* veut se remettre avec *lui* ?

— Oh ! j'en sais rien. Je n'essaie même plus de les comprendre, ces deux-là, dit Sam.

Il lui tendit la main et Harriet la serra.

Une fois la maison vide, Harriet ne put s'empêcher de monter dans sa chambre, à la fois pour débarrasser le plancher et pour écouter la conférence qui se tenait dans le jardin. Cal aurait-il l'air désespérément contrit ?

Elle s'assit silencieusement sur le lit et écouta.

— Ce n'était pas une erreur administrative, et ce n'est pas anodin que tu appelles ça comme ça, disait Cal. Te pointer à mon anniversaire, à cette heure-là ? C'est inadmissible. Ne t'avise pas de recommencer.

Non, pas contrit. Waouh.

— Je ne voulais pas te contrarier en me pointant sans prévenir, mais tu ne réponds pas à mes appels.

— Il y a une raison à ça ; c'est parce que je ne veux pas te parler.

Ouah !

— Si je peux oublier ce qu'il s'est passé, alors toi aussi, dit Kit.

— Ce n'est pas comme ça que ça marche, les êtres humains.

— Ce n'est pas fini entre nous, et tu le sais. Je t'ai apporté un cadeau, dit Kit.

— J'aimerais mieux que tu…

— Le voilà.

Il y eut des bruits étouffés, et Harriet se demanda si Kit lui avait sauté dessus.

— Bordel de merde, remets ça tout de suite !

Elle fit aussitôt le lien entre les jambes nues, la tenue une-pièce et la réaction de Cal, et dut plaquer une main sur sa bouche pour ne pas pouffer.

— Pourquoi ?

— Parce que ça ne se fait pas de se mettre toute nue en public. Il y a des invités plein la maison !

Il y avait, pensa Harriet.

— Si ça te dérange qu'ils me voient, ça veut peut-être dire quelque chose.

— Ça veut dire que je suis tout à fait normal, merci bien. Sérieux, Kit ! Rhabille-toi !

Harriet mit un oreiller sur son visage pour étouffer ses rires et, quand elle le retira, l'action semblait s'être déplacée subitement dans le hall d'entrée ; et elle ne percevait plus que le ton échauffé, pas les mots.

Au bout d'un moment la porte d'entrée se ferma, et elle entendit une voiture démarrer et s'éloigner.

Harriet ne détecta aucun bruit de pas sur le carrelage de l'entrée. Elle imagina la scène : Cal, l'air abattu, se retrouvant seul le jour de son anniversaire, se rendant compte que tout le monde était parti. Cela joua sur sa corde sensible, même si c'était lui qui était à blâmer pour la femme strip-teaseuse.

Elle ouvrit prudemment la porte de sa chambre et avança

sur le palier sur la pointe des pieds. Cal était, comme elle l'avait pressenti, debout dans l'entrée, les mains dans les poches.

— Hum. Coucou. Tu veux de l'aide pour ranger ? dit-elle.

Il leva la tête vers elle, et son expression tendue s'adoucit.

— C'est très aimable de ta part. Rangement, puis un dernier verre ? C'est un peu nul de s'arrêter là-dessus, non ?

— D'accord.

Elle sourit, et la gratitude sincère qui étira les traits de Cal donna à Harriet un éclat philanthropique.

Il ne leur fallut pas longtemps pour ranger et, quand ils eurent fini, ils se dirigèrent tous les deux dans le salon, avec son canapé bordeaux et la douce lueur de l'écran du karaoké qui clignotait.

— L'opération *Gâcher mon anniversaire* a été un franc succès, dit Cal alors qu'ils s'installaient, des bières à la main.

Harriet ne sut pas quoi répondre à ça, au regard de son passé criminel.

— Dieu tout-puissant, elle était toute nue, poursuivit-il, et Harriet fit mine de ne pas savoir de quoi il parlait. Sous son manteau. Elle a fait ce truc d'exhibitionniste, de plan cul. Je ne savais pas que ça se faisait dans la vraie vie.

— Petit veinard, dit Harriet avec un sourire tendu. Elle veut te récupérer ?

(*La vache*, pensa-t-elle. Il en faut pour tous les goûts.)

— Non. Elle ne veut pas. Kristina a juste envie de savoir qu'elle *peut* me récupérer, si elle veut. Avec elle, c'est une lutte pour dominer, en permanence. (Il posa une main sur son front.) J'ai besoin qu'elle me laisse tranquille maintenant. J'ai eu ma dose de problèmes.

— Alors elle t'a pardonné ?

Cal fronça les sourcils.

— Pour quoi ?

Harriet savait qu'ils avaient un peu bu, mais quand même, elle le trouvait très obtus, pour le coup.

— De l'avoir abandonnée à l'autel ?

— Sam ne t'a pas tout raconté ?

Harriet secoua la tête.

— J'y crois pas. Sam adore raconter cette histoire à sensation. Et encore plus quand l'auditrice est jolie.

Harriet demeura impassible, réprimant un frisson involontaire face au compliment.

— Je crois qu'il a essayé mais que je n'ai pas été très réceptive, dit Harriet. Je ne voulais pas être… comment dire. Lubrique.

— Ha. Eh bien, si tu me demandes si Kit m'a pardonné, je crois qu'il est temps de te raconter l'histoire du mariage qui n'eut pas lieu. Tu es prête ?

— Vas-y, dit Harriet.

À ce stade, elle mourait d'envie de comprendre. Cal ne semblait pas du tout décontenancé ; allait-il vraiment se disculper, ou au contraire confirmer ses pires soupçons ?

28

— Par où commencer... bien, donc. Au moment du mariage, ça faisait presque trois ans que j'étais avec Kit.

— Est-ce que je peux poser une question stupide, sans importance ? dit Harriet. Quand j'ai rencontré Kristina, elle m'a dit qu'elle était toujours Kristina, « jamais Kris ou Krissy ». Pourquoi Sam et toi, vous l'appelez « Kit » ?

— Haha, elle a dit ça ? Eh bien, voilà. C'est Kit en mode « psychopathe des affaires », comme elle l'appelle. Te demander de l'appeler par son prénom complet était un coup de force, rien de plus. Pour établir que c'était elle qui était aux commandes. Tout le monde l'appelle Kit.

— Ah. Continue.

— Bien, donc. Il y a dix-huit mois, on est partis en vacances à Portofino. (Une pause.) Tu es déjà allée sur la Riviera italienne ?

Il y eut un moment de silence, puis Harriet, claquée, bourrée, hurla presque avant de s'écrouler de rire.

— Quoi ? demanda Cal, en riant parce qu'elle riait.

Quand elle retrouva la parole, Harriet dit en haletant :

— « Tu es déjà allée sur la Riviera italienne ? » ahahahahah !

— QUOI ? ! Je ne savais pas si c'était le cas !

— Il n'y a vraiment que toi pour faire une pause pour poser

cette question. Avant d'aller plus loin, *as-tu goûté aux spritz divins du café Florian à Venise...*

— Ton manque de respect est stupéfiant, dit Cal, mais elle vit qu'il s'amusait aussi. Écoute, j'ai posé la question parce que je ne voulais pas faire du mansplaining sur la Ligurie mais, manifestement, tu te serais moquée de moi dans les deux cas.

Harriet gloussa.

— Ce que je veux dire, c'est qu'aller à Portofino, c'est comme plonger dans un roman de F. Scott Fitzgerald. Le soir, quand la ville s'illumine de nuances de bleu, que tu es sur une terrasse creusée dans la roche de la montagne, couverte de bougainvilliers roses... Je pose le décor pour t'expliquer que, même si je savais que ça n'allait plus entre Kit et moi et que je n'éprouvais plus ce que je devais éprouver – quand elle m'a demandé de l'épouser, ça semblait être la meilleure idée du monde ce soir-là. Regarder les yachts rentrer au port, boire du vin frais, c'est comme de la cocaïne pour les sentiments amoureux. Il devrait y avoir des lois interdisant d'accepter des demandes en mariage sur cette terrasse. Il devrait y avoir un droit de rétractation.

Cela fit penser à Harriet au test du troisième-jour-à-Glastonbury de Lorna. Qu'est-ce qui compte : la compagnie de l'autre, ou tout ce qu'il y a autour ?

— Le plus ridicule, c'est que j'ai accepté de l'épouser *parce que* je savais que ça n'allait plus. Le célèbre pansement. Oui, cette relation qui prend l'eau a juste besoin d'un acte fort d'engagement !

Il la regarda, et Harriet hocha la tête avec empathie. En revanche, s'il pensait que « *alors j'ai joué le jeu à contrecœur à cause de sa demande en mariage pendant de jolies vacances* » était une excuse suffisante...

— Kit a pris toute l'organisation du mariage en main. C'est une de ces personnes implacables et ultra-efficaces dans les affaires... Par flemme, et à cause de mon ambivalence, je l'ai laissée prendre les rênes. Raison pour laquelle je ne t'avais jamais rencontrée, j'imagine.

— Certainement.

— Mais, après nos fiançailles, il y a eu autre chose. Elle bosse avec un type, Sebastian, Seb, dont elle se met à parler tout le temps. Elle ne se rend pas compte qu'elle en parle, comme la plupart des gens qui ont un faible pour quelqu'un. Ni qu'elle a cette expression ravie quand elle me raconte des trucs banals. *Ah oui, Seb a dit que ce restaurant avait du succès*, etc. Je ne suis pas du genre superstitieux, mais je le remarque.

Harriet se redressa.

— Kit part pendant une semaine pour une formation à Gloucester. Elle porte une Fitbit, une montre connectée. La Fitbit est reliée à l'iPad que nous utilisons tous les deux, et qui est resté à la maison.

— Oh… la… vache, murmura Harriet.

— Oui, dit Cal en prenant une gorgée de bière. Ma fiancée rentre de Gloucester. Le plus gros abruti de tous les temps – moi – dit, sans aucun sous-entendu : « Alors l'hôtel avait une salle de sport ouverte vingt-quatre heures sur vingt-quatre ? Pratique ! »

Harriet souffla :

— *Meeeeeeeeeee… !*

— Kit répond : « Non, pourquoi tu dis ça ? » Je dis : « Tu faisais des activités sacrément cardio après 22 heures tous les soirs. »

— Oh mon Dieu !

— Ce serait sacrément drôle si, à l'époque, ça n'avait pas été aussi horrible. Elle reste plantée là, l'air complètement mortifiée, alors que je comprends la nature de cette activité vigoureuse, digne d'une médaille d'or. Je dis, laisse-moi deviner, la personne à côté de toi sur le vélo elliptique nocturne s'appelait Sebastian ? Là, elle fond en larmes. Crie et pleure.

Harriet n'était plus capable que de produire des murmures de stupeur. Ce récit rivalisait largement avec l'acceptation puis la dés-acceptation de la demande en mariage de Jon.

— Une autre bière, avant que je continue ? demanda Cal.

Harriet hocha la tête. S'il y avait bien une histoire qui méritait deux bières…

Cal revint avec les bières et se laissa retomber sur le canapé à côté d'elle.

— Où j'en étais ? Ah oui. *C'était une erreur, elle avait le trac de l'engagement, une dernière aventure avant des décennies de monogamie maritale. Elle ne le referait plus jamais ! Pitié, pitié, je ne dois pas la quitter, pas maintenant. Le mariage serait le plus beau jour de notre vie.*

— Pff.

— Au passage, Seb est « obsédé » par elle et l'a suppliée d'annuler le mariage mais elle ne veut pas, parce que je suis L'Élu.

Cal but sa bière et soupira, arrachant l'étiquette.

— Voilà. C'était le moment où toute personne un tant soit peu raisonnable aurait dit non, arrêtons-nous là, n'est-ce pas ? Les signes étaient clairs. Gros comme une maison. Elle s'est effondrée au sol et a pleuré à mes pieds. J'ai eu l'impression que ce serait trop cruel de ma part de la tenir pour responsable de m'avoir trompé.

Harriet serra la mâchoire. Elle avait constaté par elle-même que Kit avait un charisme étrange et magnétique. Comme la force du rayon tracteur d'un vaisseau spatial ennemi.

— Tu connais déjà la partie suivante du Kitgate : on est restés ensemble. Le mariage était déjà payé et planifié. Tu sais pourquoi je n'ai pas annulé ? À part le fait que ça aurait été un calvaire socialement parlant, et beaucoup de fric gâché ? (Il soupira.) Je voulais gagner. J'en ai super honte. C'est plus pour ça que pour le reste que je m'en veux.

— Gagner… ?

— Seb voulait qu'elle me quitte. Si on s'était séparés, il aurait eu le dernier mot. Il aurait su qu'on s'était séparés à cause de lui. Je n'ai pas d'autre excuse à part dire que j'étais en état de choc. Mais quand même. Il y a un peu de masculinité toxique qui est intervenue. Je n'allais pas faire annuler mon mariage par un type qui porte des lunettes de soleil Oakley.

— Et le jour même, tu as été incapable d'aller au bout ?

— Oh non. J'en aurais été capable. Et cette idée me glace le sang.

Harriet fronça les sourcils. Elle ne comprenait pas.

— Je suis debout, là, dans l'église, à me demander comment gérer psychologiquement cette imposture tout à fait creuse et grotesque dans laquelle m'ont fourré ma stupidité, ma faiblesse et mon amour-propre. Tu vois, quand tu veux descendre du manège, mais qu'ils viennent de descendre la barre de sécurité ? Qu'il a démarré, et que c'est dangereux de te laisser descendre ? Tout pareil. J'ai fini par reprendre mes esprits au point de non-retour. Je me sentais mal, ce matin-là, en m'habillant. Et là, qui entre de sa démarche arrogante pour aller s'installer à sa place sur le banc d'église ? Nul autre que M. Salle de Sport Nocturne en personne, Sebastian.

— Pardon ?!

— Ouaip. Elle l'avait invité. Son plan cul. Et oui, les invitations pour ses collègues sont parties *après* l'hôtel Fitbit. Ce n'est pas comme si j'avais vérifié avec elle qu'il n'était pas invité, parce que qui FAIT ça ?

Harriet laissa échapper un cri de surprise.

— Tout à fait, dit Cal. J'ai vu Sebastian, et là, j'ai su qui était Kristina. Je veux dire, je connaissais Kristina mais, faire ça, c'était tellement sociopathe que c'était irréel. Je ne voulais plus l'approcher, et encore moins l'épouser.

Harriet ne trouvait pas les mots, littéralement.

— L'univers m'avait offert un moment convenable et parfaitement intelligent pour partir. Et quel moment je choisis, à la place ? Celui où ça fait un énorme scandale public, alors que mon oncle et ma tante s'étaient payé un hôtel. Le moment qui me fait passer pour un connard insensible aux yeux de tous. Sam – qui ne l'a jamais aimée – m'a dit : « Écoute, mec, tu n'es pas obligé de faire ça, tu sais. » En plaisantant à moitié. Il ne savait pas que Sebastian était arrivé. Mais voilà.

Un moment de silence régna dans le salon pendant que Harriet digérait tout ça. Que Cal Clarke puisse avoir une raison de faire ce qu'il avait fait, une bonne raison d'avoir agi ainsi, était un gros changement pour elle. Elle avait été persuadée que c'était impossible. Elle avait trouvé Jacqueline affreuse de sélectionner les faits, de les sortir de leur contexte en la dépeignant comme une femme cruelle en deux dimensions, et il s'avérait qu'elle avait fait exactement la même chose.

— C'est… Je ne sais pas quoi dire, Cal. Incroyable.

— Une bonne anecdote à raconter aux petits-enfants, comme on dit.

Harriet essayait encore de comprendre les machinations de Kit.

— Quelle était son excuse d'avoir invité Sebastian ?

— Oh ! elle avait préparé les invitations avant de me tromper, elle a oublié de la mettre de côté quand elle les a postées. Je doute franchement que tu puisses oublier, quand tu mets joyeusement le carton dans l'enveloppe – sans mauvais jeu de mots – qu'il s'agit de L'Autre Mec. Ridicule.

— Mais pourquoi l'inviter, à la base ? !

— Je n'ai pas arrêté de me poser la question. Je crois que ça se résume à ça : Kit est une narcissique. Elle voulait appâter Seb, pour voir s'il se pointerait pour son grand jour, s'il la regarderait épouser son rival. Elle adore être sous les projecteurs, comme une diva.

— Elle devait savoir que tu serais furieux ?

— Oui, mais Kit s'est dit, quand Cal le verra, on sera M. et Mme Clarke, ou presque. Elle ne pensait pas que j'aurais le culot de partir.

— Elle t'avait tendu un piège. Comme Jon avec sa demande en mariage, dit Harriet.

— Exactement ! Peut-être qu'elle pensait que j'étais tellement sous son emprise que je me contenterais de bouder quelques jours pendant la lune de miel ? À vrai dire, je n'essaie même plus de comprendre sa façon de penser. Rappelle-toi que, sans le petit raté technologique, je n'aurais jamais été au courant de son infidélité. Elle est… cruelle.

Harriet hocha la tête en grimaçant.

— Extrêmement.

— C'est mon type, je crois.

— Vraiment ?

— Ouais. J'ai le truc pour me trouver des Thatcher canon.

Elle s'étrangla sur sa bière.

— Des quoi ?

— Sam dit que chacune de mes petites amies a, je cite, « la personnalité de Margaret Thatcher dans un corps de mignonne ».

Harriet éclata de rire.

— Ce n'est pas ma faute, s'excusa-t-elle. Il faut que tu arrêtes d'être si drôle quand tu me racontes des trucs horribles.

— Tout est une question d'équilibre, non ? De la même manière, je ne suis pas attiré par les filles qui achètent des figurines de lièvres regardant la lune ou qui essaient de tisser des choses avec des poils de chat, ajouta Cal avec un rictus signifiant « j'ai retrouvé le sourire, fini d'être sérieux ».

— Gros malin, dit-elle.

— Vrai. Pff, je suis trop bourré, dit Cal en se frottant les yeux. Ça te dérange si je m'allonge par terre ?

— Pardon ?

— Tu te rappelles, à l'école, les affiches plastifiées sur la sécurité avec la procédure d'alarme incendie ? Si la pièce se remplissait de fumée, on était censés se tenir en dessous. C'est ce que j'ai envie de faire quand je suis bourré.

Il se laissa glisser du canapé et s'allongea au sol, les mains sur le ventre.

— Mieux.

— Vraiment ?

— Essaie. Tu n'en reviendras pas.

Harriet posa sa bière et s'allongea à côté de lui, la tête à côté de la sienne. Ils contemplèrent la suspension en forme d'étoile, dont l'ampoule était la seule lumière dans ce crépuscule.

— Je me sens encore bourrée, dit Harriet au bout d'une minute.

— C'est à cause de l'alcool.

— Pourquoi Kit n'a rien emporté avec elle ? Pourquoi a-t-elle quitté la maison, d'ailleurs ?

— Parce que c'est moi qui ai tout payé.

— Oh.

— Un bel héritage de ma grand-mère, juste après ma rencontre avec Kit. C'était trop tôt pour un emprunt conjoint, mais elle n'arrêtait pas de dire : « Investis dans l'immobilier ! » J'avais la carte de crédit, et elle l'ambition.

— C'est toi qui as payé le mariage ?

— Ouaip. Vingt-cinq mille livres pour rester célibataire.

— Aïe.

— Ça valait chaque centime quand son père est venu me voir après. Imagine, devoir des sous à ta non-belle-famille.

— *Aïe.*

— Tu leur as dit pourquoi tu étais parti ?

— Non. À part un truc énigmatique du genre « demandez à votre fille » qui est tombé à plat. Je l'ai dit à mes parents, qui ont dit que c'était mieux comme ça. Ils ne la supportaient pas, de toute façon.

Cal s'assit, adossé au canapé, et ramassa la télécommande du karaoké.

— Tu te rappelles quand on était remplis de joie et d'espoir sur l'amour et les relations, quand on pensait qu'on ne ferait pas les mêmes erreurs que la génération de nos parents ?

Harriet se rappela que Sam avait traité Cal de romantique

désespéré qui ne désespérait pas. Elle ne le voyait pas encore tout à fait comme ça, mais elle comprenait mieux qu'avant.

— Tes parents ont fait des erreurs ?

Cal regarda sa montre.

— Une autre fois. Pour ce soir, joker. Les tiens ?

— Joker.

Ils restèrent assis côte à côte, adossés au canapé, le temps s'étirant et se brouillant alors que Cal faisait défiler les titres de karaoké avec indifférence. Ils savaient qu'ils feraient mieux d'aller se coucher, mais ils étaient trop fatigués pour bouger.

Alors qu'ils écoutaient une version percussions de *Dancing in the Dark*, Cal s'endormit sur l'épaule de Harriet, et son téléphone tomba de sa main sur le tapis.

Comme Harriet le ramassait pour lui, l'écran verrouillé afficha des amorces de messages WhatsApp de plusieurs femmes : Ashley, Bonnie, Mia, Frances. Elles semblaient surtout s'excuser de s'être « enfuies », et Harriet aurait parié qu'elles cherchaient en réalité à savoir si Kit était de retour dans sa vie. Elle rit tout haut. Cela fit sursauter Cal, qui ouvrit les yeux.

— Vilain dragueur, fit-elle en lui rendant le téléphone. Il est tombé de ta main. Je ne te l'ai pas volé.

Cal considéra l'appareil, le regard trouble.

— Je sais que tu ne vas pas me croire, mais je ne les encourage en rien. Je n'ai aucune envie de tout ça, dit-il.

— Tu as raison, je ne te crois pas, répondit Harriet, et Cal lui adressa un petit sourire séducteur et las de mec bourré, l'air de dire *qu'est-ce que je peux y faire ?*

Ce qui était agaçant, c'est qu'en réalité elle le croyait.

29

Cela faisait presque deux semaines que Harriet avait remis la lettre à Marianne chez Estilo, et, bien sûr, zéro retour de flamme. Quelle *drama queen* elle avait faite, se dit-elle en s'autorisant à souffler. Sa certitude qu'il ne se passerait rien s'était accrue un peu plus chaque jour.

Vous savez quoi ? La fiancée de Scott, Marianne, avait certainement lu les premiers paragraphes, s'était dit *oh, une ex aigrie,* avait survolé le reste de la lettre et l'avait fourrée sans ménagement dans une corbeille pleine de reçus CB et de touffes de cheveux.

Tout était possible dans cette colonie extraterrestre qu'était la vie privée des autres. Harriet avait peut-être été le solde de tout compte de Scott, qui n'avait plus jamais osé traiter une femme de la sorte. Peut-être qu'il s'était incroyablement radouci – et Marianne serait alors incapable de le reconnaître dans ce portrait d'homme agressif. (Harriet savait que ce n'était pas vrai, après l'avoir à peine recroisé, mais elle n'excluait aucune possibilité.)

Peut-être que – *ne le disons pas trop fort* – Marianne était une autre Scott, qui rendait coup pour coup. Peut-être qu'une bouteille de lotion s'était renversée sur la lettre et que Marianne ne saurait jamais ce que la photographe pâlotte avec sa tresse avait de si important à lui dire.

Peut-être pensait-elle simplement que Harriet était une affabulatrice malintentionnée.

Peut-être peut-être peut-être.

Quoi qu'il en soit, quand l'univers l'avait mise à l'épreuve, Harriet avait fait son devoir envers une autre femme.

Elle ne s'était pas rendu compte à quel point les conséquences potentielles de ce qu'elle avait fait lui pesaient, jusqu'à ce que la date limite qu'elle s'était fixée approche et que ses épaules redescendent d'un cran. Elle ne revenait jamais sur ses années avec Scott Dyer. Même quand son esprit errait dans cette direction, elle l'en empêchait.

Écrire la lettre avait été comme boire de la ciguë, ou plonger la main dans un feu de camp crépitant.

C'est pourquoi Harriet était d'humeur étonnamment joyeuse quand on sonna à la porte ce dimanche matin, une semaine après la soirée avortée de Cal. Elle dévala l'escalier pour aller répondre. L'homme de la maison était sous la douche – ou du moins il y était quinze minutes plus tôt, à en croire le sifflement des tuyaux pendant qu'elle se préparait un café.

Son colocataire était devenu son ami. Elle n'avait plus besoin de compenser chacun de ses échanges plaisants avec Cal par un *mais rappelle-toi que c'est un sale type.* Ce nouveau paramétrage l'avait sidérée. Durant les sept jours qui s'étaient écoulés depuis qu'elle avait appris la vérité, chaque jour avait eu son lot d'interactions courtes mais sympathiques, même quand ils faisaient des corvées ennuyeuses.

Le truc avec Cal Clarke, c'est qu'il était marrant. Elle ne s'était pas rendu compte à quel point cela lui avait manqué de s'amuser. Chaque fois qu'ils discutaient, il la faisait rire. Il réussissait à être toujours enjoué sans pour autant être irréfléchi. Quand elle mettait sa clé dans la serrure, elle se surprenait à espérer qu'il soit à la maison.

De l'autre côté de la porte se trouvait un livreur d'âge moyen avec une casquette, un visage sympathique et, au creux du bras, un bouquet spectaculaire de lis roses et blancs.

Le convoité Cal semblait être le plus susceptible d'entre eux deux à recevoir des fleurs, mais l'homme dit :

— Madame H. Hatley ?

— Oh ! Oui.

Harriet ne s'attendait jamais à des cadeaux de remerciements après les mariages qu'elle photographiait, mais c'était toujours gratifiant de savoir qu'on avait apprécié son travail. Elle avait la responsabilité de créer un album qu'ils garderaient pour toujours, à moins d'une âpre séparation. Elle n'avait eu vent que d'un mariage sur lequel elle avait travaillé où l'ex-femme avait mis le feu à l'album à sa fête de divorce. (« Tout est sur clé USB, mais c'est sympa de faire quelque chose de symbolique, non ? » avait-elle dit à Harriet quand elles s'étaient croisées au BrewDog.)

— Vous n'avez pas de chat, dites ? demanda le coursier pendant qu'elle signait le reçu électronique avec le stylet en plastique. Elles peuvent être mortelles pour les chats.

— Pas de chat, dit Harriet, tout sourire.

Cal apparut dans l'escalier, les cheveux mouillés, alors que Harriet emportait l'énorme bouquet de fleurs dans la cuisine en arborant une expression un tantinet suffisante.

— Waouh ! Un admirateur ? demanda-t-il.

— Un remerciement pour un mariage, dit-elle. J'imagine.

Maintenant qu'elle y songeait, elle n'était pas peu fière de la pellicule de Danny et Ferg. Et ils ignoraient qu'elle avait travaillé sous pression.

En pensant à cela, une alternative, plus extraordinaire, lui apparut.

Marianne. Harriet n'avait pas imaginé une seule seconde que Marianne puisse lui être reconnaissante. Si cette émotion devait venir, ce serait dans longtemps. Et encore. Harriet doutait que quiconque puisse porter un jour dans son cœur la femme qui vous mettait en garde contre votre fiancé. Dur de le croire, mais pourtant la preuve était là.

Cette perspective était si étrange et exaltante que Harriet sut qu'elle serait un peu déçue si ce n'était pas Marianne qui lui avait envoyé ces fleurs.

Elle sortit la carte de l'enveloppe et l'ouvrit.

Quatre mots, en majuscules, de l'écriture étrangère et féminine d'une assistante fleuriste anonyme.

QUE LE MEILLEUR GAGNE.

Harriet fixa le mot.

— Que… ? Est-ce une erreur de livraison ?

L'intervalle de temps où elle comprit que ce n'était pas un geste affectueux mais hostile lui retourna tant l'estomac qu'elle sut que l'expéditeur en avait eu pour son argent. Le mot en lui-même aurait suffi à l'écœurer, mais le vrai coup de grâce résidait dans le fait qu'elle avait ouvert la carte avec autant d'empressement.

— Alors, c'est de la part de qui ? demanda Cal.

— Le couple de la semaine dernière, dit Harriet en camouflant ses tremblements, fourrant la carte dans la poche de son jean.

— Les gothiques ?

— Quoi ?

— À Whitby ?

— Ah, oui.

— Tu as dû déchirer.

— Mmm-hmmm.

Son cœur battait comme un enfant cognant des cymbales. UNE SECONDE : Scott avait son adresse ? COMMENT ? *Réfléchis, réfléchis…* Est-ce que c'était lui ? C'était forcément lui.

On sonna de nouveau à la porte.

— Ce doit être mes fleurs à moi, dit Cal, et Harriet s'efforça de sourire.

Quelques instants plus tard, M. et Mme Clarke Senior firent

irruption dans la cuisine, et Harriet se rappela que Cal l'avait prévenue que ses parents passaient le chercher pour aller déjeuner, célébration tardive de son anniversaire.

— Bonjour, vous devez être Harriet ! dit un homme d'une soixantaine d'années aux cheveux gris qui ressemblait à une version amplifiée de Cal, avec un nez plus épais et une carrure plus large.

À bien y regarder, Cal avait la même mâchoire que son père, mais il avait davantage hérité des traits de sa mère, mince et blonde. (Elle se rappela un grief de Lorna à propos de commentaires mièvres sur Facebook : « L'enfant ressemble à ses deux parents, c'est fou, non ? »)

— Je suis Andrew, et voici Sandie, nous sommes ravis de faire votre connaissance.

— Moi de même.

— J'ai beaucoup entendu parler de vous !

Il semblait excessivement enchanté de la rencontrer, comme si découvrir une femme dans la cuisine de son fils était le trésor de la Sierra Madre. C'était un de ces hommes à s'asperger d'after-shave musqué haut de gamme, dont l'odeur emplissait à présent la pièce, éclipsant les lis. Une bonne chose.

— Tu me fais passer pour un pervers, papa, dit Cal en grimaçant. Harriet, il n'a pas beaucoup entendu parler de toi, il a entendu quelques petites choses sur toi. En quantité adéquate.

Harriet sourit.

Comment Scott Dyer avait-il eu son adresse ?!

— Cal dit que vous êtes photographe. Et très talentueuse.

Harriet ne savait pas si c'était une hyperbole, mais elle accepta le compliment avec gratitude.

— Merci, c'est très gentil. Seulement photographe de mariage. Je ne gagne pas de prix. Enfin, peut-être dans l'industrie du mariage, de temps en temps.

Son cerveau volait en pilote automatique, contrôlant sa bouche.

« Que le meilleur gagne. » *Qu'est-ce que ça voulait dire ?*

— Fabuleux. Si notre fille se ressaisit un jour, vous pourrez peut-être photographier le sien. Il va falloir attendre un peu plus longtemps avec celui-ci, dit-il en montrant son fils d'un signe de tête. Même quand le groupe fait ses balances et qu'on réchauffe les vol-au-vent, il n'arrive toujours pas à se décider.

Cal consulta sa montre et dit :

— Nouveau record.

Le père de Cal continua de l'éblouir de son sourire, et Harriet se demanda s'il la prenait pour une petite amie potentielle, tant il l'inondait d'attention et de propos positifs. Elle se sentit un peu gênée.

Et s'il se pointait ici ?

— On emmène déjeuner le jeune prodige, vous voulez vous joindre à nous ?

— Papa, soupira Cal. Laisse Harriet profiter de son week-end tranquille…

— On va juste casser la croûte dans un pub, c'est nous qui invitons. Sandie et moi serions heureux que vous vous joigniez à nous, n'est-ce pas, Sandie ?

La mère de Cal, qui semblait plus taiseuse que son époux, répondit :

— Oui ! Venez, Harriet.

— Allez, qu'est-ce que vous avez d'autre de prévu pour le déjeuner ? demanda le père de Cal en regardant le réfrigérateur, comme si Harriet allait l'ouvrir pour révéler une dinde de dessin animé, avec des collerettes en papier aux pattes.

— Euh, rien, mais… Je ne veux pas m'imposer dans un repas de famille ! Mais merci, dit-elle.

Elle sentit qu'on ne lui laissait pas le choix, et même si elle était persuadée que cela partait d'une bonne intention, c'était légèrement étouffant. Cela dit, l'idée de rester seule à la maison avec les fleurs ne lui plaisait pas trop non plus.

— Vous ne vous imposez pas du tout !

— Papa, siffla Cal, avant de glisser un « Désolé » à Harriet.

— Vraiment, vous devriez pouvoir parler affaires de famille tous les trois, dit-elle, et Andrew protesta encore.

— Non, non – pas du tout. J'en ai marre des affaires de famille, haha. C'est décidé alors, on vous invite, asséna-t-il. Je conduis si tu m'indiques la route, Calvin.

Harriet ouvrit et referma la bouche, comprenant qu'on lui avait complètement forcé la main. Elle sentit Cal s'affaisser, consterné par la nouvelle tournure que prenait ce repas. Elle comprenait : sa présence en changeait la nature. Elle se sentit à la fois coupable et impuissante. Si elle s'était doutée qu'ils voudraient l'inviter, elle aurait préparé une excuse en béton. Elle n'avait pas imaginé que louer une chambre à leur fils lui conférerait un statut autre que celui d'une personne de passage de peu d'intérêt. Manifestement, le gène social de Cal ne venait pas de nulle part.

— Tu as eu des nouvelles de Kristina ? demanda la mère de Cal une fois dans l'énorme tout-terrain des Clarke.

Cal, installé sur le siège passager avant, coula un regard à Harriet en ouvrant grand les yeux, ce qu'elle comprit comme *ne parle pas de sa venue.*

— Non, Dieu merci. Des amis qu'on a en commun m'ont dit qu'elle passe son temps à poster des stories d'elle sur Instagram en train de soulever des poids en legging Sweaty Betty ou de trinquer avec son espresso martini sur *Stronger* de Kanye.

— Si seulement je pouvais comprendre ce charabia, dit sa mère en riant, et Cal répondit :

— Réjouis-toi du contraire, maman.

Sur la route, comme la discussion familiale des Clarke occupait les passagers, Harriet en profita pour envoyer un message à Lorna.

J'ai reçu un bouquet avec un mot disant QUE LE MEILLEUR GAGNE. C'est totalement le genre d'« humour » de Scott. Il a dû voir la lettre. 😮 Ce qui me fait paniquer, c'est comment il a eu mon adresse ?

Lorna :
Arf, je ne voulais rien dire, mais j'avais pigé qu'il savait pour la lettre parce qu'il m'a bloquée.

Harriet sentit son ventre se serrer.

Harriet :
Il t'a bloquée, TOI ? Pourquoi il ferait ça ?

Lorna :
Il a dû deviner comment tu avais eu l'info pour contacter Marianne. Ou bien il ferme toutes les écoutilles. Je sais seulement que quand j'ai revérifié, il avait disparu, alors je l'ai cherché avec le compte du Dive. Et il était encore là. Ne te fais pas trop de mouron, Hats… il se contente d'agiter son revolver parce qu'il ne peut pas faire grand-chose d'autre. Comme tu dis, il ne peut pas écrire à ton fiancé. Attends et ne panique pas. C'est ce qu'il veut. Xx

Harriet remercia Lorna, tout en sachant que le fait que son amie ait changé de discours était très mauvais signe. Lorna n'allait pas frapper Harriet alors qu'elle était au sol : la lettre avait été envoyée, les coups tirés. Il n'y avait rien d'autre à faire que rassurer Harriet, et croiser les doigts. En gros, Lorna était passée de la distribution de gilets fluo, d'avertissements alarmistes et de casques de chantier à celle de bougies parfumées et de verres de vin.

Que le meilleur gagne.

Harriet avait pris en compte la trahison de Marianne dans ses projections, elle l'avait déclarée plus que probable. Marianne devait être sous le joug de Scott, comme Harriet l'avait été autrefois. Ça n'en était pas moins douloureux. Elle avait beau s'être répété que cette bonne action n'en méritait pas une autre, ou n'en provoquerait pas une autre, ce n'était pas facile à encaisser. Marianne avait lu ses mots et les avait rejetés. Au fond, Harriet avait été persuadée que sa vérité éclaterait.

Elle rationalisa la situation, ressassant ses arguments, comme si elle égrenait un komboloï : qu'est-ce qui lui tenait le plus à cœur ? Ses amies : elles connaissaient toute l'histoire avec Scott. Son travail : à moins qu'il ne mette la main sur la liste de ses prochains boulots, ce qui requerrait de pirater son ordinateur, difficile de voir comment il pourrait détruire sa carrière. Biens immobiliers : aucun, elle louait une chambre à Meanwood ne donnant pas sur la rue. Vie amoureuse ? Hahaha. Revenge porn : il n'avait pas de matière, donc c'était impossible, à moins qu'il n'ait le moyen de faire des deepfakes.

Peut-être que tenter de la déstabiliser était tout ce qui lui restait. *Peut-être*, encore une fois. Elle avait eu tort sur ses « peut-être » précédents.

Quand ils finirent par se garer en centre-ville, elle avait compris comment Scott avait dégoté son adresse. Elle avait envoyé à Danny et Fergus, par mail et en version papier, une facture sur laquelle figurait son adresse. Aucune chance qu'ils soupçonnent le meilleur témoin du monde de tramer quelque chose de louche ; il lui suffisait donc de leur téléphoner en disant : *Hé, Marianne a emprunté un rouge à lèvres / trouvé une écharpe qui appartenait à la photographe, sauriez-vous à quelle adresse on doit l'envoyer ?* Danny et Fergus avaient dit à Harriet qu'ils ne faisaient qu'une « petite lune » avant un grand voyage l'hiver prochain, ce qui voulait dire qu'ils étaient chez eux et pouvaient consulter leur paperasse. Elle pourrait les contacter pour vérifier que c'était ce qui s'était passé, si elle voulait en être certaine.

Mais, quitte à ce qu'on la traite de lâche, elle n'était pas sûre d'en avoir envie. Si ce n'était pas Danny et Fergus, elle ne voyait pas d'autre possibilité.

Devait-elle en parler à Cal ? Elle observa l'arrière de sa tête blonde. Il avait dit qu'elle aurait dû le prévenir pour Jon, sauf qu'elle ne savait pas que Jon méritait un avertissement. Elle savait avec certitude que Scott en méritait un, mais ce dernier était peu susceptible de se pointer à leur porte. Jon avait pris Cal pour son petit ami, mais Harriet ne voyait pas comment Scott pourrait faire la même erreur – et quand bien même, que pouvait-il y faire ?

Et qu'était-elle censée dire à Cal ? *Il est possible que j'aie provoqué d'autres tensions avec un autre ex qui pourrait également représenter une menace, de manière tout à fait imprévisible ?*

C'était à la fois inutile et injuste de demander à Cal de s'inquiéter à cause d'une information si vague ; c'était l'accabler sans raison. Elle ne devrait pas. Pourtant, la menace demeurait atrocement évidente.

Et ne s'arrêterait pas aux fleurs.

30

— Et vos parents, Harriet, sont-ils à Leeds ? demanda aimablement la mère de Cal alors qu'on débarrassait les plats.

Harriet aurait aimé être dans de meilleures dispositions pour profiter de ce bon gueuleton au Reliance – cocktail bicicletta, bruschetta, rosbif et vin rouge. Cal faisait bonne figure, mais Harriet croyait savoir pourquoi il avait la mine si déconfite : l'air de rien, ses parents faisaient comme si Harriet était sa petite amie. Le père de Cal l'avait bombardée de tant de questions qu'elle avait peur qu'il pense qu'elle était bel et bien sa nouvelle copine et que Cal faisait simplement son timide.

— Non, ils ne sont plus de ce monde, dit-elle avec un petit sourire.

Elle était tellement habituée à ce moment de la conversation qu'elle en connaissait le rythme par cœur. Cal tourna brusquement la tête et la regarda avec attention, comme si c'était un élément qu'il aurait dû savoir. Mais il était rare que les locataires soient amenés à partager leur histoire personnelle avec leur propriétaire, n'est-ce pas ?

— Oh ! je suis désolée, dit la mère de Cal.

— Merci, ce n'est rien.

— Vous êtes bien jeune pour ne plus avoir vos parents, dit

le père de Cal en posant une main sur la sienne, où il la laissa un peu trop longtemps au goût de Harriet.

Elle jeta un coup d'œil à Cal, qui avait l'air atterré : elle était une intruse indésirable et voilà qu'à présent elle faisait jouer leurs cordes sensibles avec sa tragédie ? Elle prenait de nouveau la responsabilité des sentiments des autres, mais Cal devait bien voir que ça n'avait pas été son intention, non ?

— Oui. Tout le monde n'a pas la chance de Cal, dit-elle en lui souriant pour essayer d'alléger l'atmosphère, mais le front de Cal ne se déridait pas.

— Ha. Je ne suis pas sûr qu'il le voie comme ça, plaisanta Andrew.

— Puis-je vous demander s'ils sont décédés récemment ? tenta Sandie, et Cal gronda un « Maman ! » entre ses dents.

— Ce n'est rien. Mon père est mort quand j'avais cinq ans et ma mère quand j'en avais six, dit Harriet. Cancer, dans les deux cas. Ce sont feu mes grands-parents – du côté de ma mère – qui m'ont élevée.

— Dieu du ciel ! Oh ! Harriet, souffla Sandie en lui caressant le bras.

Cal resta interdit.

— Vous avez un petit ami, quelqu'un qui veille sur vous ? demanda Andrew, en bon papa ours.

— Pas en ce moment. Ma meilleure amie Lorna, que je connais depuis la primaire, est une force de la nature et vaut bien trois petits amis et demi, je dirais.

(En réalité, « un bullmastiff avec du rouge à lèvres Mac », comme Lorna aimait à se décrire, mais il valait peut-être mieux ne pas le dire.)

Les parents de Cal éclatèrent de rire puis firent « oooh » à l'unisson, et Harriet fut soulagée d'avoir détendu l'atmosphère.

— Vous avez la compagnie de mon fils, dit le père pour réorienter le sujet, et Cal se frotta les tempes.

— Cal, je voulais te dire, j'aurais déjà dû avoir trouvé une autre location, fit Harriet, se sentant de nouveau coupable d'avoir dit qu'elle partirait mais de rester pour les Yorkshire puddings gratis. Désolée. Je recommence à chercher dès demain.

— T'inquiète, rien ne presse, dit-il d'une voix ferme.

— Quoi, vous partez, Harriet ? demanda Andrew en posant sa cuillère à dessert.

— Oui.

Oh. Elle avait lâché ça bêtement sans penser que l'un d'entre eux voudrait savoir pourquoi.

— Je me suis dit que j'allais… euh… laisser Cal un peu tranquille.

— La maison ne vous plaît pas ?

— Si, je l'adore.

— Et vous prendriez une location ? En ville ?

— Hum… oui.

Harriet, espèce d'idiote.

— Alors dans ce cas, restez avec Calvin ! C'est une bonne affaire et il n'est pas trop difficile à vivre, je suis bien placé pour le savoir. Haha. On a eu nos hauts et nos bas, n'est-ce pas ? Quand tu ramenais trop de filles à la maison.

Cal jeta un regard assassin à son père.

— Laisse-les se débrouiller, Andrew, intervint la mère de Cal.

— Oh ! bon, dit-il. Vous resterez en contact quand même, j'imagine ?

Ils marmonnèrent tous les deux « bien sûr, bien sûr ! » tandis que leurs visages disaient *hors de question.*

Harriet était tellement tracassée qu'elle envoya un message à Cal sur le trajet retour.

Désolée. Je n'ai pas réfléchi. Je vais partir, ne t'en fais pas, c'est juste que je manque d'organisation. Je ne voulais pas en faire tout un truc ! 😑

Cal :
Franchement, tout va bien ! Tu n'es pas obligée de t'en aller, sincèrement. x

Elle avait eu peur qu'il lui en veuille, mais son « x[1] » la rassura.

De retour à la maison, après avoir vivement remercié les Clarke pour leur gentillesse et exprimé à son tour le souhait de les revoir dans un avenir indéfini, Harriet se retira dans sa chambre. Détail pathétique, ses cartons étaient déjà en partie faits en vue de son départ.

Elle regretta bien vite d'être montée quand la malédiction de l'acoustique du jardin s'abattit sur elle. Et ils entrèrent tellement vite dans le vif du sujet qu'elle n'eut pas le temps d'allumer la radio comme elle en avait l'intention.

— Quelle jeune femme aimable, et séduisante. Elle a un visage très frais, tu ne trouves pas, dit le père de Cal.

— La prochaine fois, tu pourras me demander avant d'inviter les gens sur un coup de tête comme ça ? siffla Cal.

Ouille. Harriet comprenait sans mal l'emportement de Cal, les moments en famille étaient réservés à la famille, mais c'était difficile de l'entendre si nettement confirmé.

— Où est le problème ? Elle est charmante !

— Peut-être, mais c'est ma locataire, nous entretenons uniquement une relation professionnelle. Et tu m'as aussi mis dans l'embarras concernant son déménagement.

— Quel mufle, dit le père de Cal. Elle a perdu ses parents. Imagine être orpheline si jeune.

— C'est tellement triste ! confirma la mère de Cal.

— Encore une fois, ce n'est pas le sujet. Ne me forcez pas à dire que je veux qu'elle reste.

Une pointe de douleur transperça Harriet, qui passait décidément une sale journée, quand elle entendit ces mots. Elle demeura

1. Équivalent anglais de « bisou » dans la correspondance entre proches.

allongée là, blessée, se sentant stupide, puis, quand ces émotions se dissipèrent, remontée. Cal lui avait fait croire qu'il y avait une connexion entre eux, une étincelle, même. Pourquoi exploiter quelqu'un de la sorte ? Quel était l'intérêt ?

Elle avait commencé la journée en pensant que Scott Dyer n'était plus un sale type dont elle devait s'inquiéter et que Cal Clarke était un mec bien qu'elle pouvait considérer comme un ami.

Il était temps qu'elle prenne sa retraite de voyante.

31

En entendant la voiture énergivore des parents de Cal partir, Harriet jeta un coup d'œil par la fenêtre pour chercher leur fils des yeux. Cal était assis sur la balançoire au fond du jardin, perdu dans ses pensées.

Il était grand temps qu'il sache qu'il ne pouvait pas se permettre de dire des saloperies dans ses massifs de rêve. Harriet ruminait trop pour faire comme si elle n'avait pas entendu. Elle avait encore le SMS sur son téléphone, avec son obséquieux bisou, lui mentant sans vergogne. Il fallait qu'il sache qu'elle n'était pas dupe.

— Salut, lança Harriet en fondant sur lui.

— Salut. Je dois…

— Je t'ai déjà entendu me casser du sucre sur le dos pour des trucs qui ne sont pas de mon ressort et je n'ai rien dit. Cette fois, c'est trop, l'interrompit-elle. Je suis désolée de t'avoir imposé ma présence à ce déjeuner, mais ce n'était pas ma faute. Ton père ne m'a pas laissé le choix.

— Quoi ? demanda Cal, bouche bée. Je n'ai pas dit que je ne voulais pas que tu viennes.

— C'est exactement ce que tu as dit. « C'est ma locataire, nous entretenons une relation professionnelle », cita Harriet. Tu es un hypocrite. « Ne me forcez pas à dire que je veux qu'elle reste. » Personne ne t'a forcé. C'est moi qui ai proposé de partir.

— Non, attends, c'est…

— Je n'ai pas demandé à être ta pote, c'est toi qui m'a traînée dans tes activités sociales. Je ne sais pas d'où te vient cette *vanité* d'être aimé par les gens qui ne représentent rien pour toi. Être populaire, c'est ta drogue, c'est ça ?

Cal eut l'air à la fois choqué et anéanti par ce qu'elle disait. Certes, Harriet n'avait pas eu l'intention de l'attaquer ainsi en se basant sur des informations partielles. Mais qu'il aille se faire voir.

— Que ce soit clair, je ne suis là que pour payer mon loyer jusqu'à mon départ. Tu peux arrêter avec tes « viens prendre un Aperol spritz, poupée ». Ciao.

Ayant besoin d'un geste fort disant « un point c'est tout », elle tourna les talons et se dirigea vers la maison. Bon sang, d'où c'était sorti, ÇA ? Elle avait retrouvé le parler de Huddersfield. Cal se leva d'un bond et la suivit, l'attrapant par le bras pour l'arrêter.

— Harriet, Harriet ! Attends. Tu n'as pas le contexte. Cette conversation n'avait rien à voir avec toi.

— Je crois bien que si.

— C'était la manière la plus simple de dire « foutez-moi la paix ». J'avais honte de la façon dont mon père s'est comporté avec toi aujourd'hui.

Harriet fronça les sourcils et dégagea son bras de son emprise.

— Pourquoi ? Tes parents faisaient preuve de gentillesse.

— Ma mère, oui. Mon père ne faisait pas qu'être gentil…

Cal marqua une pause. Elle vit ses joues s'enflammer pour la première fois depuis qu'elle le connaissait, et elle devait bien admettre qu'il était impossible qu'il fasse semblant.

— Il te draguait. Il fait tout le temps ça, dit-il avec une grimace embarrassée.

Même quand Kristina s'était pointée, il n'avait pas eu l'air aussi ébranlé qu'il l'était en ce moment même.

— Il me *draguait* ? pouffa Harriet. Je ne crois pas, non.

— Oui, je sais. C'est une idée tellement ridicule qu'elle ne te viendrait même pas à l'esprit. Malheureusement, ce n'est jamais une idée ridicule pour lui.

Harriet tenta de comprendre. Elle n'avait pas détecté d'ondes prédatrices chez M. Clarke Senior. Il était très familier et un peu trop tactile, mais comme l'étaient souvent les hommes de son âge.

— Ce n'est pas que je ne voulais pas que tu viennes. J'adore passer du temps avec toi, poursuivit Cal. Je ne voulais pas être déçu de son comportement et passer pour un crétin devant toi. J'essayais de faire remarquer qu'il avait franchi une limite de familiarité avec toi. En présence de ma mère, je ne pouvais pas vraiment dire « arrête de baver sur mes amies ».

— Ça n'a pourtant pas semblé perturber ta mère ?

— Ce faux-semblant est une... des nombreuses raisons pour lesquelles je suis allé chez le psy.

— Oh ! dit Harriet.

Elle ne s'était pas du tout attendue à cette réponse et ne put s'empêcher de se demander si Cal était maître dans l'art des diversions.

— « Forcé à lui demander de rester » semblait plutôt définitif. Personne ne te tenait en joue.

— Je faisais remarquer qu'il s'était mêlé de ce qui ne le regardait pas, pas que le résultat ne me plaisait pas. Ça ne me plaît pas que tu aies cru que j'étais un hypocrite. Bien sûr que notre relation n'est pas strictement professionnelle. On est devenus amis. J'espère.

Harriet ne dit rien. Elle avait envie de croire Cal, mais elle avait déjà connu ça.

— Je t'ai aussi entendu dire à Sam que c'était l'enfer de m'avoir sous ton toit.

— Quand ça ?

— Quand j'ai emménagé. « Je vais sentir passer chaque seconde » qu'elle passera...

Harriet se rendit compte que c'était ambigu, et conclut piteusement :

— ... ici.

Cal ouvrit la bouche, puis s'autorisa un sourire.

— Bordel, tu as écouté toutes mes conversations, hein ? OK, j'ai un peu paniqué. Je ne me doutais pas que je m'entendrais si bien avec toi, à ce moment-là. Mais dans mes souvenirs, tu n'étais pas non plus ravie que ce soit moi, le propriétaire, princesse Tresse.

Harriet récompensa sa tentative de désinvolture d'un sourire rétif.

— Je n'ai pas eu le sentiment que ton père me... draguait, comme tu dis.

— Non. C'est normal. Tu sais pourquoi ?

— Non ?

— Parce qu'il est très doué.

Harriet croisa les bras et essaya de déterminer si elle le croyait.

— Que je comprenne bien. Ton père a un comportement déplacé avec tes amies ? Mais jamais il ne passerait à l'acte, si ?

— Oh si. Il le ferait.

— Quoi ! ? Est-ce qu'il a déjà... ?

— Couché avec une de mes amies ? Ouaip.

— Oh mon Dieu.

— Et ça ne se cantonne pas à mes amies. Mais il ne se les interdit pas non plus. Tu connaissais Médecins sans frontières, maintenant tu connais Andrew sans frontières.

— Haha. La vache.

Harriet pensait vivre sur la même planète, mais les pères sexagénaires omnibaiseurs qui se servaient de leur fils pour rencontrer des conquêtes, c'était nouveau pour elle.

— Il pensait qu'il pourrait me filer son numéro de téléphone pendant un repas de famille ?

— Oh ! il ne serait pas aussi direct et grossier. Du moins, je ne l'espère pas. Il ne prend jamais de tels risques ; il voulait surtout avoir une femme séduisante à reluquer. Il n'est jamais en mode « veille », si tu vois ce que je veux dire.

— Et il l'a vraiment fait avec une de tes potes ? ?

Cal soupira.

— Je n'avais aucune envie de te raconter la version longue, et tu n'as probablement aucune envie de l'entendre, et pourtant je crois qu'on va devoir en passer par là. Tu veux t'asseoir ? Après l'histoire de la Fitbit de Kit, j'ai peur que tu prennes ma vie pour une comédie grinçante.

Il ramena Harriet là où il s'était installé.

— Si on commence au tout début concernant mon père, on doit parler de ma peur d'enfance d'Halloween.

— Avant que tu n'ailles plus loin, dit Harriet, es-tu déjà allé à Portofino ?

Cal éclata de rire et Harriet aussi. Cela balayait tout résidu de malaise entre eux.

— Couillonne, dit Cal. Et moi qui m'apprête à me dénuder complètement sous ton regard impitoyable.

Attends, je vais chercher l'appareil photo. Bon sang, d'où ça sortait, ça ? Cal devait avoir des super pouvoirs parce que, avec tout ce qui lui était arrivé, sa libido était remisée au congélo depuis un moment. Et voilà qu'elle se demandait s'il était aussi beau sans vêtements qu'avec, y songeant avec grande attention. Pourvu que son visage reste impassible.

Cal poursuivit :

— J'avais peur d'Halloween, ce que tout le monde trouvait drôle quand j'étais petit. À l'adolescence, j'ai pris conscience que les petits garçons ont le droit de pleurer et de se mettre à bafouiller en voyant des squelettes en plastique et des gens déguisés qui viennent demander des bonbons, mais la société juge les hommes adultes bien plus durement. Mais je redoutais vraiment Halloween, cela dit.

— À cause d'un truc en particulier ?

— Je ne le pensais pas à l'époque, j'avais l'impression que c'était l'ensemble. J'y associais des choses horribles, de la même façon qu'on se retrouve incapable de manger un aliment qui nous a donné une intoxication. À vingt-cinq ans, après avoir dû inventer des excuses pour expliquer à ma petite amie de l'époque pourquoi j'avais presque *fondu en larmes* quand elle avait trouvé ça drôle de surgir d'un placard, le 31 octobre, avec un drap sur la tête…

Harriet plaqua une main en travers de sa bouche pour étouffer un rire en disant :

— Désolée.

— C'est marrant, je sais. Je suis allé chez le psy, comme la TCC[1] n'était pas en vogue à l'époque. À ma grande surprise, on a découvert que j'avais réprimé un souvenir de l'année de mes sept ans. Celui d'une citrouille illuminée au fond d'un mobile home. (Il marqua une pause.) Le psy me fait parler, et alors qu'on dissèque la scène – je t'interdis de rire – on découvre que la caravane en question remue par à-coups.

Harriet grimaça-rit.

— Aïe.

— Ouais, aïe. Ce souvenir refoulé, c'est que quand j'avais sept ans, mon père m'a emmené en « vacances en camping » ; sauf qu'à la place on est allés dans un parc à caravanes où résidait sa maîtresse de l'époque. Il m'a abandonné avec des jeux de société et des paquets de Curly pour passer tout son temps chez elle. À Halloween, trop stressé de rester seul, je suis parti errer dans le camping à sa recherche. Bien sûr, j'étais trop jeune pour comprendre les implications de tout ça. Pourquoi mon père avait disparu pendant des heures, pourquoi il y avait une gentille dame qui semblait le connaître et m'avait donné des bonbons. Ou pourquoi, sur le chemin du retour, il voulait que je répète une histoire sur la pêche où on n'était pas allés.

1. Thérapie cognitivo-comportementale.

Cal secoua la tête.

— En voyant la citrouille, je savais qu'il se passait des choses pas bien, mais j'étais incapable de les nommer. D'où les terribles associations. Les peurs sans nom sont les pires, je crois.

Il soupira, et Harriet mémorisa cette phrase pour la décortiquer plus tard.

— À l'âge où j'ai fait cette thérapie, je savais que mon père était d'une infidélité chronique. Découvrir que j'y avais été directement exposé et qu'il s'était servi de moi comme alibi, sans s'occuper de moi, m'a fait passer à un autre niveau de rage et de dégoût.

Harriet grimaça.

— C'est épouvantable. Et s'il s'était passé quelque chose dans la caravane où il avait laissé un petit de sept ans tout seul ?

— Absolument. La révélation m'a guéri de mon aversion pour les citrouilles, cela dit. Sculpte toutes les cucurbitacées que tu veux, je ne sourcillerai pas.

Harriet sourit et se demanda à quel point cet événement avait modelé le Cal imperturbable qu'elle connaissait. Jusqu'à présent, il lui avait semblé qu'il ne se laissait pas décontenancer par quoi que ce soit.

— Tu lui en as déjà parlé ?

— Oui, on a eu une énorme dispute quand il a couché avec ma pote Lily quand j'avais vingt ans, et on ne s'est pas reparlé pendant des mois. Je l'avais rencontrée pendant un job d'été dans un pub. Mon père l'a ramenée chez elle un jour où elle était venue à la maison et, devine ! il a mis des plombes. Il s'est avéré qu'il avait eu une « panne ». Et quand il m'a fait tout son baratin sur les dépanneurs qu'il avait dû attendre, j'ai dit « ah, et ils distribuent du Viagra maintenant, les dépanneurs ? ». C'est parti en vrille. On s'est méchamment embrouillés. Résultat, je ne suis pas rentré chez moi après la fac.

— Il l'a nié ?

— Oh ! évidemment. Quand j'ai fait d'autres accusations, il

n'a pas arrêté de se défiler. Beaucoup de « ça ne s'est pas passé comme ça », de « c'est compliqué, la vie », et de « je ne te dois aucune explication ». Il sait que c'est indéfendable, donc on ne peut rien tirer de lui. C'est inutile.

— Je n'arrive pas à croire qu'il s'est tapé une de tes amies ! Eurk !

Cal se massa les tempes.

— C'est encore pire que ça... Je vais le dire très vite, comme ça ce sera fait, et on n'en parlera plus jamais. *Moi-aussi-j'avais-couché-avec-elle* aaaaaaargh !

— Bon sang !

Mais au-delà de l'humiliation que Cal devait ressentir, sa confession eut un effet tout à fait différent de ce à quoi Harriet s'attendait : elle ressentit une indéniable pointe de jalousie.

C'était comme si une brume s'était levée et que les événements de cette dernière heure s'étaient pleinement révélés à elle : ce n'était pas seulement son honneur qui avait été offensé quand elle avait entendu Cal dire qu'il voulait qu'elle parte. C'était personnel. Elle avait, contre toute logique, développé des sentiments pour lui. Quelle idiote. Elle savait bien qu'avoir un propriétaire beau à crever ne lui apporterait rien de bon. Il fallait vraiment qu'elle déménage, et vite, pour la raison opposée à ce qu'il pensait.

— Ne me regarde pas comme ça, dit Cal.

— Comme quoi ?

Elle espérait que ses émotions ne transparaissaient pas.

— Comme s'il fallait me donner un bain désinfectant.

Harriet s'éclaircit la gorge.

— Hmm. Au moins tu es passé en premier ?

— *Yeurk.* Ce n'est pas à ça que tu vas penser chaque fois que tu penseras à moi à partir de maintenant, si ? demanda Cal, l'air sincèrement contrarié.

— Pas du tout, répondit Harriet, qui ne pouvait pas lui avouer qu'elle était davantage tracassée par ce qu'elle venait d'apprendre sur elle-même. Et ta mère dans tout ça ?

Comme lui, elle avait certainement eu besoin de dépasser l'impact psychologique multidimensionnel de Lily.

— Ma mère fait comme si ça n'existait pas. Elle est comme la femme de Tom Jones, sauf que mon père n'a pas vendu un million de disques. Au moins, Melinda a gagné la baraque à Los Angeles dans cette histoire.

— Ta pauvre petite maman.

— Oui. Il a flirté avec une de ses amies quand on était jeunes, ma sœur et moi, et je crois qu'ils se sont bien pris la tête par rapport à ça, mais sinon elle ferme les yeux. Je ne sais pas si c'est parce qu'elle ne veut pas se retrouver seule, ou si c'est une question d'amour-propre… Je me suis énervé contre elle quand j'étais plus jeune. Je voulais savoir pourquoi elle ne le quittait pas, ou pourquoi elle ne le critiquait pas, au moins. Elle a dit « ton père et moi sommes heureux » et que j'exagérais une vieille indiscrétion insignifiante. J'ai répondu « Oh franchement, il a testé plus de matelas qu'un vendeur de lits, et tu le sais ». Ça a eu l'air de la dévaster. Je me suis senti comme une merde. Je n'avais fait qu'amplifier son humiliation.

— C'était pour la protéger que tu disais ça.

— Oui, mais aussi parce qu'elle me frustrait. Les tromperies de papa m'ont fait perdre beaucoup de respect pour lui. La triste vérité, Harriet, c'est que maman, en tolérant son attitude, a aussi perdu beaucoup. J'aimerais te dire que je ne suis que compassion et que je ne ressens aucun mépris, mais ce serait mentir. C'est une culpabilité qui me ronge, mais je ne peux pas m'empêcher de l'éprouver.

Harriet hocha la tête. Quelqu'un d'aussi confiant et volontaire que Cal devait avoir du mal à comprendre ce genre de passivité extrême.

— Ils sont heureux à bien des égards, et on a eu une enfance heureuse. Erin, ma sœur, est bien moins affectée que moi par tout ça. Mais c'est loin d'être un exemple de mariage que je veux suivre. Ça me rend triste.

— Tu as peur de devenir comme lui ?

— Oh que non. Pas du tout. Je n'ai jamais trouvé qu'il était dur de rester fidèle. Je crois que je n'ai jamais eu cet amour de la chasse.

Et puis, je parie que tu n'as jamais eu à chasser.

C'était étrange qu'avec tout ça Cal passe l'éponge sur l'infidélité de Kit. À moins que…

— Et si tu n'étais pas comme lui, mais que tu continues de sortir avec lui ?

— Que je quoi ?

— Les Thatcher canon. Tu rejoues la même dynamique, sauf que tu endosses le rôle de ta mère. Tu es la version de ta mère qui se défendrait. *Je vais discipliner cette personne !*

— Hahahaha, oh mon Dieu… Tu tiens peut-être quelque chose. Quand Sam se demande pourquoi je choisis toujours des filles cauchemardesques, je dis toujours qu'il faut avoir un défi. Je m'ennuierais avec une bonne poire.

— Je crois que « un défi » et « implacablement intimidante » sont deux choses différentes, dit Harriet.

Elle aimait qui elle était avec lui.

— À mon grand âge de trente-trois ans, et avec ton aide, je crois que je l'ai enfin compris.

Ils se sourirent, puis détournèrent tous les deux le regard. Harriet se remit à observer les papillons dans le buddleia d'à côté.

— Punaise, désolé. Tu passais un dimanche ensoleillé à recevoir des bouquets de tes clients, puis les Clarke ont tout foutu en l'air.

Cal avait l'air sincèrement honteux, mais Harriet se rendit compte que les hauts et les bas des dernières heures l'avaient bien distraite de la putaindebordelerie de l'attaque de Scott.

— Hmm. Ce n'est rien.

— Joli collier, dit Cal en remarquant la petite clé au bout de sa chaîne.

— Merci.

— La clé rentre dans une serrure en particulier ?

Foutus journalistes. Harriet sourit. Presque tout le monde pensait qu'elle était uniquement décorative.

— Une boîte à bijoux.

— Ah. Diamants de famille ?

— Elle contient une lettre de ma mère.

Le sourire de Cal s'adoucit.

— J'imagine qu'elle a une valeur exceptionnelle. Bien plus que des pierres.

— En effet. Même si je ne l'ai jamais ouverte. La lettre, je veux dire, pas la boîte. J'ai bien évidemment ouvert la boîte pour mettre la lettre dedans.

Elle n'avait jamais raconté ça à Jon et eut l'impression de le trahir en l'avouant à Cal tout de go. Jon avait lui aussi posé la question directement, et Harriet avait botté en touche avec un « C'est personnel ».

Pourtant, elle savait pourquoi elle l'avait dit à Cal et jamais à Jon. Les enjeux étaient moins importants. Jon aurait exigé qu'ils la lisent ensemble et, devant son refus, l'aurait titillée sans relâche, en soutenant qu'elle (qu'ils) devait à tout prix le faire. Jon, avait-elle compris avec le recul, ne pouvait s'empêcher de tout ramener à lui, même dans des moments où il pensait être d'une sollicitude sans nom.

— Tu as une lettre de ta mère que tu n'as jamais lue ?

— Oui. Mon grand-père me l'a donnée à mon treizième anniversaire et, bizarrement, je n'ai jamais trouvé le courage. Je sais que ça a l'air dingue. Ou froid.

— Pas du tout.

— C'était devenu un genre de marché avec moi-même : tout de suite ou sur mon lit de mort. Un truc énorme que j'étais incapable de faire. Et maintenant, ce n'est jamais le bon moment.

— Tu as peur de ce qu'elle contient ?

— Pas vraiment. C'est juste que… je m'en suis fait toute une montagne. Je ne sais pas de quoi j'ai peur au juste. De pleurer toutes les larmes de mon corps, bien sûr. Qu'elle me manque. Ce qui est le cas en permanence, dans une certaine mesure. Dans ma tête, il faut que la lettre dise tout, mais comment pourrait-elle, alors que je ne sais même pas ce qu'est ce « tout » ? Si c'est *sois gentille avec tes grands-parents et travaille dur pour les contrôles, gros bisous*, je serai… Je ne sais pas. Et je vais la lire avec plus de vingt ans de retard, je sais que c'est affreux.

— Non, ça ne l'est pas, arrête d'être aussi dure avec toi-même. Tu n'étais qu'une enfant. Tu as fait ce qui te semblait bien pour toi. Comment savoir si c'est la mauvaise décision avant de l'avoir lue ?

— Merci.

— Et si ce n'était pas ce qui est écrit dans la lettre qui compte pour toi ?

— Comment ça ?

— Tant que tu ne l'auras pas lue, il y aura toujours autre chose à dire, quelque chose qui reste suspendu entre vous.

Harriet déglutit et sentit quelque chose changer en elle. C'était vrai, et c'était puissant d'entendre quelqu'un d'autre le dire.

Elle ne s'était pas rendu compte qu'elle pleurait avant de sentir les larmes dégouliner de son menton.

— Oh merde ! s'écria Cal, avec la panique caractéristique de l'homme qui a fait pleurer une femme, l'air tout penaud comme s'il devait aller s'expliquer dans le bureau de son supérieur hiérarchique. Je ne voulais pas te contrarier !

Il tendit la main et la posa sur son épaule. La chaleur de son réconfort la calma tout en la faisant se sentir plus vulnérable.

— Ce n'est rien, ça va, franchement, dit-elle d'une voix étranglée. Tu as raison. Je ne me le suis jamais avoué. C'est bon d'avoir un avis extérieur.

Elle se pencha en avant, sous prétexte de pêcher un mouchoir, mais cherchant en réalité à déloger la main de Cal de son épaule. Elle n'était pas à même de gérer les papillons du flirt alors qu'elle pleurait.

— Bon sang, je me sens terriblement mal, dit Cal. Je suis là à me vanter d'avoir fait une thérapie après toutes tes observations perspicaces, et j'en fais des caisses.

Harriet rit dans un souffle et essuya ses larmes.

— Tout va bien ! Merci pour cet éclairage. Je me sens mieux. Je ne retiendrai que ça.

— Je suis désolé de ne t'avoir jamais demandé pour tes parents.

— Ha, ne t'inquiète pas ! Pourquoi l'aurais-tu fait ?

— C'est tes grands-parents qui t'ont élevée ?

— Oui. C'était un couple avec un sacré caractère.

Elle renifla et rit. Elle refusait toute autre forme de tristesse, dans l'immédiat.

— Ils s'en sont très bien sortis dans des circonstances difficiles, ajouta-t-elle.

— À l'évidence.

Tout bien considéré, en cette grosse journée, Harriet décida d'accepter ça avec un « merci ».

— Comment s'appelaient-ils ? Tes parents et tes grands-parents ?

Harriet eut un temps d'arrêt.

— C'est… c'est trop gentil comme question.

— Vraiment ? J'avais l'impression de faire mon curieux.

— Oui, vraiment. Mon père et ma mère, Stephen et Rose ; et mes grands-parents, Frank et Mary.

Ils demeurèrent sans bouger, dans un silence paisible, avec

pour seul bruit de fond une tondeuse qu'on passait à quelques jardins de là.

— Je sais que je suis un Yoda à la con mais, à propos de la lettre : laisse venir le moment de la lire. Peut-être que ce sera la veille de ton mariage, ou quelque chose comme ça. Mais il finira par arriver. Tu n'as pas besoin de le provoquer.

— Si tu es Yoda, ne devrais-tu pas dire « par arriver, il finira » ?

— Je ne voulais pas que tu me gifles.

Ils rirent, en partie par soulagement d'être passés à un sujet plus léger.

— Merci, Cal. C'est réconfortant. Sauf que jamais je ne me marierai.

— On est deux, ma belle, dit Cal. Honnêtement, je crois que jamais plus je ne ressentirai ce que je suis censé ressentir pour avoir envie de retenter ça un jour.

— Tout pareil.

Il dressa la paume de sa main pour qu'elle tape dedans.

— Un petit thé ?

Ils se levèrent, Cal s'étira – Harriet en profita pour jeter un coup d'œil au ventre plat qui se dévoila quand il leva les bras – et ils rentrèrent.

Quand ils étaient au Zucco et que Cal était en train de régler, Sam avait dit à Harriet :

— Le truc avec Cal, la grande surprise, le rebondissement, c'est qu'il est profondément gentil. Il peut avoir qui il veut et ce qu'il veut en battant des cils, et on a envie de le détester pour ça. Les gens cherchent toujours le connard prétentieux qui se cache derrière, ou son côté sombre, essayant même parfois de le torturer pour le faire ressortir. Mais il n'y en a pas.

Sur le moment, Harriet avait répondu « Mais bien sûr » et pensé *belle tentative masculino-centrée de blanchiment d'un lâcheur de fiancée.*

Alors que Cal remplissait la bouilloire dans l'évier, elle dut admettre que Sam avait peut-être dit vrai.

Cal était si séduisant en surface que se persuader qu'il avait un mauvais fond avait été un garde-fou utile. Elle sortit son téléphone et ouvrit son application de recherche immobilière.

32

Finalement, la vengeance de Scott arriva sans un bruit, furtivement, comme un cambrioleur empoignant un couteau sous son manteau, ou comme le petit plic-plic-plic menaçant dans un film d'horreur dont on découvre que c'est du sang qui goutte à travers le plancher.

Dix jours après les fleurs, par un jeudi tout à fait tranquille, Harriet reçut un nombre inhabituel de notifications sur son téléphone. Elle venait de finir son bagel dans le salon, songeant que si l'« atmosphère des pièces » était une invention du marché immobilier et des bourges, l'ambiance de la maison de Cal avait un petit quelque chose de stimulant.

Elle avait enfin visité quelques locations en début de semaine, et aucune d'entre elles n'arrivait à la cheville de cette maison. Elles ne contenaient sans doute pas d'homme tel que celui qui faisait exploser des feux d'artifice dans son ventre quand elle l'apercevait torse nu sur le palier du premier, cela dit, donc c'était peut-être un mal pour un bien.

DING. Quelqu'un a commenté sur Harriet Hatley Photographe.

DING et encore.

DING et encore.

Et encore.

Ce n'était pas normal. Harriet se servait peu des réseaux sociaux, mais Facebook était un mal nécessaire dans son secteur d'activité. En plus de son profil privé pour ses amis et sa famille, elle avait une page professionnelle toute simple visant à rediriger les visiteurs vers son site Internet. Elle gardait un œil dessus, même si c'était davantage une page d'accueil qu'autre chose. Il lui arrivait d'avoir une montagne de notifications, mais seulement quand elle partageait les temps forts de l'album d'un couple, avec leur permission. Il n'y avait jamais trop d'activité sur son compte sans qu'elle l'ait provoquée. Même si des clients chargeaient leurs photos et la taguaient, peu d'invités allaient jusqu'à basculer sur sa page pour remercier la photographe. Ce devait être des spams… sauf que les noms qui s'affichaient sur son écran semblaient correspondre à de vraies personnes.

Va répandre ton énergie négative de pouffiasse ailleurs que dans le mariage des autres, abandonne

Harriet relut le message plusieurs fois, perplexe. Que pouvait savoir ce « Christian » de son énergie, qu'elle soit négative de pouffiasse ou autre. C'était un coach sportif de Shadwell qui n'aimait « que les bonnes vibes ». Il y avait de quoi douter. Elle supprima et le bloqua.

Je t'ai vue sous ton vrai jour ! !

Ah oui, vraiment, et comment Bernadette « J'aime mes boxers, les patates au four et mes trois petits-enfants » saurait-elle quel était son vrai jour ?

Supprimé, bloquée. La confondait-on avec une affaire médiatisée de conduite en état d'ivresse impliquant une femme qui s'appelait comme elle à Birmingham ? Avait-on cité à comparaître son homonyme dans une bataille sans merci pour la garde des enfants à Liverpool ?

Bon courage pour trouver du travail maintenant qu'on sait qui tes vraiment mdr

Harriet pourrait commenter « qui *tu es* » sous la publication de Niall, mais elle avait des problèmes plus urgents à régler que la grammaire de ce type. De quoi parlaient-ils ? Était-elle la cible d'un canular ? Elle eut la nausée, la certitude qu'il s'était passé quelque chose d'affreux et que la solution à ce mystère ne serait pas aussi banale et indolore qu'un simple quiproquo.

Salope

Ce message s'accompagnait de l'émoji « jet à la poubelle ». Les mains moites, elle supprima le message et bloqua Damon, « papa fier » et « père de trois petites princesses ». Elle a la sur la barre de recherche du site et tapa « Harriet Hatley ».

Elle obtint sa page personnelle, sa page professionnelle, une homonyme à King's College et une Harriet Hately. Rien qui pointe vers la source de cette haine envers elle. Le plus troublant était que ses antagonistes sortaient de nulle part ; c'étaient des gens qui n'avaient pas liké sa page et n'avaient aucun lien avec elle. C'était comme si elle était sur la route et qu'on lui criait dessus depuis une voiture filant à toute vitesse, sauf que cela arrivait avec une voiture sur deux.

Elle fronçait les sourcils, ne comprenant toujours pas, quand quelqu'un d'autre publia sur sa page professionnelle. Avec des captures d'écran cette fois-ci, et en légende :

C'EST TOI ? ☺

Même en tout petit, Harriet parvint à lire de nom de Scott en haut de la vignette, et son ventre se noua. Inconsciemment, elle savait qu'il était forcément derrière tout ça. Elle n'avait pas voulu y penser avant d'y être obligée.

Elle sauvegarda l'image dans ses photos, supprima le message et désactiva les publications sur sa page. Puis ouvrit la capture d'écran en grand sur l'écran de son téléphone.

C'était le compte Facebook personnel de Scott, rendu public. Il avait posté une photo de lui en polo sous un arbre dans un parc, serrant ses genoux entre ses bras avec un grand sourire, comme un ancien chanteur de groupe sur la couverture de son premier album solo très attendu.

En dessous, un pavé.

Je m'appelle Scott Dyer et je suis victime de violence psychologique.

Alors même que je tape ces mots, j'ai envie de faire reculer le curseur pour les effacer, les rendre faux. Je pensais avoir la capacité de les rendre faux en niant ce qu'il m'arrive. Je pensais que cela me rendait faible d'admettre que j'avais peur d'une femme, surtout d'une femme avec qui je voulais partager ma vie et mon lit. Une femme que j'ai aimée. N'est-ce pas pathétique de penser que son comportement menaçait ma masculinité ? Il n'y a pas de petite peur.

La vérité, c'est que si je nie mes expériences, je ne pourrai jamais guérir, ni aider les autres. On n'en parle pas assez, parce que la société dit aux hommes d'être forts. On ne devrait pas se montrer vulnérables et on ne devrait pas se plaindre si on vit un enfer aux mains de notre femme ou petite amie. On peut plaisanter entre mecs au pub à propos de « l'hystéro », mais on ne sait pas comment en parler sérieusement. Comment demander de l'aide et admettre qu'on est terrorisé par quelqu'un qui est censé être notre moitié, pas notre ennemi.

J'appellerai mon ex « H », parce que ce n'est pas son identité qui importe. Elle sait ce qu'elle a fait, même si elle est incapable d'accepter les conséquences de ses actes.

Ce dont j'ai souffert est une forme de violence conjugale, une guerre psychologique et émotionnelle – à part les objets qu'elle me jetait dessus quand elle avait bu, il n'y avait pas de menace physique.

Le problème, c'est que nous avons une image stéréotypée des auteurs de maltraitance : généralement, il s'agit d'un homme costaud, au-dessus d'un certain âge, tatoué. On ne pense pas que ce sera une nana sarcastique avec des cheveux blond vénitien coiffés en tresse et un visage angélique. Comme H ne pouvait pas me dominer physiquement, les gens ne comprennent pas comment elle a pu démolir mon amour-propre et mon assurance.

On s'est rencontrés à une soirée et on s'est bien entendus. H m'a fait comprendre que je lui plaisais dès le départ, et j'aimais ça. Je me suis dit, elle ne joue pas, c'est une vraie fille bien de Huddersfield. Les choses sont allées vite – trop vite, je le vois aujourd'hui – à sa demande. Elle avait eu une enfance traumatisante – je n'en dirai pas plus pour protéger sa vie privée –, mais elle soutenait que cela ne l'avait pas affectée. Avec le recul, je vois son refus d'en discuter, ou de reconnaître que cela ait pu lui faire du mal, comme un énorme signal d'alarme. Elle n'avait jamais tort, dès le début. Tous les problèmes que nous avions venaient forcément de moi, bien que je sois issu d'une famille aimante et stable et que je ne sois pas habitué à tout ce drame.

On a emménagé ensemble et, très vite, sans prévenir, elle s'en est pris à ma tranquillité d'esprit. Si je sortais avec ses amis, elle passait la soirée à trouver des moyens de me dénigrer et de m'agacer devant eux. Quand je lui demandais pourquoi, une fois seuls, elle faisait l'innocente.

Elle draguait d'autres mecs ouvertement devant moi, un coup de force pour voir si je m'interposerais ou si j'encaisserais sans rien dire. Parfois, je demandais à mes amis s'ils l'avaient remarqué, et ils étaient trop mal à l'aise pour admettre ce qu'ils avaient vu. Ils disaient : « Je suis sûr qu'elle t'aime. » C'est devenu un mantra de H : je t'aime, évidemment que je n'ai pas fait ce que tu m'accuses d'avoir fait. Pour être avec elle, je devais nier ce que je voyais de mes propres yeux et entendais de mes propres oreilles.

Elle était très secrète avec son portable, autre gros indice qu'elle se fichait de moi. Un jour, sur son téléphone, j'ai trouvé des photos d'elle provocantes, à moitié dénudée, clairement destinées à quelqu'un d'autre. Elle a dit qu'elle ne voyait pas ce que je voulais dire, elle a soutenu qu'elle les avait prises pour elle.

Je devais faire très attention à mon humour, ou à tout ce qu'elle aurait pu trouver insultant – elle démarrait au quart de tour, et cela pouvait provoquer des jours, voire des semaines de bouderie, si je disais une bêtise. Son manque d'assurance était un trou profond que j'étais incapable de remplir, mais il était clair que je devais essayer quand même. Je lui assurais que son poids ne me dérangeait pas, mais elle picorait sa nourriture pour me punir d'avoir dit que je trouvais séduisante une fille qui se trouvait être plus mince qu'elle.

Elle avait besoin en permanence que je la rassure et que je lui fasse des promesses. Elle exigeait des relations sexuelles et, si je ne couchais pas avec elle, cela voulait dire que je ne l'aimais pas, d'après elle. Si je résistais, elle me suppliait littéralement. Je savais que la menace tacite était qu'elle irait voir ailleurs si je n'obtempérais pas. Le consentement, quand on vous met face à un tel dilemme… ce n'est pas vraiment du consentement.

Mes amis ont commencé à s'inquiéter. H se conduisait toujours bien et était douce comme un agneau avec eux, mais ils n'étaient pas dupes. Quand je sortais sans elle, j'étais fatigué, agité, usé. Ils me tiraient les vers du nez, mais même là je mentais, je disais que je m'inquiétais pour elle quand elle avait un coup dans le nez. En réalité, j'étais davantage inquiet pour moi.

En fin de compte, l'instinct de survie a pris le dessus et, après quatre ans, j'ai fini par me libérer. Un soir, elle était rentrée tard, bourrée, et s'est mise à jeter des objets au sol. On s'est disputés à ce propos le lendemain. Elle m'a dit qu'elle me quittait, une habitude pour me faire rentrer dans le rang.

Pour une fois, je suis allé dans son sens. Je crois qu'elle ne s'y attendait pas. Elle est restée plantée là à me regarder, sidérée, pendant que je chargeais mes affaires à la hâte et prenais mes jambes à mon cou. En partant, je l'ai suppliée de se faire aider par un professionnel avant de faire subir la même chose à quelqu'un d'autre. Je plaignais déjà le prochain mec qui se ferait avoir avec autant de confiance et d'innocence que moi.

C'était moi le problème, mon incapacité à m'occuper d'elle comme elle le voulait, pendant qu'elle piétinait tous mes sentiments.

Après notre rupture, elle m'a harcelé. Je l'ai bloquée sur tous les réseaux parce que je savais qu'elle me surveillerait H24 si je ne le faisais pas ; mes amis m'ont dit qu'elle traînait toujours près des lieux où on allait ensemble.

Mais je suis passé à autre chose, et j'ai trouvé le bonheur avec une fille super.

Si j'écris ceci aujourd'hui, c'est parce qu'il y a quelques semaines, j'ai croisé H à un mariage. C'était une belle journée, pleine d'émotion, et je l'ai évitée autant que je pouvais, ne voulant pas que notre passé interfère avec la célébration des jeunes mariés. Mais je savais que cela la ferait enrager de me voir installé avec quelqu'un d'autre. Je redoutais l'attaque qu'elle pourrait me réserver dans cette nouvelle vie.

À la suite de cette rencontre, elle a découvert l'identité de ma fiancée, et son lieu de travail, et elle s'en est prise à elle.

Elle a écrit une longue lettre malveillante sur le petit ami horrible que j'avais été pour elle. Cette lettre était bourrée d'inventions, disant que je lui tombais constamment dessus sans raison, répétant hargneusement que ma fiancée ferait mieux de me quitter. Naturellement, Marianne a été profondément affectée. Nous nous marions dans quelques semaines à peine, et voilà qu'elle doit gérer ces inepties au lieu d'attendre avec excitation le plus beau jour de sa vie.

Je n'ai pas eu d'autre choix que de raconter ma version, chose que j'avais voulu épargner à Marianne. Heureusement pour moi, quand je me suis assis pour tout lui dire, mon incroyable fiancée a cru en moi.

Je ne sais pas si H verra ceci, et si elle tentera des représailles pour essayer de m'enfoncer et d'enfoncer les gens que j'aime. Je m'en fiche, parce que je refuse d'avoir peur. Je veux prendre la parole pour ceux qu'on a manipulés, et qui ne savaient pas vers qui se tourner, ni comment en parler. Vous n'êtes pas faibles, vous êtes forts d'avoir survécu.

Je m'appelle Scott Dyer, et je suis victime d'abus.

Harriet se précipita aux toilettes et vomit son bagel.

33

Le pire, dans le post de Scott, ce n'était pas ses mots, mais la réaction qu'il provoqua.

Lire cette énumération tordue de mensonges diffamatoires était profondément déplaisant, mais Harriet exécrait déjà Scott. Elle savait qu'il avait élaboré son propre récit de leurs années ensemble, dont il se servait à la fois comme attaque et défense, et elle avait toujours accepté que cette version ait été relayée à des tiers. C'était davantage un rappel de sa façon d'opérer qu'une révélation. Pourtant, elle avait eu la conviction – non prouvée mais réconfortante – que si ces mêmes tiers entendaient sa propre version des faits, ils changeraient d'avis.

Elle en doutait à présent. Car maintenant qu'il avait parlé publiquement, la réaction univoque de la foule la troublait. Des larmes chaudes coulant sur ses joues, Harriet fit défiler une tempête de commentaires abondant dans le sens de Scott, des messages d'acharnement, de jugement, de dégoût envers elle. De la part des gens sans aucune autorité pour tirer leurs propres conclusions, et qui néanmoins la déclaraient nulle avec certitude. Elle avait l'impression d'assister à son propre procès, sauf que l'acte d'accusation ne cessait de s'allonger, que le jury avait déjà rendu son verdict : coupable, et qu'aucun des témoins ne la connaissait.

La publication datait de vingt-quatre heures et comptabilisait déjà 1 400 likes, 960 partages, et des centaines et des centaines de commentaires. Certains comptaient des centaines de likes, des réponses d'hommes qui s'épanchaient sur le calvaire qu'ils vivaient avec des femmes abusives, ou de femmes disant que Scott était tellement impressionnant et conscient de ses émotions.

Elle voyait la publication prendre de l'ampleur, et quand elle relut le pavé, elle remarqua la phrase « Je ne sais pas si H verra ça » ; elle y reconnut, en s'étranglant de colère, une provocation à peine voilée. Scott avait toujours mieux maîtrisé les réseaux sociaux qu'elle. Il avait conçu cette publication exprès pour qu'elle puisse la voir, telles des miettes de fromage menant au piège à souris. Il avait dû la chercher sur Facebook, voir qu'elle avait deux comptes, et bloquer uniquement le compte personnel. Bien sûr, depuis son profil de photographe, elle avait un accès libre. Quelle fâcheuse négligence. Elle parcourut le fil, les mains tremblantes.

Scott ne voudrait en aucun cas que Harriet passe à côté de ce tsunami de méchanceté – c'était tout l'intérêt de son post.

On ne pensait pas au niveau de réflexion qu'un internaute pouvait mettre dans une publication virale, au milieu de tous ces mèmes et autres vidéos de gamelles d'animaux de compagnie. Elle ne devrait pas être surprise que toute une armée d'inconnus véhéments, dont la plupart aimait utiliser une demi-douzaine d'emojis par message, gobe l'histoire de Scott sans se poser de questions. Le fait qu'ils ne connaissaient pas Scott n'avait manifestement aucune espèce d'importance pour eux. Et le fait qu'ils ne la connaissaient pas, elle, n'avait *vraiment* aucune importance.

Que Scott puisse ne pas être fiable, qu'il puisse exister une autre version de cette histoire, n'effleurait même pas leur esprit. Scott appelait à la compassion, avec les mots d'une personne sensible, et il en recevait, comme s'il en était une. Il *disait* être d'une honnêteté totale, déchirante, donc il l'*était*. Ce qui était rageant, c'est que la confiance aveugle qu'on lui accordait était touchante ; c'est ce qu'on souhaite à une personne qui partage publiquement sa douleur. Sauf que Scott ne la méritait pas.

Harriet parcourait les commentaires sans pouvoir s'arrêter, et il n'y en avait pas un seul qui ne le soutienne pas à cent pour cent. Elle vit les interprétations de ces accusations contre elle se métamorphoser et grandir au fur et à mesure que le fil s'allongeait, Harriet devenant toujours plus extrême et dangereuse dans la nouvelle version de l'histoire.

> Tu devrais prévenir la police. Déposer une plainte formelle pour que son nom soit enregistré si elle essaie quoi que ce soit d'autre. Si ça se trouve elle va essayer d'empêcher ton mariage
>
> Pareil, et si elle jetait des objets quand elle avait bu, C'EST de la violence et elle peut être inculpée
>
> J'ai connu ça. Ça fait deux ans que je suis sorti d'une relation toxique. Tu dois toujours renforcer LEUR amour-propre alors qu'ils détruisent le tien – ça me rappelle beaucoup de choses. Pour info ton ex s'est défoulée parce qu'elle sait que tu réussis ta vie alors qu'elle reste enfermée dans la prison de son esprit hideux. Je vous souhaite plein de belles années ensemble, à ta fiancée et toi, et un beau mariage !
>
> Salut Scott 3 en tant que femme je peux te le dire, aucune fille n'a de nudes sur son téléphone « juste pour elle » qu'elle cache à son mec. C'est sûr qu'elle cherchait ai leurs quand elle était avec toi, déso de le dire. Sale pute minable
>
> Faut pas tremper son biscuit dans une tarée 😂

Au milieu de tout cela, Scott avait posté un commentaire, dont la visibilité avait été boostée dans le fil en récoltant un écrasant « 521 réactions », dont beaucoup de « J'adore » :

> Salut tout le monde. Je me faisais dessus en publiant ça et j'ai failli ne pas le faire. Je ne peux pas vous dire ce que votre soutien représente pour moi. Je l'ai montré à ma fiancée et elle était en larmes, disant « Ils comprennent ».

Si ça a aidé une seule personne, alors ça valait le coup, même si c'était dur à faire. Comme je l'ai dit, je refuse d'avoir honte. Paix et lumière sur vous. L'amour triomphe toujours. xxx

Les yeux de Harriet se posèrent sur un commentaire très liké, si rageant, si ironique, qu'elle eut un sursaut sanglotant, puis faillit crier et jeter son téléphone.

Quand une personne narcissique ne peut plus te contrôler, elle essaie de contrôler ce que les autres pensent de toi

Ouais, sans déc'.

Aux trois quarts du fil de messages, inévitablement, dans le Far West qu'était le débat Internet, elle avait été dénoncée. Scott avait sciemment conçu un jeu de devinettes et donné suffisamment d'indices. Il y avait un commentaire avec un lien vers son site de photographe, ce qui expliquait les commentaires reçus sur sa page.

Putain, je sais qui c'est. Harriet Hatley ? Elle est photographe de mariage (euh, LOL) C'est elle…

Cela avait ouvert une autre discussion en commentaires, tous trépignants d'excitation, ravis de pouvoir démasquer la méchante « H ».

Pas possible, elle a photographié le mariage de mon cousin !

Sérieux, c'est elle ? Elle paraît pas. C'est toujours comme ça, hein

Elle devrait être bannie des mariages. Déjà, imaginez si elle flashe sur le marié

Je me souviens d'elle, à l'école. Elle sortait avec un ami de mon frère et était carrément chelou avec lui aussi

Harriet alla voir le profil de cette personne. Elle n'était pas allée dans son école et Harriet était certaine qu'elle ne connaissait aucun de ses ex.

Ses doigts tremblants planaient au-dessus de l'écran. Peut-être devrait-elle commenter, se défendre ? Dire que c'était une image biaisée, qu'il y avait beaucoup, beaucoup de choses que cette populace ne savait pas ?

Mais elle se retint : ce serait comme s'interposer dans une fusillade avec une cible sur le front et armée d'une cuillère. Le monde avait choisi son camp. Scott l'avait bien anticipé : personne ne croit la personne qui passe après.

Elle enfouit son visage dans les coussins du canapé et se mit à hurler.

34

— Chapeau bas à ce connard, j'ai sincèrement du mal à choisir ma phrase préférée. J'hésite entre « les selfies sur son téléphone dans lequel j'avais le droit divin de fouiller pour prouver qu'elle me trompait » et « le fait que mes parents sont en vie prouve que je suis une personne plus équilibrée qu'elle ». T'imagines, ne pas relever un seul *red flag* là-dedans ? Il y a plus de signaux d'alarme que dans une caserne de pompiers ! Sa suffisance s'en dégage comme de la vapeur. « On m'a manipulé ! » Tu conduisais une Nissan Micra, t'es pas Drake.

Harriet ouvrit la bouche pour répondre, mais Lorna poursuivit :

— ATTENDS, si, j'en ai une préférée. « Ce n'est pas son identité qui compte – mais voici l'initiale de son prénom, une description physique détaillée, un événement auquel elle est allée récemment, et sa ville d'origine. » Honnêtement je voudrais le faire passer les pieds devant dans l'hélice d'un avion.

Lorna marqua une pause pour respirer. Elle portait une robe avec des manches ballon en mousseline fuchsia, qui mettait joliment en valeur ses bras expressifs. La publication de Scott tomba, incidemment, le jour de leur *after-hours* au Dive, et Harriet n'en avait jamais été aussi reconnaissante. Les bougies vacillaient et l'album *Melodrama* de Lorde passait, le son sortant derrière un immense monstera. Harriet avait raconté la débâcle aux SacsàPutes sur WhatsApp, recevant incrédulité et un torrent de messages tout l'après-midi. Cela l'avait aidée à résister à la tempête entre la rage et les larmes d'impuissance qui l'avait totalement vidée.

Lorna avait encore beaucoup de choses à dire. Roxy avait un rendez-vous Tinder, et avait demandé si c'était une vraie grosse crise, ou si elle pouvait quand même aller à son rencard… ? Lorna, Harriet le savait, aurait tout laissé tomber pour lui offrir ce soutien moral et une déconstruction thérapeutique de Scott Dyer.

— Je ne crois pas que les gens analysent ces choses-là, tu sais, dit Harriet, morose, en examinant son verre de rouge.

Elle avait encore mal à la gorge et la voix éraillée, sèche.

— Ils se fient aux sentiments qu'ils en retirent. C'est un exutoire pour leurs propres emmerdes. Ils profitent de la frénésie pour frapper la piñata Harriet et se tombent dans les bras pour des pleurs cathartiques. Au début, je me suis dit : *si seulement ils savaient que ce n'est pas vrai*, puis je me suis rendu compte qu'ils s'en fichent que ce ne soit pas vrai. C'est juste un réceptacle. Scott lui-même avait l'habitude de dire que les réseaux sociaux sont seulement un jeu vidéo d'un autre genre et, pour une fois, je crois qu'il avait raison.

Elle marqua une pause et regarda le plafond en clignant des yeux.

— Tu te rappelles quand j'ai dit qu'il était impossible que Cal, mon proprio, ait eu une raison valable de planter son mariage ? Il en avait une, et je ne savais pas ce que c'était. Je n'avais pas toute l'histoire. J'ai dit qu'il ne pouvait exister de vraie raison parce que je n'avais aucune idée de ce que ça pouvait être. Ce n'est pas si différent, cette arrogance de la supposition. Tous ces gens doivent se dire : *Eh bien, Scott n'a aucune raison de mentir.* Alors que si, il en a une, c'est juste qu'ils ne la connaissent pas. On ne respecte plus le fait qu'*il y a des choses qu'on ne sait pas*, et je m'inclus complètement là-dedans.

Elle essuya de nouveau ses joues mouillées. Bon sang, cela la rendait malade que Scott ait encore réussi à la retourner comme ça.

— Je ne sais pas comment tu te débrouilles pour faire preuve de tant de bonne foi et de philosophie, franchement, dit Lorna.

— Hah. C'est gentil de ta part de voir les choses comme ça, j'avais l'impression que c'était plutôt une forme d'acceptation fataliste. Je ne peux rien faire d'autre, si ?

— Alors… pourquoi Cal a pris la tangente ?

Harriet fut soulagée de faire une pause pour parler des drames de vie de quelqu'un d'autre, sous les « ouh » et « oh mais non, pas possible ! »

— Il est venu, je voulais te le dire ! fit Lorna. Avec une nana, une fille très chic. Il a laissé un pourboire généreux, donc je me dis qu'il devait essayer d'impressionner son rencard.

Harriet afficha une expression signifiant « oh vraiment » et refoula ses sentiments. Bien sûr que la vie fabuleuse de Cal Clarke continuait en dehors du champ d'action de Harriet, pourquoi penserait-elle le contraire ? Il n'avait certes jamais ramené personne à la maison, mais elle ne savait jamais trop quand il était là non plus. Elle ne le surveillait pas. Peut-être que les Gatsbys des réseaux sociaux qui avaient des locataires se payaient une suite au Malmaison.

Cela pouvait coûter cher de faire la cour : l'autre jour, en ville, elle avait dû plonger derrière une boîte aux lettres quand Jon était passé devant elle avec un sac turquoise de chez Tiffany's ; heureusement, il ne l'avait pas vue. Harriet avait pensé : *un cadeau extravagant pour un premier rendez-vous ?* Puis elle s'était dit que c'était sûrement un cadeau pour se faire pardonner par sa Petite Maman. Après avoir fini d'injurier Harriet, Jacqueline avait dû être plutôt irascible avec son fils. Il fallait bien que tout ce mépris aille quelque part ; le chéquier de Jon servirait de pansement.

— Tu dois bien pouvoir faire quelque chose, légalement, non ? demanda Lorna, revenant sur le sujet principal de la journée. Cet enfoiré t'a quasiment accusée sur la place publique. Il y a des procès en diffamation sur Twitter, de nos jours.

— Non, je ne peux rien faire. Non seulement je n'ai pas assez d'argent pour l'attaquer en justice, mais je ne pourrais pas me permettre de perdre, et je ne supporterais pas l'idée qu'ils passent en revue les preuves pour savoir si j'ai fait ce qu'il prétend, c'est-à-dire sa parole contre la mienne... Et puis, même si je gagnais, « Harriet Hatley, photographe de mariage impliquée dans une affaire de violence psychologique », ça ne donne pas très envie de m'embaucher, si ? Les gens n'ont même pas besoin de croire à la version de Scott. Simplement, ils ne voudront pas être mêlés à tout ça.

Lorna soupira.

— Et si je faisais ma propre publication, pour réfuter ce que dit Scott, ça aurait un effet Streisand, non ? Tu sais, quand une tentative de mettre fin à quelque chose ne fait qu'attirer plus de monde.

— Ça ne peut pas se terminer comme ça, dit Lorna en frappant du plat de la main sur la table avec emphase. Il ne peut pas se comporter de la sorte et ressortir vainqueur. Si ça continue, je vais finir par croire que le karma n'est qu'un appât spirituel pour les adeptes du pollyanna.

— Ha. Au fait, je ne veux pas que tu penses que je t'en veux d'avoir eu complètement raison. J'aurais dû savoir que je devais écouter tes conseils, tu ne te trompes jamais, dit Harriet. J'ai fait une fixette sur cette lettre. Je ne voulais pas voir que j'allais secouer la cage d'un... détraqué, je dirais.

Une fois encore, c'était un échec de l'imagination comme protection intellectuelle : puisqu'elle ne voyait pas comment Scott pouvait lui faire du tort, alors il n'avait aucun moyen de lui en faire. *Faux.*

— C'est marrant que tu dises ça, parce que j'ai FINI PAR ADHÉRER à cette PUTAIN d'idée de lettre, rugit Lorna. Le fait qu'il puisse faire ça montre que tu dois DÉTRUIRE CETTE SOMBRE MERDE. Y'a plus qu'à trouver comment.

— Hahahaha. Je t'adore, dit Harriet en se penchant pour prendre son amie dans ses bras.

Scott pouvait prendre sa réputation, et possiblement son gagne-pain, mais jamais il ne pourrait lui ravir une nouvelle fois sa meilleure amie, et ce n'était pas rien.

— C'est tellement dingue, sa façon de reprendre chaque élément de la lettre et de déformer tout ce que j'ai décrit pour faire comme si c'était moi qui étais en faute, dit Harriet. Je me suis demandé, *est-ce que Scott croit vraiment à ce qu'il dit ?* Je crois que oui, tu sais. Il se raconte cette version si souvent qu'il doit penser que c'est la vérité. Sa suffisance est comme un psychotrope.

Harriet prit une profonde inspiration. Le vin l'avait un peu échauffée, et elle espérait qu'elle ne regretterait pas ce qu'elle s'apprêtait à dire, le lendemain matin. L'admettre allait à l'encontre du bon sens – elle n'en avait aucune envie mais, si elle ne l'exprimait pas, elle aurait l'impression de porter seule cette honte scandaleuse. Elle se souvint malgré elle de Cal lui parlant de Lily et de son père. Elle s'était vaguement demandé, sur le moment, pourquoi il lui avait raconté cette histoire alors qu'il était clair qu'elle le répugnait. Était-ce parce que, comme pour elle à présent, certaines personnes comptaient tant qu'il fallait qu'elles vous connaissent tout entier… ?

Harriet allait devoir faire vite, parce que si Lorna catégorisait cet élément comme un autre exemple des mensonges ridicules de Scott, Harriet perdrait tout courage. La manigance la plus sadique dans tout ça était de balancer l'humiliation la plus secrète de Harriet, et qu'elle soit authentique.

— Lorna. Il y a quand même un truc. L'histoire du sexe, le fait de supplier, dit Harriet, nerveuse. Cette partie-là est vraie. Ce n'était pas vrai que je le trompais, mais le reste… C'est là qu'il m'a eue :

c'était sordide. Je ne pensais vraiment pas qu'il aurait le culot de le dire au monde entier.

Elle ferma les yeux et secoua la tête.

— C'était comme un jeu de rôle, il *voulait* que je le fasse, tu sais ? Pour qu'il soit clair que c'était lui qui avait toutes les cartes en main. Ce que je déteste le plus chez Scott, c'est ce qu'il a fait de moi. Mais ce n'est pas comme si j'étais sortie de quatre ans de relation avec lui avec que du mérite.

— Oh ! punaise, t'en fais pas pour ça, dit Lorna en voyant à quel point Harriet était mortifiée.

Harriet tenta de lui rendre un sourire reconnaissant.

— Ça me fait penser, c'était comment ton rencard avec Gethin ? !

— Je ressens un profond mal-être vis-à-vis de Gethin.

— Oh non, pourquoi ?

— Il est super. Tout est super. On est officiellement ensemble et on a supprimé nos applications de rencontre. Ça ne pourrait pas aller mieux.

— Et… ?

— C'est tout. J'attends que ça me tombe sur le coin de la gueule !

— Ça ne tombera peut-être jamais !

— Hmmm. Bulles Hussein me déteste, mais ce prince démon déteste tout le monde. Enfin bref, oui. Pour l'instant, je concéderai que Gethin a l'air vraiment sain.

L'air penaud de Lorna la fit sourire.

— Et s'il était exactement ce qu'il semble être ? demanda Harriet, se rappelant l'ode de Sam à Cal.

— Peut-être. C'est l'espoir qui tue ! dit Lorna, repassant en mode Lorna. Je suis un peu en colère contre Rox qu'elle ne soit pas restée, ajouta-t-elle en s'approchant de la fenêtre. Je sais que tu ne lui en tiendras pas rigueur, mais elle sait bien comment ça se passe avec Scott. Avec tes meilleures amies, tu ne t'attends pas à te faire griller par un rendez-vous avec M. Bite.

— Oh ! non, dans un sens, ça me va qu'elle soit allée à son rencard. Ça me plaît que vous trouviez l'amour toutes les deux ; ça me donne de l'espoir. Même si j'y ai définitivement renoncé, moi ; je me contenterai d'un peu de paix.

Finir vieille dame célibataire, dans une maison au bord de la mer, mener une vie tranquille avec plein de chats et de chiens ? Elle prendrait. Si aucun homme ne la prenait, elle.

Dans le taxi du retour, avec *Bad Guy* à fond à la radio, Harriet posa sa tête contre la vitre vibrante et se l'avoua : ce soir, elle avait minimisé ce que Scott avait fait. Son acte aurait des répercussions néfastes sur le plan pratique, sur lesquelles elle avait fait exprès de ne pas s'attarder. Il était fort possible que Lorna s'en soit rendu compte aussi et qu'elle ait pensé qu'il serait malvenu d'en parler.

Il ne s'agirait pas seulement de trouver le bon moment pour dire à ses futurs amants potentiels qu'elle était cette-fille-accusée-de-maltraitances – en partant du principe qu'ils ne seraient pas prévenus en amont, sans quoi l'amour de sa vie pourrait swiper à gauche.

Et puis, elle ne travaillait pas dans une banque ou un bureau, en sécurité derrière une grande enseigne. Elle *était* son entreprise, laquelle reposait en partie sur le bouche-à-oreille. Son métier dépendait de l'opinion publique. Comme le disait Christian, le coach sportif, il ne fallait « que des bonnes vibes ». Harriet ne doutait pas qu'elle allait bientôt constater une baisse brutale et mystérieuse des demandes de réservation.

Elle avait passé en revue toutes les options qui s'offraient à elle, encore et encore, mais il n'y avait absolument rien à faire. Comme le disait l'adage, un mensonge peut faire le tour du monde, le temps que la vérité mette ses chaussures.

35

Harriet avait besoin de passer du temps avec des êtres humains sans l'entremise du wi-fi. Savoir qu'il existait une porte de toilettes virtuelle, couverte de graffitis parlant d'elle et que de parfaits inconnus y ajoutaient leurs gribouillis d'heure en heure, était tétanisant et épuisant. Elle essayait de trouver du réconfort dans de petites choses et, au moins, sa charge de travail dépendait de boulots prévus de longue date. Ce samedi-là, l'union des cinquantenaires Ross et Betty au Faversham lui mit du baume au cœur, une fois passé le sentiment de vulnérabilité quand elle était entrée dans la pièce bondée. C'était réparateur de discuter dans un espace physique, et non avec des individus qui se servaient d'épithètes monosyllabiques et d'émoticônes représentant une poubelle.

La vie continuait. Tout le monde la traitait comme une photographe de mariage, à part – elle n'était pas sûre – quelques jeunes de vingt ans qu'elle crut surprendre en train de l'observer de manière un peu trop appuyée pendant la réception, têtes baissées, téléphones au creux de la main.

Elle savait que les gens de l'ancienne génération diraient « ce n'est pas le monde réel, ça va se tasser ». Harriet avait désactivé son Facebook personnel, qu'elle utilisait peu. Un jour ou l'autre, ce que Scott avait fait deviendrait un vague souvenir, le dossier prendrait la poussière aux archives et serait oublié. Ce n'était pas comme si cette histoire allait devenir une légende qui se passerait de génération en génération.

Mais elle savait aussi qu'il y avait des dizaines de personnes « démasquées » pour des actes répréhensibles qui ne pouvaient jamais revenir sur Internet comme avant, à cause d'un genre de guerre d'usure. Elles devenaient la cible, sur un sujet en particulier, de justiciers qui considéraient que jamais ces gens-là ne devraient être autorisés à oublier. Pour eux, elle n'était pas Harriet Hatley la photographe mais Harriet Hatley le bourreau.

C'est pourquoi il n'était pas encore sûr d'activer les commentaires sur sa page professionnelle, et Harriet ne pouvait pas prédire quand ça le serait. Elle devait arrêter de se focaliser sur le fait que, depuis trois jours que Scott avait fait sa publication, elle n'avait eu aucune demande de réservation. C'était inhabituel, en haute saison.

Elle ne savait pas si elle serait capable de gagner sa vie dans un an. La veille, dans la panique, elle avait signé pour une location à Chapel Allerton, essayant de devancer la possibilité que des propriétaires potentiels fassent le lien entre la Harriet Hatley qui cherchait une location et la Harriet Hatley Exterminatrice d'Hommes. Elle ne pouvait pas leur cacher ce qu'elle faisait dans la vie, puisque c'était lié à sa capacité de payer son loyer. Heureusement, ce propriétaire-là avait semblé indifférent à son identité, au point qu'il l'appelait « Heidi ».

Jusqu'où le poison de Scott s'était-il répandu, et combien de temps resterait-il dans le système ? Mystère. Seul le temps dirait si elle pouvait supporter les messes basses, ou si elle devrait mettre la clé sous la porte et faire renaître son entreprise de ses cendres sous un autre nom. Il lui faudrait des années pour tout reconstruire. Comment pouvait-il tout lui prendre, et à distance ? Cela ne devrait pas être possible.

Quelle victoire prodigieuse pour Scott, de lui voler ainsi son nom. De l'associer à une chose hideuse.

Et tout ça pour quoi ? Harriet avait traversé beaucoup de choses, elle se laissait encore bercer par les larmes avant de s'endormir le soir, et elle était arrivée dans la petite bourgade des remords défaitistes. Peut-être que ses nobles intentions de sauver une autre femme n'avaient été que des foutaises illusoires. Peut-être qu'elle aurait dû, comme Lorna avait tenté de lui montrer, analyser ses propres choix. Peut-être que Scott avait raison – peut-être qu'elle ne supportait pas de le voir s'épanouir et qu'elle s'en était pris à lui sans raison.

Quand elle rentra chez elle, en début de soirée, Cal était dans le salon, dans un T-shirt délicieusement moulant, les cheveux ébouriffés, en train de boire une bière. Harriet ressentit une envie irrépressible de lisser ses cheveux, suivie d'une bouffée d'émotions à la pensée qu'au moins, ici, elle était en sécurité. C'était ce qu'elle voulait : des soirées devant la télé, à parler de tout et de rien. Du réconfort, et de la compagnie.

— Salut ! Le mariage s'est bien passé ? demanda-t-il. Je suis en train de regarder un film de merde avec Ben Affleck, en toute détente dans mes chaussons Sonic le Hérisson. Et j'en ai plein d'autres des comme ça, dit-il en soulevant sa cannette de bière qui avait l'air tendance, mousseuse et amère. Tu veux te joindre à moi ?

Harriet regarda s'il plaisantait à propos des chaussons. La réponse était oui.

— Je n'arrive pas à croire que tu as vérifié, dit-il.

— Je prendrais bien une bière, merci. Je vais d'abord poser mes affaires.

Elle jeta son sac dans sa chambre puis passa prendre une cannette avant de le rejoindre. Après quelques minutes à écouter Ben Affleck parler d'une bombe nucléaire avec une équipe d'évaluation des radiations, Cal s'éclaircit la gorge.

— Harriet ?

— Oui.

— Tu sais, quand tu m'as appelé pour la loc, au tout début ?

— Oui ?

— Comment tu as fait pour être au courant avant même qu'elle soit en ligne ?

— J'ai une amie qui travaille dans l'immobilier. Elle a dit, « tiens, tu vas adorer cet endroit, je te refile le plan en prems ». Un peu culotté, j'avoue.

— Ah ! D'accord.

— Pourquoi tu poses la question ?

— Hum…

Il y eut un silence pesant pendant lequel Harriet tenta de démêler ce sophisme et le pourquoi du ton un peu forcé de Cal, habituellement si désinvolte.

— Oh mon Dieu, s'étrangla-t-elle, en nage tout à coup.

En déchiffrant l'expression de Cal, elle comprit ce qui se passait. Il avait vu la publication de Scott. Il en avait parlé avec d'autres gens. Il se demandait si c'était une tarée et, si c'était le cas, si son arrivée inopinée pouvait indiquer qu'il était sa prochaine victime.

Elle savait qu'il y avait un risque que Cal en entende parler, mais elle espérait qu'il soit assez éloigné de Scott Dyer pour que ça prenne du temps. Non seulement elle était vexée qu'il doute d'elle, mais c'était un coup dur après le réconfort trompeur du mariage du jour. Elle sentit la menace omniprésente des larmes monter de nouveau en elle.

Tout le monde était au courant. Cette histoire allait la suivre partout. Peut-être qu'au mariage, sachant qu'ils ne pouvaient pas la décommander à la dernière minute, ils s'étaient tous mis d'accord pour ne pas aborder le sujet.

Comme le silence de Cal s'éternisait – des secondes qui semblaient des minutes –, Harriet dit lentement :

— OK, tu es au courant pour Scott Dyer, et c'est comme ça

que tu réagis ? Tu me sondes pour voir si j'ai complcté pour emménager chez toi, pour vérifier si sa mise en garde pouvait s'appliquer à toi ?

— Non ! Ce qu'il s'est passé, c'est que…

Soudain, elle fut furieuse. Furieuse que, de toutes les merdes qui lui étaient arrivées ces dernières semaines, Scott ait aussi gâché *ça*. Elle s'étouffa presque de colère. Il était temps de rétablir la vérité.

— Scott est un menteur, un manipulateur et un calculateur coercitif. Il m'a presque brisée quand on était ensemble. Si en lisant ce qu'il a écrit tu as pensé que ça pouvait me ressembler, alors tu peux aller au diable avec lui. Heureusement que je déménage dans quatre semaines.

Harriet n'avait pas encore donné la date de son départ à Cal, mais cela semblait être à présent le moment opportun.

Elle se leva d'un bond, sous le coup vif d'une colère imprégnée d'embarras, et monta dans sa chambre en tapant des pieds. Elle claqua la porte et la ferma à clé, haletante.

— Harriet ! Harriet ? dit Cal de l'autre côté de la porte quelques instants plus tard. Je t'en prie, laisse-moi t'expliquer pourquoi j'ai dit ce que j'ai dit !

Elle ne répondit pas, s'allongea sur son lit et mit un oreiller sur sa tête. La victoire de Scott sur elle était quasiment totale. Elle avait cru que Cal était une oasis loin de tout cela, une échappatoire. Elle avait même pensé qu'ils partageaient une certaine affinité.

Harriet respira contre le tissu dans le noir et sentit un désespoir nouveau, un découragement total. Elle avait cru se libérer, le jour de la dispute au magasin de bricolage, mais était-ce le cas ?

Elle voyait, pour la première fois, que l'ombre de Scott avait continué de planer sur sa vie post-Scott, ce qu'elle n'aurait jamais avoué si elle n'était pas, comme le disait Lorna, à la rue. Elle avait tourné la page, mais elle ne s'en était jamais remise. Une distinction importante.

Ce n'était pas seulement qu'il l'avait suivie jusqu'ici. Il n'était jamais vraiment sorti de sa vie.

Meurtrie, encore dans l'évitement et dans une grande confusion psychologique, Harriet pouvait enfin admettre qu'inconsciemment elle s'était servie de Jon comme d'un centre de désintox. Ce n'était pas juste. Un cœur brisé et des fiançailles rompues plus tard, c'était à son tour de casquer.

Grâce à cette obsession vouée à l'échec de se mêler d'une histoire qui ne la regardait pas, son métier était en danger et elle avait été accusée de ce dont elle avait en réalité été victime.

Harriet souleva légèrement l'oreiller en entendant le pas étouffé de Cal qui quittait son poste pour redescendre. Elle roula sur le dos et poussa un soupir tremblant.

Elle s'était résignée au fait que personne ne saurait jamais ce qu'il s'était passé entre Scott et elle. Ce n'était pas juste, mais tant pis. Au moins, elle pouvait se regarder en face. En revanche, qu'une multitude d'inconnus ait désormais une opinion sur leur relation et qu'*elle* soit considérée comme l'agresseur ? C'était intolérable. C'était la manipulation psychologique exercée par Scott poussée à son paroxysme. Il se fichait peut-être de ce que les autres ressentaient, mais il était un véritable expert pour identifier leurs points faibles et appuyer là où ça fait mal. « Un pervers narcissique a de l'empathie, avait-elle lu un jour, il sait que cela vous affecte – mais il s'en moque. »

Le changement d'attitude de Cal avec elle était un rappel brutal : ses proches connaissaient la vérité, mais ils se comptaient sur les doigts d'une main. Pour le reste du monde, elle aurait toujours un point d'interrogation au-dessus de la tête.

Rien de tout cela n'aurait dû se produire. Harriet avait l'impression d'être une candidate dans un jeu télé qui n'est pas satisfaite de ses gains et les remet en jeu, pour repartir sans rien. Elle avait envie de jeter des objets, de casser des meubles, de marteler des choses. Au lieu de ça, elle resta allongée sur le lit sans bouger, amorphe, abattue.

Elle avait voulu montrer que Scott Dyer n'avait plus aucune emprise sur elle. Elle avait fini par prouver le contraire.

36

Une heure plus tard, on frappa doucement à sa porte.

— Harriet, appela Cal. Tu vas bien ? (Une longue pause.) S'il te plaît, sache que je suis désolé, vraiment. C'était une manière stupide d'aborder un sujet qui doit te mettre dans tous tes états. Je suis complètement de ton côté et j'aurais dû être plus franc.

Même du fond de son angoisse, elle devait concéder qu'il était charmant. Peut-être était-ce même… de l'intelligence émotionnelle ?

— Va-t'en, dit-elle, ne le pensant qu'à moitié, telle une ado boudeuse.

Elle était toujours allongée sur le lit, les yeux rivés sur le plafond, gonflés mais secs, à court de larmes. Elle savait que son attitude était indigne, mais elle devait en passer par là pour ressortir de l'autre côté. Si Cal était vraiment désolé, s'il tenait vraiment à elle, il le supporterait.

— S'il te plaît, est-ce que je peux te faire mes excuses et m'expliquer face à face ? demanda Cal.

— Non. Fais-le à travers la porte.

— D'accord. Attends, je m'assois.

Elle entendit le bruit du T-shirt de Cal frottant contre le mur.

— Il y a un mot allemand, *Zugzwang*, pour décrire la situation dans laquelle, quel que soit le coup que fait le joueur d'échecs, ça ne peut faire qu'empirer les choses. C'est comme ça que je me sens dans l'immédiat, parce que je n'ai pas dit ce que j'ai dit pour les raisons que tu penses ; je ne doutais pas de toi. Mais elles restent merdiques.

Harriet resta silencieuse. L'indignité de ce qu'il savait lui donnait des palpitations. Cal Clarke – l'irrésistible, l'auréolé, le pass prioritaire à vie – avait lu qu'elle avait supplié son ex pour coucher. Elle avait envie de crever. Elle roula sur le côté, et la lumière entrant sous la porte lui fit cligner les yeux, qu'elle ferma pour contrer son humiliation. Elle avait l'impression d'avoir été jetée nue sur la place du village, et que Cal était venu voir la Marche de la honte. Il n'était pas possible de rester calme et digne alors qu'elle était à poil et qu'il était canon – même s'il ne pouvait rien y faire.

— Une collègue m'a montré le truc sur Facebook.

— Comment savait-elle que tu me connaissais ?

— J'ai parlé de toi. Certains t'ont rencontrée à mon anniversaire. Elle ne connaissait pas ton nom de famille, mais elle en savait assez pour faire le lien.

— Pourquoi as-tu parlé de moi ?

Harriet savait qu'elle était d'une irritabilité stupide, mais bon, elle n'avait plus rien à perdre.

— En tant qu'amie. Je crois que ton nom est d'abord venu comme recommandation pour un mariage.

— Hmmm.

— Cette collègue a commencé à me taper sur le système, en suggérant que je ne connaissais pas la vraie nature de la fille qui louait une chambre chez moi. J'ai dit bien sûr que si. Elle a dit : « Tu ne trouves pas ça improbable, qu'elle se pointe chez toi comme par hasard alors que c'était la photographe de ton mariage », et...

Elle l'entendit hésiter.

— ... que tu devais savoir que j'étais célibataire et que tu m'avais pris pour cible.

Harriet tressaillit. Elle imagina Cal en train d'y réfléchir, de revenir sur leurs interactions à la recherche d'indices.

— Je lui ai dit d'arrêter ses âneries. Elle s'est rappelé qu'on avait passé un accord sans se voir. Elle a dit : « Elle n'a pas été la première à t'appeler, alors que l'annonce n'était même pas publiée ? Comment a-t-elle su qu'elle pouvait t'appeler avant même que l'annonce soit en ligne, si elle ne te connaissait pas ? » Je n'ai pas su répondre. Évidemment, je savais que ce n'était pas parce que tu manigançais quelque chose. Je voulais avoir une réponse toute prête pour la prochaine fois où elle aborderait le sujet, c'est tout. J'aurais dû te dire pourquoi je posais la question au lieu de fouiner comme un empoté. Je ne voulais pas mentionner le post Facebook avant que tu le fasses. Évidemment, comme tu n'es pas stupide et que tu n'avais pas bu autant d'IPA à 6 % que moi, tu as tout de suite fait le lien. Et voilà où on en est.

— Tu n'as pas fait la commère, genre « Oh mais oui et SI ma locataire était dérangée ? »

— Non, bien sûr que non ! s'écria Cal avec une indignation qui lui parut sincère. Pour ce que ça vaut, même si je ne t'avais pas connue, j'aurais pensé que c'était que des conneries. Il y a au moins une dizaine de trucs pas logiques dans son histoire. Par exemple, pourquoi fouillait-il dans ton téléphone ?

Qu'un outsider comprenne qu'elle avait été calomniée la fit grimacer : elle était à la fois reconnaissante et de nouveau humiliée qu'il le sache.

— Ça aurait été tout aussi absurde avec une photo suggestive, mais Scott a pété un câble devant la photo d'une robe banale dans une cabine d'essayage de chez Topshop, s'efforça-t-elle de préciser, refusant qu'il puisse avoir une piètre opinion d'elle. Elle n'était « provocante » qu'aux yeux d'un grand-père de l'ère édouardienne.

— Je ne remets pas ta parole en cause. C'est un de ces types qui se croit tout permis, et qui ne se rend pas compte que ça se voit. Il n'arrête pas de se trahir dans son texte.

Cela apaisa un peu Harriet. Ses propos allaient dans le sens de ce que Lorna avait dit. Cela lui donna l'espoir que certains avaient vu clair dans son jeu.

— Contente de savoir que ma réputation de tyran poivrote est arrivée jusqu'à la rédaction du *Yorkshire Post*.

Puis, plus doucement :

— C'est tellement… humiliant, Cal.

— Ça t'aiderait si je m'humiliais aussi ?

— Je ne sais pas. Tu peux toujours essayer.

— Je crois que j'ai en partie lâché ma question comme un débile parce que… quand j'ai lu ça, je me suis senti protecteur envers toi, mais aussi un peu… possessif, j'imagine ?

Harriet sentit son cœur s'emballer, et elle s'intima sévèrement de ne pas être trop touchée par ses mots.

— Tu es mon amie et il y a cet ex qui dit des choses bizarres et méchantes sur toi. Je savais qu'il inventait. Mais il décrivait un moment de ta vie où je ne te connaissais pas. Cela m'a un peu désorienté, donné un sentiment de… jalousie. Puis ma collègue s'est mis à m'accuser de ne pas te connaître, alors que je suis persuadé du contraire. Ça m'a perturbé.

Harriet déglutit, non sans mal.

— Je sais que ça paraît égocentrique et affreusement inapproprié. D'autant que tu as trente-quatre ans, donc évidemment que tu as eu une vie avant Jon-de-fer-à-repasser, avant d'emménager chez moi… et… oh bon sang, arrête de parler, Cal… Oui, bon, voilà. Ce que j'ai ressenti en lisant ça, c'est : *putain t'es qui pour elle, comment oses-tu ?* Rien d'autre. Je me suis bien humilié, là, non ?

En réalité, Cal avait sans le vouloir touché une corde sensible. Harriet se rappela qu'elle avait ressenti une pointe de jalousie irrationnelle quand Cal lui avait parlé d'une amourette qu'il avait eue treize ans plus tôt. Étaient-ils tous les deux… en train de…

succomber ? ! Sûrement pas. Non. Rappel des faits : il sortait avec des filles dont il ne lui parlait pas. Mais tout de même, c'était agréable qu'il la défende. C'était une cuillère à café de sucre dans le café froid et très amer qu'était sa vie.

— Non. Avec Scott, je gagne une fois pour toutes le concours des ex horribles, je pense qu'on est d'accord. Coupez la ligne, votre vote ne compte plus, dit Harriet d'un ton conciliant.

— Oh ! je n'en suis pas si sûr…

Harriet se leva, écarta les cheveux de son visage, se regarda dans le miroir (rien à faire pour ses yeux bouffis), et fouilla dans un tiroir à la recherche d'un morceau de papier bien précis. Elle ouvrit sa porte. Cal était assis, ses pieds en chaussettes calés contre le mur opposé. Il la regarda, l'air craintif.

— En gros, tu rejettes la faute sur une femme ? dit Harriet.

— *Zugzwang !* s'écria-t-il en souriant.

— C'est toi, le gros zugzwang.

Quand il se leva, Harriet donna la carte du fleuriste à Cal.

— Tu te rappelles quand tu as cru que j'avais reçu ces fleurs de la part d'un client ? C'était Scott. Je l'avais croisé à un mariage avec sa fiancée peu de temps avant, et elle avait l'air aussi abattue que moi autrefois. Je lui ai écrit une lettre pour lui raconter ce qu'il m'avait fait et lui dire « tu n'es pas seule ». Ce bouquet, c'était la promesse de Scott qu'il allait se venger. La publication Facebook, c'est sa vengeance.

Cal fronça les sourcils.

— C'est vraiment flippant, Harriet. Tu aurais dû me le dire. On aurait pu aller à la police.

— Ni toi ni eux n'auriez pu faire quoi que ce soit, et je ne savais pas quelle forme prendraient ses représailles. Après le cirque de Jon, j'ignorais comment tu le prendrais. Quelle locataire de rêve je fais.

Cal lui rendit la carte.

— J'aurais posté des sentinelles avec mitrailleuses.

Elle rougit.

— Sérieux, Harriet. Scott est une pourriture. Sur la tête de Sam, je n'avais pas besoin que tu me dises que tu ne t'étais pas comportée comme ça. Je ne faisais que chercher la confirmation d'un point de détail, rien de plus.

Harriet pensa à son coup de gueule contre l'irrespect des gens qui jugent une situation sans la connaître véritablement. Au moins, Cal posait la question.

— Tu es pardonné, dit Harriet, plus détendue. Tiens, j'ai une question. Pourquoi quelqu'un a écrit sur le mur de ma chambre qu'il ou elle te déteste ?

— Hein ?

Elle invita Cal à entrer dans la pièce et lui montra l'inscription.

— Euurk, Ned le Tout Nu. Ton prédécesseur. Le mec qui se trimballait à poil et faisait la grosse commission la porte ouverte. C'était M. Hippie Cool, jusqu'à ce que je lui dise que ça ne fonctionnait pas et qu'il pourrait éventuellement chercher ailleurs. Il a pété les plombs. Après coup, j'ai trouvé des petits mots coincés entre des bouquins ou pliés dans la cafetière, remettant en cause les antécédents familiaux de ma mère, dirons-nous. Je me suis estimé heureux qu'il ne me batte pas à mort avec son didgeridoo customisé pendant mon sommeil. Et c'est pas un euphémisme.

— Hahaha. Et pourtant, tu n'as même pas voulu me rencontrer ?

— Ta voix m'a plu, dit Cal en haussant les épaules, sourire aux lèvres.

D'une certaine manière, il aidait son cœur à guérir, se dit Harriet.

37

— Salut ma poule, pardon de crier, je suis sur la route en mode haut-parleur ! dit Bryn.

En effet, si on se fiait au bruit de fond, on aurait cru que le concurrent de Harriet était au sommet de Scafell Pike par grand vent. Bryn était d'ordinaire une grande gueule mais, sur haut-parleur, il atteignait le volume « stade de foot lors d'un but ».

— Salut, Brinners, comment ça va ? dit Harriet de mauvaise humeur, en écartant légèrement le téléphone de son oreille.

Il avait déjà essayé de l'appeler cinq fois ce matin.

C'était un dimanche, plus de dix jours après la publication de Scott, et elle n'avait toujours reçu aucune demande – sauf si on comptait un mail envoyé directement sur son site sollicitant son tarif le plus bas possible et qui avait clairement été copié-collé à tous les photographes de la région. Plus besoin de chercher à savoir si Scott avait, oui ou non, nui à son gagne-pain : la réponse était évidente.

Elle pensait se débarrasser vite fait de Bryn sur le chemin de Kadas, où elle rejoignait Lorna pour le déjeuner, et répondit à sa sixième tentative. De la part de n'importe qui d'autre, cette insistance disproportionnée serait à la limite de l'intimidation, mais Bryn était comme un bébé labrador : surexcité, et inoffensif.

Il valait mieux ranger sa porcelaine fragile, cela dit – la porcelaine fragile étant la psyché délicate de Harriet.

— Pas trop mal, ma poule. Ouais, donc je voulais te prévenir, il y a une rumeur ignoble qui court à ton sujet.

Harriet ferma les yeux.

— Oui, je sais.

— Ah, okay, je me demandais si tu savais. Comme quoi tu tapais ton ex ? Je ne vais jamais sur Facebook, mais quand on m'en a parlé, j'ai dit « il est grand comment, l'ex ? Harriet est aussi intimidante que Minnie the Minx dans *The Beano* », ahahaha. Désolé, pas très politiquement correct. La violence n'est jamais une solution. Même quand les gens posent la question, ahahaha.

— Personne n'a frappé personne, je t'assure, dit Harriet, s'efforçant de paraître calme et ferme alors qu'elle souffrait le martyre. Scott a tout inventé de A à Z parce que c'est un connard rancunier. Et les gens continuent de relayer.

— Bien sûr, ma poule, mais pas besoin de me convaincre. Tu es une perle et je l'ai toujours dit. Le truc, c'est que ton couple à Oulton Hall, dans quelques semaines, Felix et Margaret ? Ils m'ont demandé de te remplacer à cause de ça. J'ai dit que je ne le ferais que si ça ne te dérangeait pas et qu'ils devraient dire au revoir à leur acompte. Tu me connais, je suis réglo. Je ne veux pas te voler tes résas dans un moment de creux.

Un moment de creux.

Ça faisait mal. Harriet savait qu'elle perdait des clients potentiels, mais renoncer à ceux qui l'avaient déjà engagée ? Qui l'avaient rencontrée ?

Elle s'efforça de garder un ton léger, malgré la tourmente qui l'agitait.

— Ils veulent vraiment me saquer à cause d'une critique en ligne d'un ex-petit ami où je ne suis même pas nommée ? C'est la jungle, hein ? Je ne savais pas que ma réputation était si fragile.

Harriet voulait montrer à Bryn que ça pouvait arriver à tout le monde, même si, quand elle repensait à l'histoire baroque entre Scott Dyer et elle, elle se trouvait bien crédule.

— Ouais, comme je l'ai dit à Margaret, je doute qu'un seul d'entre nous ait envie que ses ex fassent ses lettres de recommandation. Ma première femme m'appelle Bryn Laden, hahaha. Je ne crois pas qu'ils pensent que tu vas te transformer en diable de Tasmanie sur place. Margaret dit qu'elle ne veut pas que ça fasse de l'ombre au reste. J'ai dit que ce ne serait pas le cas mais, tu sais, quand une mariée se met une idée en tête…

Tout se passait comme elle l'avait pressenti. Ils n'avaient même pas besoin de croire que tout ce que Scott disait était parole d'évangile, seulement de sentir le parfum de scandale qui flottait autour d'elle pour se laisser dissuader. Le déshonneur, voilà ce qu'elle avait gagné, et ce n'était pas ce qu'on voulait pour son grand jour.

— Vas-y, accepte le boulot, t'inquiète. Ce n'est pas comme si j'avais envie de le faire s'ils ne veulent pas de moi.

Elle avala la boule qui lui serrait la gorge et resta désinvolte.

— Merci d'être si réglo, Bryn. J'apprécie. J'ai la sensation que je vais avoir besoin d'alliés dans les mois à venir.

Ou les années à venir.

— Pas de souci. Demain ce sera de l'histoire ancienne, ma poule. J'ai un double appel, je dois te laisser ! À plus.

Les manières de Bryn lui tirèrent un faible sourire. Quand il employait une personne comme assistante administrative, il s'autoproclamait P-DG dans la signature automatique de ses mails.

Harriet était sensible à l'intention, mais elle n'était pas sûre que « demain ce sera de l'histoire ancienne » fasse le poids face au site de Mark Zuckerberg au XXIe siècle. Sur Internet, tout passait à la postérité.

Quand Harriet arriva au Kadas, Lorna avait déjà commandé les mezzés : c'était un de leurs endroits préférés, et le menu était un vieil ami, elles n'avaient pas besoin de réfléchir à une quelconque logistique.

Lorna poussa une assiette de dolmas farcies vers Harriet.

— J'ai eu une idée incroyable, dit Lorna, qui passa en mode distraction pour exposer son plan de vacances entre filles dans les Cornouailles.

Harriet serra les dents.

— J'adore l'idée, mais je ne peux pas vraiment me le permettre tant que mes revenus seront en chute libre, et il est possible que Roxy se mette à son compte.

Elle mit sa main sous sa feuille de vigne pour attraper le riz qui s'en échappait.

— Pfff. Ça ne coûtera presque rien parce que je me charge du logement. Attends, plutôt que de l'expliquer deux fois, je vais appeler Rox.

Lorna tapa sur son téléphone et le mit en haut-parleur sur la table, calé contre une bouteille de bière. Kadas était assez bondé pour qu'elles ne dérangent personne.

— Rox, réunion SacsàPutes. Je vote pour qu'on remonte le moral de Harriet en partant en week-end prolongé. Je sais que vous n'êtes pas blindées de thunes l'une et l'autre en ce moment, mais il me reste des congés à me faire payer que je gardais sous le coude. J'aimerais dépenser ces sous en louant un cottage pour un long week-end. T'en dis quoi ? Est-ce que tu as des bottes de pluie au moins ? Sinon une villa, dans un endroit chaud. Et merde, si tout ce qu'on arrive à faire, c'est marauder au Windsor de Legoland avec des cannettes de gin et faire peur aux enfants, on se fendra quand même la poire.

— Oh ! ce serait avec plaisir, mais Nouveau Mec et moi on pensait partir un peu. Je préfère garder mes week-ends libres.

Elle leur avait raconté qu'elle s'était éclatée à son rendez-vous Tinder, et Harriet était contente que Roxy ne l'ait pas loupé pour écouter ses jérémiades concernant Scott. Quand on s'investit dans les rencontres en ligne, c'est comme jouer au loto : on craint toujours que la fois où on passe son tour sera celle où les bons numéros sortiront.

— MDR, quoi ? Tu ne veux rien faire avec nous au cas où I te propose quelque chose ? Réserve un moment pour nous et vois avec lui pour une autre date. Ou l'inverse, si tu veux habiter dans une Gilead[1] de ta création.

— C'est plus compliqué que ça, ça dépend de quand il pourra prendre des congés au boulot.

— Joseph-le-grand-chef-de-la-haute-finance ne fait pas la loi sur ses congés annuels ? dit Lorna en levant les yeux au ciel. Et puis, on a besoin de toi. Harriet, ici, a besoin de toi.

— C'est un peu du chantage émotionnel. Merci, mais c'est non merci pour l'instant, dit sèchement Roxy.

Lorna regarda Harriet, sourcils froncés. Harriet ne comprenait pas davantage. C'était nouveau.

Roxy les avait un peu tenues à distance ces derniers temps, affichant clairement son indifférence pour des rendez-vous pourtant importants. Harriet n'avait rien voulu interpréter. La vie se mettait toujours en travers et, si on était un véritable ami, il ne fallait pas essayer de prendre ses amis en défaut, tout ça tout ça. Pour autant, l'annonce de ses priorités semblait plutôt rude – et ingrate, compte tenu de la proposition de Lorna de les inviter toutes les deux.

— Et puis, poursuivit allègrement Roxy face à leur consternation muette, sans vouloir paraître insolente, Harriet a cherché tout ce qui lui arrive. Elle a écrit une lettre à la fiancée de son ex pour lui dire que c'était un connard. Franchement, qui fait ce genre de chose ? ! Évidemment qu'il se défend. C'est normal. Je comprends qu'il soit furax, à vrai dire.

Lorna regarda de nouveau Harriet, et son air sidéré exprimait

1. Référence à la République de Gilead du roman de Margaret Atwood, *La Servante écarlate*.

tout à fait ce que Harriet ressentait. Il était clair que Roxy n'avait pas compris que Harriet était physiquement présente au côté de Lorna, et il était trop tard pour le lui dire sans rendre la scène encore plus pénible pour toutes.

— Tu n'es pas sérieusement en train de défendre Scott Dyer ? Et puis quoi encore, tu vas défendre le droit des guêpes d'aller dans nos bières ?

— Il a toujours été affreux ; je suis d'accord, c'est un monstre. Mais Harriet trouve toujours le moyen de se faire passer pour une victime, même quand elle est en tort.

Harriet posa son falafel. Elle avait soudain perdu l'appétit.

— Elle n'est pas en tort. Scott la maltraitait, dit Lorna, l'air embarrassée, n'ayant aucun moyen de dire à Roxy d'y aller mollo.

— Oui, mais ça, elle le savait avant de le provoquer. Sans raison particulière.

Harriet sentait sa bouche s'assécher et son cœur battre à tout rompre dans sa poitrine. Tout cela était si dévastateur qu'elle n'arrivait plus à dissocier ce qui relevait de la pure cruauté d'une vérité qu'elle ne voulait pas entendre.

— Elle essayait d'aider sa fiancée, dit Lorna d'une petite voix.

Roxy pouffa à l'autre bout du fil, sceptique.

— Non mais franchement, Lore. Elle voulait que cette fille quitte Scott pour le récupérer. Et maintenant que ça lui a explosé au visage, c'est *pauvre Harriet*. Je ne dis pas que ce n'est pas triste pour elle, mais comme on fait son lit, on se couche.

Lorna bafouilla des objections et, après un « je te rappelle », raccrocha à la hâte.

— Putain. C'était ma faute, s'empressa-t-elle de dire. C'est une idiote, et je vais lui sonner les cloches la prochaine fois que je la verrai. Mais je m'en veux de vous avoir fait subir ça à toutes les deux.

— Mais elle a raison, non ? souffla Harriet, qui essayait d'empêcher sa lèvre de trembler. Je l'ai bien cherché.

— Non, elle n'a pas raison, elle est égoïste et insouciante et...

dure, et elle me déçoit beaucoup, dit Lorna, presque au bord des larmes elle aussi. Le nombre de fois où tu l'as aidée à se relever après qu'un mec de merde l'a maltraitée, et elle fait ça ? Parce qu'elle pense qu'elle tient un truc bien avec ce type, ce Joseph ? Le problème, c'est que Roxy ne peut pas comprendre pourquoi tu ferais un truc par bonté d'âme, juste pour aider quelqu'un d'autre. Ça n'existe pas dans son monde. Jusqu'ici, ça m'avait toujours fait rire qu'elle n'ait aucun scrupule, mais peut-être qu'à trente-quatre ans on commence à ne plus trouver ça drôle, mais à trouver ça... bref, à le remarquer ! (Elle marqua une pause.) Les agents immobiliers, je te jure !

Harriet parvint à peine à lui adresser un sourire, et son amie regarda son bol de houmous saupoudré de paprika d'un air triste. Harriet n'était pas prête à psychanalyser Roxy, ni à minimiser son comportement par l'humour.

« Elle trouve toujours le moyen de se faire passer pour une victime. »

C'était une vraie douche froide quand Harriet aurait eu besoin d'une bonne dose de confiance en elle, comme celle qu'elle avait reçue quand Lorna et elle étaient allées se promener dans le parc en ce souriant dimanche matin, quelques semaines plus tôt. Cependant, cet instant était révolu, et elle en vint à se demander si elle avait voulu gâcher la vie de Scott avec un dessein secret, y compris d'elle-même.

Il était trop tôt pour évaluer les dégâts, mais pourrait-elle un jour revoir Roxy du même œil, en sachant que celle-ci pensait que Scott n'avait pas tort ? Même s'il y avait une part de vérité dans ce que disait Roxanne, si une amie pouvait assister à votre lynchage, hausser les épaules et prononcer ce « pauvre Harriet » avec sarcasme, était-elle vraiment votre amie ? Quelle ironie, bordel. Harriet avait passé des années à souhaiter que ses copines puissent comprendre le point de vue de Scott. Roxy s'y astreignait au pire des moments.

Lorna et elle firent semblant de penser à autre chose et papotèrent sur d'autres sujets, mais le déjeuner était gâché, et Harriet avait l'estomac noué. C'était inédit pour Lorna de se trouver à court de mots.

Quand elles se séparèrent, Lorna assura à Harriet :

— Je vais demander des explications à Roxy. Est-ce que je dois lui dire que tu as entendu ? Je vais établir clairement que je suis seule responsable de ce désastre.

— Oh ! non, dit Harriet. À quoi bon ? Ça ne servirait qu'à la crucifier, elle serait abattue, et ce n'est pas comme si elle pouvait retirer ce qu'elle a dit. Elle pense ce qu'elle pense.

— Mon intuition me dit qu'il y a autre chose derrière tout ça, dit Lorna. Ce qu'elle a dit ne lui ressemblait pas. Pourquoi elle parlait comme ça ?

Pour une fois, Harriet se dit que l'intuition de Lorna était purement illusoire.

Elle espérait ne pas être interceptée par Cal en rentrant, mais il sortit subitement du salon dès qu'il entendit la porte d'entrée se fermer.

— Je me demandais. Tu as besoin d'aide ? Pour ton déménagement ?

— Non, merci. Je crois que tout est sous contrôle, dit Harriet avec une vivacité joyeuse et friable, flirtant dangereusement avec le cri primal.

— Tu es sûre de vouloir partir ? Rien ne presse.

— Oui ! Franchement. Ça va.

— D'accord.

Cal ouvrit la bouche, puis la referma. Il la regarda avec curiosité mais – sentant peut-être son agitation – se retint.

Elle hocha la tête pour mettre fin à la discussion, et le dépassa pour monter l'escalier.

— Ça va ? demanda-t-il, l'air inquiet, et elle eut presque envie de lui tomber dans les bras en s'écriant NON en sanglotant.

Elle s'était déjà trop déchargée sur lui. C'était son *propriétaire*, pour l'amour du ciel, pas son Dindon de soutien émotionnel.

— Oui ! Ça va, fit-elle de manière peu convaincante.

Elle se retourna et sourit, un sourire forcé, bouche fermée, de brave petit soldat. Un sourire qui faisait aussi office de panneau NE PAS DÉRANGER.

Elle monta, ferma doucement sa porte, donna un tour de clé, et mit de la musique à bas volume pour étouffer le reste, puis, quand elle fut certaine que cela ne craignait rien, elle éclata en sanglots presque silencieux. Des sanglots vides, désespérés, étirant sa mâchoire, des sanglots qui venaient de sa poitrine, comme un cri déformant étrangement son visage. Elle se couvrit les yeux des deux mains et se délesta : de la solitude, de l'impuissance, de sa propre absurdité.

C'était comme si elle avait construit sa maison au bord d'une falaise et qu'elle la regardait tomber, petit à petit, dans la mer.

« Elle trouve toujours le moyen de se faire passer pour une victime. »

Elle avait perdu Roxy ou, du moins, une distance certainement permanente s'était créée entre elles.

Elle avait besoin que ses amies les plus proches comprennent – ou du moins qu'elles respectent – que Scott n'était pas *juste* un ex et qu'ils ne s'étaient pas *juste* séparés en mauvais termes.

Quand elle avait quitté Scott, Harriet avait interrompu un processus qui, s'il avait continué, aurait fait qu'il n'y aurait plus eu de Harriet à sauver.

Harriet pleura jusqu'à s'endormir et quand elle se réveilla, après un rêve angoissant où elle était nue au milieu du Reliance, elle sut que la maison était vide. Cal devait être sorti avec Potesse anonyme.

Elle n'avait pas faim, et l'alcool ne ferait que la mettre encore plus au fond du trou. Elle resta allongée dans le noir et chercha son téléphone à tâtons. Si rien ne pouvait l'aider, si tout était perdu, pourquoi ne pas céder à la tentation de la pire chose qu'elle puisse faire ? Elle retourna sur la publication de Scott.

C'était comme gratter une croûte, sauf que cela ne traduisait pas le niveau d'automutilation qu'elle s'infligeait... Joue-t-on avec une croûte alors qu'on est allongé dans un fossé en train d'attendre les secours ?

Le nombre des partages et des likes était stationnaire, mais il y avait de nouvelles tartines sur la nature vicieuse et les problèmes mentaux spécifiques et hauts en couleur de Harriet. Elle avait à présent orchestré ses retrouvailles avec Scott au mariage afin de « foutre sa vie en l'air », et ceux qui connaissaient la loi sur les délits de harcèlement donnaient des conseils pour gérer un harceleur, parce qu'il était sûr et certain que H allait encore frapper. Harriet commença à avoir envie d'endosser le mononyme H et un costume en lycra pour venger les femmes maltraitées.

Son œil fut attiré par un commentaire récent, datant d'à peine une heure, presque à la fin du fil de discussion.

> Nina Jackson
>
> Bonjour tout le monde ! Je ne suis pas « H » et je ne sais pas si quoi que ce soit est vrai là-dedans, mais pour ce que ça vaut, je suis sortie avec Scott Dyer pendant trois ans après la fac, et ça a été de loin les pires années de ma vie. À vrai dire, tout ce qu'il décrit ici ressemble à la façon dont *lui* se comporte en couple, donc je me demande s'il ne fait pas une crise à la *Fight Club* Edward Norton/Brad Pitt. Quoi qu'il en soit, ce n'est pas le héros des hommes maltraités, ça, j'en suis sûre. Vous vous êtes trouvé un narrateur qui n'est pas digne de confiance. Nina xoxo[1]

Alors que Harriet clignait les yeux d'émerveillement devant ce jaillissement de pure magie, il disparut.

1. Synonyme de « Bisous bisous ».

38

Où était-il parti ? Où était-il ? ! Harriet cliqua frénétiquement sur « Actualiser », mais le message s'obstina à rester absent, tel un mirage réconfortant disparu aussitôt vu.

Sauf que ce n'était pas le cas, puisqu'elle parcourait à présent les réponses à Nina, qui toutes comportaient la signature Internet d'une assurance butée :

Ciao Nina, sale troll

Hé tout le monde, H s'est trouvé une marionnette ! ☺

Croyez-le ou non, pas besoin d'être parfait pour être une victime. Elle culpabilise la victime. Je Suis Avec Scott

Scott avait dû supprimer le commentaire de Nina. Cet enfoiré l'avait supprimé, mais le fait qu'il ait pris cette peine confirmait sa véracité aux yeux de Harriet. Quel plaisir de le savoir ébranlé, attaqué par un vélociraptor dans ce Jurassik Park hostile qu'il avait lui-même créé.

Heureusement, Harriet avait vu in extremis le nom de Nina – qui était assez peu commun pour ne pas nécessiter des milliers de résultats de recherche – et une photo de profil. Elle n'avait pas eu le temps d'ouvrir l'image, mais elle la reconnaîtrait si elle revoyait la miniature : c'était deux-tiers de ciel bleu.

Elle tapa NINA JACKSON dans la barre de recherche et elle

était là, en quatrième proposition. La photo en grand montrait une trentenaire séduisante qui levait les yeux d'un air espiègle vers une montgolfière portant le logo « Virgin » au-dessus de sa tête, en mode selfie marrant. Habite à : Prestwich.

Bon sang, pourvu que Nina ne soit pas un troll ou une affabulatrice. Elle pouvait aussi n'être ni l'un ni l'autre et ne pas être disposée à ce qu'on lui parle. Harriet se noya dans l'espoir psychédélique que Scott ne choisisse que des nanas sympas.

Harriet voulait à tout prix s'entretenir avec cette fille, elle avait besoin d'une confirmation et d'un lien. « Trois ans juste après la fac. » Harriet et Scott s'étaient rencontrés quand Harriet avait vingt-cinq ans. Nina était-elle la « sale rupture » ?

Harriet fut d'autant plus sûre que Nina était une ex grâce à la preuve non scientifique qu'elle avait de grands yeux, faisait plus jeune que son âge et était solaire, ce qui était le type de Scott, d'après ce qu'elle avait glané.

Elle ouvrit son ordinateur, réactiva son profil personnel, et la demanda en amie. L'industrie du mariage lui avait appris que si on envoyait un message à quelqu'un qui n'était pas dans son réseau, il tombait dans un onglet « Invitations » que personne ne consultait jamais. Elle ne pouvait pas prendre ce risque, donc elle devait tenter le tout pour le tout et demander impudemment Nina en amie. Il ne restait qu'à prier pour que celle-ci comprenne que cette Harriet Hatley de Leeds était la redoutée H, et qu'elle veuille bien lui parler.

Harriet vit « Invitation envoyée » sous le profil de Nina, et vérifia si cela disait la même chose sur son téléphone. Elle se rallongea sur son lit, serrant le téléphone dans sa main moite comme un détonateur.

Elle était certaine que la censure de Scott sur Nina prouvait que son témoignage était véridique. Harriet ne savait que trop bien que les témoignages dans ce fil n'étaient pas fiables, et que la véracité, l'exactitude et le bon goût n'avaient jamais intéressé le modérateur. Seules deux personnes avaient eu le pouvoir de le supprimer : Scott et Nina. Ou Facebook, sûrement, mais ce message n'avait violé aucune « règle de la communauté », à moins que *contredire quelqu'un* ne soit considéré comme un crime haineux.

Harriet se rappela que Scott avait bloqué Lorna, au début de cette affaire – probablement pas parce qu'elle avait pisté Marianne, mais plutôt parce que Scott avait cherché à neutraliser quiconque avait des infos de première main peu flatteuses sur lui.

Et pas seulement, tiens. Le fait qu'il efface ses ex n'était pas simplement du mépris ou de la culpabilité exacerbée. C'était un profond instinct de survie. Évidemment qu'il ne fallait pas qu'elles puissent comparer leurs expériences. Évidemment que Scott devait avoir la liberté d'inventer, de créer sa propre mythologie, de contrôler l'histoire. L'homme sans passé. Diviser pour mieux régner.

Harriet repensa au mariage de Danny et Fergus : le recrutement de Scott en tant que témoin s'était fait à un enterrement de vie de garçon, quelques années plus tôt. Tous les amis de Scott que Harriet avait rencontrés quand ils avaient commencé à sortir ensemble étaient alors des collègues de travail. Il ne l'avait plus présentée à personne au bout de deux ans. Ses amis et ses amantes devaient rester dans l'intensité et l'inexpérience d'une période de lune de miel, d'une fausse et trop rapide intimité – *regardez mon nouveau jouet !*

Il n'avait pas de Lorna, comme Harriet, ni de Sam, comme Cal. Pas de continuité amicale. Et ce n'était pas pour rien.

Elle regarda son téléphone. « Invitation envoyée. »

Combien de temps devait-elle laisser à Nina pour répondre, avant de conclure qu'elle ne voulait pas lui parler ? Certaines personnes, les personnes sensées qui avaient une vie, ignoraient les réseaux sociaux pendant des jours, voire des semaines d'affilée. L'écran du téléphone s'illumina.

Elle avait une notification.

Nina Jackson a accepté votre demande d'ami.

Le cœur de Harriet fit boum. Elle reçut un message alors qu'elle ouvrait l'application.

Salut ! Tu es « H » ? Nina x

Harriet tapa à la vitesse de la lumière.

Salut ! Malheureusement, oui. x

Les points firent des vagues pour indiquer que Nina était en train d'écrire, puis trois mots apparurent. Des mots inattendus qui prirent Harriet complètement au dépourvu, et qui la firent de nouveau fondre en larmes.

Tu vas bien ?

39

Harriet avait été bien entraînée à se sentir seule, mais jamais elle n'avait connu une si grande solitude que ces dernières semaines. Elle qui était pourtant doublement orpheline.

Les réactions à la publication de Scott lui donnaient l'impression qu'elle se noyait devant un groupe de spectateurs qui ricanaient et se réjouissaient sur la terre ferme. Même une de ses meilleures amies était restée plantée là à se faire les ongles, refusant de l'aider, en articulant : *Tu t'attendais à quoi ?*

Puis une parfaite inconnue fendait la foule, lui tendait la main et la sortait de l'eau. Une bonne samaritaine. Harriet tapa :

Ça va pas fort, pour être honnête, mais merci infiniment pour ton commentaire sous la publication, et d'avoir accepté ma demande d'ami ! Je t'en suis reconnaissante.

Aussitôt arriva une réponse, qui allait au-delà de ses espérances.

Oh ! pas de problème – c'est un putain de menteur professionnel. Je n'en croyais pas mes yeux quand c'est apparu sur mon fil d'actu. Je savais qu'il supprimerait mon commentaire. Et il m'a bloquée aussi ! Tu t'es mise avec Scott entre vingt-cinq et trente ans, c'est ça ? Tu dois avoir à peu près mon âge ? (J'ai trente-cinq ans)

Oui, trente-quatre ! Comment tu sais quand on s'est mis ensemble ?

Hah, parce qu'il n'a pas arrêté de me narguer avec ça !

On a beaucoup de choses à se raconter. Je ne veux pas paraître trop rendre-dedans, mais tu veux qu'on en discute par téléphone ? Je crois que ce serait un peu lourd de le faire par écrit. Je te proposerais bien un FaceTime mais je ne suis pas habillée et je ressemble à une botte de foin aujourd'hui x

* RENTRE-DEDANS ! Putain de correcteur.

Harriet n'en espérait pas tant.

OUI ! Merci. x

Elles échangèrent leurs numéros de téléphone et Harriet l'appela. Une femme à la voix jeune et chantante avec un accent du nord de l'Angleterre répondit.

— Allô ! Harriet ?

— Oui, bonjour… Nina ?

— C'est surréaliste, hein ? gloussa Nina. Bienvenue au Club des survivantes de Scott Dyer. Deux membres, et ce n'est que le début.

Harriet éclata de rire, un peu hystérique.

— Tu es la vilaine H ? Dis-m'en plus, dit Nina. Et ne fais pas gaffe aux bruits de bouche, j'étais en plein casse-croûte.

Elle était décontractée et, même par téléphone interposé, Harriet se sentit aussitôt à l'aise en sa compagnie.

S'efforçant de ne pas bafouiller, Harriet résuma ses années passées avec Scott, la rencontre au mariage, la lettre, les représailles de sa publication.

— Oh ! ça ressemble tellement au Scott dont je me souviens, ça me fout presque la chair de poule, Harriet. Je me suis toujours demandé s'il avait réglé toutes ses merdes après moi, mais on dirait bien que c'est devenu encore pire. Je vais te dire comment je sais quand tu l'as rencontré. Après notre rupture, Scott s'est arrangé pour que je voie une photo de vous dans des messages de groupe très « j'ai enfin trouvé une perle », bla-bla-bla, à se vanter. Tout ce que j'ai su ensuite par des amis, c'était que tu étais super pour lui, que tu le « détendais », comme si ça avait été *moi* le problème. Je ne dirais pas que j'étais jalouse de toi, vu que j'étais soulagée de m'être débarrassée de lui. Mais je t'ai mise sur un piédestal : tu étais cette belle déesse cool et intimidante qui savait le prendre.

— C'est fou d'entendre ça, vu la réalité des choses, dit Harriet.

Elle décrivit leur rencontre dans un dîner et dit qu'il lui avait plus tard parlé d'une « sale rupture ».

— Ah, oui, ce devait être moi. C'était sale pour lui, puisque mon père et ma mère sont intervenus. Ils se sont pointés et l'ont purement et simplement accusé de m'avoir prise en otage, ce qui était vrai. J'étais comme une grenouille dans une casserole d'eau chaude, tu vois, dit Nina en éclatant de rire.

Harriet voyait.

— Ça m'impressionne que tu lui aies dit stop à la fin. Si mes parents et moi n'étions pas aussi proches et qu'ils n'avaient pas vu ce qu'il se passait, je ne sais pas ce que j'aurais fait.

Cela faisait longtemps que personne, dans sa vie privée, n'avait qualifié Harriet d'impressionnante. Elle ne sut quoi dire, à part merci, et absorber ce compliment. Elle ne se laissait jamais aller à penser à ce qu'il se serait passé entre Scott et elle si ses parents avaient été en vie ; déjà parce que c'était sa responsabilité, et parce que c'était trop douloureux.

— On allait à la même université, à Cardiff, et en troisième année, on a fait le même module artistique, dit Nina. Il faisait le M. Sensible et amateur de culture et bla-bla-bla et croisait mon regard pendant le cours de dessin d'après modèle. Aujourd'hui, je me rends compte qu'il m'avait choisie pour cible et s'était pris d'un intérêt pour tout ce que j'aimais. À vingt et un ans, j'étais naïve, je ne voyais pas cette prédation, je me disais *waouh, on est trop des âmes sœurs.* Après mon diplôme je devais emménager avec des amis, mais il m'a convaincue de prendre un appartement avec lui à la place. Après c'était comme si on était mariés et les accès de colère ont commencé et, bah, tu sais comment il fonctionne. C'était comme des sables mouvants. Encore aujourd'hui, il m'arrive de dire à ma copine Daisy que je réagis de manière excessive à des trucs banals avec elle parce que je pense encore qu'être en couple, ça veut dire que l'autre va regarder les semelles de mes chaussures pour voir si je suis vraiment allée me balader dans le parc. Ah, oui, c'est un autre truc, j'aime dire que Scott m'a poussée à me tourner vers les femmes. Ce n'est pas vrai, je ne lui accorde aucun crédit pour quoi que ce soit, sauf mon inscription au kick-boxing, haha.

Harriet avait toujours été silencieusement critique envers les gens qui croyaient connaître Scott en se basant sur des rencontres brèves ; cependant, elle connaissait Nina depuis dix-sept minutes, et elle l'adorait sincèrement.

— Cette Marianne va l'épouser ? demanda Nina. Bon courage à elle ! Je compatis.

Harriet soupira.

— J'étais écœurée qu'elle me balance et lui montre la lettre. Cela dit, à l'époque, je l'ai laissé supprimer le numéro de ma meilleure amie de mon téléphone portable. J'étais pareille, je sais comment il retourne le cerveau.

Harriet n'oublierait jamais comment elle s'était sentie en se pointant chez Lorna, dans l'après-Scott. Elle pensait qu'elle lui claquerait la porte au nez ou lui crierait dessus ; au lieu de ça, Lorna avait fondu en larmes et l'avait prise dans ses bras. « Je suis désolée de t'avoir repoussée », avait dit Harriet, et Lorna avait hurlé : « Ce n'est pas toi qui m'as repoussée. »

— Oui, c'est un cliché mais il faut le voir pour le croire, n'est-ce pas ? Il faut voir qui il est vraiment, et ça prend du temps, dit Nina.

Et Harriet sentit son cœur se gonfler d'avoir quelqu'un avec qui partager ça.

— J'étais encore dans le déni quand mes parents sont intervenus, poursuivit Nina. Presque aussitôt après être sortie de là, j'ai commencé à me rendre compte à quel point c'était tordu.

C'est ça, le truc. Ce dont on a le plus besoin, c'est de recul et de perspective, et il fait en sorte qu'on n'ait ni l'un ni l'autre.

— Ça devient ta norme, confirma Harriet. Je voudrais le bloquer et tout oublier, mais je perds des contrats à cause de ça. Tout le monde pense que je suis la nana de *Liaison fatale* qu'ils ne veulent pas voir rôder à leur mariage.

— Ça dépasse les bornes. C'est pour lui faire peur que j'ai commenté. Il faut qu'il sache qu'il y a des gens qui connaissent la vérité, et qu'il s'occupe de son cul. J'aimerais pouvoir t'aider.

— Tu m'as aidée, tu as restauré ma santé mentale, dit Harriet, se sentant un peu flageolante. Vraiment, Nina. Tu es un ange gardien.

— Ton ange gardien ne serait certainement pas en train de manger un Magnum vegan en short en jean.

Elles éclatèrent toutes les deux d'un rire nerveux.

— Garde mon numéro, restons amies ! J'espère que Scott le verra ! Sauf qu'il ne peut pas, s'il nous a bloquées toutes les deux, dit Nina.

— C'est pas dégueulasse, qu'à nous deux, alors qu'on se soutient l'une l'autre, on ne vaut rien contre la parole d'un seul Scott ? dit Harriet.

— Tu ne sais pas qui il y a là dehors, dit Nina. Peut-être que d'autres vont dénoncer ses inepties, comme moi.

C'était un très bon argument.

— Tu me diras si je peux faire quoi que ce soit ? dit Nina. Je vais souvent à Leeds. On pourrait se retrouver pour réfléchir au meurtre parfait. Enfin non, je refuse qu'il se détende dans une jolie tombe, avec tout le monde qui pleure et dit des choses gentilles sur lui. Avec MEC SUPER sculpté sur sa pierre tombale. Je veux que Scott réponde de ses actes.

Harriet dit « Amen » en pensant : *Les hommes comme Scott n'ont jamais la punition qu'ils méritent.*

Cependant, elle avait aussi cru que le plan de Scott pour retourner la situation contre elle était sans faille, mais il y en avait une.

Sans son attaque envers « H », Nina et elle ne se seraient jamais trouvées. Sa nouvelle petite célébrité serait sa perte – comme quand la police signalait une arrestation pour inciter d'autres accusateurs à se faire connaître.

Quelques minutes plus tard, elle découvrit que Scott Dyer devait se dire la même chose : tout le post sur « H » avait été supprimé de son compte. Il était trop tard pour sauver sa réputation, mais c'était déjà quelque chose, se dit Harriet.

40

— Qui a eu l'idée de merde de faire un pique-nique, déjà ? demanda Lorna.

Elles étaient en train de grignoter des empañadas épinards-feta mous d'un air abattu, dans le parc de Roundhay, au coucher du soleil, le vendredi suivant.

— Je me rappelle qu'on m'a martelé que c'était ton trente-cinquième anniversaire, dit Harriet alors que la pluie éclaboussait le pittoresque panier en osier aux boucles en cuir, diluant leurs verres comme une lampée de soda météorologique. Bien que Roxy ait fait remarquer que le temps était… changeant.

— Les bougies étaient un accès d'arrogance démesuré, dit Lorna en montrant d'un signe de tête les bougeoirs fumants nichés dans l'herbe, qui avaient vacillé à peine une minute.

— J'espère que ça ne va pas enlever la colle de mes nouveaux faux cils, dit Roxy, à l'abri sous son parapluie à froufrous – on aurait dit une Eliza Doolittle, génération smartphone. Au moins les petits chaussons à la viande sont bons.

— Je me suis plongée dans mes recettes street-food et de plein air et ne voulais plus entendre raison, soupira Lorna en resserrant son gilet arc-en-ciel en angora autour de sa robe crayon.

Elle prit la bouteille de cava rosé plantée à quarante-cinq degrés dans l'herbe pour remplir leurs verres en plastique.

Si Harriet était tout à fait honnête, le timing de cet anniversaire n'était pas idéal : cela revenait à obliger Roxy à passer du temps en leur compagnie moins d'une semaine après le désastreux coup de fil, quand c'était à peine un signe d'affection de venir, et un acte de guerre de ne pas le faire. Harriet aurait aimé avoir un peu plus de temps pour laisser sa blessure guérir. Et puis, elle n'avait accepté aucun mariage ce week-end-là pour se tenir à ce rendez-vous, et dans ce gros moment de creux, elle le regrettait.

— Il faut que tu saches que notre Roxanne était complètement différente quand je l'ai rappelée pour demander « tu m'expliques ? », avait dit Lorna avant que l'intéressée arrive au pique-nique. Elle a dit que c'étaient les hormones, et que je l'avais jointe à un mauvais moment. On en a toutes. Je lui ai remis en mémoire certains des plus grands moments de Scott, et elle était pleine de remords.

Même si Harriet faisait totalement confiance à Lorna, elle soupçonnait une opération de relations publiques. Lorna se sentait fautive d'avoir été à l'origine de cette situation où Harriet avait entendu les avis bruts de décoffrage de Roxy, et elle essayait de recoller les morceaux. Harriet remarqua aussi que Lorna n'avait pas parlé de ressusciter leurs vacances entre filles.

— Tu ne l'as pas prévenue au sujet de l'incident du haut-parleur, hein ? avait demandé prudemment Harriet.

— Pas du tout, j'ai juste dit que c'était ce que je pensais.

Le ciel était d'un gris acier menaçant. Lorna avait refusé tout cadeau ou attention en cette ère assez désargentée, et elle avait apporté à manger : il avait été impossible de lutter contre le projet pique-nique.

Il n'y avait pas non plus de Gethin pour les distraire de leur triangle branlant : il avait une soirée avec le boulot, et coupait la poire en deux en les retrouvant plus tard au Dive.

— Règles de la maison, avait annoncé Lorna en préambule. Toute discussion concernant le petit chef de pacotille, aux cheveux du Chapelier fou, le plus merdique du monde est interdite. On ne parle pas de Pol Pot d'Confiote, s'il vous plaît.

Harriet et Roxy avaient chacune fui le regard de l'autre et marmonné leur consentement.

Après une brève averse, le soleil ressortit, et leurs vestes respectives furent ambitieusement retirées.

— Comment ça se passe avec ton nouveau mec, Rox ? demanda Lorna.

— Oh ! tu sais, dit Roxy en calant ses cheveux derrière son oreille et étirant ses jambes dans sa maxi robe (elles avaient beau être dans un parc, Roxy portait de jolis escarpins, comme toujours). Merveilleusement bien, mais c'est le début.

— Qu'est-ce qu'il fait dans la vie déjà ?

— Un truc important pour les banques. Je ne comprends pas vraiment.

— C'est un joli bijou, ça, un cadeau de Joseph ? demanda Lorna en montrant un fin bracelet en or blanc que Roxy avait remonté sur son bras mince à présent nu, telle Cléopâtre.

— Oh ! oui, dit Roxy comme si elle avait oublié qu'elle l'avait mis.

Elle se mit à jouer avec, l'air étrangement penaud tout à coup – peut-être parce que ça faisait un peu too much pour un début de relation, même quand on connaissait les hommes avec qui elle sortait.

— Or blanc, Tiffany's.

— Tiens. Quelle coïncidence, dit Harriet, j'ai vu Jon avec un sac Tiffany's en ville, il y a quelques semaines. C'est le cadeau de choix des hommes blindés en ce moment. Je pense que celui de Jon était pour son affreuse génitrice.

Roxy vira au rouge écarlate, une teinte trop éclatante pour être poliment ignorée. Harriet n'avait jamais vu personne changer de couleur de la sorte. Roxy baissa les yeux sur ses genoux.

— Ça va ? demanda Harriet avec inquiétude comme son silence se prolongeait. J'ai dit quelque chose qu'il ne fallait pas ?

— Oh mon Dieu, c'est un cadeau de félicitations ? Pour la future maman de son bébé ? T'as un polichinelle dans le tiroir ? demanda Lorna avant de se renfrogner en considérant le deuxième verre de cava de Roxy qui débordait de mousse.

Harriet se repassa ses mots. *Jon avait un sac Tiffany's…*

Son corps se figea, chutant à une température glaciale, alors que lui venait une (im)possibilité terrible, et Roxy leva les yeux pour croiser son regard. L'expression que Harriet y vit était un mélange grumeleux de culpabilité et d'hostilité irascible, celle d'une petite fille fière qu'on a surprise les deux mains dans le diplomate à Noël.

— Putain de merde, lâcha Harriet. C'est Jon qui t'a offert ce bracelet ?

— Une seconde. Je ne piges pas. Ton mec, c'est pas Joseph ? dit Lorna.

Harriet comprit tout à coup.

— Il s'appelle Jonathan *Joseph* Barraclough. JJ.

Elle marqua une pause, humecta ses lèvres sèches, le cœur battant à tout rompre.

— Je vois le subterfuge.

— Dites-moi que c'est une mauvaise blague ? Joseph, c'est Jon ? insista Lorna. Tu te tapes JON ?

Il s'était remis à pleuvoir, mais elles y étaient on ne peut plus indifférentes à présent.

— Je savais que tu le prendrais mal. Je ne savais pas quand aborder le sujet…, dit Roxy d'une petite voix rauque en tirant sur un brin d'herbe d'une main tremblante.

— T'es sérieuse ? Tu sors avec Jon ? dit Harriet.

Elle ne voulait pas y croire à moins qu'on l'y force pour de bon.

— Oui, répondit Roxy en remettant coquettement une mèche de cheveux derrière son oreille, comme si c'était l'aveu délicat, sensible, d'une personne fragile.

Et non l'acte de trahison le plus laid, le plus inconvenant et le plus violent que Harriet pouvait imaginer.

— Il pensait mettre sa maison en vente et j'y suis allée pour faire une estimation. On s'est toujours très bien entendus quand vous sortiez ensemble, plaida Roxy à une Harriet sidérée, comme si c'était une circonstance atténuante. Je crois qu'on fonctionne vraiment bien ensemble.

— Je suis écœurée, dit Harriet. Je n'arrive pas à croire que tu aies fait ça. Qu'est-ce qui te semble correct dans le fait de coucher avec mon ex dans mon dos, juste après notre rupture ? Tu te rends compte qu'il essaie de se venger de moi ?

— Ce n'est *pas* pour s'en prendre à toi, répondit Roxy sur le ton de la réprimande, comme une maîtresse d'école. Jamais je ne ferais ça. Jamais *Jon* ne ferait ça.

Harriet se leva d'un bond. Elle avait encaissé beaucoup de choses, tellement de choses, trop. Mais être *grondée* par son amie – non, on reprend, son *ennemie* – était tellement extrême que cela la forçait à pousser son cri de guerre à pleins poumons.

— Ne me dis pas ce qu'il ferait ou ne ferait pas après quelques semaines passées à lui faire des pipes dans son jacuzzi !

Une famille avec des enfants en bas âge qui se promenait tranquillement pressa soudain le pas, comme si on avait appuyé sur la touche « avance rapide » dans un sketch comique.

— Franchement c'est PATHOLOGIQUE, qu'est-ce qui tourne pas rond chez toi ? ! Tu n'as pas compris que Jon était intouchable et ne pouvait pas devenir ton nouveau petit-ami slash bienfaiteur ? s'écria Harriet.

Elle n'aimait pas les disputes, mais ce n'était pas une banale dispute. Elle n'avait pas le temps de mesurer quoi que ce soit dans le tumulte de ses sentiments – elle avait perdu toute inhibition.

Roxy se leva à son tour, chassant des brins d'herbe de ses jambes, et Lorna réalisa qu'elle devait en faire autant.

— Écoute. Lorna a trente-cinq ans aujourd'hui, dit Roxy en

montrant leur amie – passant de Petite Fille perdue à Instructeur militaire. Toi et moi, on a bientôt trente-cinq ans. On n'est plus des enfants, on est censées en avoir ! Pas la peine de faire comme si on devait suivre les petites règles mignonnes qu'on s'est fixées quand on avait vingt-deux ans en boîte.

— *Les petites règles mignonnes ?* répéta Harriet, ébahie.

— Jon n'était peut-être pas pour toi, Harriet, mais c'est un homme tout à fait *charmant* que tu admettras n'avoir pas très bien traité, si tu es honnête envers toi-même, pour une fois. Il veut ce que je veux. Suis-je censée renoncer à cette occasion d'être heureuse ?

— Il veut ce que tu veux ! Il veut payer des trucs et tu veux les recevoir ? intervint Lorna.

— Oh ! pour l'amour du ciel, Lore, cracha Roxy. Arrête de faire comme si tu étais responsable de nous et que tu connaissais les bonnes réponses à tout. Tu as trouvé Gethin aujourd'hui, mais c'était plus de la chance qu'autre chose. Et regarde Harriet, elle en pince encore pour le mauvais garçon de ses jeunes années. Ouais, girl power ! et on va toutes finir amères, pauvres et seules.

Harriet eut un temps d'arrêt quand Roxy dit qu'elle « en pinçait » encore pour Scott. Un minuscule, microscopique soulagement : elle ne craignait plus le point de vue de Roxy sur les années Scott. Roxy les avait totalement mal interprétées, tout comme elle avait mal jugé Scott, et Harriet. À son tour, Harriet avait mal jugé Roxanne.

— Quand comptais-tu me le dire ? demanda Harriet, à bout de souffle.

— Je voulais d'abord être sûre que c'était sérieux entre lui et moi.

— Mais oui, si vous ne faisiez que jouer au papa et à la maman, il valait mieux ne rien me dire, dit Harriet en éclatant de non-rire.

— Tout ceci prouve vraiment que te le dire dès le début se serait bien passé, ironisa Roxy en levant les yeux au ciel.

Harriet avait toujours su que Roxy pouvait se montrer irréfléchie, mais ce manque nihiliste de toute préoccupation en dehors de ses propres intérêts lui coupait le souffle. Elles avaient toujours laissé Roxy faire, sans jamais penser qu'elle était pourrie gâtée. En réalité, elles s'étaient aussi fait plaisir : elles avaient créé de toute pièce une vision de qui elle était, et de ce que leur amitié signifiait – une vision que Roxy ne partageait pas. C'était comme déchirer un contrat, sauf que Harriet saisissait qu'il n'y en avait jamais eu en fait.

— Tu ne pouvais pas ignorer qu'en agissant ainsi, tu faisais passer ton mec avant nous, dit Harriet. Tu pensais vraiment que, que tu restes avec Jon ou non, on passerait l'éponge ?

— Ça ne tient qu'à toi, non ? dit pieusement Roxy.

Elle n'allait même pas avoir la décence d'assumer les conséquences de son acte. C'était l'intolérance de *Harriet* qui les divisait.

— Très bien, d'accord. Tu me fais porter la responsabilité ? Alors je ne veux plus jamais rien avoir à faire avec toi.

Elle rassembla ses quelques affaires, le cœur en vrac.

— Soit. Il faut faire ce qui nous semble juste, dit Roxy sur un ton résigné mais généreux, comme si elle était la seule pratiquante gantée de blanc dans un repaire de pécheurs à espérer le mieux en s'attendant au pire.

Harriet agrippa son manteau, craignant de la gifler si elle avait la main libre.

— Pareil pour moi, dit Lorna.

Elle avait tout remis dans le panier en un éclair, et passé son bras sous celui de Harriet.

Harriet eut un autre déclic épouvantable.

— La soirée au Dive ? Le soir de la publication de Scott, quand tu nous as zappées pour un mec ? C'était pour voir Jon, n'est-ce pas ? dit-elle.

Roxy lui adressa une moue et un haussement d'épaule en guise d'aveu réticent. Lorna laissa échapper un sifflement.

— Waouh. Tu es officiellement ignoble, dit Harriet.

— On ne choisit pas de qui on tombe amoureux, dit Roxy, et Lorna explosa de rire.

— Putain, on a Barbara Cartland avec nous.

— C'est exactement ce que tu as fait, affirma Harriet. Tu as fait un choix très clair. Maintenant, je fais le mien.

Lorna et Harriet sortirent du parc en marchant d'un même pas, laissant Roxy derrière elles. Harriet ne regarda pas en arrière.

41

— J'ai jamais compris l'attrait pour les jacuzzis. Des pataugeoires améliorées pour échangistes, dit Lorna. Un chaudron bouillonnant de pervers banlieusards. On se demande toujours quel pourcentage de cette eau tiédasse est du pipi secret. Tu ne prendrais jamais un *bain* avec tes voisins, si ? Brrrr.

Harriet rit, un peu abattue.

Après avoir fui la débâcle du parc, elles avaient pris un taxi pour le Dive plus tôt que prévu et s'étaient installées dans un coin discret. Harriet savait qu'avec un accès illimité à un bar elles allaient se bourrer la gueule dans les grandes largeurs, et elle avait dit : « Envoie la sauce. »

Elles avaient descendu vite fait bien fait une bouteille de rouge et étaient passées à des cocktails préparés par Lorna. Harriet se sentait floue, lourde et légère à la fois.

— La fille avec la robe dos nu, siffla Lorna, rentrant son menton dans son épaule alors que les derniers clients passaient près d'elles pour se diriger vers la sortie. Avec les grosses boucles d'oreilles. C'est elle qui est venue avec ton coloc. Cal ?

— Oh !

Harriet réprima le bouillonnement qui s'agita en elle en regardant disparaître dans la nuit l'élégante trentenaire, avec de longs cheveux ombrés noués en chignon lâche pour dégager son cou gracile. Elle gloussait, papotait, elle était nonchalamment fabuleuse, comme jamais Harriet ne pourrait espérer l'être. Oui, elle était égale-à-Cal.

— Vu comment je me sens après ce retournement de situation avec Roxy, je n'imagine même pas ce que tu dois ressentir, dit Lorna alors que Harriet se retournait vers elle. Mais ça explique son laïus brutasse « Elle l'a bien cherché » au sujet de Scott, hein ? Jon devait être à côté.

Tout à fait. Si Roxy espérait devenir la petite amie de Jon, Harriet comprenait bien qu'elle devait être stigmatisée, mise à l'écart, reconvertie en destructrice d'hommes en série. « Tu admettras que tu ne l'as pas très bien traité. » Conversations sur l'oreiller avec Jon, réduisant Harriet en miettes, Roxanne lui soumettant ses informations d'initiée. Harriet imaginait que c'était comme travailler pour les services secrets britanniques et découvrir que votre voisin de bureau était un espion russe. Ça vous déstabilisait sérieusement, vous forçait à passer en revue tous les échanges que vous aviez eus avec lui sur la période concernée.

— Je n'ai rien voulu dire sur le moment, parce que j'espérais me tromper et que je ne voulais pas te donner encore plus de soucis, mais pour ce que ça vaut…, commença Lorna.

— Oh non, qu'est-ce qu'il y a ?

Lorna se mordit la lèvre.

— Quand elle a donné ton adresse à Jon. Elle a joué la carte de la Roxy écervelée, mais je n'y ai pas cru. Cela aurait pris quelques secondes de vérifier avec toi, je l'aurais fait, et le timing ne tenait pas debout. Je ne serais pas étonnée qu'elle ait été assise à côté de toi ce soir-là au cinéma à répondre à ses messages. Elle a… interféré, pour voir où ça mènerait.

— Tu penses qu'elle avait des vues sur Jon dès qu'on s'est séparés ?

— Oui, je pense. Désolée. Évidemment, si à l'époque j'avais

cru un seul instant qu'elle en était capable, j'aurais dit quelque chose. Je pensais qu'elle brassait de l'air.

— J'imagine qu'elle compte être soutenue pour la prochaine phase de sa carrière, aussi, dit Harriet d'un air sombre.

Une fois que le choc serait passé, Harriet savait qu'elle serait juste très, très triste. Elles avaient partagé tant de moments ensemble, et tout ça pour quoi ? Pour que ça se termine comme ça. Une amie avec qui elle avait fait couler son mascara, à force de rire ou de pleurer, pour qui elle aurait (et avait) fait des centaines de kilomètres au beau milieu de la nuit. Roxy lui avait tenu l'autre main, le soir où sa grand-mère était morte.

— Oh ! tout tourne toujours autour de l'argent, dit Lorna. Rox arrive à un moment décisif, elle veut monter sa propre entreprise, fonder une famille. Elle était à la recherche d'un homme capable de financer tout ça, quitte à payer le prix de notre amitié.

Harriet secoua la tête.

— Il y a des hommes riches dans le monde qui ne sont pas mon ex. Ce n'est pas tous les jours que tu découvres qu'une amie que tu as depuis presque la moitié de ta vie fait passer des cadeaux Tiffany's avant toi.

— L'argent est une drogue, c'est toxique. Quincy Jones dit de la créativité : « Dieu quitte la pièce quand vous pensez à l'argent », déclara Lorna en prenant un morceau d'empañada sauvé du pique-nique.

— J'espère pour Dieu qu'Il quitte la pièce quand Jon et Roxy sont ensemble, dit Harriet avant de se couvrir les yeux, vivant un nouvel enfer. Oh non. Ils couchent ensemble. Je ne sais pas comment gérer cette info. Je peux imaginer à quoi ça ressemble à cinquante pour cent.

— Je refuse d'en imaginer un quelconque pourcentage. Bien joué, Jon. Si on m'avait demandé quel homme nous séparerait, jamais je n'aurais pensé à lui. Comment on va surmonter le fait que notre Yoko Ono soit devenue Les Dennis[1] ?

— Tu crois qu'elle va regretter ? Il fait ça pour me blesser. Il y a des tas de mecs qui aimeraient Roxy pour qui elle est, pas pour s'en servir comme d'un pion.

— Hmmm, dit Lorna en mâchant d'un air pensif. Je ne crois pas que Roxy cherchait l'amûûûr, elle n'est pas faite comme ça. Comme on peut le constater, parce qu'elle ne nous aime pas. Je ne crois pas que la profondeur des sentiments de Jon lui importera. Mais oui, je pense qu'on lui manquera, un jour. Elle n'a jamais compris la valeur des choses qui ne s'achètent pas.

Le bracelet Tiffany's avait causé la perte de Roxy : sachant que celle-ci aurait été incapable de refuser un tel pot-de-vin, Jon devait se douter que le fait qu'elle arbore soudain des bijoux qui valaient un mois de salaire allait alerter ses amies.

C'était un risque qu'il était ravi de prendre pour elle, il se servait d'elle comme d'un panneau publicitaire. Cette manipulation donnait le mal de mer à Harriet. Il était une pâle copie de Scott.

On frappa à la vitre embuée de la porte, et Lorna cria :

— C'est fermé ! puis : Merde, c'est Gethin, désolée, chéri.

Il s'était élevé au rang de « chéri ». C'était du sérieux.

Harriet songea que c'était un mensonge de dire qu'une attitude frivole était synonyme d'échec romantique. Elle avait été la timide monogame en série, et Lorna avait toujours cherché à s'amuser, sans vergogne. Elle avait traversé Tinder comme un chef de guerre mongol annexant des royaumes féodaux. Et pourtant Lorna avait trouvé l'amour, ou l'amour l'avait trouvée – et pas Harriet.

— Salut, j'espère que je ne vous dérange pas… ?

Gethin était en costume, un bouquet de fleurs à la main, profusion d'hortensias teintés de vert et de rose.

— Non, mais de toute façon, j'allais partir, dit Harriet. Ce n'est

1. Présentateur télé et comédien anglais.

pas contre toi, Gethin. Je me noie dans l'alcool et ça a été une sacrée journée. Je laisse le soin à ta petite copine de t'expliquer. Joyeux anniversaire, Lorna !

Alors que le taxi de Harriet s'éloignait, elle les vit s'enlacer à travers la fenêtre faiblement éclairée du restaurant vide, comme un tableau de Jack Vettriano.

Harriet passa la porte d'entrée en titubant, et lança un « Bleurk » à personne en particulier dans le hall. Elle pensait que son proprio serait au lit.

Cal sortit du salon. Aux yeux de Harriet, il brillait comme une Cadillac – incroyablement attirant, en partie parce qu'il avait la fraîcheur d'être sobre. C'était l'incarnation humaine d'un lit aux draps blancs, tout frais, un jour de fatigue moite et d'huile de moteur.

— Bonne soirée ?

Elle eut la légère sensation qu'il l'avait attendue, mais chassa cette idée d'un geste de la main qui engloba toute sa journée.

— Non. J'ai découvert que Jon couche avec une de mes meilleures amies, Roxanne. Pour se venger. Enfin, ex-meilleure amie.

— Non, sérieux ? dit-il, soufflé.

— Oui. Dégueu, dit Harriet, sauf qu'elle prononça « déguu ».

— Tu as besoin de dormir, dit Cal, évaluant rapidement la situation alors que Harriet se balançait doucement.

Il alla à la cuisine et revint avec un grand verre d'eau. Il prit Harriet par la main pour la tirer à l'étage.

Elle était consciente de l'immense raz-de-marée de vin qui se dressait entre elle et sa capacité à profiter correctement de ce moment. Malgré tout, Cerveau Bourré envoya un message à Cerveau du Futur, disant : *C'est très agréable.*

— Tu as ton téléphone ? demanda Cal, dans la chambre, et Harriet le lui tendit en s'asseyant sur son lit. Je le mets à charger juste là. Tu n'envoies de message à personne avant de te sentir mieux demain. Bois ton eau, prends l'aspirine posé à côté, et repose-toi.

Harriet galérait, avec sa motricité diminuée, à enlever ses chaussures. Cal s'agenouilla et défit les lacets pour elle, puis il l'aida à les quitter. Elle contempla le sommet de son crâne et inspira l'after-shave salin qu'il portait. Pff, il était *tellement canon*. Elle ne pouvait peut-être pas se l'offrir, mais cela ne la dérangerait pas de l'emprunter. Un prêt de couturier.

— Tu vas m'aider aussi avec le reste ? demanda-t-elle en souriant.

Quelque part, derrière une porte blindée de son Cerveau Bourré, une voix cria *ne dis pas çaaaa !* Harriet s'en moqua, comme elle se moquait d'elle-même.

— Il me semble que l'ivrogne devrait le faire elle-même. Dors bien.

— Calvin ?

— Oui.

— Tu as un joli visage, dit Harriet alors qu'il ouvrait la porte et qu'elle se laissait tomber en arrière sur le lit.

Il sourit.

— Merci.

— Tu pourrais même être le mari mort parfait dans le montage au début d'un film.

Le discours de Harriet s'était totalement libéré des contrepouvoirs de son cerveau, et faisait sa vie.

— … Quoi ?

— Tu sais dans un film, quand il y a une scène où on voit une vidéo de famille, avec la femme décédée d'une mort tragique qui danse sur la plage en riant aux éclats. Ou avec le mari canon mort, en train de jouer avec un chien, le jour de Noël. Tout ce qu'ils ont à faire, c'est être le conjoint le plus beau et parfait qui soit. Ils montrent pourquoi le personnage principal est aussi triste au début de l'histoire.

— Donc, ils sont d'une beauté conventionnelle mais ne servent à rien en fin de compte ? dit Cal, la main sur la poignée.

Harriet se mit à rire.

— Ouais. C'est un rôle muet. Mais tu déclenches toute l'intrigue.

Cal rit et secoua la tête.

— C'est la critique la plus sournoise qu'on m'ait jamais faite.

Harriet s'étrangla de rire, pas loin de lui dire que ce n'était pas une critique.

42

Harriet se réveilla à l'aube, et, malgré sa tête bourdonnante, son plan d'action était parfaitement clair.

Harriet savait que Jon a) se levait à une heure de bâtard (« L'avenir appartient à ceux qui se lèvent tôt, Hatmandu ! ») et b) aurait été prévenu par Roxy qu'elle était au courant, et attendrait qu'elle le contacte.

C'est pour ça qu'il a fait ça, après tout, pensa-t-elle en frottant sa langue pâteuse avec sa brosse à dents.

Que Roxanne puisse se laisser exploiter sans que ça la gêne laissait Harriet perplexe. Elle n'aurait pas voulu qu'un homme se serve d'elle comme d'une arme. Et ce n'était pas son ego qui parlait : elle était certaine que Jon voyait en Roxy un trophée scintillant, comme beaucoup d'hommes. Mais Jon se morfondait à cause de Harriet à peine quelques semaines auparavant. Bien sûr qu'il ne pouvait pas tomber spontanément amoureux d'une de ses meilleures amies en moins de temps qu'il ne fallait au lait pour cailler.

Alors qu'elle se rinçait la bouche et crachait, elle se souvint d'une phrase de Cal, dite à Kit : « Ce n'est pas comme ça que ça fonctionne, les êtres humains. »

Le seul avantage de ce douloureux réveil précoce était de ne pas croiser Cal. Des bribes de son comportement idiot de la veille ne cessaient de lui revenir dans de pénibles flash-back. Le montage du *mari mort*, aaaaargh.

Elle se raisonna – Cal ne pouvait pas ignorer qu'il était séduisant. Elle n'en avait pas *trop* dit, techniquement. Mais qu'elle lui ait avoué qu'elle le trouvait beau, de façon aussi graphique, était délicieusement embarrassant. « Tu as un joli visage » ? ! Punaise, NON.

Oh la vache, une seconde – avait-elle fait une blague sur le fait qu'il la déshabille ? ! C'était presque de la drague ! Oh non. FAITES ENTRER LA MORT. Qui, à en croire son reflet dans le miroir, était en chemin, mais coincée dans les bouchons. Les lunettes, ça grossit les yeux rougis.

Elle ne voulait pas risquer de réveiller Cal avec une alerte SMS, et lui griffonna donc un message qu'elle posa à côté de la bouilloire.

DÉSOLÉE D'ÊTRE UNE TELLE POIVROTE et merci de m'avoir mise au lit ☹ pour m'excuser, je nous commande à manger quand tu veux. H x

Puis elle envoya un message sur WhatsApp :

Salut Jon. Je viens te voir dans une heure, si ça te va ?

Réponse quasi instantanée, comme elle s'y attendait.

Que me vaut cet honneur, etc. etc. Ce sera sympa de te voir.

Harriet n'eut pas besoin de demander si Roxy serait là. Elle avait la certitude que, dès que Jon lui dirait que Harriet allait passer, Roxy se taillerait de Roundhay Towers aussi vite que ses escarpins en daim rubis à bordure festonnée LK Bennett le lui permettraient.

Harriet se prit un drive McDo en route, engloutissant ses nuggets et sa grande frite comme une ogresse, avant de s'essuyer les mains sur des serviettes en papier et de regarder dans le rétroviseur extérieur si elle n'avait pas du ketchup partout. Elle vida son Coca dans un gargouillis bruyant et, comme elle roulait près d'une poubelle, marqua un panier avec le sac graisseux – elle avait l'impression d'être l'inspectrice de police marginale d'une série télé qui bouclait ses affaires aux dépens de sa vie familiale.

Elle gara sa Polo dans l'allée de Jon en mettant le frein à main d'un geste assuré, puis se dirigea vers la porte d'un pas décidé et appuya sur la sonnette, dotée d'une caméra de surveillance. Harriet avait toujours trouvé ça inutilement m'as-tu-vu. Comme si Jon pensait surprendre sur son perron un meurtre digne de passer dans un podcast criminel primé, alors qu'il n'enregistrait que des images de chauffeurs DPD et le chat du voisin en train de faire ses besoins.

— Salut, Hats ! Je me demande de quoi tu veux parler, dit Jon en surjouant la joie dans l'Interphone.

Il ouvrit la porte, habillé pour le squash et l'air excessivement content de lui.

— De toi qui sors avec une de mes amies les plus proches.

— Oh ! tu as un avis là-dessus ? Quel dommage pour toi, dit Jon en croisant les bras. Entre, je t'en prie.

Harriet pénétra dans le hall.

— Qu'est-ce qui t'a pris ? demanda-t-elle.

— Toi. Tu m'as pris. Puis tu es partie. Tu m'as clairement fait comprendre que tu ne reviendrais pas. M. Mec-Bien a disparu, je le crains.

— Tu reconnais que c'est pour te mêler de ma vie ?

— Ta vie ? Je suis un adulte. Roxanne est une adulte.

— Je ne dis pas que j'ai les moyens légaux de t'en empêcher, Jon. Mais ce n'est pas une manière de se comporter, et tu le sais.

Jon s'appuya contre le mur et la regarda de la tête aux pieds. Harriet eut la sensation que cela faisait un moment qu'il se jouait cette scène mentalement. Il avait seulement besoin de son attention, et maintenant il l'avait.

— Gav a fait la remarque y'a pas longtemps : toutes les femmes sur les appli de rencontre disent qu'elles cherchent le truc, l'étincelle, un bon sens de l'humour, de la *personnalité*. Mais bizarrement, il n'y a pas un seul raseur à 100 k par an qui « ne trouve pas l'amour ».

Harriet fronça les sourcils.

— Qu'est-ce que ça veut…

— Je me suis dit que, dans ce jeu, tout le monde prend ce qu'il veut. C'est juste que personne n'assume. J'ai toujours manqué de confiance en moi, toujours été très exigeant avec moi-même. Pourquoi ne pas prendre ce que je veux ? Ton amie flirtait avec moi, alors je me suis dit : *pourquoi pas ?*

— Parce que c'est traître, insultant, et que ça a détruit une amitié que j'entretenais depuis plus de quinze ans ? Et puis tu te sers cyniquement de Roxy pour me blesser, sans aucune gêne.

— Oh ! et aucune femme ne s'est servie de moi sans aucune gêne, peut-être ?

— Bon sang, Jon, écoute-toi ! Tu vas finir dans une émission de radio parlée à dire que ce sont les femmes, les vrais talibans. Si je t'avais quitté et que je m'étais mise à coucher direct avec Gavin, ce serait la même chose. Pour te donner une idée de l'ignominie de la situation.

— L'homme avec qui tu t'ES mise à coucher direct ne me répugne pas moins.

— Je ne couche avec personne ! Je te l'ai dit, je ne connaissais pas Cal. J'aurais pensé que ta petite copine te l'aurait confirmé, puisque c'est elle qui nous a présentés.

— Ce n'est pas l'impression que ma mère a eue.

— Ah oui, ta mère. Tu lui as donné mon adresse, sans me prévenir, ni me demander la permission. Ça te faisait bien plaisir qu'elle se pointe et m'agresse verbalement.

— De ce qu'elle m'a dit, tu as rendu coup pour coup.

Harriet soupira, frustrée ; il était vain de demander des comptes à Jon. Rien n'était jamais sa faute. S'il ne voulait pas voir quelque chose, il ne le voyait pas. *The Eternal Sunshine of the Spotless* Jon.

— Et tu as oublié que ton pote a mis son grain de sel lui aussi ? Sans euphémisme, même si ce devrait peut-être en être un, dit Jon.

Elle voyait bien à quel point il était remonté, derrière son numéro de « Patrick Bateman des sports de raquette ».

Il était si perverti par les événements qu'il n'était plus le même : ses yeux et la structure osseuse de son visage étaient plus acérés, plus durs, ses rides plus profondes. Ou bien peut-être qu'il avait beaucoup joué au squash et perdu du poids.

— Cal l'a entendue hurler que j'allais mourir vieille fille après t'avoir quitté, expliqua Harriet. Il était outré pour moi. Vu comment tu t'étais comporté avec lui, tu ne peux pas tellement lui en vouloir de ne pas être un grand fan de la dynastie Barraclough.

— Oh ! quel ramassis de conneries. Il ne fait ça que parce qu'il a, comme on dit de manière désuète, *le béguin* pour toi.

— Tu as déduit ça d'une visite où tu t'es pointé ivre mort et où tu lui as mis un pain ? !

— Non. J'en ai déduit ça quand je l'ai appelé à son boulot pour m'excuser pour ledit incident.

Jon cligna des yeux et détourna le regard, et Harriet demeura impassible, pensant : *Quoi ?*

— Tu… tu l'as appelé ? demanda-t-elle en s'efforçant de garder son calme.

Elle ne savait plus sur quel pied danser.

— Eh bien, il était normal que je m'excuse. C'était la chose correcte à faire.

Il avait l'air mal à l'aise et Harriet comprit que ça avait été une manière de prendre les devants pour protéger son emploi, et que sa virilité ne supportait pas qu'elle sache qu'il avait fait des courbettes pour se tirer d'affaire. Il se balança d'un pied sur l'autre.

— Nous avons tous les deux convenu de garder cette conversation secrète. Il a dit qu'il ne porterait pas plainte si je ne m'approchais plus de toi. Je ne pense pas que c'est un accord qu'on passerait sans être sacrément attaché à la femme concernée.

— Je crois plutôt que Cal essayait simplement de maintenir la paix sur sa propriété, dit Harriet, hésitante.

— Hmm. La propriété étant une jolie rousse. Je sais reconnaître un ennemi quand j'en croise un. Je vais m'entraîner à avoir l'air surpris pour quand j'aurai vent de votre mariage. Malgré tes virulentes objections.

Il leva les yeux au ciel. Harriet ne savait pas comment répondre à sa folie.

— Tout ça pour dire, *Hats*, que je m'en tape si tu as enfin souffert, ou si j'ai franchi une limite imaginaire que tu avais fixée. Si tu es venue me demander de me repentir d'avoir exercé mes libertés d'homme célibataire, tu peux aller te faire voir.

Sa gueule de bois, la perte effective d'une amie chère, les bouleversements engendrés par Scott Dyer, tout cela provoqua chez Harriet une explosion de fatigue.

— Ok, très bien ! Félicitations, tu es un mec à chier qui justifie de manière franchement tordue et misogyne le fait qu'il couche avec l'une des meilleures amies de son ex pour se venger, quelques semaines après la rupture. Mon respect pour toi s'est définitivement envolé, dit Harriet.

— Il n'a jamais existé, pour commencer, répliqua-t-il.

— Ce n'est pas vrai. Qu'est-il arrivé à tes adieux, quand tu disais que tu voulais rester en bons termes, être là pour moi si j'avais envie de parler ?

Jon eut l'air mal à l'aise.

— Je me suis rendu compte que ce n'était pas réciproque.

— Traduction : cette proposition n'était pas sans contrepartie, j'étais censée la récompenser, d'une manière ou d'une autre. Tu crois que tu traites les femmes comme des égales, mais c'est faux. Tu m'appréciais et tu me respectais tant que j'étais ta petite amie. Quand je n'ai plus voulu être en couple, il était manifestement inconcevable pour toi d'être à la fois triste *et* de continuer à m'apprécier et à me respecter. Le fait que tu te serves de Roxy participe de ce mépris.

— Roxanne est une passade. C'est tout.

Bordel, était-elle censée être jalouse, se battre pour récupérer Jon ?

— Super. M'en fous. Ça ne change rien pour moi, même si tu devrais peut-être lui dire.

Harriet tourna les talons pour partir, et Jon dit :

— Attends. Je voudrais dire une chose.

Il s'éclaircit la gorge. Quand il parla, ce fut avec franchise, le ton prétentieux avait disparu.

— J'ai toujours su que tu n'étais pas amoureuse de moi.

Ces mots restèrent suspendus dans le silence de velours d'une maison caverneuse remplie d'appareils ronronnants.

— Je savais que j'étais un mec de transition – et je sais après *qui*, maintenant – et j'ai décidé de ne pas remettre ma chance en cause. Parce que j'ai su dès notre premier contact que j'étais fichu. Tu n'étais pas du tout comme les autres femmes avec qui j'étais sorti avant, ni ce que j'aurais cru chercher. Et puis je t'ai vue. Tu étais tout ce que j'ignorais encore vouloir, et d'une certaine façon, c'est ça le plus addictif. Avec ton humour caustique et ta modestie, et ce visage, et ce rire. Cette vulnérabilité que tu t'échines à ne pas montrer. J'ai décidé d'être le meilleur conjoint possible, d'investir toute mon énergie là-dedans en espérant que ça suffirait, ou que tu tomberais amoureuse en chemin. Mais comme tu l'as dit, tu ne ressentais pas ce que tu devais ressentir et je crois que tu l'as su très tôt… ce n'était pas réglo de ta part de continuer. Tu as trop d'intelligence émotionnelle pour ne pas t'être rendu compte que nos attentes étaient diamétralement opposées. Et puis, dit-il avant de marquer une pause, le désarroi passant sur son visage, je crois qu'avec cette demande en mariage j'ai inconsciemment essayé de te prendre au piège, oui. Je savais que je n'obtiendrais pas un oui franc et sincère. C'est dur d'avoir à l'admettre. Mais pour qu'on en soit arrivés là, je crois que tu dois avouer que nous sommes tous les deux responsables.

Le ventre de Harriet se noua. C'était difficile à entendre, parce que c'était en partie, sinon entièrement, vrai.

— Il paraît que ce gars, ton ex qui a posté sur Facebook, est vraiment un sale type. Je n'ai assurément pas reconnu la personne qu'il décrivait, ajouta Jon.

Harriet croisa les bras sur la douleur dans sa poitrine.

— En bref. Je suis désolé pour le calvaire que tu as subi avant de me rencontrer, je comprends beaucoup de choses maintenant que je suis au courant pour lui. Mais mon Dieu, tu nous as fait payer tous les deux, dit Jon d'une voix éreintée.

Harriet déglutit et se força à le regarder dans les yeux, qui s'humidifiaient. Elle pesa ses mots, avant de parler, et contraignit sa voix à ne pas trembler.

— Tu as raison. Mais je n'ai pas omis de te parler de Scott pour t'exclure volontairement ; je me suis exclue aussi de ça. Je voulais poursuivre ma vie en niant l'importance de cette histoire, alors j'ai agi comme si elle n'avait pas compté. C'était peut-être le même mécanisme de défense que j'ai eu avec mes parents. Si tu donnes de l'importance à quelque chose de mauvais, alors tu laisses cette chose te définir. *Tu lui donnes du pouvoir*, voilà ce que je me disais. Mais en réalité, en ne l'affrontant pas, je lui donnais du pouvoir sur moi.

Elle prit une profonde respiration, car les mots suivants n'étaient pas faciles à dire.

— Je ne voulais pas te faire de mal, Jon. Je me sentais en sécurité avec toi, mais, en définitive, ça ne suffisait pas. Je suis désolée.

Harriet avait les larmes aux yeux et Jon hocha la tête. Il attendit qu'elle continue. Comme s'il voulait qu'elle parle davantage de Scott ; mais pas question, pas maintenant. Pas avec les cheveux caramel de Roxy dans la bonde de sa douche.

C'était le nœud du problème : Jon avait des griefs légitimes, mais son comportement récent les avait pulvérisés. Exiger qu'elle lui dise tout maintenant, c'était comme forcer le cadenas du journal intime de quelqu'un en espérant qu'il vous confierait ensuite ses secrets les plus personnels. Parfois, on ne pouvait pas revenir en arrière une fois la limite franchie.

Elle se dirigea vers la porte.

— Harriet ? dit-il alors qu'elle partait.

Jon s'appuya contre le mur et lui adressa un sourire triste.

— Le truc, c'est que je te récupérerais bien quand même.

— Je sais, dit Harriet. Sois gentil avec Roxanne, d'accord ? Elle n'a plus d'amies pour veiller sur elle.

43

— Il y a un truc intéressant sur ton téléphone ? Tu es captivée, demanda Sam à Harriet, avant d'engloutir une bouchée de champignons, thym et coppa avec un plaisir mitigé.

— « Intéressant » n'est pas le mot, dit-elle. Stupéfiant, plutôt, et pourtant parfaitement prévisible.

Cal regarda Harriet avec intensité.

Elle se concentra de nouveau sur son écran.

Roxanne
Harry, je me sens mal pour la façon dont toute cette histoire a été perçue. Tu me connais, je fonce tête baissée. J'ai rompu avec Jon. On peut parler ? Je veux me faire pardonner. R xxx

Harriet n'arrivait pas à définir ce qu'elle ressentait : se réjouissait-elle de son malheur ? Un peu. Mais elle était surtout bouleversée, encore. Elle transféra le message à Lorna.

Lorna
Tiens tiens tiens, ne seraient-ce pas les conséquences de ses propres actions. J'espère que mettre ce bracelet en gage en vaudra la peine. Tu vas répondre ?

Harriet
Oh que non. Y'a plus rien à dire, si ?

Harriet releva les yeux : l'expression de Cal demeurait impénétrable. Qu'exprimait-elle… ? Méfiance ? Suspicion, presque.

— Enfin bref, répondit-elle à Sam en posant son téléphone, écran vers le bas. L'incident est clos.

— C'est une sacrée histoire ! ironisa Sam. Un récit saisissant.

— Tout est vrai, dit Harriet.

— Jon est impliqué, j'imagine ? dit Cal.

— Il l'était.

Harriet et Cal échangèrent un autre regard atypique et lourd de sous-entendus. Elle se souvint du pacte de Cal avec son ex et la hantise fiévreuse de Jon (« quand j'aurai vent de votre mariage », *Dieu du ciel*). Est-ce que Cal pensait… qu'elle allait se remettre avec Jon ? Est-ce que ça le préoccupait ?

Cal avait accepté son offre de leur commander à manger, avec pour seule réserve qu'il devait voir Sam – est-ce que ce dernier pouvait se joindre à eux ? Harriet avait dit « bien sûr », après l'habituel marchandage de rigueur : « à condition que je ne gâche pas un truc plus intéressant que vous aviez prévu de faire tous les deux ».

— Ils ont oublié mes sticks mozza, dit Sam en ouvrant toutes les boîtes une à une. Dans ces moments-là, j'apprécie d'être une personne si spirituelle. Je suis capable de prendre du recul sur la situation. Pizza gratuite.

— Tu tires beaucoup de force de ta foi, c'est beau à voir, dit Cal. J'ai oublié de te dire, Harriet, je suis allé au restaurant de ton amie ! Sur Headingley ?

C'est pas vrai, eut envie de dire Harriet en agitant ses lunettes. Sans surprise, Cal ne précisa pas avec qui. Peut-être qu'il était passé à une autre.

— C'est bon, hein ?

— Super. Je prévois déjà d'y retourner.

Tu m'étonnes.

— Tu peux m'y emmener, dit Sam.

— J'espérais y aller avec quelqu'un qui serait moins susceptible de mettre des tongs avec des chaussettes.

Tu m'étonnes.

— J'ai oublié de te dire, la paperasse est finalisée pour mon appartement, fit Harriet. Je déménage dans deux semaines, un dimanche.

— Ah, oui, dit Cal, l'air un peu décontenancé, comme s'il avait oublié l'imminence de son départ. Merci.

— On restera en contact, non ? dit Sam en laissant rôder sa main au-dessus du pain à l'ail.

— Bien sûr, dit-elle en adressant un grand sourire à Sam.

Cal ne dit rien.

On sonna à la porte. Derrière les rideaux fermés, ils ne voyaient pas qui c'était.

— Mes sticks mozza ! La courbe de l'histoire penche vers la justice, dit Sam.

Cal alla répondre et, après quelques secondes, Sam souleva un coin de rideau pour voir à qui Cal parlait.

— Putain, non ! c'est Kit.

Il s'avachit dans son siège tandis que Harriet se redressait.

— Je me demande ce qu'elle veut, poursuivit-il. À part emprisonner les testicules et l'âme de Cal dans un bocal.

— Viens, je vais te le prouver, dit Cal en entrant dans la pièce, Kit sur les talons.

Elle portait un pull à col roulé et un pantalon slim, et ressemblait à un top model.

— Saluuuut tout le monde, dit-elle en levant la main. Attendez, mais c'est mon témoin, ma photographe, et mon fiancé ! Le curé est en train de faire sauter les crêpes dans la cuisine ?

Harriet savait que Kit était redoutable, mais elle devait l'admettre : avec style.

— Là, dit Cal en prenant son téléphone dans un coin de la

pièce pour montrer l'écran à Kit. Messages de toi non lus sur WhatsApp.

Il jeta le téléphone sur le canapé, à côté de Harriet, puis Kit lança un regard noir au téléphone, puis à Harriet, avant de rejeter ses cheveux en arrière et de se concentrer sur Cal.

— D'accord, je te crois, tu n'as pas eu la nouvelle, dit-elle avant de s'adresser à tout le monde. Je suis venue dire au revoir. J'ai décroché un boulot au Qatar.

— Félicitations, dit Sam, platement. Et au revoir.

— Félicitations, marmonna Harriet puisque Kit la fixait du regard comme si c'était une obligation.

— Je ne m'adressais pas à toi ; je ne te connais pas, dit-elle. Tout ce que je sais de toi, c'est que tu t'es servie de mon soi-disant mariage comme moteur de recherche de location.

— Ne t'en prends pas à elle, elle n'a rien fait de mal, dit Cal avec virulence.

N'empêche que Kit n'avait pas tort, et Harriet ne savait plus où se mettre.

Cal et Kit retournèrent dans l'entrée, où ils eurent une conversation inaudible, que Sam agrémenta de roulements d'yeux exagérés, faisant même mine de se pendre. Ils essayaient l'air de rien de percevoir des bribes de paroles sans avoir l'air d'écouter aux portes, *et* d'avoir leur propre conversation – mais échouaient sur les trois fronts.

— Une autre bière ? demanda Cal en passant la tête par la porte après qu'ils eurent entendu la porte d'entrée se fermer. Sam ? Hats ?

— J'y vais doucement, merci, dit Harriet en soulevant sa tasse de thé, contente d'être passée au stade du surnom.

— C'était quoi ça ? demanda Sam en agitant la tête vers la fenêtre.

— Kit m'annonçait gentiment qu'elle est avec Sebastian

maintenant, dit Cal. Voyez ma surprise, ajouta-t-il en pointant un doigt sur son visage.

— Haha. Elle croyait que t'allais répondre quoi ?

— Aucune idée. Je pense que Kit a toujours besoin de gagner, et dans sa tête, c'était sa victoire, là.

— Terrifiant. J'aurais préféré qu'elle soit un stick mozza. Je veux bien une bière, merci.

Cal disparut. La voiture de Kit n'était pas encore partie. Le téléphone de Cal, à côté de la jambe de Harriet, s'alluma avec l'arrivée d'un message WhatsApp.

Kit
Si tu veux que j'accepte que c'est fini pour de bon entre nous, tu devrais peut-être arrêter de coucher avec moi ? Je dis ça comme ça

Harriet s'étrangla. Waouh. La vie amoureuse de Cal était encore plus bordélique qu'elle ne le pensait ! Son ventre se noua et son pouls s'emballa : elle se sentit si vieille, si ringarde, de ne pas avoir envisagé une seule seconde que ce pouvait être une possibilité. Mais Kit était avec Sebastian, non ? C'était à n'y plus rien comprendre dans leurs coucheries.

Elle repensa à tout ce que Cal avait dit sur le fait de couper les liens avec Kit et se demanda si *oh, mais je me la fais quand même de temps en temps ! C'est la vie !* était une possibilité tacite chez les Gatsbys. Chaque fois qu'elle pensait avoir cerné Cal, un fait nouveau surgissait. Elle devait se défaire de l'idée qu'elle avait de lui – c'était en partie un fantasme, mais un fantasme qui s'était enraciné assez profondément.

Quand Cal revint, il prit son téléphone, marqua une pause, martela un genre de riposte, puis le fourra dans sa poche d'un geste ferme. Il s'assit en regardant Harriet, les yeux plissés, mais ne dit mot.

À peine avaient-ils décidé de regarder *2 Fast 2 Furious* que l'on sonna de nouveau à la porte.

— Depuis quand on est aussi populaires ? soupira Cal.

Il se leva pour aller ouvrir ; puis après une brève conversation qu'elle n'entendit pas, il lança :

— Harriet. C'est pour toi.

Harriet se leva, perplexe, et lorsqu'elle croisa Cal en sortant du salon, elle surprit une expression troublée sur son visage. Elle prit la même expression, incapable de demander « c'est qui ? » sans être entendue.

Ce ne pouvait pas être Jon, ni Scott, car elle savait d'instinct que Cal serait resté près de la porte dans les deux cas. Cette pensée lui donna une bouffée d'adoration, qu'elle se força à repousser sitôt identifiée.

Dehors se tenait une jeune femme. Elle devait faire cinquante kilos toute mouillée – ce qu'elle était, même si cela faisait un moment qu'il avait cessé de pleuvoir. Ses traits délicats étaient encadrés et anonymisés par la capuche serrée d'un anorak kaki.

— Je suis vraiment désolée de me pointer comme ça. Il regarde mon téléphone et mon historique Uber, donc c'était le bus ou rien. J'ai songé à t'appeler depuis une cabine téléphonique, mais la plus proche était pleine de pipi de chien et je n'ai pas de portable prépayé comme un dealer. Puis je me suis dit *je n'ai pas son numéro de toute façon !* Quelle débile. Désolée, je parle beaucoup quand je suis stressée. J'espère que tu ne me détestes pas parce que je n'ai nulle part où aller pour les deux prochaines heures. Ton petit copain a eu l'air dubitatif ! Pas étonnant.

Elle retira sa capuche, révélant des cheveux blonds trempés.

— J'aurais dû commencer par là. C'est Marianne.

44

Celle entre tous les visiteurs VIP que Harriet n'aurait jamais pensé recevoir. Elle était aussi nerveuse que si le pape était descendu de sa Papamobile blindée pour une tournée spéciale de souverain pontife, chillant dans sa soutane.

— Tu veux un verre ? demanda Harriet en brandissant une boîte contenant une bouteille de champagne, un peu hystérique.

Elle avait conduit Marianne à la cuisine, après avoir passé une tête au salon pour bafouiller une explication à un Cal et un Sam interloqués.

— Si tu veux un truc fort, c'est la seule chose que j'ai, désolée.

L'occasion semblait suffisamment importante pour (mériter) une boisson alcoolisée, même si les vapeurs de la dernière beuverie de Harriet commençaient à peine à se dissiper. Mais elle n'avait à lui offrir que cette bouteille envoyée en remerciement par un couple après leur mariage.

— Si ça ne te dérange pas de la gaspiller pour moi ! dit Marianne.

— Ce n'est pas du tout du gaspillage.

Elle faisait si jeune, si petite, Harriet se sentit protectrice, presque maternelle.

— Tu fumes, non ? dit Harriet. On peut prendre un verre dans le jardin, sauf si tu veux sécher un peu ?

— Oh mon Dieu oui, je rêve d'une clope ! Si ça te va ?

Harriet sentit que cet accueil dépassait les attentes de Marianne, qui ne savait pas trop à quoi s'en tenir. Quand elle lui proposa de se calmer les nerfs avec de la nicotine, la jeune femme la regarda comme si elle était sa marraine la bonne fée.

Elles prirent le Moët, des verres et un bougeoir en guise de cendrier, puis s'assirent à la table de pique-nique sous la canopée de guirlandes lumineuses.

Pendant que Harriet faisait péter le bouchon, Marianne sortit un paquet de Marlboro Lights de la poche de son imperméable. Elle en alluma une et tira une grosse bouffée, renversant la tête en arrière pour souffler la fumée comme une locomotive à vapeur.

Elle agita sa petite main, qui portait la bague de fiançailles, pour dissiper les volutes, sans grand succès, et dit :

— Il croit que je suis chez ma mère. À qui j'ai dit que je venais te voir pour qu'il ne la prenne pas de court ; mais il ne l'appellera pas de toute façon. Ils se détestent.

Harriet hocha la tête. Le mieux était de laisser Marianne parler. Elle ne savait pas ce qu'elle était venue lui dire, et supposait que Marianne ne le savait pas vraiment non plus.

— D'abord, commença celle-ci en se penchant en avant, plantant ses grands yeux de Titi dans les siens, je me sens très mal pour ce que Scott a posté sur Facebook. Je l'ai questionné prudemment sur le contenu de ta lettre, et il m'a dit qu'il ne la prendrait au sérieux que s'il savait précisément tout ce qu'elle disait. Il a été super gentil avec moi jusqu'à ce que je la lui donne. J'aurais dû me méfier. Et puis voilà qu'il me montre cette publication…

Elle baissa les yeux, fronça les sourcils.

— Désolée.

— Ce n'est pas grave, vraiment. Je sais parfaitement comment il est.

— Tout ce que tu dis dans la lettre est vrai ? demanda Marianne en tapotant la cendre de sa cigarette dans le bougeoir. Il dit que tu étais folle, mais…

Elle leva les yeux d'un air coupable, et Harriet comprit le problème. Marianne ne voulait pas accuser l'autrice de la lettre, mais elle espérait que celle-ci nie en bloc.

Harriet compatissait – elle connaissait ce va-et-vient, l'envie que Scott soit à la fois condamné et disculpé.

— En un mot, oui. Tout est vrai. Imagine : si ça s'arrêtait entre Scott et toi, tu penses qu'il raconterait quoi sur toi ? Que tu étais adorable, mais que vous ne vouliez pas la même chose ? Il est obligé de me descendre, à cause de ce que je sais. À cause de ce que je t'ai révélé. Il n'a pas d'autre défense que de me traiter de menteuse.

Les yeux bleus de Marianne s'agrandirent.

— Ouais. Moi, il me dénigre toujours parce que je suis coiffeuse, que je n'ai aucun diplôme à part « en ciseaux ». Il prétend que je ne peux pas le suivre. Que, comme mon père est parti quand j'étais petite, je n'ai pas eu de « figure paternelle » et que je me venge sur lui. Quand tu as écrit qu'il avait dit que ton enfance était… instable… j'étais genre, oh ! *ding*. Ça me rappelle quelque chose.

Marianne prit une lampée de champagne, la lèvre tremblante.

— C'est comme si on était le problème et qu'il essayait de nous réparer, renchérit Harriet. Mais j'insiste : pour répondre franchement à ta question, je n'ai fait aucune des choses dont il m'accuse. C'est bizarre le mensonge, le type est si véhément que tu commences à douter. Je pense qu'il s'en convainc d'abord. Il s'énerve, s'empoisonne tout seul et se dit : *ben ça doit être vrai, elle doit me faire du mal, puisque je suis si bouleversé.* L'émotion se trouve une cause.

C'était du moins l'explication que Harriet avait réussi à concevoir, et elle l'offrait à Marianne. Si cette explication avait une quelconque valeur, Marianne ne pourrait pas en faire un meilleur usage.

Marianne hocha la tête et tira sur sa cigarette. Elle savait que tout ce qui était dans cette lettre était vrai, comprit Harriet, elle devait seulement l'accepter. C'étaient deux choses différentes.

— Je vois bien que tu n'es pas comme ça, rien qu'avec ça, dit-elle en agitant la main entre elles, puis elle sourit.

— Marianne, avoir peur de ce qu'il pourrait dire ou faire, ou qu'il fouille dans ton téléphone… ce n'est pas normal. Ce n'est pas bien. Ce n'est pas qu'il t'aime tellement qu'il en devient possessif, ou qu'il a plus besoin d'être rassuré que d'autres hommes. C'est de la maltraitance. Je ne sais pas comment on en arrive, ou plutôt comme *il nous* amène à penser que c'est tout le temps notre faute. C'est comme s'il créait ce petit monde tordu où on est seules, puis ça devient une terre inconnue avec sa propre langue qu'on ne peut expliquer à personne d'autre. Ça a beau être horrible, c'est notre foyer et on le protège farouchement. Notre monde se résume à Scott, donc si on le perd, on n'a plus rien.

— *Oui*, s'exclama Marianne, avec tant d'émotion dans une seule syllabe. Oui, c'est exactement ça !

Harriet hocha la tête.

— C'est fou de se dire que, jusqu'à il y a peu, je pensais vraiment que je l'aimais, dit Marianne, non sans hésitation, en se frottant le front. Ta lettre, c'était tout ce que je pensais sans jamais l'avoir prononcé à voix haute. Je ne me l'étais même pas formulé à moi-même.

— Je comprends.

Harriet comprenait vraiment. Elle était bien placée pour le savoir. Elle regarda les gouttelettes de pluie qui s'accrochaient encore aux guirlandes lumineuses dans l'indigo de la fin de soirée, jeta un œil vers la lueur chatoyante venant de la cuisine. Elle sirota son verre et laissa un silence confortable s'installer. Marianne frissonna.

— Tu as froid ? Tu veux rentrer ?

Marianne secoua la tête.

— On a eu notre pire dispute avant le mariage de Danny et Ferg. Au point que je suis surprise que les voisins n'aient pas appelé la police. J'ai dû mettre tellement de maquillage pour cacher que j'avais pleuré, un vrai raton laveur, aurait dit ma mère.

À aucun moment il n'a avoué qu'il te connaissait. Au moment du mariage, je veux dire. Je ne savais même pas qu'il avait vécu avec quelqu'un avant moi, jusqu'à ce qu'un de ses amis parle de toi.

— Jamais il ne t'aurait parlé de moi, à moins d'y être obligé. Il m'a fallu du temps pour comprendre que Scott ne veut aucun lien, il ne veut pas que les gens puissent croiser leurs points de vue. Grâce à son post agressif sur Facebook, je suis en contact avec une de ses ex. Elle a commenté pour le dénoncer, et j'ai pu lire son commentaire avant qu'il la censure.

— Vraiment ?

Marianne écarquilla de nouveau les yeux. Harriet était tentée de se servir du témoignage de Nina pour corroborer irréfutablement ses dires, tout en gardant à l'esprit que Marianne pouvait encore tout répéter à Scott.

— Oui. Nina vivait avec lui avant moi et a vécu une expérience similaire. Ses parents sont intervenus pour la sortir de là, à la fin.

— Donc, il a fait ça plein de fois. Je me répétais qu'il serait différent une fois qu'on serait mariés.

Elle tira de nouveau sur sa cigarette.

— Peut-être que Scott a raison, peut-être que je suis stupide ! Hahaha. Parce que c'est une idée stupide, non ? J'ai vingt-sept ans, bientôt quinze.

— Tu n'es pas stupide, la rassura Harriet en tendant la main pour serrer brièvement celle de Marianne. Je sais ce que tu ressens. Je pensais savoir bien cerner les gens, avant de rencontrer Scott. Sa façon de te discréditer petit à petit : c'est très dur à expliquer sans l'avoir vécu. Il attend que tu sois amoureuse et complètement vulnérable, et puis ça commence et tu ne peux pas te défendre.

Cela lui apparaissait de manière tellement flagrante maintenant qu'elle l'avait exprimé – c'était pour ça qu'elle avait choisi, en Jon, quelqu'un dont elle ne tomberait pas amoureuse. Jon avait raison, elle était entrée dans cette relation avec une armure complète. C'était tellement triste que cette prise de conscience arrive si tard.

— Mon père frappait ma mère, dit Marianne en écrasant sa cigarette. Avant qu'il parte. J'avais trois ans, et ne l'ai pas revu depuis.

Elle regarda Harriet, les yeux brillants, emplis du champagne bu trop vite et de sentiments sincères.

— Je m'en prenais à elle quand j'étais ado, je lui disais que *moi*, jamais je ne tolérerais ça ! Je pensais vraiment que ça ne pouvait pas m'arriver. Toutes ces années, avant de rencontrer Scott, à penser que j'étais une guerrière impertinente, une dure à cuire… Tu sais ce que c'était, mon enterrement de vie de jeune fille ?

Harriet secoua la tête.

— Un après-midi *thé*. Je déteste ça. Les sandwichs œuf-concombre, ça pue.

Harriet ne put s'empêcher de rire.

— Avec des gâteaux à la crème anglaise à la con, et de retour à la maison dans mes chaussons Ugg à 18 heures. Parce que Scott se serait énervé si j'avais dit que je voulais aller en Croatie. Tous mes amis ont une mauvaise influence sur moi, bla-bla-bla. Je ne me reconnais plus. Où est la fille qui s'est fait bannir à vie du club Revolución, à Cuba ?

Elle prit sa coupe pour en boire une gorgée. Harriet fit tinter son verre et lui dit :

— Je te promets que cette fille est encore là.

— Je sais grâce à ta lettre que tu es bien plus intelligente que moi, alors je me suis dit que j'allais avouer que je n'ai pas de plan. Je n'ai rien.

— Un plan ?

— Pour la suite.

Harriet fronça les sourcils.

— Tu veux le quitter ?

— Bien sûr.

Marianne eut l'air perplexe, comme s'il était évident que c'était la raison de sa présence dans le jardin de l'ex de son mec, à fumer sa deuxième cigarette.

45

Harriet se sentit étourdie.

— Vous ne vous mariez pas bientôt ?

— Samedi prochain.

— Tu veux quelqu'un avec toi, quand tu lui annonceras que tu le quittes ?

Harriet pensa : *Pitié, ne me demande pas ça à moi, je n'oserai pas dire non, mais ce serait un carnage.*

— Non. Je pourrais demander à ma mère, mais ce n'est pas ça le problème. Je sais comment ça se passerait. En lisant ton histoire de rupture au magasin de déco, je me suis dit, *voilà, c'est ça qu'il fera.* Évidemment, annuler le mariage, ce n'est pas rien, mais il va me trucider. Puis il dira à tout le monde que j'étais une tarée.

— J'imagine.

— La dispute avant le mariage de Danny et Ferg. Ce qu'il m'a dit...

Elle sirota son champagne, écrasa le bout de sa cigarette dans le bougeoir, et s'arma de courage.

— Il a dit : « Si on a des filles, j'espère qu'elles ne deviendront pas comme toi. »

— Waouh, fit Harriet, outrée.

— Donc oui. Je peux me séparer de lui. Je peux annuler le mariage, dit Marianne en élevant la voix, la regardant droit dans les yeux. Mais après ? Il va recommencer, non ? Avec quelqu'un qui fondera une famille avec lui. Puis ce sera moi qui écrirai des lettres, dans quelques années. Enfin, pour être honnête, je ferais sûrement une note vocale, parce que je n'ai pas ton talent.

Elle eut un petit sourire et Harriet le lui rendit.

— Ça ne suffit pas, reprit-elle. Je veux que les autres femmes sachent qui est Scott, pour qu'il ne puisse plus jamais nuire. Et je veux redevenir moi-même. Je veux lui rappeler qui je suis. Je veux *me* rappeler qui je suis !

Harriet n'avait pas vu venir ce rebondissement, elle ne s'attendait pas à ce que Marianne soit ainsi saisie de la même ferveur qu'elle. La grenade lancée par-dessus un mur était en réalité une allumette jetée dans un lac d'essence.

— Comment ? Avec une lettre qu'on signerait toutes et qu'on mettrait en ligne ? On risquerait de faire sortir en force tous ces idiots de « Je Suis Avec Scott », je pense, dit Harriet en grimaçant.

— Ce genre de choses se dissipe, non ? Je ne sais pas, fit Marianne en haussant les épaules.

Harriet aurait aimé qu'elles se dissipent un peu plus vite, mais ce n'était pas le moment de pleurnicher sur son travail.

— Avant ton entrée en scène, je ne voyais pas les choses clairement, dit Marianne. Maintenant, c'est comme si je voyais *tout*. C'est un cycle, et il faut le briser.

L'espace d'un instant, Harriet se demanda si Marianne n'envisageait pas une vengeance qui impliquerait des lampes torches, des bâches et une carrière abandonnée.

— Son autre ex, Nina, a dit qu'elle m'aiderait si elle pouvait. Est-ce qu'on essaie de se retrouver toutes les trois ? Elle aura peut-être une idée de génie ?

— Oui !

Puis le visage de Marianne se décomposa.

— Il va encore falloir que je dise à Scott que je vais chez ma mère. Comme il y a toujours des histoires de mariage à régler, j'espère qu'il y croira.

— Et au travail ? Pendant tes pauses ? On pourrait se retrouver pour un café à l'heure du déjeuner, il n'en saurait rien.

— Ça pourrait marcher. (Un silence.) Merci infiniment, Harriet. Je sais que tu en as pris plein la tête à cause de moi alors que tu aurais pu tourner les talons.

— Je n'ai pas fait grand-chose, dit Harriet, et Marianne lui coupa la parole pour dire :

— Si, bien sûr que si.

Harriet la raccompagna à l'arrêt de bus et, alors qu'elles se disaient au revoir, Marianne l'ajouta dans ses contacts sous l'entrée « Heather : Fleuriste ».

Harriet dut réprimer cette pensée : *Que le meilleur gagne.*

Après le départ de Marianne, une Harriet euphorique et à vif expliqua à Cal l'objet de cette visite, Sam étant parti pendant qu'elles complotaient dans le jardin. À sa grande surprise, il se montra étrangement placide, et prudent.

— À toutes fins utiles : pour l'instant, c'est encore la fiancée d'un parfait démon, non ? Et si ça faisait partie d'un complot de machintruc – Scott ? dit-il en fourrant les cartons de pizza dans la poubelle de recyclage.

— Je comprends ce que tu veux dire. Elle pourrait revenir sur tout ça et se marier quand même. Mais venir me voir me semble être une assez grande avancée, le signal qu'elle est vraiment prête à partir.

Cal leva les yeux et marqua une pause, comme s'il souhaitait s'exprimer plus clairement sans savoir comment.

— Est-ce qu'il était violent ? finit-il par demander.

Sous son regard scrutateur, Harriet sentit que quelque chose s'était développé entre eux, sans qu'elle sache vraiment le définir. Ils étaient amis, oui, et pourtant ce n'était pas une amitié qui survivrait au-delà de cet endroit, elle en était certaine. Étonnamment, elle n'avait pas d'explication pour justifier une certitude si forte, si ce n'est qu'ils étaient très différents. Elle avait beau espérer qu'ils se verraient ensuite de temps en temps, c'était difficile à imaginer.

Sa relation avec Cal était un break, un temps en dehors du monde réel. C'était comme si elle était dans un avion où on avait surbooké la classe éco et qu'on l'avait envoyée s'asseoir à côté de lui en première classe. Au début, ils n'avaient pas apprécié cette proximité, s'étaient chamaillés, puis ils s'étaient habitués et s'amusaient à présent comme des fous en sirotant les gin-tonics offerts. C'était la rencontre fortuite de deux chemins de vie qui se croisaient avant de se séparer. Quand ils récupéreraient leurs valises au tapis à bagages et se serreraient la main, tout serait terminé.

— Oh ! non. Aucune violence. Seulement de la torture émotionnelle.

Cal plongea les mains dans les poches de son jogging. Harriet se demanda s'il était soulagé qu'il ne reste plus qu'une semaine avant la fin de ce remue-ménage qu'il n'avait pas demandé. D'abord Jon, maintenant ça.

— Je ne vois pas pourquoi Marianne mentirait mais, en tant que journaliste, je sais que les gens *mentent*, tout le temps, pour des tas de raisons, ou sans raison. Malgré ce que disent les séries policières, les gens ne sont pas de jolis cartons d'intentions claires et nettes, qu'on peut déballer et emboîter comme des meubles en kit. Ne présume de rien, Harriet. Elle fait peut-être ce que Scott veut. Ou peut-être qu'elle fait simplement ce qu'elle veut, et qu'il lui manque une case.

— Ou elle pourrait être sincère.

— Ou elle pourrait être sincère. Je ne dis pas ça pour t'empêcher de l'aider. Je ne veux pas que tu tombes de haut, c'est tout.

— Merci. Je sais.

— Et les effets sur ton travail si tu t'impliques là-dedans ?

— Je me demande s'il n'est pas déjà mort, à vrai dire. J'aurais peut-être été plus sur mes gardes si Scott ne m'avait pas déjà humiliée publiquement. Maintenant que le mal est fait, je n'ai plus rien à perdre.

Cal ne répondit pas, manière diplomate de douter de cette affirmation.

— Ou peut-être, reprit-elle, est-il plus honnête et réaliste de dire que, s'il me reste quelque chose à perdre, je suis prête à le perdre pour aller au bout.

— Tu es très altruiste.

— Ha, merci. Je crois que ça a eu beaucoup à voir avec moi tout du long, en réalité. J'espère seulement ne pas avoir été égoïste. Ne pas avoir déclenché quelque chose que Marianne regrettera plus tard. Même si je pense qu'il est impossible de regretter d'avoir échappé à Scott.

— On ne peut pas allumer un feu quand on craint de voir son petit monde s'écrouler, comme le dit la chanson[1], souffla Cal, avec un sourire charmeur et un haussement d'épaules en guise de concession, et Harriet défaillit malgré elle.

1. Référence aux paroles de la chanson *Dancing in the Dark*, de Bruce Springsteen : *You can't start a fire / Worryin' about your little world fallin' apart.*

46

— Salut ! La Méchante H, je présume ? En train de prendre un méchant latté. Chantmé !

Harriet leva les yeux vers la jeune femme aux cheveux bruns relevés en deux grosses boules au-dessus de ses oreilles – qu'on appelait, lui semblait-il, des « space buns » – et en manteau en tweed ceinturé avec des revers en fausse fourrure.

Nina était géniale. D'après ce que Harriet avait appris depuis leur rencontre sur Internet, c'était une fumeuse de joints sympa, ancienne élève d'une école d'art. Elle donnait des cours du soir pour apprendre à dessiner des mouettes, et s'était engagée dans un programme communautaire où elle emmenait des personnes âgées infirmes en balade en pousse-pousse.

Nina lui envoyait des mèmes de temps en temps, comme si elles étaient potes et que Scott Dyer n'était que le moyen accidentel par lequel elles s'étaient rencontrées. Après toute la souffrance que lui avait infligée cet homme, c'était comme une bouffée d'air frais pour Harriet de se retrouver avec quelqu'un qui s'esclaffait en parlant de lui, à grand renfort de « quel bouffon, putain ». Nina était l'instant où le soleil doré de l'automne perce les nuages par une journée fraîche et venteuse, réchauffant de manière inattendue votre visage tout froid – mais sous forme humaine.

— La Méchante H, c'est moi, oui, dit Harriet en se levant pour la saluer, au café Waterstones. Ravie de te rencontrer en personne ! Je ne sais pas pourquoi je me suis levée.

Elles éclatèrent de rire et se prirent dans les bras.

— Je dois avouer que je suis un peu déçue que tu ne portes pas un costume à la Hamburglar avec un masque noir en travers des yeux, dit Nina. Il faut que tu te glisses dans la peau de ton alter ego virtuel.

— Je suis là incognito, dans la peau d'une femme humaine lambda.

Nina enleva son manteau et alla se chercher à boire, pour revenir avec un plateau contenant un mug d'eau chaude, du thé en vrac et une gaufrette ronde.

— Il n'y a encore rien de défini précisément pour cette géniale réunion d'Avengers, c'est ça ? demanda Nina.

— Non. On s'est juste dit que des représailles via un post Facebook n'était pas la bonne solution.

Harriet haussa les épaules et se sentit un peu coupable d'avoir obligé Nina à prendre le train depuis Prestwich un mercredi pour un « ouais, chai pas ».

Nina, insouciante, hocha la tête, déballa sa *stroopwafel* et mit le filtre à thé en équilibre sur sa tasse.

— Je sais que j'ai dit que je voulais le faire souffrir, mais j'espère qu'elle ne va pas suggérer des trucs hardcore à la *Millenium*. Déjà parce que ce sera difficile de résister, mais aussi parce que je refuse d'aller en prison à cause de lui, dit-elle.

Harriet s'esclaffa. Elle aussi commençait un peu à s'inquiéter de ce qui allait suivre. Les planches de ouija étaient censées « marcher » parce que tout le monde déplaçait le pointeur dans un effort collectif sans que personne ne détecte la pression que chacun appliquait. Et si, à leur manière, elles finissaient par se motiver les unes les autres, mettant toute leur énergie conjointe dans un plan qu'individuellement elles jugeraient dément ?

Dans un léger tourbillon de parfum au jasmin, Marianne prit la troisième chaise à leur table, sans manteau, et avec un téléphone à la main. Envolée, la gamine trempée en imper. Marianne portait son uniforme de travail noir marqué du logo Estilo, et ses cheveux couleur beurre tombaient en anglaises parfaites réalisées au fer à friser, que seule une main experte pouvait accomplir. Harriet la croyait quand elle disait que l'ancienne Marianne était en train de revenir.

— Salut, désolée pour le retard, dit-elle à voix basse, prudente.

— Marianne, Nina. Nina, Marianne, dit Harriet, et elles se saluèrent.

— Je ne vais rien prendre à boire. Je ne peux pas rester longtemps, désolée. J'ai une cliente sous alu.

— Pas de souci, dit Harriet.

Marianne jeta des coups d'œil furtifs autour d'elle, certainement pour s'assurer qu'il n'y avait pas de visages familiers dans le café.

Sentant son inhibition, peut-être même sa réticence à être ici, Harriet temporisa.

— Tu sais que si tu as changé d'avis et que tu veux l'épouser, on ne t'obligera à rien ? On peut s'en aller et ne plus jamais reparler de tout ça, si c'est ce que tu veux.

Il y eut une pause – de deux semaines.

— Cela étant dit, ne l'épouse pas putain, lâcha Nina avec un rire hoquetant en renversant son thé, détendant l'atmosphère comme par magie.

— Je ne vais pas l'épouser, dit Marianne calmement, comme si elle signalait en passant que non, finalement elle n'aurait pas le temps d'aller au supermarché tout à l'heure. Et puis, j'ai trouvé. Je sais ce qu'on devrait faire. Si vous êtes toutes les deux partantes. Même si je comprendrais votre refus.

Elle posa ses deux mains à plat sur la table, comme pour dire « concentrez-vous bien ».

— J'ai trouvé pourquoi faire une publication en ligne me semble un peu foireux. Parce qu'on informerait seulement des inconnus. Peut-être qu'ils nous croiraient, peut-être pas. Mais franchement, qu'est-ce que ça peut nous faire ?

Harriet ouvrit grand les yeux.

— On t'écoute.

Elle avait l'impression d'être dans une série judiciaire ; elles étaient au point mort, et voilà que l'avocate marginale mais surdouée expliquait comment, contre toute attente, elles allaient changer de tactique et gagner.

— Ceux qui ont besoin de savoir qui est Scott, ce sont sa famille et ses amis. Ceux qui prennent son parti, le couvrent, et pensent que des rayons de soleil lui sortent du trou de balle.

— Ses complices, dit Nina. Et puis il y a nous, qui prouvons la théorie de la marche manquante.

— Qu'est-ce que c'est ? demanda Marianne.

— On se prévient mutuellement, en secret, de l'éviter. On gère le problème sans le dénoncer, ni le résoudre. Ce qui fait aussi de nous des complices, j'imagine ? Je ne sais pas.

— Ses amis et sa famille ne savent pas qu'ils sont ses complices, c'est dire s'il est doué pour compartimenter, dit Harriet.

— Oui. Et quand seront-ils tous réunis au même endroit ? Au Queen's Hotel, à 16 heures, ce samedi, annonça Marianne.

— À ton mariage ? souffla Harriet, impressionnée.

— Oui. À mon bon gros, sinistre mariage. Auquel vous venez toutes les deux de décrocher une invitation, haha.

Elle s'adossa à sa chaise et croisa les bras ; sans les restrictions modernes, Marianne aurait sans doute allumé une Marlboro Light, à la Lauren Bacall.

— On proclame que Scott est un connard *le jour de ton mariage* ? répéta Harriet.

— De préférence avant « je le veux », sinon je serai dans la mouise. Vous en pensez quoi ?

Marianne cala une mèche de cheveux derrière son oreille. Pas étonnant qu'elle ait eu envie d'une coiffure de déesse ce matin en se levant.

Nina siffla doucement.

— C'est sûr que c'est un concept impactant, dit-elle.

— Mais tu serais prête à réunir tout le monde et à gaspiller tout ton argent en allant jusque-là… ? demanda Harriet.

Et dès que les mots eurent quitté sa bouche, elle comprit le cheminement de pensée de Marianne : il n'y avait rien à sauver, pas même la face.

Celle-ci s'esclaffa :

— Oh ! l'argent est déjà dépensé, de toute façon. Et c'étaient mes économies. J'ai réalisé une belle affaire quand j'ai vendu mon appartement pour emménager avec Scott. J'ai toujours été douée, côté thunes. Jusqu'à maintenant, en tout cas. Mais oui, robe, salle, lune de miel aux Caraïbes. Quand j'ai pensé à me servir du mariage au lieu de l'annuler, j'ai eu l'impression d'avoir une idée de génie. Au lieu d'appeler tous les invités pour leur expliquer un par un pourquoi ça ne se ferait pas, dans une course contre la montre avant que Scott puisse les contacter, je leur dis à tous en même temps. *La vérité.*

Elles se regardèrent tour à tour.

OK, Harriet avait peut-être craint cette idée délirante de « communication avec l'au-delà » via une planche de ouija, mais ce projet-ci avait une certaine magnificence.

— Je sais que c'est beaucoup vous demander, dit Marianne.

Une pause.

— T'es partante ? demanda Nina à Harriet.

— Partante, dit Harriet, malgré ses crampes à l'estomac.

— Moi aussi.

— Eh bien, ça n'a pas été trop difficile de vous convaincre, mesdames. Réservé aux légendes, dit Marianne en abaissant la tête comme si c'était un adage religieux et non du parler de réseaux sociaux.

Harriet était contente que ce soit Marianne qui ait fait cette suggestion, parce qu'elle ne pouvait venir que de la future mariée.

— Il y a ce passage pendant la cérémonie où la personne qui te marie dit « si quelqu'un connaît une raison pour laquelle ils ne devraient pas être unis par les liens du mariage… », dit Harriet. Je pense que c'est un vestige archaïque de l'époque où la bigamie était monnaie courante, ou je ne sais quoi. Ça pourrait être notre signal. Je ne sais pas. Quelqu'un a déjà fait ça ?

— Oh mais oui, Harriet, bien sûr ! approuva Marianne, toute excitée.

— Vraiment ?

— Oui ! La seule chose que je n'arrivais pas à déterminer, c'était quand et comment. Donc, tu te lèves et tu dis : « Moi, je connais une raison. » Puis Nina pourrait se lever aussi et dire « Moi aussi ». Puis je dirais : « Scott, je ne t'épouse pas. »

Marianne fit mine de lâcher un micro.

Elles restèrent muettes un instant, le temps de digérer l'énormité de ce plan. Cela ne semblait pas entrer dans le cadre du possible ou du raisonnable, et pourtant elles étaient arrivées à un stade où cela semblait non seulement inévitable, mais vital. Jamais plus elles n'auraient cette occasion.

— Cela dit, ils suppriment souvent cette phrase-là du service de nos jours, précisa Harriet.

C'était son caractère prudent qui ressortait, elle se désignait elle-même chercheuse de problèmes.

— Elle est dans le nôtre, parce que j'avais tellement la trouille d'oublier des trucs ou de parler au mauvais moment que l'officiante m'a imprimé tout le discours, avec des croix pour indiquer quand c'est moi qui parle, dit Marianne. Je peux vérifier, mais je me rappelle que ça y était.

— Tu es vraiment, vraiment sûre de vouloir le faire ? insista Harriet. Une fois que tu seras dans ta robe et que les invités commenceront à arriver, le trac monte…

— Oui, je suis sûre. Je mentirais si je disais que je n'ai pas peur…

Le regard de Marianne dériva sur l'assiette de Nina.

— C'est un *stroopwafel* ? J'adore ça, dit-elle, puis elle retrouva sa concentration. C'est une chance unique de remettre un mec comme ça à sa place, non ? Si tu prends la parole, Harriet, et toi aussi Nina, alors tout le monde saura qui il est et pourquoi je fais ça. Il sera forcé de trouver une raison pour laquelle on ment toutes les trois. *Prends-toi ça.*

Elle fit mine de frapper une cible, puis eut un moment d'hésitation.

— Je pourrai aller chez ma mère pendant qu'on vendra la maison. J'aurais préféré ne pas retrouver la raison à une semaine de notre mariage, mais… comme le dit toujours ma patronne, on ne choisit pas !

Marianne retourna son téléphone et regarda l'heure.

— Merde il faut que j'y aille, désolée. La seule personne que j'aurais peur de contrarier le jour même c'est ma mère, mais elle sera aux anges. Elle m'a suppliée de ne pas l'épouser. Cela dit, je ne vais pas la prévenir au cas où elle nous trahirait sans le vouloir ! Elle est incapable de garder un secret, haha.

C'était de là que lui venait son courage d'acier, se dit Harriet. Avec sa mère à ses côtés, elle pourrait le faire.

— Alors, vous serez là toutes les deux, ce samedi ? dit Marianne, et Nina hocha la tête.

— Ironie du sort, je suis libre parce qu'un couple m'a décommandée à cause de la publication de Scott, dit Harriet.

— Si c'est pas un message de Dieu, je sais pas ce qu'il faut, dit Nina.

— Alors c'est parti, les filles, dit Marianne. Comment on reste en contact ? Je ne peux pas recevoir de messages WhatsApp au cas où Scott les verrait, dit-elle en regardant son téléphone, un peu honteuse.

— Tu es sur Facebook ? Messenger ? demanda Nina.

— Oui.

— Je vais créer un groupe de discussion, vérifie ton onglet « Autres Messages ». Change ton mot de passe et supprime les messages dès que tu les as lus. Comme ça, s'il fouine, il n'y aura aucune notification ni aucun moyen pour lui de vérifier.

— Super ! Merci.

Dans une nouvelle bouffée de parfum, Marianne s'envola.

— Elle a l'allure d'une fée Clochette et le cran d'une tueuse à gages, commenta Nina d'un air approbateur. Si Scott ne l'épouse pas, moi je le ferai.

C'était bien vrai, se dit Harriet : Scott aimait les nanas avec un doux visage et un caractère affirmé. Il avait bien choisi les membres de la résistance.

47

Nina Jackson a créé un nouveau groupe

Nina Jackson a renommé le groupe

ÉpousAïe !

Nina
Hahahaha ! Je suis trop fière de ce nom de groupe, je ne peux pas le nier. 🤩 J'ai pensé à un petit pépin. Scott va nous reconnaître, Harriet et moi. Et s'il nous mettait dehors ? J'ai cherché la salle sur Internet et elle est grande, mais quand même, pas évident de se cacher.

Harriet
Oh mon Dieu, et ce n'est pas Danny, son témoin ? Danny et Fergus me connaissent puisque j'ai fait les photos de leur mariage. Idem pour certains amis de Scott. Des idées ? ! 😬

Marianne
Vous pourriez vous pointer juste avant moi ? Je ferai en sorte d'être à l'heure (16 h)

Harriet
Le truc – j'ai une grande connaissance des mariages – c'est que juste avant que tu entres, c'est le moment où tout le monde se concentre sur la porte pour ton arrivée en grande pompe. Ça pourrait revenir à choisir pile le moment où Scott guette la porte comme un rapace 😫

Nina
Tu sais ce que ça veut dire, non ? ON SE DÉGUISE. J'ADORE ME DÉGUISER. Des prothèses de Mme Doubtfire pour la victoire !

Harriet
Bahahaha. Je sais pas pourquoi, je me dis que deux personnes qui se pointent avec des faux nez et des moustaches de magasins de farces et attrapes, ce sera encore plus visible ! Même une perruque, ça peut faire « tiens regarde elle porte une perruque ». La seule coiffeuse que je connais va être occupée à (ne pas) se marier ce jour-là.

Marianne
En réalité, ce n'est pas une si mauvaise idée de vous déguiser. Harriet, tu as des longs cheveux que tu tresses tout le temps ? Nina, les tiens sont mi-longs ? On sait que les hommes ne sont pas doués pour reconnaître les gens dès qu'ils changent le moindre truc. Vous pourriez toutes les deux vous coiffer complètement différemment. Harriet, tu pourrais les détacher, les boucler ? Nina, pourquoi pas un chapeau ? Des tonnes de maquillage. Boum. Vous arrivez en retard et vous vous asseyez au fond avec mes amis du salon de coiffure et mes cousins. Scott ne vous repérera pas. Il y aura genre deux cents personnes, et très honnêtement, il n'a pas trop pris la peine d'apprendre à connaître mes amis et ma famille. Il aurait dû être moins lunatique, le con ! 😂

Nina
C'est bon, je suis convaincue. C'est notre meilleure option ! Et puis j'adore les chapeaux. Je pourrais opter pour un style à la Annie Hall.

Harriet
D'accord, moi je m'essaierai à une féminité qui ne me ressemble pas ! Et puis, mon amie Lorna a soulevé un bon point. Puisqu'on ne veut pas que Scott puisse réécrire ce moment de l'histoire, on devrait l'enregistrer. Elle s'est proposée de se glisser au fond de la salle en

douce pour filmer avec son téléphone. Son idée est de s'habiller sobrement, comme si elle travaillait pour l'hôtel. Ça fait des plombes que Scott ne l'a pas vue et elle a changé de couleur de cheveux, donc je pense que ça ne craint rien. On pourra mettre la vidéo en ligne plus tard si on veut. C'est too much ?

Nina
Non

Marianne
Non

Harriet
OK

48

Le courage appelle le courage partout.

Harriet ne croyait pas en un architecte cosmique qui ordonnait le monde, en un Dieu interventionniste. Après la mort de ses parents, il aurait été étrange qu'elle y croie. Les muscles de sa mâchoire se crispaient quand des gens bien intentionnés disaient : « Rien n'arrive sans raison », et elle pensait qu'il ne devait rien leur être arrivé de terrible.

Néanmoins, la veille du mariage ressemblait à s'y méprendre à une immense partie de spirobole psychique, où son refus de tenir tête à Scott et ses conséquences (une habitude tenace d'éviter les conflits) revenaient la hanter de manière prévisible mais néanmoins dramatique.

Se lever et pulvériser la *cérémonie de mariage* de quelqu'un ? De son ex ? De Celui-dont-il-n'avait-pas-fallu-prononcer-le-nom pendant si longtemps ? Décrire, à des centaines de gens, ce qu'il lui avait fait ? S'identifier publiquement à cette expérience ?

C'était comme demander à une nonne de courir toute nue en public.

Harriet envisageait de faire une cascade périlleuse, de sauter en parachute ou d'accomplir tout autre exploit fou qui vous dopait à l'adrénaline. Se forcer à se jeter dans le vide, alors que cela allait à l'encontre de tous vos instincts de survie.

L'esprit plus fort que le corps, la fonction exécutive aux prises avec le cerveau reptilien.

Elle avait beau se répéter en boucle : *C'est ce que veut Marianne, Scott doit être stoppé, et Nina me rattrapera au vol*, elle trouvait complètement aberrant de faire une chose pareille. Elle serait peut-être calomniée à juste titre. L'explosion nucléaire qu'elles allaient causer s'annonçait si énorme qùe Leeds serait irradié à jamais à cause d'elle.

Oser faire ça, après une vie entière à se mettre en position fœtale à la moindre menace. Pourtant elle avait enfin injurié Jacqueline Barraclough, exigé des explications de Cal, et même débarqué chez Jon pour lui lire ses droits Miranda. Sans doute était-il possible de changer.

Évitait-elle autre chose ?

Harriet était en train d'écouter Jazz FM, allongée sur son lit. Elle se sentit soudain galvanisée, frappée par une évidence dont la temporalité prenait désormais tout son sens. Cal n'avait-il pas dit qu'elle saurait ? Elle s'était dit que c'était des paroles en l'air pour la réconforter, mais il avait raison. Elle savait.

Ou peut-être qu'elle faisait passer ça pour une épiphanie, mais que ses raisons étaient purement prosaïques – il y avait enfin une autre peur à l'horizon qui rendait celle-ci plus gérable, en comparaison. Peut-être qu'elle avait simplement besoin d'une distraction monumentale.

Harriet s'assit et retira son collier, les mains tremblantes, puis elle glissa la clé-pendentif dans la serrure de la boîte à bijoux.

Et si la lettre s'était dégradée au point de devenir illisible ? Aurait-elle alors trahi sa mère ? Et si la lettre lui occasionnait un tel choc qu'elle deviendrait soudain incapable de fonctionner, d'aller au bout de la promesse du lendemain ?

Harriet savait que, même si c'était le cas, cela n'avait pas d'importance, puisqu'elle allait le faire quand même.

Elle ouvrit la délicate enveloppe avec grand soin et en sortit une feuille de papier pliée contenant une photographie, un vieux cliché souple en couleurs. La missive ne comportait que quelques paragraphes.

Harriet examina d'abord la photo, qu'elle n'avait jamais vue.

Ses parents descendaient une rue plantée d'arbres qu'elle ne reconnaissait pas, emmitouflés dans des manteaux rembourrés qui indiquaient qu'on était au cœur de l'hiver. Son père, viril, brun, affreusement jeune, la tenait par la main tandis que sa mère tenait l'autre, et ils la faisaient sauter en l'air. Sa mère, avec son carré long de cheveux blond vénitien avait la bouche ouverte sur un sourire, et Harriet l'imaginait crier « wiiiiiii ».

Harriet devait avoir trois ans, et elle portait, sur ses jambes potelées qui ne touchaient pas le sol, des collants gris en laine côtelée et des chaussures pour bébé couleur cassis. Elle poussait des cris de joie extatique montrant ses petites dents d'enfant. Elle avait les cheveux couleur rouille et une coupe à la Jeanne d'Arc.

À l'arrière, de l'écriture juvénile de sa mère, était inscrit :

C'est ma préférée de nous trois. Garde-la précieusement près de ton cœur, et nous serons toujours avec toi. Oui, c'est cucul je sais, mais si je ne peux pas être cucul maintenant ! Gros bisous, Maman xx

Elle garda longuement les yeux rivés sur les caractères soigneusement formés, essayant de se forcer à accepter que la personne qui avait pensé ces mots et s'était penchée sur la photo pour les écrire n'était plus là. Harriet avait déjà les joues baignée de larmes, alors Dieu sait comment elle allait réagir face à la lettre.

Elle déplia la feuille de papier et la lut, ses yeux parcourant les quelques phrases à toute vitesse, et elle laissa échapper un sanglot. Elle la relut six fois. Puis une septième.

Les actes de prévenance, de générosité, pouvaient résonner dans le temps, bien des années après la disparition de la personne qui les avait offerts. C'était bon à savoir. Sa mère n'était plus là, mais cette émotion était ici, avec Harriet, dans la pièce. Son effet était réel.

Dans la salle de bains, elle s'aspergea le visage d'eau froide jusqu'à être à peu près présentable et elle descendit trouver Cal, debout dans la cuisine en train de manger un toast et de lire quelque chose sur son téléphone d'un air absent. Il leva les yeux quand elle arriva, ses yeux se posant sur son visage avec une expression enjouée.

— Eh, mais c'est la fille qui se tape l'incruste aux mariages.

Hier soir, elle lui avait parlé de l'aventure du lendemain. Il avait dit :

— C'est vraiment quitte ou double, votre truc. C'est soit la meilleure, soit la pire idée, mais y'a pas d'entre-deux.

— Tu crois que je ne devrais pas le faire ?

Il avait soufflé, à voix basse, en toute franchise :

— Je pense que tu peux tout faire.

Elle avait dû trouver quelque chose à dire, vite, avant que cela risque de devenir un Moment entre eux, ce qu'elle n'avait clairement pas la capacité de gérer.

— Cal, dit-elle à présent, essayant de dissimuler que sa poitrine se soulevait et s'abaissait comme si elle avait couru deux kilomètres. Tu te rappelles quand tu m'as dit d'attendre le bon moment pour lire la lettre de ma mère ? Que je saurais quand il serait là ?

Il mâcha et avala.

— Oui ?

— Tu avais raison. J'ai su. Ce soir. Je l'ai lue. J'ai soudain eu besoin de ma maman ce soir, très fort, alors je l'ai lue.

Harriet mangeait ses mots : elle avait voulu dire qu'elle avait « eu besoin des conseils de sa mère » mais dès qu'elle s'était entendue le dire, elle avait su que c'était un acte manqué. Elle ne s'était jamais autorisée auparavant à dire qu'elle avait besoin de sa maman. Quel était l'intérêt de cet appel, s'il ne trouvait jamais satisfaction ? Sauf que ce n'était peut-être pas le but. Peut-être qu'il y avait de la valeur dans le simple fait de l'admettre.

— Je ne sais pas comment c'est possible, mais elle disait exactement ce que j'avais besoin d'entendre. Je ne *savais* même pas que j'avais besoin que ma mère me dise quoi que ce soit en particulier, et pourtant… C'est fou, non ? conclut-elle un peu platement.

— Bon Dieu, Harriet ! fit Cal, un immense sourire illuminant son visage. Je suis tellement content pour toi.

— Merci. J'avais envie de le dire à quelqu'un. Comme pour prendre un instantané de ce moment, en quelque sorte. Pour l'enregistrer.

— Bien sûr. Content d'avoir été là pour ça.

Harriet rayonnait de joie et Cal sourit de nouveau, avec chaleur.

— Tu veux un toast ? demanda-t-il après une pause.

— Oh ! non, ça va merci. Continue, je vais…

Elle montra la porte. Elle voulait remonter à l'étage pour être avec sa photo et sa lettre. Cal la salua d'un signe de tête, de nouveau la bouche pleine. Elle remarqua la classe et le discernement de Cal, qui n'avait pas cherché à savoir ce que sa mère avait dit.

Harriet voulait que ça reste entre elles.

49

Ce jour-là, la chambre de Harriet s'était transformée en cabine d'essayage pour un show d'enfer.

La scène : le Queen's Hotel, immense monument historique Art déco des années 1930 classé Grade II, surplombant le parc municipal, à côté de la gare. Harriet adorait le charme romantique un peu crasseux des vieux hôtels dont le glamour avait fané, les dédales de couloirs faiblement éclairés et les mystères des portes fermées des chambres qu'elles cachaient. Il y flottait toujours un parfum de scandale et, à présent, ce serait Harriet qui le porterait. Le Queen's avait même un petit accès privé à la gare. Harriet se demanda presque si elle serait forcée de l'emprunter pour s'enfuir.

Le costume : la robe qipao verte, récemment portée lors d'une demande en mariage refusée. Harriet mit des lentilles de contact au lieu de ses lunettes, et appliqua avec soin une épaisse couche de fond de teint crémeux, puis du blush sur ses pommettes. La combinaison de la pâleur uniformisée par le maquillage et le faux rose aux joues lui donnait, à ses yeux, un look un peu « cercueil ouvert ». Avec l'index et le pouce, elle colla ses faux cils dignes d'une drag-queen, semblables à des mouches mortes.

En touche finale, elle peignit ses lèvres avec le Ruby Woo favori de Lorna. Sa bouche carmin lui donnait une effronterie de diablesse bienvenue, mais qu'elle était loin de ressentir. Elle laissa ses cheveux détachés, les scrunchant encore mouillés avec le sérum que Marianne lui avait envoyé, et elle fixa sa voilette noire, qui lui tombait juste sous le nez.

Cela avait été une bonne décision d'ajouter cet accessoire. D'un côté, il masquait ses traits, et la faisait encore moins ressembler à Harriet Hatley. De l'autre, il attirait l'attention. En fin de compte, en l'essayant dans le magasin, elle l'avait pris au motif qu'il lui plaisait beaucoup.

Harriet se regarda dans le miroir. Elle ne se reconnaissait pas, en veuve un peu vamp, et cela la rassura. Une profonde respiration, puis elle descendit prudemment les marches, peu habituée aux talons et à cette robe qui la faisait tituber.

— Putain de merde. Quand tu en auras fini avec Scott, tu pourras détruire ma réputation publiquement aussi, s'il te plaît ? dit Cal en passant dans l'entrée, les yeux comme des soucoupes.

Harriet explosa de rire – on était loin du chant des sirènes. Il ne la quitta pas des yeux, et elle le sentit.

Elle eut une vision tout à coup. Cal qui la poussait un peu rudement contre le mur, faisait remonter sa robe le long de ses jambes en froissant le tissu entre ses poings alors qu'elle agrippait les revers de sa veste, lui qui l'embrassait avec tant d'ardeur qu'il avait du rouge à lèvres sur la bouche.

Beurk, Hatley, se réprimanda-t-elle. *Chasse tout de suite cette idée de ton esprit.* Même si elle faisait palpiter quelque chose dans le bas de son ventre.

— Souhaite-moi bonne chance, dit-elle.

Dehors, le taxi – dans lequel l'attendait Lorna – klaxonna. *Le moment était venu.*

— Bonne chance, dit Cal.

Il hésita puis se pencha pour déposer un baiser chaste sur sa joue, pressant ses lèvres contre le tissu rêche de la voilette. L'endroit où il l'avait embrassée lui brûla la peau pendant qu'elle marchait jusqu'à la voiture.

— Je présume que tu connais le plan au sol ? dit Lorna une

fois qu'elles furent en route. L'agencement ? Bon sang, je sais que tout ça n'arriverait pas si Scott Dyer n'était pas un salaud qui fait du mal aux femmes, mais putain, ce règlement de comptes est trop excitant !

— Je connais le chemin pour aller à la salle de réception. Une fois à l'intérieur, il faudra croiser les doigts. Évidemment l'aménagement varie selon les mariages.

Oh là là ! oh LÀ LÀ ! : et si Scott s'était posté à la porte pour accompagner chaque invité à sa place ? C'était tout à fait son style – M. Galanterie performative attentionnée.

— Où sera l'autre ex ? Nina, c'est ça ? On la retrouve avant ?

— On ne communique que par téléphone, on s'est dit que se montrer ensemble était trop risqué et que Scott pourrait nous voir et comprendre qu'on manigance quelque chose.

Harriet regarda le paysage urbain défiler de l'autre côté de la vitre, le cœur battant de plus en plus fort, et reprit :

— Même s'il me reconnaît, si la cérémonie est sur le point de démarrer, il n'aura pas le temps de faire un scandale. Il pourrait partir du principe que je suis désespérée et que je suis venue voir en douce l'instant où je le perdrai pour toujours.

— Comment on fait pour devenir un gland aussi énorme que Scott Dyer ? La question se pose, est-il devenu un gland du jour au lendemain ? Ou, si tu l'avais croisé à cinq ans, il aurait été un tout petit gland ?

Harriet était rongée par le stress et la culpabilité, et Lorna arrivait encore à lui redonner le sourire.

La culpabilité : une fois encore, c'était utile de nommer l'émotion. (« Les peurs sans nom sont les pires. » Était-ce de Cal ?)

Le truc, c'était qu'elle était l'instigatrice de tout cela : elle avait écrit à Marianne, elle avait demandé Nina en amie, elle avait directement amené Marianne à décider de saboter son propre mariage.

Si ça partait en vrille, ce serait sa faute.

— Tu sais, venir en aide à autrui comme ça, c'est vraiment remarquable, dit Lorna, comme si elle avait lu dans ses pensées.

— Espérons que c'est ce qu'ils diront, et pas que je suis un sacré phénomène.

— Une seconde.

Lorna posa la main sur le bras nu de Harriet. Elles avaient inversé les rôles aujourd'hui, comme si chacune s'était déguisée en l'autre : Harriet en belle robe, Lorna en jean et T-shirt basiques.

— C'est Marianne qui a voulu faire ça. Tu l'as inspirée, mais tu ne l'as ni forcée ni persuadée, tu ne le lui as même pas suggéré. C'est adorable de prendre la responsabilité des sentiments des autres, mais ça peut dégénérer.

— Merci, dit Harriet avec reconnaissance.

Elle tira sur la ceinture de sécurité et la boucla en travers de sa poitrine, en intimant à son pouls qui allait à cent à l'heure de se calmer.

— Et puis, on a mis au point un signe secret pour qu'elle puisse confirmer qu'elle veut vraiment que Nina et moi prenions la parole.

Cela avait laissé Marianne perplexe – Harriet avait vu qu'elle était même presque énervée qu'on doute d'elle.

« Je suis allée à tellement de mariages que je sais que l'émotion peut t'avaler toute crue le jour J », avait tapé Harriet.

« Si elle m'avale, attrape-moi par les jambes et tire pour me sortir de là ! » avait répondu Marianne.

— Sérieux ? ! dit Lorna. Oh punaise, c'est trop. C'est comme une série télé pour laquelle ma mère sortirait les bons biscuits et m'appellerait après pour qu'on en discute. C'est quoi, le signe ?

Le ventre de Harriet fit un bond lorsque l'hôtel arriva en ligne de mire.

— Une fois à l'autel, elle va se retourner et faire coucou ou envoyer un bisou à sa mère. Cela voudra dire qu'elle est vraiment partante pour Le Plan et qu'elle veut qu'on l'applique.

Alors qu'elles sortaient de voiture devant le Queen's, Harriet regretta d'avoir dit tout ça. Car, en le répétant, elle s'était rendu compte que cette vérification de sécurité n'avait fait qu'ajouter un problème au lieu d'amener une solution. Et si Marianne oubliait le signe, mais qu'elle restait décidée ? Si cela faisait tout capoter, la jeune femme se sentirait trahie par une complication superflue imposée par Harriet.

Harriet aurait dû y penser.

Il était trop tard pour contacter la mariée à présent, ça, c'était sûr. Si c'était un saut en parachute, elle était déjà montée dans l'avion.

50

Harriet sentit l'amorti de l'épaisse moquette sous ses chaussures délicates et inconfortables, et les yeux posés sur elle alors qu'elle traversait le hall.

Lorna était partie pour traîner au bar et ainsi distancer leurs arrivées de quelques minutes, après que Harriet lui avait indiqué le chemin jusqu'à la salle de réception.

Elle se retrouva devant la porte – fléchée par un panneau « SCOTT & MARIANNE » avec la date – en un rien de temps. Elle s'intima : *Ne réfléchis pas, entre.*

Le cœur au bord des lèvres, elle ouvrit la porte sur une pièce cathédrale, remplie de rangées nettes de chaises recouvertes de tissu en coton blanc et décorées de rubans en satin jaune. L'espace était flanqué de deux énormes piliers ornés de petites guirlandes lumineuses formant des croisillons. Chaque rangée de sièges était encadrée par des arbres artificiels à fleurs blanches et au tronc biscornu se dressant dans des pots, également ornés de minuscules lumières blanches. Le plafond était presque entièrement caché par une canopée de ballons dorés gonflés à l'hélium.

Au fond, sur la gauche, au-delà de l'arche fleurie sous laquelle Scott et Marianne devaient se dire oui, se trouvait un quatuor à cordes. Ils jouaient *Don't Stop Believin'* de Journey, dans une reprise orchestrale dramatique, et Harriet accueillit cette ambiance musicale avec soulagement.

Quelque part, elle s'était attendue à ce que la réticence de Marianne à épouser Scott se traduise par un événement discret. Quand celle-ci avait dit qu'elle n'avait pas de demoiselles d'honneur parce qu'elle ne pouvait pas étirer le budget, elle avait oublié de préciser qu'il n'était pas serré. Il avait déjà été bien étiré, digne de celui de Liberace à Hollywood. Si Harriet devait trouver un seul mot pour décrire ce décor à l'éclairage glamour, ce serait « cinématographique ». L'engagement que la mariée avait mis à créer tout un monde valait celui d'un plateau de tournage.

Sans vouloir passer pour une égoïste, Harriet aurait préféré gâcher des efforts plus modestes, genre « dix personnes dans un bureau d'état civil stérile avec l'affiche "sorties de secours en cas d'évacuation" bien mise en évidence ».

Évitant les regards, Harriet se glissa au tout dernier rang, tout à gauche, selon les instructions de Marianne. En s'asseyant, elle vit que sur chaque chaise était posée une carte, où l'on pouvait lire, embossé en lettres dorées :

BIENVENUE AU MARIAGE DE
SCOTT & MARIANNE
DÉROULEMENT DE LA CÉRÉMONIE

Harriet l'ouvrit.

SI VOUS LISEZ CE MOT, CELA VEUT DIRE QUE VOUS ÊTES ICI PARCE QUE NOUS VOUS AIMONS !
MERCI D'ÊTRE VENU.

S&M X

Harriet manqua de pouffer et dut réprimer en vitesse cette envie. Toute velléité de rire l'abandonna, de toute façon quand elle aperçut le marié non loin. Il avait, comme toujours, les cheveux savamment en bataille, et il portait un costume bleu pastel avec une fine cravate à fleurs.

Danny, le témoin, était en gris lune, et ils étaient tous deux en train de plaisanter et de rire.

Oh ! les charmants Danny et Fergus. Elle allait se donner en spectacle, et l'idée qu'ils soient témoins de la scène la blessait plus que ça ne l'aurait dû.

— 'Scusez-moi, c'est ici qu'on s'assoit si on connaît la mariée ? demanda une femme d'âge moyen qui portait un châle à sequins et une robe rose à volants très tape-à-l'œil, attirant une attention indésirable sur Harriet.

— Oui, je crois ! dit Harriet dans un semi-murmure affolé.

Elle se décala jusqu'au bout du rang pour lui faire de la place, s'efforçant de rester penchée pour ne pas se faire remarquer.

— Magnifique, n'est-ce pas, reprit la femme en levant la tête vers les ballons. Ça a dû coûter une blinde. Comment connaissez-vous Scott et Marianne ?

Oh ! bon Dieu. C'était une chose de gâcher la journée de Scott, mais c'en était une autre de gâcher la journée de tous ces gens ! À cet instant précis, Harriet eut envie de tout laisser tomber, par égard pour cette gentille dame en robe moche.

— Marianne est ma coiffeuse, dit-elle dans un moment d'inspiration désespérée, puisqu'elle n'avait pas anticipé la question.

— Oh ! et vous êtes amies, c'est adorable !

— Oui, dit Harriet, souhaitant de tout son être qu'elle arrête de lui parler.

Harriet savait qu'elle était censée demander à la dame en robe rose comment elle connaissait Marianne, mais elle préféra incarner une millenial malpolie accro à son téléphone, qu'elle sortit de sa pochette. Elle avait un SMS.

Nina
CANON, Harriet Hatley ! Ne me fixe pas mais je suis un

rang devant toi, sur la droite. Finalement j'ai opté pour une toque à la Jackie Kennedy. BONNE CHANCE NOTRE REINE xxx

Harriet leva les yeux, repéra une Nina anormalement discrète, puis consulta l'heure. 15 h 56. Marianne avait juré solennellement qu'elle serait à l'heure (« Je vais arriver tôt et poireauter littéralement dans la voiture, quitte à prendre une amende »). Quatre minutes à tenir sans se faire repérer par le marié. D'autres retardataires s'installèrent dans sa rangée, et Harriet pensa : *En principe, je suis en sécurité dans la foule. Si Scott devait faire le tour pour saluer tout le monde, il l'aurait certainement déjà fait.*

Quelle idiote, elle s'était réjouie trop vite. Comme elle se risquait à jeter un coup d'œil en direction de Scott, elle dut baisser les yeux en vitesse, retenant sa respiration. Il regardait dans sa direction et, pire, il approchait.

Oh ! c'était la fin. Elle avait été démasquée. Harriet sentit l'énergie changer dans le champ de force autour d'elle, la pression atmosphérique augmenter. Il viendrait lui tapoter sur l'épaule dans une fraction de seconde, la faisant sauter au plafond. Quand elle n'y tint plus, elle releva les yeux et vit Scott dangereusement près, seulement un rang devant elle. Il était penché et parlait doucement à quelqu'un, sans que Harriet voie de qui il s'agissait.

Ce qu'il se passait n'était pas tout à fait anodin, car Harriet sentit les têtes se tourner et les cous se tendre.

Oh non. Il parlait à *Nina*.

Elle vit un éclair flou de toque et de cheveux foncés comme Nina se levait pour être discrètement mise à la porte par un Scott qui la suivait de près, l'air menaçant.

Harriet baissa de nouveau la tête, gardant les yeux rivés sur son programme sans rien voir, attendant d'être éjectée à son tour. Si Nina était là, il saurait qu'elle était forcément là aussi, non ? Elle paniquait, tel un coupable incapable d'évaluer ce qu'il avait laissé transparaître. Leur coup était-il prévisible, maintenant ?

Si humiliante et ridicule que serait la découverte de sa présence ici, elle aurait surtout la sensation insoutenable d'abandonner Marianne. De la laisser tomber.

Les secondes passèrent. Les gens papotaient autour d'elle. Le quatuor à cordes se mit à jouer *Chasing Cars*, ce qui semblait indiquer la présence de la mariée entre ces murs.

Elle finit par se risquer à lever la tête ; Scott remontait l'allée à petites foulées pour rejoindre Danny.

Harriet était raide sur son siège, le visage impassible, et dans tous ses états. Il ne l'avait pas vue. Avait-il cru que Nina faisait cavalier seul ? Pouvait-elle encore le faire sans Nina ? Elle prendrait la parole, et puis quoi ? Le silence. Des huées ?

Respire. *Respire.*

L'officiante fit signe à l'assemblée de se taire.

— Levez-vous pour la mariée, s'il vous plaît.

51

Marianne Wharmby était la plus jolie mariée que Harriet ait jamais vue – ce qui n'était pas peu dire.

La salle retint collectivement son souffle quand elle apparut à la porte, avec le visage serein d'une princesse-née.

Elle portait une robe en tulle nacre avec un profond décolleté en V, resserrée à la taille avant de s'évaser en jupe ample cousue de strass argentés, de sorte que le tissu scintillait. Sur la tête, elle portait une éclatante couronne de fleurs, jasmin blanc et roses jaunes, comme pour un culte païen à la Midsommar. Cela aurait pu faire trop mais, avec ses boucles blondes et son visage innocent, l'effet était enchanteur, angélique.

L'homme à son bras, qui la conduisait jusqu'à l'autel, était à peine plus âgé qu'elle. Il portait un costume en velours jaune canari, des lunettes à larges montures, et il avait la partie basse du crâne rasée et les deux mains tatouées. Harriet pensa : *Coiffeur.*

Quand ils atteignirent Scott, celui-ci s'agrippait la poitrine en secouant la tête, mimant « je suis époustouflé par cette vision ». Il mit un genou à terre et embrassa la main de Marianne, sous les « ahhhhhhhhhh » sonores.

Quel comédien. Même si elle ne l'avait pas autant détesté, Harriet aurait trouvé qu'il en faisait trop. *Arrête d'essayer de lui voler la vedette, ducon.*

— Merci à tous d'être venus assister à l'union de Scott et Marianne, dit l'officiante.

D'une soixantaine d'années, elle avait les cheveux courts et portait un tailleur-jupe. On aurait dit une conseillère du parti travailliste venue promettre aux habitants qu'elle allait prendre à bras-le-corps les problèmes qui leur tenaient à cœur.

— Veuillez vous asseoir. Je m'appelle Gwen, et je serai l'officiante aujourd'hui. Pour commencer le service, nous avons un poème, lu par Ralph.

L'homme en costume en velours jaune qui avait conduit Marianne à l'autel s'avança.

— Bonjour tout le monde. C'est le poème de Carrie dans *Sex and the City*. (Il marqua une pause.) Scott veut que je précise que c'est Marianne qui l'a choisi.

Rires.

Harriet ne connaissait pas le poème de Carrie, mais il était très court, et, heureusement, ne parlait pas de sexe, ni de ville d'ailleurs.

— Merci Ralph, c'était très beau, dit Gwen tandis qu'il allait s'asseoir. Nous allons maintenant passer à l'échange des vœux, et des alliances. Si je peux demander au couple de se faire face.

Gwen se lança dans son laïus et Harriet se mit à suer à grosses gouttes. Où était le signal ? ! Son absence la terrifiait et elle se maudit intérieurement de l'avoir exigé.

Si Marianne l'avait simplement oublié, ce qui se comprendrait avec le stress de se trouver sous les projecteurs, Harriet se dit qu'elle devrait se lancer quand même. Elle était quasi sûre que Marianne n'avait pas miraculeusement changé d'avis en voyant Scott dans son costume sur mesure, et si c'était le cas… elle ne pourrait pas en vouloir à Harriet de l'avoir prise au mot.

Cependant, ce serait affreux d'intervenir et de se rendre compte que son intervention n'était pas la bienvenue. Tout ceci était supportable uniquement parce qu'à la fin tout le monde comprendrait que c'était la mariée qui lui avait demandé de le faire. Elle se souvint de la remarque de Cal. « Les gens mentent, tout le temps, sans raison. »

— Pardon, je me rends compte que je n'ai pas dit bonjour à ma mère, pépia une petite voix au loin.

— Ah… ? fit Gwen, un peu décontenancée.

Marianne se tourna vers le public pour fouiller les premiers rangs du regard. Elle embrassa sa main et l'agita à l'attention d'une femme que Harriet ne pouvait pas voir.

Alors que son estomac tombait au fond d'un ravin et que sa fréquence cardiaque montait en flèche, Harriet avait une nouvelle urgence à gérer. *Merde*. OK. C'était réel. Ça allait se passer.

Elle baissa les yeux sur ses mains qui agrippaient son sac en velours, les jointures de ses doigts étaient blanches.

La récitation des formalités semblait à la fois s'éterniser et filer bon train vers sa conclusion catastrophe.

Une pause. Harriet sentait le sang palpiter dans ses oreilles. Elle leva les yeux vers les ballons. L'envie de fuir la pièce la submergeait.

— Bien, reprit Gwen. Nous arrivons à la partie où je demande : Si quelqu'un ici connaît une raison pour laquelle ce couple *ne devrait pas* être légalement uni par les liens du mariage, qu'il parle maintenant ou se taise à jamais.

Gwen regarda l'assemblée, avec le sourire béat qu'il était coutumier d'afficher à ce moment de la cérémonie pour faire comprendre que c'était une adorable petite niaiserie rhétorique. Ordonnant à ses membres de bouger, Harriet se leva, vivant une expérience extracorporelle étant donné qu'elle n'était pas entièrement sûre de s'être bel et bien levée.

— Moi. J'en ai une, dit-elle d'une voix tremblante qui était manifestement la sienne.

Toutes les têtes se tournèrent, et le silence était si tendu qu'on aurait pu le faire vibrer comme une corde.

Quelque part dans la salle, elle entendit une voix dire « Putain, c'est qui ? » avant qu'on lui dise « Chut ».

Fais. Fonctionner. Ta. Bouche. Ses lèvres étaient collées, sa mâchoire serrée. Elle se racla la gorge. À nouveau cette voix qui ne ressemblait pas à la sienne :

— Scott Dyer est un manipulateur coercitif et auteur de violences conjugales. Je suis sortie quatre ans avec lui et, pendant ces quatre années, il m'a presque détruite mentalement.

Les secondes qui suivirent parurent durer des années. Tous les visages affichaient un masque de stupeur captivée. On aurait dit que Gwen venait de voir arriver en tyrolienne un bandit avec un masque de clown sur la tête et armé d'un pistolet automatique.

— Je n'arrive pas à croire que tu fasses ça, Harriet, finit par dire Scott d'une voix monocorde, dure comme la lame d'un couteau.

Toutes les têtes se tournèrent vers lui. Après avoir mis Nina à la porte, il devait être un peu moins surpris de la voir ici, se dit Harriet. Leur complicité devait lui paraître évidente. Mais pas dans toute son ampleur, cependant.

— Moi non plus, répondit Harriet en sentant son courage augmenter d'un cran – rien ne faisait aussi peur que le grand saut, et elle avait sauté. C'est une mesure extrême, pour t'empêcher de gâcher la vie d'une autre femme.

— Ce n'est pas parce que je ne veux pas être avec toi que j'ai gâché ta vie, répliqua Scott.

Il avait beau être blanc comme un linge et trembler de colère et de gêne, il avait calculé qu'il fallait qu'il s'adresse à elle comme à une harceleuse. C'était sa meilleure arme, sa meilleure chance de la discréditer : instiller la suspicion de l'hystérie féminine. *Cette nana est folle.*

Incontestablement aidé ici par le fait qu'interrompre un mariage *était* fou.

— Tu vois très bien ce que je veux dire, Scott. Tu surveillais mes allées et venues, tu prenais de mes nouvelles constamment. Tu me traitais de menteuse si souvent que je commençais à douter de la réalité. Tu m'as isolée de mes amies, me disant qu'elles étaient nos ennemies. Tu m'accusais à tort de te tromper, de flirter, de me ridiculiser.

Harriet marqua une pause, s'attendant à être interrompue, mais elle avait l'élément de surprise pour elle, et toute l'attention du public. Et elle imaginait que, si Scott lui intimait de se taire, cela ne ferait que corroborer ses dires.

— Tu me critiquais violemment, tu me disais que je n'étais qu'une bonne à rien. Tu faisais de moi un monstre si j'osais quitter la maison, jusqu'à ce que cela devienne plus facile de ne pas sortir du tout. Les bouderies, les colères, les accusations, le dénigrement. Tu m'as transformée en une loque dépendante et paumée, sans personne vers qui me tourner, parce que j'avais mis tout le monde à distance pour te faire plaisir. Et tu ne l'as pas fait qu'à moi, n'est-ce pas, Scott ?

— Tu sembles être la seule à inventer ces horribles mensonges, Harriet, dit-il en s'efforçant de garder une voix posée, insufflant dans son ton un regret las laissant entendre qu'il avait essayé – Dieu savait qu'il avait essayé – d'aider cette femme.

Scott connaissait les enjeux de cette scène, et il donnait la performance de sa vie, digne d'un BAFTA.

— J'ai tourné la page et je suis heureux. Tu essaies de gâcher mon mariage. Tu gâches la journée de Marianne, et c'est ça qui m'attriste le plus.

Il regarda sa fiancée, qui le regardait aussi, son visage de chérubin Fiorucci n'exprimant rien. Harriet entendit la foule lancer des mots de désapprobation et de soutien.

Ils allaient le croire ? Bien sûr que oui. On le croyait toujours. D'accord, il avait un avantage – il était leur marié alors qu'elle était une parfaite inconnue. Que faudrait-il pour que les gens mettent de côté leur version préférée de Scott Dyer, celle à laquelle ils avaient adhéré ? Pourquoi la voix d'une femme devait-elle faire partie d'un chœur pour compter ?

— Harriet n'est PAS la seule à dire ça ! lança une voix éraillée du fond de la salle.

Harriet se tourna : c'était Nina, qui avait troqué son chapeau contre une minibouteille de prosecco.

— Tu aurais dû fermer à clé, ajouta-t-elle en levant la bouteille pour saluer Scott. Bonjour tout le monde, je suis Nina, une autre ex-petite amie de Scott. Je suis aussi venue dire, ne fais pas ça, Marianne ! Tout ce que Harriet a dit est vrai. Enfin, je n'ai pas tout entendu, mais je savais ce qu'elle allait dire. Il m'a traitée comme de la merde, moi aussi. Alors, je dis, BRAVO !

Elle coinça la bouteille sous son bras et applaudit. Sa petite paire de mains ne fit que très peu de bruit dans le silence béant. Mais, pour Harriet, c'était immense.

— Qu'est-ce que c'est que ce BORDEL ? tonna un homme d'un certain âge au crâne dégarni qui s'était levé à l'avant de la salle.

Harriet le reconnut : c'était le père de Scott.

— Dehors ! Toutes les deux ! Vous détruisez le plus beau jour de la vie de ces deux jeunes gens. Faites quelque chose ! lança-t-il à une Gwen traumatisée, comme si elle était une videuse de boîte de nuit.

— Je vous l'ai dit ! Je vous l'ai dit et vous ne m'avez pas crue. Vous me croyez maintenant ?

Dans un bruit de froissement, une autre invitée se leva, vers le fond, à droite. Ce coup-ci, Harriet fut aussi surprise que tout le monde. La contributrice inattendue avait de longs cheveux châtains bouclés et un teint doré, et elle était sur son trente-et-un avec sa veste de costume crème.

— J'ai eu une histoire avec Scott il y a quelques années, ça n'a pas duré très longtemps parce qu'il a rencontré Marianne, dit-elle avec un accent de Liverpool. Ce que ces deux femmes disent résonne énormément en moi. Je ne pourrai plus me regarder dans le miroir si je ne dis rien. Je suis ici seulement parce que mon petit ami, Martin, est ami avec Scott…

Elle regarda son partenaire, assis à ses côtés, qui ne devait pas être ravi qu'elle ait décidé de prendre la parole.

— En privé, Scott est un petit tyran vicieux. La fille à la voilette l'a très bien décrit. Personne ne vous croit jamais, parce que c'est un vrai charmeur quand il y a du monde autour.

Un silence stupéfait suivit cet aveu, venant s'ajouter au canon de silences que ce mariage avait produit.

— On est trois maintenant ! Qui dit mieux ? dit Nina en imitant une commissaire-priseuse. Quatre, qui me donne quatre ?

Harriet remarqua que Scott ne répondait ni à Nina ni à cette autre femme, parce que réfuter de multiples accusations était au-delà de ses compétences. Il pourrait crier à la conspiration, mais ce n'était pas facile de peindre ce tableau dans l'immédiat.

— Bien, dit Gwen, peinant à reprendre le contrôle d'un accroc qui n'était certainement pas abordé dans le manuel *Comment officier dans une cérémonie civile*. La personne qui épouse Scott aujourd'hui est Marianne. Je comprends bien qu'il y a une forte charge émotionnelle dans la salle. Mais puisqu'il n'y a pas d'entrave *légale* à cette union, ce qui était l'objet de ma question, fit-elle avec une moue désapprobatrice comme si leur incapacité à respecter le briefing l'agaçait, je vous demanderai de laisser ces deux personnes se marier en paix.

Des employés de l'hôtel apparurent tout près de Harriet, menaçants. La rumeur s'était répandue hors des murs de cette pièce, et elle allait se faire mettre à la porte de l'hôtel contre son gré.

— En réalité, c'est moi qui ai demandé à Harriet et à Nina de venir aujourd'hui, dit Marianne à Scott d'une voix claire et douce comme une cloche, lâchant sa bombe tel un mouchoir parfumé.

Harriet sentit littéralement la salle passer de *Eh bien, sacrée histoire* à *Oh OK, on vit un moment historique là, c'est quoi ce bordel.*

Les gens échangeaient des murmures incrédules tout en essayant de ne pas manquer un mot des échanges.

— Désolée, je ne me rappelle pas ton prénom, dit Marianne à la fille de Liverpool.

— Paula, répondit-elle en se relevant à moitié avec la main en l'air, comme si elle était à un cours de cuisine et que Marianne allait l'appeler pour lui faire étaler la pâte.

— Paula, voilà. Merci à toi aussi.

Marianne se tourna vers son fiancé.

— Scott, je ne suis pas venue ici pour t'épouser. Je suis venue pour te dire que c'est fini. Je déteste la façon dont tu m'as traitée, et je déteste la façon dont tu les as traitées, elles, asséna-t-elle en montrant Harriet et Nina.

Marianne ne semblait pas du tout nerveuse. Personne n'avait jamais autant impressionné Harriet.

— Si j'ai fait ça en public, ce n'est pas pour rien. Ce qui me fait le plus horreur, c'est que tout le monde ici, des gens gentils, des gens bien, nos familles et amis, poursuivit-elle en désignant d'un large geste de la main l'assistance ébahie, tous pensent que tu es ce mec bien, dévoué, qui n'a jamais fait de mal à une mouche. J'ai commencé à prendre des bêtabloquants l'année dernière contre les crises de panique parce que j'avais trop peur de ton sale caractère. Ça fait combien de temps que tu me tyrannises pour que j'arrête de voir ma mère ? Ce n'est pas bien.

— Oh ! quel ramassis de conneries ! hurla le père de Scott, sur la droite. Je ne peux pas écouter un mot de plus. Je ne sais pas pourquoi vous vous acharnez contre mon fils de la sorte. Il a un cœur en or ! Honte sur vous. C'est parfaitement répugnant.

Une grande femme blonde se leva tout à l'avant.

— « Cœur en or », mon cul, Keith. Je dis à ma fille qu'il a un mauvais fond depuis le début. Ces filles ne peuvent pas être en train de TOUTES mentir, si ? Vous ne devriez pas être indifférent à la manière dont votre fils traite les femmes.

— Un mauvais fond qui paie les dettes de sa petite amie. Un

mauvais fond qui peint la chambre d'amis pendant qu'elle sort avec ses copines, dit Keith.

— Mes dettes ? ! Je règle le solde moi-même à Santander TOUS les mois ! s'écria Marianne, estomaquée. Et il a refait la chambre d'amis tout seul parce qu'il m'a crié que j'étais nulle en peinture. À vrai dire, je suis nulle en peinture, mais là n'est pas le sujet.

— Redescends sur terre, Keith, dit la mère de Marianne. Tu planes depuis trop longtemps.

Harriet remarqua que Scott ne disait rien, avec son air assassin mais tétanisé. Le témoignage de trois femmes contre lui, c'était accablant, mais Houdini s'en serait sorti s'il avait encore sa future femme. Il aurait tricoté un genre de communiqué de presse qui aurait circulé pendant la réception. *Oui, en son temps, il a été un bourreau des cœurs et un tombeur. Les femmes avaient tendance à tomber folles amoureuses de lui, il en a sélectionné quelques-unes et s'est retrouvé dans quelques imbroglios. Dieu merci, il a fini par rencontrer L'Élue.* Ses invités auraient pu le croire ou ne pas le croire, mais faire semblant, afin de déguster leur poulet aux champignons sans se sentir coupables.

— Bien, j'ai dit ce que j'avais à dire, affirma Marianne en regardant Scott dans les yeux. J'en ai fini. C'est terminé, Scott. Bonne continuation, mais ne fous plus la vie de personne en l'air. (Elle se retourna vers l'assemblée.) Bien. Des boissons vous attendent au bar. Désolée que vous ayez tous fait le déplacement pour rien. Je sais que vous n'étiez pas venus pour ça, mais il est important que nous l'ayons fait. J'espère que vous comprenez, dit Marianne avant de se tourner vers les musiciens. Pouvez-vous jouer ma musique de sortie, je vous prie ?

Les membres du quatuor, prostrés dans leur coin, semblaient hésiter, ayant cru que leur mission du jour était définitivement terminée.

— *S'il vous plaît ?* reprit Marianne, et ils s'empressèrent de tourner les pages de leur partition.

Ils entamèrent *Bad Romance* de Lady Gaga, et Harriet eut envie de rire, de fondre en larmes, de donner des coups de poing dans l'air et de descendre un dirty martini d'un trait, et tout ça simultanément.

Marianne avait bel et bien rappelé à Scott qui elle était. D'une main, elle ramassa ses jupons à la *Autant en emporte le vent*, et avança dans l'allée d'un air majestueux.

Lorsqu'elle arriva au niveau de Harriet, elle lui tendit la main et dit :

— Tu viens ?

Harriet fit le tour par l'arrière de sa rangée en marmonnant des excuses aux deux personnes qu'elle bouscula ce faisant, pendant que Marianne récupérait Nina de l'autre côté. Elles sortirent de la pièce, triomphales, main dans la main dans la main.

Quand elles passèrent la porte, Harriet sentit son cœur s'envoler. Une page s'était tournée, et elle se sentait purifiée. Quelque chose l'avait quittée. Sa colère. Sa colère envers Scott avait disparu. Elle s'était libérée de lui.

Elle était si euphorique qu'elle eut un moment de pure inspiration. Elle se retourna vers le marié, dont le visage était…

Harriet se souvenait bien de cette expression. Seulement, c'était la première fois qu'elle la voyait en public. Elle s'éclaircit la gorge.

— Scott, comme tu l'as dit, l'amour l'emporte toujours.

52

INCROYABLE : ce mec se fait dénoncer à son mariage par TROIS EX puis sa fiancée LE LARGUE ! ! ! !

96 k de vu, 16 k de « J'aime », 699 partages.

OH PUTAIN non

C'est dingue ! ! !

Les mecs c'est fake. Regardez les gens tout à gauche, ils sont dans le coup. Que des acteurs. Mais c'est bien fait

La chanson que joue le groupe 😂

J'ai vu plein de vidéos de révélations comme ça et c'est la meilleure. C'est fake mais au début on y croit totalement

Je suis FAN

J'espère qu'ils ont des lits dans l'unité des grands brûlés parce qu'elles l'ont incendié !

On a tous connu un Scott, d'une manière ou d'une autre. J'adore. J'adore que ça lui arrive

C'est pas le mec du groupe de brit-pop

Oh Scott. Va falloir faire un peu de chirurgie esthétique avant de recommencer à draguer. Ou au moins changer de coupe 😂

Il s'est tapé des meufs bonnes, cela dit, ça sent la légende

C'est un peu comme un « Je suis Spartacus » pour les victimes de raclures. Génial !

Au bar de l'hôtel, après le buzz de la publication de Lorna (« Il y a toute une sous-culture de ces trucs ! "Un mec dit à sa nana qu'il sait qu'elle le trompe : vous ne devinerez jamais comment" etc. »), une tempête de notifications illuminait son écran de téléphone.

Sans surprise, toute la famille de Scott avait boycotté la Non-Réception, mais un nombre intéressant de ses amis était resté (mais pas Danny et Fergus : Harriet supposa qu'être témoin vous donnait des obligations spéciales, et elle ne leur en voulut pas). Ils devaient être en train de s'occuper d'un Scott paumé et furax dans un lieu tenu secret. Non sans se demander, cependant, s'ils le connaissaient aussi bien qu'ils le pensaient. Tout le monde se poserait la question – sauf, peut-être, son père.

C'était un ajustement pour beaucoup : accepter que le monstre pouvait être votre ami.

Marianne fut absorbée dans la mêlée comme une célébrité, son gang de l'Estilo bourdonnant autour d'elle.

— J'ai l'impression que c'est un de ces événements mondiaux énormes qu'on ne peut pas mesurer avant que du temps se soit écoulé et qu'on regarde des documentaires dessus, dit Lorna. Il faudra que je sache ce que Barack a à dire sur la question. Harriet, tu as TELLEMENT bien parlé. Je ne sais pas comment tu as pu faire preuve de tant d'éloquence sous pression. Tu t'es entraînée ?

Harriet secoua la tête.

— Je me suis dit que, si je m'entraînais, j'aurais trop peur d'oublier mon discours et de faire une fixette dessus, alors ça m'a semblé mieux d'improviser.

— Extraordinaire.

— J'ai cru qu'on était baisées quand Scott m'a repérée, dit Nina. J'ai attendu et attendu que tu passes les portes à ton tour.

— Il ne s'attendait pas à ce qu'une tocarde comme moi soit aussi pomponnée. Comment a-t-il pu penser que tu t'étais incrustée ?

— J'ai dit que j'étais déjà dans l'hôtel, que j'avais vu le panneau et que je me suis demandé si c'était lui, et que j'avais décidé de faire ma curieuse. Il a dû savoir que ce n'était pas vrai, mais il n'avait pas trop le temps de creuser.

Le téléphone de Harriet vibra.

Cal
ALORS ? ! Est-ce qu'il faut que je vienne te chercher au commissariat d'Elland Road ? x

Harriet envoya le lien vers la publication de Lorna pour toute réponse, trépignant d'impatience qu'il réponde.

Eh bé, waouh…
Tu es une personne phénoménale, Harriet Hatley. xx

Elle rayonna.

Harriet savait qu'elle ne saurait jamais l'effet à long terme que cela aurait sur Scott Dyer, mais elle n'avait pas besoin de le savoir. C'était si bon de reprendre le contrôle, et il ne lui restait aucune envie de vengeance.

On lui rapporta que, en l'espace d'une demi-heure, Scott avait disparu de tous les réseaux sociaux. Peut-être allait-il déménager dans une autre ville pour tout recommencer. Mais ce qu'elles avaient fait se dresserait comme un monument permanent ; il y aurait toujours un risque que quelqu'un de sa nouvelle vie tombe sur cette vidéo. Avec un peu de chance, cela induirait chez lui une prudence qu'il n'avait jamais eue auparavant, et une vigilance plus accrue chez ses proches. Peut-être ferait-il enfin cette thérapie avec laquelle il avait tant bassiné Harriet. Peut-être qu'il en sortirait changé, un genre de swami laïc conseiller en relations. Un homme nouveau, contrit, revenu de l'enfer, et enseignant aux hommes les leçons qu'il avait tirées de ses erreurs.

Cette progression, songea Harriet, ressemblerait bien à Scott. Il se présenterait toujours comme le héros dans l'histoire de son choix. Elle ne pouvait qu'espérer qu'il s'écrirait un meilleur rôle, la prochaine fois.

Mais elles avaient changé cette histoire-ci, ensemble. S'il y avait une place en enfer pour les femmes qui n'aidaient pas les autres femmes, il y avait peut-être aussi des récompenses particulières pour celles qui le faisaient. Harriet ne se sentait plus seule. Elles n'auraient pas pu le faire les unes sans les autres, elles n'auraient jamais pu vaincre cet homme autrement qu'ensemble.

Comme Harriet le dit à Marianne et à Nina alors qu'elles trinquaient à leur succès : finalement, le plus précieux n'était pas la mise à terre de Scott Dyer. C'était l'amitié qu'elles avaient tissée en chemin.

53

— Tu vois, quand tu dis un truc tellement stupide qu'après coup tu grimaces quand tu t'en souviens ? Genre…

Assis sur le canapé à côté de Harriet, Cal lui mima un œil s'ouvrant en grand, son corps entier se raidissant.

— Oui ? dit Harriet en calant les jambes sous les fesses.

Une semaine s'était écoulée depuis le mariage explosé en plein vol, et on était à la veille de son déménagement à Chapel Allerton. En guise de fête d'adieu, Cal avait suggéré une soirée chips et vin à la maison. Harriet fut ravie de se jeter dessus en rentrant à 21 heures d'un mariage tendance aux Studios Duke.

— Quand tu as dit que tu avais lu la lettre de ta mère, j'ai répondu « tu veux un toast ? », gémit Cal en mettant une main en travers de ses yeux. Tu veux un TOAST. Je *crame* de honte.

— Hahahahaha ! Je ne m'en souvenais même plus. Ce n'était pas grave.

— J'étais incapable de penser à quelque chose qui soit à la hauteur de ce moment. Alors je me suis tourné vers le deuxième choix le plus évident. Du pain grillé au four.

— Tu aurais au moins pu m'offrir du pain grillé dans mon Breville.

Cal lui adressa un regard qui ressemblait à s'y méprendre à de l'affection profonde.

— On va rester en contact, hein ? dit-il en prenant son verre de rouge. Ce n'est pas un *adieu* ?

Harriet l'avait senti venir. Elle avait déjà admis intérieurement qu'elle en pinçait pour lui. Elle savait que, si elle restait près de Cal plus longtemps, cela deviendrait plus sérieux qu'un simple béguin. Ça deviendrait un vrai bordel. Elle refusait que ça arrive.

C'était un accomplissement doux-amer d'être la visionnaire, pour une fois. Celle qui voyait arriver l'accident de la route et qui prenait la bretelle de sortie.

Après Scott, et Jon, elle refusait de se briser le cœur en tombant amoureuse du garçon populaire inatteignable, pour un tiercé gagnant. À la place, Harriet allait reprendre le contrôle. Ils pourraient se voir, mais elle savait comment ça se passerait. Les amis de Cal, à part Sam, seraient à peine polis, sans trop savoir ce qu'elle faisait là. (« *Ton ex-locataire ?* » Comme si elle était l'élève boursière.)

Ils iraient dans le genre d'endroit qui râpait de la truffe, servaient des vins naturels et des radis avec leurs feuilles, où on les guidait. (« C'est du *bagna cauda*, avec des crudités ! » avait dit Lorna d'une entrée à une Roxy dubitative, un jour. « On dirait le pauvre dîner Weight Watchers de ma mère, sans la tranche de jambon roulé. »)

Harriet tenterait sans grand enthousiasme de devenir amie avec la beauté réservée dans la robe moulante à manches bouffantes au bras de Cal, beauté qui se demanderait à quel point Harriet connaissait son petit ami.

Cal aurait peur qu'elle ne s'amuse pas, que leur badinage de coloc dont il se souvenait avec nostalgie ne se manifeste pas sur commande. Il finirait par se laisser gagner par un abattement coupable et ferait des promesses vides d'autres sorties.

Au lieu de se remémorer avec bonheur une époque brève, étrange mais dorée, ils seraient tous les deux mal à l'aise en pensant à l'autre.

— Bien sûr, mais… ne serait-ce pas absurde une fois que je ne serai plus ta locataire ?

— Comment ça ?

— Je ne suis pas certaine que nos mondes se télescopent tant que ça, en dehors de ces quatre murs.

Cal fronça les sourcils.

— Tu pourras choisir le pub.

— Le truc, c'est que si je rencontre ta prochaine copine et que c'est une Thatcher canon, je ne le supporterai pas. J'en sais trop.

— Ah. D'accord.

La rudesse de son rejet, piètre réponse à la cordialité de Cal, la fit grimacer. Elle lui mentait, pour avoir l'air détaché. Il n'était pas question de son goût en matière de femmes. Il était question des autres femmes, point.

— Si elle était sympa, je la détesterais encore plus.

Oups. Ah oui. Elle n'avait pas prémédité qu'elle allait *un peu le lui dire quand même*.

Harriet but du vin et Cal la regarda, sans ciller.

— Oui. Je ne suis pas impatient non plus de serrer la main du prochain Jon-de-fer-à-repasser. En supposant qu'il ne me donne pas direct un coup dans les roubignolles.

Cela fit rire Harriet, heureuse de son généreux sauvetage.

Puis il y eut un moment de silence, que Harriet reconnut d'instinct comme l'un de ces instants furtifs où tout se jouait.

— Et s'il est sympa. Ce serait encore pire.

Oh. *Oh*.

Il utilisait non seulement sa réplique, mais aussi ces yeux intenses. Elle regardait sa bouche. Ce n'était pas bien. Harriet eut l'impression de se liquéfier.

Au milieu de tout ce flirt, il valait mieux revenir un peu à la réalité des choses.

— Alors tu ne vois plus cette fille ?

Cal plissa les yeux.

— Quelle fille ?

— Lorna a dit que, quand tu es venu à son restaurant, c'était avec une nana.

C'était comme si elle avouait qu'elles avaient parlé de Cal sous cet angle, mais merde – il lui restait moins de vingt-quatre heures avec lui.

— Euh…, fit-il en fronçant les sourcils. Au Divertimento ? Ah, c'était ma sœur ! Erin !

— Oh. D'accord.

— Je ne suis sorti avec personne depuis Kit.

— D'accord, dit Harriet, un peu embarrassée. Et tu ne… couches pas avec Kristina ?

— Oh bordel, alors tu as vu mon téléphone ce soir-là !

— Euh. Oui.

— C'était une blague et une tentative pour me faire chier.

Cal sortit son téléphone de sa poche et remonta jusqu'à la conversation en question avant de tourner l'écran vers Harriet.

— Ignore les railleries jalouses te concernant. C'est ce que j'ai fait.

Kit
Si tu veux que j'accepte que c'est fini pour de bon entre nous, tu devrais peut-être arrêter de coucher avec moi ? Je dis ça comme ça

Cal
? ? ? Tu me confonds avec quelqu'un d'autre ?

Kit
LOOLLLLLLL. Blague d'écran verrouillé. Je vois bien que la petite photographe te plaît et je te parie qu'elle aura vu le message s'afficher et qu'il va falloir que tu trouves une explication, sans lui montrer CE message 🤩 EH CAL VEUT TE BAISER JUSQU'À CE QUE TU LUI COUINES D'ARRÊTER 🤣 🍆
Sérieux – elle est un peu trop sage pour toi, tu ne trouves

pas ? Un peu « plateau-télé dans un fauteuil poire devant un petit épisode de *Countryfile* » ? Mais tu fais ce que tu veux.

— Waouh. Je ne regarde pas toujours *Countryfile*.

Harriet était vexée, même si elle sentait que c'était, comme Cal l'avait dit, de la jalousie.

— Est-ce qu'elle déménage au Qatar avec Seb, ou sur une île secrète pour construire une arme biologique mortelle dans son repaire ? plaisanta Cal en grimaçant.

Harriet eut un petit rire nerveux. Elle avait sauté, sans atterrir – elle était certaine qu'une explication de Cal sur sa place dans ce flirt furtif créerait un moment de répit.

Il aurait fallu que Cal dise clairement ce qu'il était en train de se passer, selon lui. Au lieu de ça, on avait l'impression qu'elle se renseignait sur ses rivales. Ce qui était le cas.

— Tu ne sors avec personne ? dit-elle.

— Hmm. Non. Si ces questions ont pour but de vérifier s'il serait contraire à la déontologie qu'il se passe quelque chose entre nous, la réponse est non.

— OK, dit Harriet en rougissant, se sentant comme une vraie idiote alors que l'adrénaline pulsait dans ses veines. Euh… alors…

Elle hésita, elle était à un point de non-retour.

— Dis-le, souffla Cal. Quoi que ce soit.

— Est-ce que ce que Kit a dit était vrai ? Sur tes envies.

Cal mit une seconde à comprendre ce qu'elle voulait dire.

— Pour une fois, ce qu'elle disait était totalement vrai. Chaque mot.

Il marqua une pause tandis que Harriet se liquéfiait en silence.

— Tu as bien dit que j'avais un joli visage, c'est un peu la même chose, non ? ajouta-t-il.

— C'était exactement le même sentiment, mais codé.

— Ça m'inquiète que ma grand-mère m'ait dit la même chose un jour, dans ce cas.

Harriet explosa de rire et, profitant qu'elle baissait la garde, Cal se pencha en avant et l'embrassa.

Franchir ce pas avait semblé si difficile, puis si facile.

Tous ces pas de danse hésitants pour y arriver, ce jeu où ils choisissaient quelle carte révéler. Puis le langage corporel de Harriet saccagea tout et ne lui laissa plus aucun doute. Elle passa les mains dans les cheveux de Cal, amena sa bouche sur la sienne, avec force. Cal répondit avec autant d'enthousiasme, sa main agrippant sa cuisse à travers son jean alors qu'ils tombaient en arrière sur le canapé. Quand ils reprirent leur souffle, l'intensité de leur empressement mutuel, de cette joie pure, les fit rire.

Harriet découvrit que ses fantasmes avaient été bien pâles comparés à la réalité sensorielle de ses ébats avec Cal – et elle était pourtant optimiste dans ses rêveries. Elle avait eu raison d'imaginer qu'avoir toute l'attention de Cal était une défonce sans pareille.

Jusqu'à cet instant, l'*alchimie* entre deux êtres était un concept dont elle s'était un peu moquée parce qu'elle ne l'avait jamais rencontrée. Peut-être avait-il le don de donner cette sensation à tout le monde, mais jamais on ne l'avait embrassée ainsi, avec juste ce qu'il fallait de pression et d'intensité. C'était comme être avec un partenaire de danse qui vous faisait progresser. Harriet avait l'impression qu'il avait fait quelque chose à sa *colonne vertébrale*, toute sa posture changea.

Elle entreprit de déboutonner sa chemise, comme si elle n'avait attendu que sa permission.

54

— Coucher avec son propriétaire la veille de son déménagement. C'est une façon comme une autre de récupérer sa caution, dit Lorna quand Harriet l'appela pour se vanter du meilleur moment de sa vie.

— Je savais que je n'aurais pas dû te le dire !

— Je suis contente pour toi. J'ai toujours eu un bon pressentiment le concernant. S'est-il senti bien ?

C'était une nuit que jamais Harriet n'oublierait. Elle aimait penser que, même si Cal avait certainement connu bien des nuits mémorables, il mettrait au moins celle-ci dans son top cinq.

Après leurs ébats, ils étaient restés allongés dans le lit bateau que Harriet n'avait vu jusque-là qu'en photo, avec pour seule lueur le lampadaire extérieur, dans un enchevêtrement de membres nus et de draps. Cal avait dit :

— Ça fait si longtemps que je voulais être ici. Avec toi.

— *Vraiment ?*

Harriet s'était redressée pour lui faire face, la tête posée sur son coude.

— Au moins depuis Bruce Springsteen.

— Mon chant était si érotique ?

— Je ne veux pas te traiter comme un objet, mais c'était plutôt tout le reste.

— Je me rappelle que tu m'as lancé un regard quand je me suis rassise. Je pensais que tu craignais que je ne couche avec Sam. Que tu aies peur qu'il te contrarie en me gardant dans ta vie, tu sais.

— J'en avais peur mais, à ce moment-là, c'était parce que ça aurait été une torture, pas une contrariété.

— Tu aurais pu tenter ta chance. J'enfonce des portes ouvertes, mais tu es plutôt baisable, tu sais.

Cal avait écarté les cheveux de Harriet de son visage sans rien dire, puis il l'avait embrassée.

Le lendemain matin, leur nouvelle intimité avait rendu le déménagement lourd de sous-entendus. Alors qu'ils chargeaient sa voiture, Harriet ne pouvait pas voir les mains de Cal se poser sur quoi que ce soit sans les sentir à nouveau sur elle. Cal lui avait tendu un café, puis l'avait embrassée dans le cou alors qu'elle buvait. Il lui avait repris la tasse, puis l'avait embrassée pour de vrai, les mains de Harriet se glissant sous son T-shirt tandis que son corps se collait au sien. Elle s'était demandé, au milieu de ces empoignades – Cal murmurant « Harriet, tu es trop » – s'ils allaient le faire contre l'évier. Si oui, elle n'avait aucune objection. Quelle colocation cela avait été. Dieu merci, sa prochaine location était chez une libraire prénommée Valerie.

Ils avaient été interrompus par la sonnette.

Cal s'était arrêté, tenant le visage de Harriet entre ses mains.

— Putain, merde, j'ai dit à Sam que j'irais au match avec lui aujourd'hui !

Harriet avait ri.

— Ce n'est pas grave.

— Je ne peux pas annuler maintenant qu'il est là.

— Non ! Et ça vaut certainement mieux, sinon on finirait de nouveau à l'étage.

Cal l'avait regardée, les pupilles dilatées.

— Harriet..., avait-il commencé.

La sonnette avait retenti de nouveau, telle une alerte incendie, et Cal s'était écrié :

— C'est bon, je viens ! Mais malheureusement pas comme j'aurais voulu !

Quand il avait fait entrer Sam, Harriet en riait encore.

Elle avait fourré les mains dans les poches de son jean tandis que Cal avait pris sa veste.

— Je laisserai mes clés dans la cuisine.

— D'accord, avait dit Cal avec un sourire tendre.

Ça pouvait paraître lâche, mais Harriet était soulagée de la présence de Sam. Plus besoin de trouver comment se dire au revoir. Elle avait accepté depuis le départ que Cal Clarke serait un coup d'un soir. Elle comprenait ce que Kit voulait dire : Harriet n'était pas pour lui, et Cal le savait certainement. Pour autant, elle n'avait pas envie d'en recevoir la confirmation en pleine face.

Dans l'entrée, Sam les avait regardés tour à tour d'un air suspicieux.

— Vous avez l'air bien contents de vous, tous les deux, avait-il dit avant de se concentrer sur Cal. Toi, tu souris comme un chat qui a un trou de balle saveur framboise.

Puis il avait regardé Harriet.

— Et toi, tu es… quel est le mot. Radieuse. Tu es *radieuse.*

Une pause.

— Une secooooonde. Oh mon Dieu, vous avez… ? TOUS LES DEUX, VOUS AVEZ… ?

— Allez, Sam, en route pour le foot ! avait dit Cal sur le ton enjoué d'un aide-soignant en maison de retraite.

Entraînant Sam à l'extérieur, Cal s'était retourné pour adresser un regard bref et intense à Harriet.

— Alors au revoir, Harriet.

Elle avait levé une main et régulé son cœur.

— Au revoir, Cal.

55

Sa chambre à Chapel Allerton était bien, et Valerie, sa nouvelle colocataire, était bien, et c'était une maison plutôt agréable et une rue plutôt calme. Tout était *bien*. Sauf que ça ne l'était pas.

Même si elle avait décidé que c'était fini avec Cal Clarke, ses émotions refusaient d'obtempérer. Harriet n'arrêtait pas de penser à lui. Elle pensait à elle-même, aussi.

Au fait que, pour elle, Cal était bien plus qu'un coup d'un soir ; et pourtant, elle l'avait traité comme tel, de peur de paraître trop intéressée et stupide. Elle se racontait que c'était pour se protéger mais, les jours passant, il devenait de plus en plus évident qu'elle s'était fourvoyée.

Même si elle faisait comprendre à Cal qu'elle n'avait aucune attente, elle n'allait pas pour autant se comporter comme s'il ne comptait pas pour elle.

Harriet avait préparé un petit discours dans sa tête, réfléchissant encore et encore à ce qu'elle voulait lui dire. Pas dans l'espoir d'une quelconque réciprocité, mais pour le simple fait de s'ouvrir à lui.

Tant pis si un Gatsby comme lui trouvait cela un peu trop poussif, voire maladroit, comme une rose en plastique à la Saint-Valentin. Ce qui comptait, c'était qu'elle en ait le courage – aujourd'hui, dans un monde post-Scott, elle savait qu'il était important de dire ce qu'elle pensait.

Entre les préparatifs de la mariée et la cérémonie pour Jacob et Leah au Mansion à Roundhay, Harriet ne trouva l'occasion que lors d'une pause déjeuner, devant son tupperware de pâtes.

Cela faisait presque deux semaines qu'elle était la tête d'affiche d'une vidéo devenue virale, et les demandes de réservations avaient repris : elles avaient même surpassé son niveau habituel, au point qu'elle en avait adressé certaines à Bryn. Certains demandaient : « Vous êtes la fille dans ce truc ? »

Faire capoter un mariage ne devrait pas être attractif pour sa cible, et pourtant sa célébrité d'un genre très spécial attirait beaucoup de monde sur son site. Il s'avérait que « J'ai entendu parler de vous » faisait utilement la différence – Oscar Wilde avait raison. Les gens allaient sur son site, attirés par sa notoriété, puis restaient pour les albums de mariage superbement photographiés. Et finissaient par s'enquérir de ses disponibilités.

Harriet trouva le nom de Cal sur WhatsApp et tapa :

Salut ! J'espère que tu vas bien et que le nouveau locataire n'a pas un didgeridoo tuné. Maintenant que tu ne m'as plus dans les pattes, je voulais te dire quelque chose que je n'ai jamais eu le cran de te dire en face. Je me suis dit que j'allais plutôt le tenter par message.

Avec le recul, je prends conscience que mes attentes avaient bien baissé au moment où j'ai emménagé chez toi. D'abord le traumatisme avec Scott, puis l'erreur stupide de m'être mise avec Jon pour me consoler. Je commençais à penser que la vie était faite pour être subie. J'avais perdu espoir de ressentir un jour certains *sentiments* sincèrement.

Quand j'ai dit que nos mondes ne se rencontreraient pas en dehors de chez toi, je ne voulais pas dire que ce ne serait pas merveilleux si c'était le cas, ni que je ne chérirais pas ces moments pour toujours, parce que c'est le cas. Je ne voulais pas devenir une responsabi-

lité administrative mineure qui ne cadrait pas dans tes prochaines aventures, au lieu d'un bon souvenir.

Quand je repense au processus de découverte de moi-même qu'a été mon séjour chez toi, c'est le rire que je retiendrai en premier.

Tu sais, l'exposé de science qu'on faisait à l'école, où on plongeait une pièce dans un soda et qu'elle ressortait toute brillante, comme neuve ? C'est ce que j'ai ressenti grâce à toi. Merci d'avoir été le Coca sans marque pour la pièce que je suis.

Tu m'as montré que la vie peut être belle, Calvin Slip. Plus belle que je ne l'aurais cru, pour tout te dire. Je t'en serai éternellement reconnaissante. Je veux tout le meilleur pour toi, et tu auras toujours une place dans mon cœur.

Avec amour,

Harriet x

Voilà. Sa rose en plastique, dans un cellophane couvert de petits cœurs. Elle jeta son téléphone sur le siège passager et pensa : *Quand on regarde une casserole, l'eau ne bout jamais, alors inutile de regarder avant quelques heures.* Harriet savait qu'elle n'en aurait pas la volonté mais, soudain, plus besoin de volonté : à peine avait-elle planté sa fourchette dans une penne que la mère de la mariée frappa à la vitre de sa voiture.

— Je suis DÉSOLÉE, mais nous avons un groupe de personnes âgées du côté de Jake qui va partir directement après la cérémonie. Est-ce que vous pourriez prendre quelques photos d'eux avant l'arrivée de Leah ?

— Bien sûr ! dit Harriet en remettant le couvercle sur son plat, empochant son téléphone et récupérant son appareil photo sur la banquette arrière.

C'était une règle empirique : plus le mariage était tape-à-l'œil, plus il y avait de travail, et la réception sous le chapiteau à Roundhay, avec ses lustres et ses centres de table blancs, ne faisait pas exception.

Harriet venait de finir de prendre des photos de Jacob et Leah en train de valser sur *Can't Take My Eyes Off You* – pourquoi avait-elle la gorge nouée tout à coup ? Elle devait être en phase prémenstruelle – quand elle se souvint du message.

Son téléphone ! Elle s'empressa de le sortir. Il l'avait sûrement igno… oh ! son nom apparaissait sur l'écran verrouillé. Il avait répondu deux heures plus tôt. Elle se dépêcha d'ouvrir le message.

Je crois que l'intérêt de l'expérience de la pièce était de nous montrer que les boissons sucrées étaient mauvaises pour nous, mais je prends. Je ne vais pas faire comme si « le rire » sera mon souvenir numéro un des « choses que j'ai faites avec Harriet », mais ce sera certainement le numéro deux. Tu n'as pas *une place* dans mon cœur. Tu as mon cœur.

Cal xxx

Harriet eut chaud et froid en même temps, et se sentit légèrement défaillir de désir. Cela semblait être… une déclaration sans équivoque ? Est-ce que « tu as mon cœur » était une formule de politesse courante ? *À plus, Jim ! Tu as mon cœur.*

Harriet ne supportait plus cette politique de la corde raide, si c'était ce que c'était. Elle l'appellerait en rentrant. Ou, d'accord, peut-être qu'elle ne l'appellerait pas mais elle passerait certainement une heure à écrire une réponse convenablement excitante, qui confesserait ce qu'il savait certainement déjà.

Le DJ avait enchaîné avec *Tiny Dancer* d'Elton John.

La ligne de mire de Harriet s'arrêta sur un bel homme de l'autre côté de la piste de danse illuminée par la boule à facettes, les yeux rivés sur elle, les mains dans les poches. Il ressemblait à… Quand il vit qu'elle le voyait, il sourit.

Harriet resta figée sur place, sous le choc.

— C'est moi que tu veux ? articula-t-elle, fronçant les sourcils, pointant un doigt sur elle, ne sachant pas comment elle arrivait à faire des blagues alors qu'elle avait l'impression que son cœur allait exploser.

Cal hocha la tête, et répondit :

— Oui.

Harriet eut l'impression que ses jambes étaient en caoutchouc tandis qu'elle s'approchait de lui et lui d'elle. Ils se rencontrèrent au milieu de la piste de danse à moitié remplie. Ironiquement, il n'était pas facile de danser sur *Tiny Dancer.*

— Salut, dit Cal. Tu n'as pas répondu à mon message, alors je me suis dit que j'allais venir en personne pour te dire : C'est quoi, ce bordel ? Tu envoies un message pareil, et tu me laisses en NON LU ? ! Tu es sans cœur. Je n'allais pas passer ma soirée à me demander pourquoi. Tu peux t'expliquer en personne.

Harriet eut un sourire jusqu'aux oreilles.

— Désolée, je voulais répondre : « Bon à savoir », dit Harriet, les deux pouces en l'air.

Cal éclata de rire, et ils échangèrent un regard de pure adoration mutuelle.

Il était ici. Il était *ici* ?

— Comment es-tu entré ?

— Si tu arrives dans la bonne tenue, personne ne t'arrête, apparemment. J'ai demandé à Lorna où était le mariage de ce soir.

— Ah.

— À propos du message que tu m'as envoyé.

— Oui ?

— Je me demandais si on se trouvait dans une de ces situations où je suis fou amoureux de toi et toi au moins un peu amoureuse de moi, et qu'aucun ne se déclare, au cas où ce ne serait pas réciproque. Je sais que tu n'as pas dit « je suis amoureuse de toi, Cal » dans ton message, mais j'ai eu l'impression que c'était sous-entendu. Je vais nous sortir de l'impasse et me lancer le premier. Harriet, je suis amoureux de toi.

Même si elle savait depuis qu'elle l'avait vu sous le chapiteau que c'était ce qu'il était venu dire, ces mots la transportèrent.

— D'accord, je l'avoue. Je suis amoureuse de toi, Cal.

Ils se regardèrent, fous de joie, alors qu'Elton entamait un passage puissant du refrain. Les mains de Cal trouvèrent celles de Harriet pour la tirer vers lui, puis il l'enlaça et caressa son dos.

— Là, était-ce si difficile ? Qu'est-ce qu'il y avait de si compliqué à taper ça dans WhatsApp, avant de continuer ta journée ? dit Cal.

Harriet rit de plus belle.

— Et c'était quoi cette histoire de « Je ne veux pas garder contact » ? dit Cal. Ça m'a embrouillé, et ça a mis un sacré coup à mon assurance, alors que je me préparais à faire ma grande déclaration. J'essaie de savoir que faire de tout ça, depuis.

— Je pensais que la proposition était en tant qu'« amis » !

— C'était ma tactique d'approche, pour prendre la température. Mon idée était d'embrayer avec un *on dîne ensemble la semaine prochaine*, jusqu'à ce que tu te rendes compte que je proposais un rendez-vous galant. J'essayais de prendre une route détournée et tranquille pour ne pas finir sous un chapiteau de mariage à devoir dire des choses comme « Harriet, il s'avère que j'ai vraiment senti chaque seconde passée avec toi ».

Harriet fit glisser le sac de son épaule, passa les bras autour de son cou, et l'embrassa. Elle l'embrassa comme si Cal était à elle, comme si ce moment était à elle, comme si elle n'avait peur de rien. Elle l'embrassa comme s'ils étaient seuls au monde.

— Dire que je m'imaginais que tu m'excluais comme potentiel mec, dit Cal alors qu'ils s'enlaçaient. Même après notre nuit ensemble, c'était comme… *merci pour ce moment.*

— Hum… eh bien, nous sommes tellement différents…

— J'espère bien. Pourquoi voudrais-je sortir avec moi-même ? Le truc, c'est que nous ne le sommes pas tant que ça. Jamais je ne me suis senti aussi compris.

— Je pense la même chose.

— Alors… ?

Cal écarquilla les yeux pour dire : *je suis paumé.*

Harriet sourit. Il y avait autre chose, sous sa conviction de ne pas être une femme pour lui. Un genre de… superstition ? Elle tenait là un dernier indice.

— Je crois que c'était parce que… J'ai eu de bons moments dans ma vie, et d'autres pas si bons, mais j'y ai fait face. La seule chose que je n'ai jamais été, c'est chanceuse. Je suis plutôt malchanceuse, en général. Quelqu'un d'aussi génial que toi, qui m'aime en retour, c'est trop de chance. *Tu* es trop de chance.

— Ce n'est pas de la chance que je t'aime, dit Cal.

Il l'embrassa encore, sous la boule à facettes, et fit comprendre avec éloquence qu'ils étaient parfaits l'un pour l'autre. Tout le corps de Harriet s'enflamma en retour.

— Je peux avoir une photo, avec ma petite amie ? fit-il.

— Il ne fait pas de selfies, dit Harriet en montrant le sac de son appareil photo contenant son fidèle vieux Nikon. Une seconde. Pouvez-vous nous prendre en photo ? demanda-t-elle à une invitée portant un bibi ressemblant à une rosette de concours hippique.

La femme cessa de se balancer et écouta poliment les explications de Harriet sur quel bouton faisait quoi, puis Harriet se remit en place en vitesse et la femme visa pour prendre la photo.

— Attention… *cheese !*

La première photo de Cal et Harriet en tant que couple les montre tous deux enlacés sur une piste de danse envahie de ballons. Il porte un costume, mais elle n'est pas en tenue de soirée, elle porte un jean et un pull noir. Elle remarquera, quand ils la feront encadrer, à quel point elle ressemble à sa mère. Ils ont l'air incroyablement, follement, superlativement heureux.

À droite de l'image, sans qu'ils s'en doutent sur le moment, une demoiselle d'honneur les photobombe, avec une grimace de perverse en train de baver, faisant mine de palper les fesses de Cal, les deux mains tendues.

Deux ans plus tard, la photo fera hurler de rire lors du discours de témoin de Sam.

Ma très chère Harriet,

Quand j'ai pris conscience que l'heure était venue d'écrire enfin cette lettre, j'ai pensé à des tas d'idées sur ce que je devrais dire : des conseils sages et des aphorismes vagues sur le fait de grandir, de trouver l'amour, de profiter de la vie. À présent que j'ai ce stylo à la main, tout cela semble vain. Comment puis-je préparer quelqu'un à un avenir que je ne vois pas ?

Puis j'ai compris que tu n'as pas besoin de mes conseils : tu as besoin que je t'encourage.

Tu n'es qu'une petite fille pour l'instant, mais je sais déjà que tu as l'esprit qu'il faut pour vivre une vie heureuse et bien remplie, sans nous.

Je ne vais pas te mentir (j'ai demandé à tes grands-parents de garder cette lettre jusqu'à ce que tu sois un peu plus grande) : j'ai peur, et je suis triste quand je pense à ces jours que je ne pourrai pas passer avec toi. Mais quand je te regarde, c'est surtout de l'espoir que je ressens.

Quoi que tu fasses aujourd'hui, quoi que tu vises – je veux que tu saches ceci, Harriet.

Je suis très, très fière de toi.

Avec tout mon amour, maman x

Remerciements

J'ai beau en être à mon huitième roman, la terreur d'oublier quelqu'un ici est toujours aussi forte. Si c'est le cas, sachez que ce n'était pas intentionnel. (Sauf pour Mark Casarotto : je ne te mentionne pas pour que personne ne découvre que, dans la vraie vie, c'est toi la personne allergique à la salade.)

Donc : reconnaissance infinie pour mon équipe éditoriale chez HarperCollins, à mon éditrice Martha Ashby et à l'assistante d'édition Lucy Stewart. Merci pour votre travail dévoué, et merci à Lynne Drew pour ses précieux encouragements. Merci également à Keshini Naidoo pour sa préparation de copie si drôle. En tout cas, je l'ai trouvée drôle. Au point de m'esclaffer comme si j'étais seule au monde.

Toute ma reconnaissance à mon adorable agent, Doug Kean, l'homme le plus patient qui soit.

Merci à mes lecteurs bêta, qui m'ont soutenue jusqu'à la dernière phrase : Kristy, Tara, ma sœur Laura, Katie et Sean. Je ne serais rien sans vous.

Merci à mes amies femmes, online et *in real life*, qui me parlent de leur vie, de leurs amours et des catastrophes si divertissantes qui leur arrivent, et me donnent généreusement carte blanche quand je leur dis : « J'aimerais beaucoup m'en servir pour un livre. » Cette histoire parle de solidarité féminine, sans laquelle je ne pourrais rien écrire.

Gloire à Rebecca Lucy Taylor, alias Self Esteem, pour la citation en exergue et le chef-d'œuvre qu'est son album, parfaite bande-son de mon travail et de mon humeur. Je salue aussi Bruce Springsteen pour *Dancing in the Dark*, avec des paroles si justes qu'elles sont littéralement devenues la lettre de mission de Harriet Hatley.

Merci à Justin Myers, écrivain talentueux et spirituel, pour m'avoir laissée emprunter sa description sans pareille de l'Aperol spritz. Et à Dominic Grace, pour m'avoir permis d'utiliser le surnom qu'il donne au chat du voisin pour baptiser un chihuahua démoniaque.

Mon équipe de recherche : un grand merci au talentueux photographe de mariage du Cheschire et de Manchester James Tracy, qui m'a initiée aux particularités du métier et donné des anecdotes savoureuses – mes excuses si j'ai fait des erreurs susceptibles d'offenser le professionnel en toi !

Et merci à Chris King et à Elaine Campbell pour avoir pris le temps de me décrire différents lieux de Leeds – toute erreur de description doit m'être exclusivement imputée.

Merci à Alex, qui sait que le processus d'écriture n'est pas un long fleuve tranquille. Tu m'as emmenée dans les Midlands prendre des cocktails raffinés au Vimto qui se sont avérés cruciaux pour dénouer cette intrigue.

Enfin, encore merci à vous qui lisez chacun de mes livres. Je suis sincèrement stupéfaite et reconnaissante que vous m'accordiez votre temps, et je fais de mon mieux pour ne pas le gâcher.

1

L'image de notre existence que nous renvoient nos téléphones n'est qu'un mirage. Edie se représentait le phénomène sous la forme d'un schéma de physique — celui de la pochette du célèbre album des Pink Floyd : un rayon de lumière blanche venant frapper un prisme, pour en ressortir dispersé sous forme d'arc-en-ciel.

La preuve : combien d'artifices avait-il fallu déployer pour obtenir cette photo ? Attendant son tour au bar de l'hôtel, elle se plongea dans la contemplation de l'illusoire morceau de glamour qui s'affichait sur l'écran tiède et maculé de traces de doigts niché au creux de sa main.

Autour d'elle, le chaos. Un tourbillon d'activités moite et poisseux rythmé par les « *Baby ! Baby !* » des Supremes en total contraste avec ce moment figé dans le temps, qui refléterait pour toujours un idéal savamment étudié.

Tour de passe-passe numéro un : sur ce cliché, Louis et elle donnaient l'impression de s'entendre à merveille. Pour mieux entrer dans le champ, Edie avait dû poser la tête sur l'épaule de son cavalier. Avec son sourire mystérieux, elle se trouvait un petit côté femme fatale. Lui se la jouait James Bond, et sa petite expression satisfaite semblait dire : « La belle vie, tranquille… »

Tranquille, tu parles.

L'organisateur du mariage ayant exigé que les invités se présentent en couple — façon arche de Noé —, ils avaient tâché de se supporter mutuellement durant cinq heures, mais la chaleur, l'alcool et la sensation croissante d'être saucissonnés dans leurs tenues chics avaient fini par mettre à mal leur association platonique.

D'autant qu'Edie menait désormais une lutte de tous les instants pour contenir une souffrance digne de celle de la Petite Sirène quand elle avait troqué sa queue de poisson pour un mignon 37 et l'amour d'un prince — ses propres escarpins à la stabilité et au confort tout relatifs s'étant, comme tous bons talons vertigineux des grandes occasions, rapidement mués en instruments de torture.

Ecran de fumée numéro deux : la composition. L'Edie des jours de fête regardait l'objectif par en dessous, l'œil pétillant de bonheur derrière ses immenses faux cils. Elle rentrait soigneusement le ventre, et sa robe rouge laissait entrevoir un décolleté diaphane subtilement rehaussé. De son côté, Louis baissait le menton, donnant à ses pommettes déjà hautes un aspect plus affûté qu'un couteau de boucher.

Pour en arriver là, il leur avait fallu prendre la photo à bout de bras, téléphone en l'air, et en supprimer cinq autres moins flatteuses — chacun tentant de convaincre son camarade que telle ou telle version était meilleure. Un coup Edie avait des valises sous les yeux, un coup Louis se plaignait de paraître famélique ; ici, leurs expressions semblaient trop étudiées, là, les ombres étaient loin de les mettre en valeur.

« OK, une autre, une autre ! »

On pose, nouveau déclic, nouveau flash.

La sixième avait été la bonne : ils étaient tous deux à leur avantage, sans donner l'impression d'avoir trop forcé.

Cela lui rappelait une réflexion de son père, la dernière fois qu'elle lui avait rendu visite :

« Pourquoi est-ce que tout le monde tire cette tête, de nos jours : la bouche en cul-de-poule, l'air d'avoir croqué dans un citron ? J'imagine qu'on fait plus mince et que ça donne une

Extrait

petite moue boudeuse, mais ce n'est pas à ça qu'on ressemble, au quotidien. Quelle drôle d'idée… »

Louis, pro d'Instagram et de la bouche en cul de poule, avait ajusté les paramètres de contraste et de luminosité.

« Voilà ! Plus qu'à faire péter les filtres. »

Il avait arrêté son choix sur Amaro, filtre qui les avait enveloppés d'une brume féerique aux accents limonade. Teint unifié, atmosphère idyllique… on aurait dit une scène de film, comme si l'appareil avait capturé un instant de perfection absolue. *Il fallait vraiment (ne pas) être là pour y croire.*

Puis — cerise sur le gâteau des faux-semblants — venait la légende rédigée par Louis au moment de publier la photo.

Félicitations, Jack et Charlotte ! Quelle journée magique ! Tellement heureux pour vous < 3 #coupleparfait en route pour une #viederêve.

Le message s'adressait avant tout à leurs collègues de l'agence Ad Hoc, qui avaient rivalisé d'excuses polies pour s'éviter le trajet Londres-Harrogate. Rien de tel que la perspective de quelques centaines de kilomètres d'autoroute pour faire le ménage parmi ses amis.

Pourtant, les likes admiratifs avaient vite commencé à pleuvoir, assortis de commentaires sur le modèle :

Je suis trop jalouse. Vous aussi, vous formez un #coupleparfait !

Ce à quoi son cavalier avait bien sûr répondu :

Dommage que je sois gay !

Si seulement ç'avait été le principal obstacle à une quelconque relation entre eux ! Car cela n'avait rien d'un secret : si Louis ne se gênait pas pour cracher dans le dos des gens en votre présence,

Extrait

vous pouviez être certain qu'il crachait également dans le vôtre. C'était mathématique.

Pourtant, critiquer le plus beau jour de la vie de quelqu'un, c'était comme se moquer de sa façon de manger, ou de la taille de ses chevilles : une personne bien élevée ne se le serait jamais permis. Sans surprise, donc, Louis n'avait pas arrêté de dauber sur ce mariage « magique » :

« Je pensais que Charlotte se contenterait de quelque chose de plus simple, plus épuré. Du genre Carolyn Bessette quand elle a épousé John-John. La robe à strass, ça fait un peu ringard, tu ne trouves pas ? Il semblerait qu'une fois franchi le seuil d'une boutique Pronuptia, même les femmes de goût pètent une durite et succombent à la fièvre "princesse Disney". Je n'en peux plus de ces bouquets de roses, avec leurs perles et leurs tiges enrubannées… on croirait un moignon couvert de bandages. Il faudrait leur dire qu'une fois qu'une star de téléréalité a exploité l'idée, c'est mort : tu oublies ! Et puis, excuse-moi, mais je trouve que le bronzage, sur une mariée, ça fait vulgaire. Beurk, deux gorgées et j'ai foutu mon Buck's Fizz dans une plante en pot. Ils se figuraient peut-être qu'en le camouflant avec du jus d'orange, on ne remarquerait pas qu'ils nous servent un mauvais champagne ? Regarde le DJ : la cinquantaine, le petit blouson en cuir… il est au courant qu'on n'est plus en 1983 ? On le croirait tout droit sorti de *Top Gear*. Tu paries qu'on va se taper les Kings of Leon et leur *Sex on Fire* ? Sans parler du *Un-Break My Heart* de Toni Braxton pour la minute "slow torride". Ça tuerait quelqu'un de faire un mariage *moderne* ? »

Le Old Swan Hotel de Harrogate était — comme l'indiquait son nom — tout sauf moderne. Son charme résidait plutôt dans son passé exaltant, puisque c'était là où l'on avait retrouvé Agatha Christie suite à sa mystérieuse disparition, dans les années 1920.

Extrait

Même si, à la réflexion, il n'y avait sans doute rien d'exaltant à errer, perdue et amnésique, jusqu'à l'autre bout du pays…

Edie s'y sentait bien. Cela ne lui aurait d'ailleurs pas déplu de se réfugier au creux du lit à baldaquin de l'une de ces chambres pour échapper à sa propre vie. Le Old Swan tout entier dégageait une aura rassurante, avec sa façade tapissée de lierre, son robuste porche carré, ainsi que son odeur caractéristique de petits déjeuners anglais et de confort douillet.

Après cette journée d'été caniculaire et son inévitable cortège de banalités sur le thème « Quelle chance pour eux qu'il fasse si beau, aujourd'hui ! », on avait ouvert les portes-fenêtres du bar sur le doux relief des jardins, baignés à cette heure d'une jolie lumière dorée. Des enfants habillés de leurs plus beaux gilets faisaient l'avion, surexcités d'être pour une fois autorisés à carburer au Coca-Cola et à veiller si tard.

C'était pourtant — et ce, pour aucune des raisons invoquées par Louis — le pire mariage auquel elle avait jamais assisté.

Au moment de passer commande au bar, Edie se retrouva côte à côte avec un groupe de femmes septuagénaires, peut-être même octogénaires, déguisées à la mode des années 1920. Elles étaient sans doute là pour un week-end *murder party*, se dit-elle ; un peu plus tôt, elle avait vu un car en provenance de Scarborough se garer sur le parking.

L'une des « suspectes » n'avait plus de jambes et se déplaçait en fauteuil roulant. Elle portait un bandeau charleston décoré de plumes, un long collier de perles, et un boa blanc lui couvrait les épaules. Elle sirotait une minibouteille de prosecco à la paille. *Lui faire un câlin ou l'applaudir, entre les deux mon cœur balance.*

Une autre retraitée l'aperçut.

— Vous êtes toute belle !

— Merci ! Je vous retourne le compliment, répondit Edie en souriant.

Extrait

— Vous me rappelez quelqu'un. Norma ! Dis-moi, à qui cette jeune fille te fait-elle penser ?

Argh, rien de plus embarrassant que d'être inspectée sous toutes les coutures par un troupeau de vieilles dames un peu éméchées.

— A Clara Bow ! s'exclama l'une d'elles.

— Mais oui ! s'écrièrent-elles en chœur. Ah, Clara Bow…

Ce n'était pas la première fois qu'on lui faisait une réflexion de ce genre. Son père affirmait qu'elle avait un physique rétro.

« Je te verrais bien sur le quai d'une gare, avec un chapeau cloche et une paire de gants, dans un film du début du siècle, disait-il toujours. Mais un film parlant, hein. Le muet, ce n'est pas ton genre. »

Elle n'était pas si bavarde que cela. C'était les autres membres de sa famille qui n'étaient pas causants.

Ses cheveux noirs lui arrivaient aux épaules, et ses épais sourcils bruns n'étaient maintenus en ordre qu'au prix de travaux d'épilation titanesques. Ils surmontaient deux grands yeux mélancoliques et une bouche minuscule, le tout dans un visage en forme de cœur.

A l'adolescence, un sale type plein d'éloquence lui avait balancé qu'elle avait l'air d'une « poupée de cire animée par des forces occultes ». Elle traversait sa période gothique, donc, forcément… Cependant, la remarque restait valable, en particulier si elle n'avait pas eu son quota de sommeil et prenait sa mine ronchonne.

Louis avait un jour dit, l'air de rien — alors qu'ils savaient tous les deux qu'elle était visée : « De tous les types de visages, ce sont les visages d'ange qui vieillissent le moins bien. Rien que pour ça, c'est une véritable tragédie que ce soit Lennon, et pas McCartney, qui se soit fait descendre. »

— Votre mari vous accompagne ? lui demanda une autre vieille femme tandis qu'elle récupérait son verre de blanc et la vodka-tonic de son cavalier.

— Non, je suis célibataire.

Extrait

Cette réponse provoqua regards curieux et murmures enthousiastes.

— Vous avez tout le temps ! Vous voulez d'abord profiter de la vie, hein ?

Edie avait trente-cinq ans et était loin de profiter de quoi que ce soit, mais autant garder ça pour elle.

— Ha ha, tout à fait !

— Vous êtes du Yorkshire ?

— Non. J'habite Londres. La famille de la mariée est…

Louis apparut soudain à la porte du restaurant en lui faisant signe de le rejoindre.

— Edie, grouille !

— Edie ! Quel prénom délicieux ! s'extasièrent les retraitées d'une même voix, avec une admiration renouvelée.

C'était touchant, quoique un peu déconcertant, de se découvrir une telle horde de fans. *Merci le prosecco bu à la paille.*

— Etes-vous le bon ami de cette jeune dame ? lui demandèrent-elles lorsqu'il approcha.

— Non, très chères. Moi, je suis plutôt mecs, rétorqua-t-il en prenant son cocktail.

C'était d'un goût…

— Pardon ? fit une vieille un peu sourde. La Mecque ?

— Les mecs, répéta Louis en dressant l'avant-bras — geste qu'Edie ne trouvait pas plus parlant. J'aime les mecs.

— Oh ! il préfère les hommes, Norma, précisa l'une des vieilles dames sans s'émouvoir.

L'attention se focalisa immédiatement sur Louis.

— A mon âge, j'aime mieux une bonne partie de Bananagrams et un bain chaud, commenta une autre. Mais Barbara n'a rien contre les mecs de temps en temps, elle aussi.

— Alors, c'est qui la coupable ? s'enquit Louis en observant leurs costumes. Qui est votre principal suspect ?

Extrait

— Le crime n'a pas encore été commis. Il paraîtrait qu'un corps sera retrouvé au troisième.

— Dans ce cas, vous pouvez sans doute éliminer votre copine de la liste, ironisa-t-il en désignant la femme en fauteuil roulant.

Mais n'avait-il donc aucun respect ? Heureusement, il ne déclencha qu'une avalanche de gloussements.

— Ne sous-estimez pas Sheila. Vous savez comment elle se débarrassait de ses cors aux pieds ? Avec une épingle à nourrice !

— On dirait qu'elle y a été un peu fort.

Edie ne savait plus où se mettre, mais les rires redoublèrent. Incroyable : Louis avait trouvé son public.

— Ravi d'avoir pu faire votre connaissance, les filles, poursuivit-il.

Elles étaient à deux doigts de l'ovationner. Edie, c'était déjà du passé, du pipi de chat.

— Viens, Edie, on va se rasseoir. C'est maintenant qu'on va se marrer : les discours commencent.

Le cœur lourd, elle le suivit. C'était le moment qu'elle redoutait tant.

Le cirage de pompes du #coupleparfait, en route pour sa #viederêve.

Également disponibles

Harper Collins
POCHE

Composé et édité par HarperCollins France.

Achevé d'imprimer en décembre 2022.

CPI
FIRMIN-DIDOT

à Mesnil-sur-l'Estrée (Eure)

Dépôt légal : janvier 2023.

Pour limiter l'empreinte environnementale de ses livres, HarperCollins France s'engage à n'utiliser que du papier fabriqué à partir de bois provenant de forêts gérées durablement et de manière responsable.

Imprimé en France